KNAUR

Im Knaur Taschenbuch Verlag ist bereits folgendes Buch der Autorin erschienen:
Hüter der Worte

Über die Autorin:
Diana Menschig, geboren 1973, arbeitet als selbständige Dozentin und Autorin. Wenn sie nicht gerade in fantastischen Parallelwelten unterwegs ist, teilt sie sich mit ihrem Mann, zwei Hunden und einer Katze ein Haus am Niederrhein.

DIANA
MENSCHIG

So finster, so kalt

Roman

KNAUR

Wenn Ihnen dieser Roman gefallen hat, empfehlen wir Ihnen gerne weiteren spannenden Lesestoff – schicken Sie einfach eine E-Mail mit dem Stichwort »So finster, so kalt« an: fantasy@droemer-knaur.de

Besuchen Sie uns im Internet:
www.knaur.de

FSC
www.fsc.org
MIX
Papier aus verantwortungsvollen Quellen
FSC® C083411

Originalausgabe April 2014
Knaur Taschenbuch

Ein Unternehmen der Droemerschen Verlagsanstalt
Th. Knaur Nachf. GmbH & Co. KG, München

Redaktion: Momo Evers, Haus der Sprache
Umschlaggestaltung: ZERO Werbeagentur, München
Umschlagabbildung: FinePic®, München
Satz: Müjde Puzziferri im Verlag
Druck und Bindung: CPI books GmbH, Leck
ISBN 978-3-426-51493-1

2 4 5 3 1

Für Mama und Anja
und die Freundschaft

Hänsel und Gretel verliefen sich im Wald.
Dort war es finster und auch so bitterkalt.
Sie kamen an ein Häuschen von Pfefferkuchen fein.
Wer mag der Herr wohl von diesem Häuschen sein?
(Deutsches Volkslied)

Rezept für finsterkalte Lebkuchenmännlein

200 g Zucker
1 Ei
70 g gehackte Mandeln
250 g Mehl
½ Päckchen Backpulver
25 g Kakao
1 Teelöffel Zimt
Mark einer ½ Vanilleschote
Je ½ Teelöffel Muskat, Kardamom, abgeriebene Zitronen- und Orangenschalen
Milch

Zuckerguss: Puderzucker, eine Prise Kakao und ein paar Tropfen Zitronensaft

Teigzubereitung: ca. 20 Minuten
Backen: ca. 10 Minuten bei 220 Grad

Den Zucker mit dem Ei in einer Schüssel verquirlen, die Mandeln hinzugeben und die übrigen Zutaten hinzusieben. Gründlich verkneten und nach Bedarf löffelweise so viel Milch zugeben, bis ein fester Teig entsteht (Vorsicht: Mit zu viel Milch klebt der Teig!).

Teig 1–2 Tage an einem kühlen Ort ruhen lassen. Danach auf einer bemehlten Fläche ausrollen und Lebkuchenmännlein ausstechen.

Nach dem Backen auskühlen lassen, mit Zuckerguss überziehen und nach Belieben verzieren.

Dieses Rezept stammt von meiner Oma väterlicherseits und ist seit Jahren als »Hohenzollernstangen« in unserer Familie. Für die finsterkalten Lebkuchenmännlein ist der Teig ein wenig mit Gewürzen verfeinert und wird nach dem Ausrollen ausgestochen statt in Streifen geschnitten.

PROLOG

Die Hexe ist tot!«, hörte Ronja ihren Freund Luke aufgeregt flüstern.

»Was?« Sie stellte sich auf die Zehenspitzen und griff mit beiden Händen nach der Fensterbank. Der rauhe Stein scheuerte auf ihren Handflächen, als sie sich weiter nach oben hangelte, damit sie in den Raum hineinspähen konnte. Da lag Oma Mago auf der Couch und rührte sich nicht. War sie wirklich tot? Vielleicht schlief sie nur.

»Klopf mal ans Fenster.« Ronja stieß Luke mit dem Ellbogen an, und er schlug mit der Faust vor die Scheibe.

Nichts geschah.

»Was macht ihr da?« Amelie kam von der Haustür zu ihnen herüber.

»Wir gucken durchs Fenster. Sieht man doch!«, sagte Luke.

Amelie rümpfte ihre Sommersprossennase: »Die Haustür ist wirklich verschlossen. Ich hab ganz feste gerüttelt.«

»Hab ich doch gesa-hagt!« Luke streckte ihr die Zunge raus.

Ronja konnte sich nicht mehr an der Fensterbank halten und musste loslassen. Sie wandte sich an Amelie. »Oma Mago schläft dort drinnen und wacht nicht auf«, erklärte sie.

»Die Hexe ist tot!«, verkündete Luke mit Nachdruck.

Ronja blitzte ihn wütend an: »Ich will aber nicht, dass sie tot ist! Außerdem ist sie keine Hexe!«

»Aber sie tut manchmal so.«

»Aber nur, um dir Angst einzujagen!«

»Ich hab aber gar keine Angst! Außerdem macht sie nur Spaß.«

Ronja ging nicht länger auf Luke ein, weil sie genau wusste, dass er sich manchmal fürchtete. Unsicher sah sie erst zu ihm und dann zu Amelie. »Wir müssen meinen Papa holen. Er hat einen Schlüssel.«

»Wenn sie jetzt drinnen ist und nicht rauskommt …« Amelie legte einen Finger an die Nase. Das tat sie immer, wenn sie besonders angestrengt nachdachte.

»Ja? Was ist denn dann?« Ronja sah sie erwartungsvoll an. Auch Luke schwieg. Seine Schwester war die Älteste von ihnen und damit die Anführerin.

Amelie wies mit einer übermütigen Geste in Richtung der Apfelbäume. »Dann könnten wir in den Verbotenen Garten«, stellte sie fest.

»Wir dürfen nicht in den Verbotenen Garten. Deshalb ist er ja ver-bo-ten«, entgegnete Luke und reckte sein rundes Kinn gewichtig in die Höhe.

Amelie verdrehte die Augen und stemmte die Fäuste in die Seiten. »Und wer will uns das jetzt verbieten? Los, kommt!«

Sie drehte sich um, lief über das Gras der Lichtung und riss das Tor des Zaunes auf, der den Gemüsegarten von der Wiese vor dem Haus trennte. Schon war sie unter den Apfelbäumen verschwunden, hinter denen ein weiterer, höherer Zaun um den verbotenen Teil des Gartens verlief. Als auch Luke sich zögerlich in Bewegung setzte, presste Ronja ihren Stoffkater Mikesch enger an die Brust und folgte den anderen Kindern. Ihr war gar nicht wohl dabei, doch irgendwer musste ja aufpassen – manchmal sogar auf Amelie, und wenn sie hundertmal älter war. Oma Mago hatte immer gesagt, es wäre gefährlich, im Verbotenen Garten zu spielen. Dann käme der große böse Wolf und fräße einen auf. Ronja glaubte natürlich nicht an den großen bösen Wolf. Sie hatte im Zoo echte Wölfe gesehen. Die sahen fast genauso aus wie die beiden Hunde auf dem Nachbarhof, und die waren auch nicht gefährlich. Aber echte Monster gab es natürlich trotzdem mehr als genug. Vampire zum Beispiel, oder böse Feen. Wer konnte schon wissen, was dort hinter dem efeuüberwucherten Zaun wirklich lauerte?

Nun stell dich nicht an, beruhigte sie sich. *Es ist alles wie immer!*

Sie war doch schon so oft hier gewesen, auch ohne Papa. Der und Mama sahen es zwar nicht so gern, wenn Ronja allein den Trampelpfad vom Hof zu Oma Mago ging, aber solange sie wussten, wo sie war, machten sie sich keine Sorgen. Und schließlich konnten sie sich darauf verlassen, dass Ronja niemals noch weiter in den Wald ging. Oma Mago wohnte ohnehin schon ganz schön weit weg von Steinberg. Wenn sie ins Dorf wollte, holten der Förster oder Papa sie meistens mit dem Auto ab. Das wurde dann großartig verabredet, weil Oma Mago auch kein Telefon hatte. Nicht einmal ein Handy! So sehr Ronja die alte Dame mochte, solche Dinge fand sie schon seltsam.

Sie war ganz in Gedanken, als plötzlich ein schwarzer Schatten an ihren Beinen entlangstreifte. »Luzi! Was machst du denn hier?« Ronja hockte sich hin, um Oma Magos schwarze Katze zu streicheln. Das Tier schaute sie aus ernsten grünen Augen an und schnurrte leise. Eigentlich klang es ein bisschen bedrohlich, eher wie ein Knurren. Ronja strich sich eine vorwitzige braune Haarsträhne aus dem Gesicht und schaute sich um.

Die Sonne schien, und über ihr zwitscherten die Vögel in den Baumwipfeln. Langes Gras und Unkraut wiegten sich in dem verwilderten Garten sanft im Wind. An den Bäumen schaukelten die roten Äpfel, die ihr Vater bald für Oma Mago ernten würde. Vielleicht, so dachte Ronja, würde sie dieses Mal dabei helfen dürfen. Sie fand, dass sie jetzt alt genug dazu war. Nächstes Jahr würde sie endlich wie Amelie in die Schule gehen.

»Amelie!« Lukes lautes Rufen riss Ronja aus ihren Gedanken, und sie sah sich um. Luke hatte mittlerweile den hinteren Teil des Zaunes erreicht und kletterte gerade darüber; von Amelie fehlte jede Spur.

Ronja erhob sich, um ihm zu folgen, doch sie kam nicht weit. Luzi lief ihr zwischen die Beine, so dass Ronja zur Seite springen musste, wenn sie nicht der Länge nach hinschlagen wollte. Sie taumelte, und als sie sich schließlich fing und einen Schritt nach vorne machte, stand die Katze schon wieder im Weg. Ronja blinzelte Luzi entrüstet an. »Was hast du? Hat Oma Mago dir nichts zu fressen gegeben? Ich habe nichts, ehrlich!« Sie klemmte Mikesch in die Armbeuge, um ihre leeren Hände zu zeigen.

Noch einmal hüpfte sie um Luzi herum, doch egal, was sie versuchte, immer wieder saß die Katze wie ein mahnender Schatten vor ihr und starrte sie durchdringend an. »Du bist heute wirklich komisch«, verkündete Ronja ihr.

Luzi maunzte leise.

Ronja beschloss, die Katze zu ignorieren. »Luke? Wo bist du? Amelie?« Energisch schob sie das Tier beiseite und erreichte endlich den Zaun. Sie warf Mikesch hinüber, zog sich mit beiden Händen zwischen den Latten hoch und kletterte in den Verbotenen Garten.

Mit einem eleganten Satz sprang Luzi ihr hinterher, hockte sich auf einen der Zaunpfosten und sah ihr nach. Ronja erwiderte den Blick der grünen Augen, und kurz fragte sie sich, ob es nicht doch besser wäre, umzukehren. Die Katze schien sie *vorwurfsvoll* zu mustern. Luzi würde sie doch nicht verpetzen?

Ronja kaute unentschlossen auf ihrer Unterlippe. Manchmal hatte Oma Mago so getan, als könne sie mit den Tieren sprechen. Aber sie hatte *nur so getan,* oder etwa nicht? Ronja war sich überhaupt nicht mehr sicher.

Omi Mago schien ihre Augen immer überall gehabt zu haben ...

Und jetzt kam sie nicht. Ronja fröstelte und fühlte sich auf einmal sehr allein. Sie sammelte ihren Stoffkater ein, drückte ihn an sich und sah sich um. Von ihren Freunden fand sie noch immer keine Spur.

»Amelie? Luke!«

Wo waren die beiden bloß? Geschehen sein konnte ihnen nichts, das war ja klar. Der Verbotene Garten war völlig harmlos.

Es war ganz still. Nur manchmal war da dieser leise Klageton, wie von einem jammernden Kätzchen. Nicht weiter bedrohlich. Und auch sonst entdeckte Ronja hier nichts, was sie nicht auch von jenseits des Zaunes hatte sehen können: Gras und ein Baum. Ein sehr großer und mächtiger und alter und knorriger Baum.

Ehrfürchtig trat sie näher und berührte die Furchen am Stamm. Manche waren so tief, dass sie ihren ganzen Finger hineinstecken konnte. Die Rinde fühlte sich warm und freundlich an. Aber warum war der Baum denn eingezäunt, so dass niemand herankonnte?

»Ihr seid doof! Wo seid ihr denn?«

Sie wollte sich gerade wieder abwenden und zurückstapfen, als über ihr ein mörderischer Schrei einsetzte. Entsetzt starrte sie nach oben in die Baumkrone. Dann krachte es, kleine Äste brachen und regneten auf sie herab. Der Schrei ging in das

Kreischen eines Kindes über, und im nächsten Moment plumpste Luke wie Fallobst vor ihr ins Gras. Als Ronja anfing zu lachen, rappelte er sich wütend auf. »Blöder Baum!«

»Du bist zu blöd zum Klettern, da kann der Baum nichts für!«

»Ich hab mich geratscht, guck mal!« Er hielt ihr seinen Unterarm vor das Gesicht und wies auf eine blassrote Schramme.

Ronja schaute ganz genau hin und sah tatsächlich ein oder zwei Tropfen Blut hervorsickern. Typisch Luke, stellte sich wegen so einem Kratzer an. Dabei bekam er vermutlich zu Hause noch viel mehr Ärger, weil er sein T-Shirt zerrissen hatte. Aber davon erzählte ihm Ronja nichts. Das würde er noch früh genug merken.

»Der Baum hat mich abgeschüttelt.«

Aus den Augenwinkeln sah Ronja Luzi vom Zaun springen und mit weiten Sprüngen Richtung Haus jagen, als wäre eine Hundemeute hinter ihr her.

Verwundert kniff Ronja die Augen zusammen und schob Lukes Arm zur Seite. Hatte sich da gerade wirklich etwas bewegt? »Was hast du?«, fragte der Junge und fuhr herum.

»Da ist jemand.« Ronja nickte in Richtung des Baumes zu einem Mädchen. Es trug ein weißes Kleid und lag drei oder vier Schritte von ihnen entfernt unter den ausladenden Ästen des Baumes.

»Sie sieht aus wie Cinderella«, murmelte Ronja ehrfürchtig.

»Cinderella hat keine dunklen Haare. Das ist Prinzessin Amidala!«

»Du immer mit …«

»Hab ich euch!«

Ronja und Luke kreischten auf, als je eine Hand ihre Schultern packte und herumriss. Vor ihnen stand Amelie und schüttelte sich vor Lachen.

Luke baute sich vor ihr auf und schubste sie wütend. »Du gemeine Kuh! Dabei haben wir gerade eine Prinzessin gefunden.«

»Na klar! Wo denn?«, höhnte Amelie immer noch kichernd.

»Da!« Luke wollte mit einer dramatischen Geste auf das Mädchen zeigen und stutzte. Ronja war genauso verwirrt. Sie lief unter die Äste und hob ein Stück braunen groben Stoffs hoch, ähnlich wie die Säcke, in denen Papa manchmal Rüben für die Ziegen geliefert bekam. Mehr gab es unter dem Baum nicht mehr zu finden. Kein weißes Kleid, kein Mädchen.

Amelie winkte herablassend. »Kinderkram. Kommt, hier ist nichts. Gras und ein alter Baum. Alles total langweilig.«

Luke stand immer noch mit offenem Mund da und sah Ronja hilfesuchend an. Die zog ratlos die Schultern hoch. Sie hatten beide die Prinzessin gesehen, und jetzt war sie weg.

Gemeinsam folgten sie Amelie, die bereits über den Zaun geklettert war und außerhalb des Verbotenen Gartens auf sie wartete.

»Du hast sie auch gesehen, oder?«, flüsterte Luke empört. Er wandte den Kopf suchend in alle Richtungen, ehe er endgültig Amelie folgte.

»Ganz bestimmt.« Ronja schaute ebenfalls ein letztes Mal über die Schulter. Jenseits des Verbotenen Gartens stand ein Reh unter den Bäumen und begegnete ihrem Blick. Es sah erschöpft aus und hatte ein Hinterbein erhoben, als wäre es verletzt. Noch ehe Ronja Luke anstoßen und ihm das Tier zeigen konnte, war es verschwunden.

Nachdenklich folgte Ronja den anderen und drückte Mikesch dabei eng an sich. Noch mehrmals drehte sie sich um, weil sie das Gefühl hatte, dass sie jemand beobachtete. Aber sie konnte niemanden entdecken, und so erzählte sie auch niemandem davon. Stumm schüttelte sie den Kopf. Was für ein seltsamer Tag.

Eins
ABSCHIED

Das war kein Alptraum, es war schlimmer. Merle versuchte vergeblich, sich zu orientieren. Um sie herum erstreckte sich graue formlose Weite. Sie konnte ihre Füße nicht erkennen. Sie mussten irgendwo unter ihr in diesem dickflüssigen Nebel sein. Gerade dieses stille Nichts um sie herum beunruhigte sie mehr als alles andere. Irgendetwas lauerte dort auf sie. Wie war sie hierhergekommen? Wann? Warum? Wo war sie überhaupt?

Sie wusste noch, dass sie gerannt und gestürzt war, wie in einem dieser typischen Träume, in denen man rannte und nicht von der Stelle kam. Das, was hinter ihr her war, war immer näher gekommen. Im letzten Augenblick, bevor dieses Wesen nach ihr langen konnte, hatte sie den Boden unter den Füßen verloren und war scheinbar endlos gefallen.

Normalerweise wachte man dann auf, oder? Merle konnte sich nicht daran erinnern, aufgewacht zu sein. Aber sie schlief auch nicht mehr. Ihr Verstand arbeitete so vertraut und zuverlässig auf Hochtouren, wie sie es von ihm gewohnt war. Nur ihre gesamte Wahrnehmung und ihr Körpergefühl passten nicht dazu.

Sie blieb stehen. Konnte man in einem Traum willentlich etwas tun? *Ich will mich umsehen,* dachte sie. Tatsächlich, es gelang. Aber es machte keinen Unterschied. Um sie herum gab es nur unscharfes, einheitliches Grau. Eine konturlose Masse ohne eine Möglichkeit, sich zu orientieren. Kein Laut war zu hören, nichts zu riechen, nichts zu schmecken. Als ob sie jemand dick in Watte gepackt hatte, um sie von der Außenwelt abzuschirmen. Alles wirkte kalt, doch sie fröstelte nicht einmal. Zumindest nicht vor Kälte.

Merle erinnerte sich, dass sie Angst gehabt hatte, kurz vor dem Fall. So eine dichte körperliche Angst, die einem nach dem Aufwachen das Herz bis zum Hals schlagen lässt. Jene Angst, die der Erleichterung weicht, wenn man die verkrampften Finger von der Bettdecke löst und sich sagen kann, dass alles nur ein böser Traum gewesen ist.

Als Kind war sie in solchen Momenten hin- und hergerissen gewesen zwischen dem Verlangen, zu ihren Eltern ins große Ehebett zu huschen und gleichzeitig um keinen Preis der Welt das Bett zu verlassen. Warum hatte sie eigentlich damals geglaubt, im Bett sicher zu sein? Und heute? War sie nach dem Sturz in ihrem Traum aufgeschlagen? Wohin war ihr Verfolger verschwunden?

»Du bist ein Traumwesen!«, schrie Merle ins graue Zwielicht. Das war mutig, und sie wollte mutig sein. Aber hatte sie jetzt wirklich geschrien, oder glaubte sie nur, es getan zu haben?

Plötzlich hörte sie ein trockenes Stöhnen hinter sich und rannte los. Sie konnte nicht einmal sehen, ob sie von der Stelle kam. Aber sie musste weg hier, irgendwohin! Wenn ihr Verfolger sie einholte, war sie verloren. Sie bekam immer weniger Luft. Ihr Brustkorb schnürte sich zu. Sie keuchte unsicher. Sie wollte sich nicht umdrehen. Sie wollte endlich verdammt noch mal aufwachen!

»Trmwesn.« Merle hörte die Reste des vermeintlichen Schreis, von dem nur ein Wimmern übrig blieb. Sie riss die Augen auf. Jetzt war sie wach, endlich. Ihre Lungen waren immer noch schwer, wie nach einem langen Sprint. Und da saß jemand auf ihrer Brust! Sie konnte sich nicht bewegen!

Dieses Mal schrie sie so laut, dass ihre Stimme durch den Raum gellte. Nach einer gefühlten Ewigkeit hoben sich ihre Arme, langten nach dem Schatten und griffen ins Leere. Sie schlug um sich. Ein Buch polterte zu Boden. Merle erwischte den Schalter ihrer Nachttischlampe. Sanftes Licht flammte auf.

Sie sprang aus dem Bett. Dankbar spürte sie kalte Luft auf ihrer erhitzten Haut. Während sich Atem und Pulsschlag langsam beruhigten, sah sie sich um. Es war alles wie immer. Nichts deutete darauf hin, dass außer ihr jemand hier gewesen war. Trotzdem hatte sich dieses Wesen so real angefühlt! Nicht der Verfolger in ihrem Traum, sondern der Schatten, der auf ihrer Brust gesessen hatte. Das war *nach* dem Aufwachen gewesen, nicht davor.

Zum Teufel, was hatte das zu bedeuten?

Merle schüttelte sich und fuhr sich mit den Händen über das Gesicht, um die Traumbilder zu vertreiben. Dann schlurfte sie ins Bad, hielt sich mit einer Hand das dunkelbraune Haar fest, damit es nicht nass wurde, und drehte den Wasserhahn auf, um etwas zu trinken. Die Fußbodenheizung war noch warm. Die Uhr auf der Ablage zeigte erst zwanzig nach zwölf, also hatte sie kaum eine halbe Stunde geschlafen.

Sie stellte das Wasser ab, stützte sich mit beiden Händen auf dem Waschbeckenrand ab und starrte unentschlossen auf das Porzellan. Seit drei Nächten immer derselbe Ablauf, derselbe Alptraum. Jede Nacht hielt die Furcht in ihrem Inneren ein wenig länger an, lähmte sie, ließ sie den Rest der Nacht kaum oder gar nicht zur Ruhe kommen.

Sie zwang sich, nicht länger darüber nachzudenken. Obwohl sie nicht wieder ins Bett wollte, kehrte sie in ihr Schlafzimmer zurück und legte sich hin. Selbst wenn sie nicht schlafen konnte, würde sie versuchen, einfach dazuliegen und zu entspannen. Sie musste früh raus, und es gab wichtige Termine. Außerdem war sie todmüde.

Vielleicht zeigte das alles zusammen nur, wie dringend sie ein paar Tage Urlaub benötigte. Für einen Moment wünschte sie sich, Michael wäre bei ihr, aber der schlief in seiner eigenen Wohnung, wie meistens in letzter Zeit. Und vermutlich war das besser so. Er hätte ganz sicher genörgelt, weil sie ihn wach gemacht hätte. Nur wegen eines Alptraums, wie kindisch.

Vorsichtshalber ließ Merle die Nachttischlampe brennen, so wie sie es in Kindertagen getan hatte. Dann war das eben kindisch, aber es gab ihr ein ganz klein wenig Sicherheit. Leider genügte das nicht. Sie zog die Decke enger um sich und kämpfte vergeblich gegen das einsetzende Frösteln an, das nicht von Kälte herrührte.

»Was ist nun?« Wilfried Frohns Stimme klang ungehalten, und Merle konnte es ihrem Mandanten nicht verübeln. Betont langsam, als wäre sie völlig in den Text auf dem iPad vor ihr vertieft, hob sie den Kopf und konzentrierte sich auf ihr Gegenüber.

»Ich sehe gute Chancen für einen Vergleich, Herr Frohn. Herr Stockmann wird Ihnen die Unterlagen zusammenstellen.« Sie deutete auf ihren Kollegen Volker, der zustimmend nickte. »Dienstag machen wir einen letzten Besprechungstermin, dann sollten wir die Sache locker über die Bühne bringen. Einverstanden?«

Frohn zog seine bekannt säuerliche Miene und nickte schließlich. Er raffte seine Papiere vom Tisch, verabschiedete sich mit einem knappen Gruß und verließ den kleinen Konferenzraum.

Merle griff zur Thermoskanne, um sich noch eine Tasse Kaffee einzugießen. Das Gebräu war schon fast kalt und viel zu dünn, aber es war besser als nichts.

»Ist alles in Ordnung mir dir?«, fragte Volker, nachdem er ihr die Thermoskanne aus der Hand genommen und die letzten Tropfen Kaffee in seine Tasse geschüttelt hatte.

»Wieso?«

»Du wirkst total unkonzentriert. Weißt du eigentlich, wie lange du vor dich hin gestarrt hast? Als ob du mit offenen Augen schläfst.«

»Schön wär's.« Sie stürzte den Kaffee in einem Zug hinunter und rieb sich mit Daumen und Zeigefinger die Augen. »Ich bin tatsächlich todmüde.«

»Jetzt hast du deine Wimperntusche verrieben.«

»Vielen Dank für den Hinweis. Ich wollte die Augenringe noch ein wenig betonen.«

»Feierst du zu viel? Treibst du dich auf Partys herum?«

Merle grinste schwach. Sie kannten einander lange genug, dass er sich solche Frotzeleien erlauben durfte. »Ach Quatsch. Partys haben mir nichts mehr zu bieten.« Sie entschied sich für ein bisschen Wahrheit. »Ich schlafe in letzter Zeit schlecht.«

»Hast du nicht bald Urlaub?«

»Ja. Nach dem Gerichtstermin mit dem Frohn bin ich erst mal zwei Wochen weg. Aber das ist es nicht. Irgendwie habe ich die letzten paar Tage einen Haufen wirrer Träume.«

»Reitest du nackt auf einem Schimmel am Meer entlang oder so etwas?«

»Wie bitte?«

Volker grinste anzüglich. »Nackt auf einem weißen Pferd. Wer so was träumt, hat uneingestandene sexuelle Bedürfnisse, habe ich gelesen.«

»Du spinnst.« Merle lachte. »Nein, es sind eher Alpträume. Wabernder Nebel, in dem etwas lauert. Jemand verfolgt mich, aber sobald ich mich umsehe, ist da nichts. Alles ohne Struktur und Sinn. Hast du dafür auch eine Deutung?«

»Orientierungslosigkeit? Wunsch nach Ordnung und einer starken und dennoch liebevollen Hand, die dich durch dein Leben führt?«

»Schon gut, es reicht.« Hoffentlich merkte Volker, dass es genug war. Das war nicht immer der Fall. Normalerweise machte es ihr nichts aus, wenn er ihr ihre verkorkste Beziehung mit Michael unter die Nase rieb. Aber im Moment stand ihr nicht der Sinn nach solchen Bemerkungen.

Sie hatten beide gerade ihre Sachen zusammengepackt, als das Telefon im Konferenzraum klingelte. Merle nahm das Gespräch entgegen.

»Irene, was gibt es?«

»Ich habe den Frohn rausgehen sehen, daher dachte ich, ihr seid fertig.«

»Sind wir.«

»Hier ist ein Herr Björn Dreher in der Leitung. Er behauptet, ihr kennt euch von früher.«

Merle runzelte verblüfft die Stirn. Himmel, wie lange war das her? »Björn Dreher? Aus Steinberg?«

»Keine Ahnung. Schwarzwald, hat er gesagt. Könnte passen. Er spricht zwar Hochdeutsch, aber da schwingt ein bisschen Schwäbisch mit. Oder was die da sprechen.«

»Dann wird es der sein, den ich kenne. Kannst du durchstellen, danke.«

Merle grinste, als sie sah, dass ihrem Kollegen die Neugier

ins Gesicht geschrieben stand. Sie hielt den Hörer zu. »Eine alte Sandkastenliebe. Mein erster Kuss. Ich war acht Jahre alt, und es war ein wilder Sommer«, erklärte sie ihm sehr ernst. Volker schmunzelte und zeigte mit einem Daumen in die Höhe. Dann klickte es in der Leitung. Merle deutete auf den Hörer und winkte ihm zu, sie allein zu lassen.

Volker nickte ihr wortlos zu und verließ den Raum, während Merle ihre Tasche wieder auf dem Konferenztisch ablegte und mit dem Hörer am Ohr an die breite Fensterfront trat.

Ein angenehmer Bass tönte ihr entgegen. »Hallo, spreche ich mit Merle Hänssler? Der Tochter von Theodor?«

»Völlig richtig. Und ich erinnere mich gut an dich, Björn.« Merle lachte freundlich. Unter ihr glitzerte die Elbe im späten Nachmittagslicht. Bald würde die Sonne über den Kränen von Steinwerder untergehen. Zum vierzigsten Geburtstag hatte Volker ihr ein Foto auf eine riesige Leinwand gezogen, das er von solch einem Sonnenuntergang gemacht hatte. Genau hier hatte er gestanden, in diesem Konferenzraum, und ewig auf den richtigen Moment gewartet, als die Sonne die Wolkenschleier in ein Farbenmeer von Gelb und Rot und Grau vor einem blassblauen Himmel getaucht hatte.

»Prima, hast du ganz kurz Zeit?«

»Klar.« Warum dachte sie ausgerechnet jetzt an den Anblick der untergehenden Sonne?

»Also, ich habe leider schlechte Neuigkeiten.«

»Was ist los?«, fragte Merle ihn etwas ungehalten. Dieses Herumgedruckse ging ihr auf die Nerven. Sie riss den Blick von einer vorbeiziehenden Barkasse los, griff nach ihrer Tasche und umrundete den Konferenztisch, um zur Tür zu gelangen. Jetzt hatte sie die Landungsbrücken und die Hochbahn vor sich. Das Sonnenlicht brach sich auf der Fassade eines fernen Hochhauses und ließ sie golden aufstrahlen. Über dem Verlagshaus Gruner & Jahr blitzten die Lichter eines Riesenrades auf.

»Mago ist tot.«

Die Tasche glitt Merle aus der Hand. Sie brauchte einige Augenblicke, um das Gesagte zu verstehen, denn natürlich hatte sie ihre Omi nie Mago genannt. Trotzdem begriff sie, was Björn gesagt hatte. Sie hatte es irgendwie geahnt.

»Aber wieso? Seit wann? Warum?«

»Meine Tochter Ronja und ihre Freunde wollten sie besuchen und haben sie gestern Nachmittag gefunden.« Er brach verlegen ab.

Merles Verstand wiegelte ab. Omi war alt gewesen, knapp neunzig. Ein Wunder, dass sie bis zuletzt in ihrem Häuschen hatte wohnen bleiben können.

Björn räusperte sich. »Dein Vater ist ja gerade in Kanada unterwegs. Er hat mir zwar seine Handynummer gegeben, aber ich erreiche ihn nicht. Ich kümmere mich um seine Wohnung, während er fort ist, und bin Mago in den letzten Jahren viel in Haus und Garten zur Hand gegangen. Ich helfe dir ebenso gern bei allem. Aber es wäre besser, wenn ein Familienangehöriger ...«

»Schon klar.« Merle warf einen Blick auf die Uhr. »Ich komme, so schnell ich kann. Kannst du mir deine Telefonnummer geben? Dann melde ich mich, wenn ich dir Genaueres sagen kann. Was muss alles getan werden? Gibt es schon einen Termin für die Beerdigung?« Sie hörte sich reden, als ginge es um das nächste Mandat. Widerlich. Aber das war immer noch besser, als den Gedanken zuzulassen, dass ihre geliebte Omi endgültig fort war. Für immer und ewig. Sie atmete durch, schluckte die aufsteigenden Tränen hinunter und versuchte, sich zu sammeln. »Tut mir leid. Ich stehe gerade etwas neben mir.«

Sie sollte mit dem Zug fahren, oder vielleicht bekam sie noch einen Flug nach Basel. So wenig, wie sie in den letzten Tagen geschlafen hatte, würde sie auf der Autobahn wegnicken.

»Die Beerdigung ist schon morgen Mittag. Mach dir keine Sorgen, ich kann mich um das meiste kümmern. Mago hat selbst für einiges vorgesorgt. Schön, dass du kommst.«

Merle dankte ihm, beendete das Gespräch und blieb mit dem Telefonhörer in der Hand stehen. Ihr Kopf war völlig leer. Sie wusste nicht, was sie als Nächstes tun sollte.

Für den Tod gab es sicherlich nie den richtigen Zeitpunkt. Aber es gab schlechte und es gab sehr schlechte Zeitpunkte. Dieser Zeitpunkt war miserabel. Warum ausgerechnet jetzt? Warum Omi? Warum?

Sie stand am Fenster und starrte durch den Schleier ihrer Tränen auf einen der rot-grauen Züge, der von den Landungsbrücken zum Baumwall fuhr.

Omi war tot. Ihre Omi. Die gute Fee, die zur bösen Hexe werden konnte, wenn Merle etwas ausgefressen hatte. Ihre Omi, die im echten Knusperhäuschen aus dem Märchen gelebt hatte. Ja, es hatte eine Zeit gegeben, in der Merle das wirklich geglaubt hatte.

Omi, die damals nach Mamas Tod für die vierjährige Merle da gewesen war, weil Papa arbeiten und Geld verdienen musste. Das war die Zeit gewesen, in der Merle sich von absolut niemandem sonst geliebt gefühlt hatte. Erst später hatte sie begriffen, dass ihr Vater genauso sehr unter der Trennung von seiner Tochter gelitten hatte wie sie selbst. Aber er hatte immer gewusst, dass sie bei seiner Mutter in den besten Händen gewesen war. Zum Glück hatte auch Merle es lange, bevor sie erwachsen geworden war, erkannt.

Später wurden Omi und ihr abgeschiedenes Häuschen für Merle zu einem Zufluchtsort fernab der Zivilisation. Jedes Jahr hatte sie ihre kompletten Sommerferien und noch ungezählte Wochenenden und Ferientage mehr dort verbracht und war mit Björn auf der Jagd nach Kobolden durch den Wald gestreift, während ihre Altersgenossen sich in Italien oder Spanien an den Stränden tummelten.

Sie starrte auf Beton und Stahl, das Wasserflugzeug am Jachthafen und den Rundbogen des Riesenrades. Nur die Spitze des Michels, noch immer dunkelgrau statt kupfergrün, ragte archaisch aus dem Panorama der modernen Welt. Bei seinem Anblick dachte Merle an die riesige aus Lehm gemauerte Esse mit der Holzvertäfelung und den Schaukelstuhl. Natürlich hatte in Omis Stube ein Schaukelstuhl gestanden. Auch wenn sich Merle nicht daran erinnern konnte, dass jemals jemand in dem Stuhl gesessen hatte.

Die Sonne färbte die Unterseiten der Wolken blutrot. Dann versank sie, und die strahlende Fassade des Hochhauses erlosch.

Ihre Omi war tot. Jetzt waren sie und ihr Vater ganz allein.

Zwei
BEGEGNUNGEN

»Merle, schön, dass du kommen konntest. Wir haben uns ja ewig nicht gesehen. Hast du deinen Vater inzwischen erreicht?«

Vor Merle stand ein blonder Mann um die vierzig in Jeans und mit einem karierten Hemd über einem verwaschenen T-Shirt, der ihr zur Begrüßung die Hand entgegenstreckte.

»Björn! Mit dem Bart habe ich dich gar nicht erkannt!«

Der Angesprochene lachte und fuhr sich mit der Hand über den gepflegten Vollbart. »Gefällt er dir? Ich habe immer Sorge, dass er mich zu alt macht. Ich trage ihn mehr aus marketingtechnischen Gründen.«

»Wie bitte?«

»Meine Frau meint, das macht mich authentischer. Hier.« Er deutete mit beiden Händen auf seine Kleidung. »Sie sagt, das wäre moderner Land-Look. Oder na ja, das ist unser Kompromiss, da ich mich weigere, eine Latzhose zu tragen. Komm, ich stehe im absoluten Halteverbot.«

»Hast du nicht Landwirtschaft studiert?«, fragte Merle, während sie rasch die Ankunftshalle des Flughafens durchquerten. Sie war froh, dass Björn ihr angeboten hatte, sie abzuholen. Ihr war ein wenig unwohl bei dem Gedanken, nach so langer Zeit nach Steinberg zurückzukehren. Aber mit Björn an ihrer Seite war sie bei ihrer Reise zurück in die Kindheit wenigstens nicht ganz allein.

Björn lachte wieder. »Stimmt. Ich habe den Hof übernommen. Statt der Schweine züchten wir allerdings jetzt Ziegen und stellen hauptsächlich Käse her. Alles bio. Dazu haben wir ein paar Gästezimmer, um die sich hauptsächlich meine Frau Sarah kümmert. Du wirst Sarah gleich kennenlernen.«

»Ach, und du meinst, dass du für deine Übernachtungsgäste nach Öko-Bauer aussehen solltest?«

»Genau.«

Merle stimmte in sein Lachen ein. Es hatte eine ganz eigenartige Wirkung, und ihr fiel auf, dass sie schon ewig nicht mehr gelacht hatte. Es hatte zu lange keinen Grund mehr gegeben. Schlagartig wurde sie ernst.

Björn sah es und hielt zerknirscht inne. Mit einem befangen gemurmelten »Mein Beileid«, streckte er die Hand aus.

Merle winkte ab, versuchte, sich gelassen zu geben. »Omi war gesund und ist friedlich eingeschlafen. Papa wollte immer, dass sie das Haus aufgibt und ins Dorf zieht. Das war bis zuletzt nicht notwendig. Mehr kann ich mir doch wirklich nicht wünschen.« Das hatte sie sich die letzten vierundzwanzig Stunden eingeredet, und inzwischen fand sie sogar Trost in dieser Vorstellung.

»Stimmt schon.« Björn stockte kurz. »Sie ist schon vor drei Tagen gestorben. Aber es war nicht ungewöhnlich, wenn Mago nicht ins Dorf kam. Sie hatte sich in letzter Zeit etwas zurückgezogen. Die Kinder gingen trotzdem regelmäßig zu ihr. Ich habe immer bewundert, welche Engelsgeduld sie für die Bande aufgebracht hat. Einzeln sind sie sehr niedlich, und die eigenen sind ja nie so schlimm, aber die ganze Dorfjugend auf einen Haufen kann ganz schön anstrengend sein.«

Er grinste schon wieder, war nie ein Kind von Traurigkeit gewesen. Wehmütig dachte Merle an die Zeit zurück, in der sie ihn heiraten, auf seinen Bauernhof ziehen und Ferkel züchten wollte. Allerdings sollten die Schweine nicht geschlachtet werden, wenn sie ausgewachsen waren. Björn hatte das zwar nie verstanden, aber heiraten hatte sie ihn trotzdem wollen.

Es war nicht nur Wehmut, Merle gestand sich innerlich ein wenig Neid auf diese Sarah ein. Björn hatte in ihrem Telefonat zwar seine Tochter erwähnt, doch erst mit dem persönlichen Aufeinandertreffen war Merle bewusst geworden, dass er schon lange ein ganz anderes Leben lebte als sie. Einerseits war ihr völlig klar, dass sie nicht zu einem Dasein auf einem Bauernhof geschaffen war. Aber eine unbestimmte Sehnsucht und das Gefühl, etwas verpasst zu haben, blieben. Sie biss sich stumm auf die Unterlippe und dachte daran, dass Michael sie wieder einmal auslachen würde, wenn er von diesen Gedanken erführe. Aber das würde kaum passieren. Sie würde ihm bestimmt nicht mehr erzählen, was ihr durch den Kopf ging. Jetzt nicht mehr. Sie lächelte bitter. Wenn sie ehrlich war, hatte es ihn auch schon lange nicht mehr interessiert.

Auf dem Parkplatz führte Björn sie zu einem Range Rover und öffnete die Beifahrertür. »Du kannst deine Tasche auf den Rücksitz legen«, sagte er, während er versuchte, etwas verlegen, aber erfolglos ein paar Hundehaare vom Beifahrersitz zu wischen, bis Merle ihn unterbrach. »Lass nur, das macht mir nichts aus.«

»Aber dein Mantel …«

»Den kann man reinigen. Ich ärgere mich gerade selbst, dass ich keine praktischere Kleidung mitgenommen habe. Ich komme direkt aus der Kanzlei.« Sie drängte Björn zur Seite und stieg in das Auto. Ihm blieb nichts anderes übrig, als sich ans Steuer zu setzen und loszufahren.

»Musst du wirklich heute Abend wieder zurück?«, fragte er. »Willst du nicht wenigstens bei uns übernachten?«

Merle schüttelte entschieden den Kopf. »Mich rufen wichtige geschäftliche Angelegenheiten.«

»Klingt gewaltig«, gab er trocken zurück.

Prompt ärgerte sie sich über sich selbst. Wie redete sie denn? »Ich bin Rechtsanwältin und Teilhaberin in einer Kanzlei. Vielleicht hast du von der Veruntreuung des Unternehmers Wilfried Frohn gehört. Ich vertrete ihn – ist eine ziemlich heikle Sache. Und der Mann ist nicht gerade ein Tugendknabe, obwohl der größte Teil der Anschuldigungen durch die Presse aufgebauscht wurde.«

»Ich habe darüber gelesen.« Jetzt nickte Björn ernst. »Machst du das ganz allein? Kein Wunder, dass du so abgekämpft aussiehst.«

»Nein, nicht allein.« Merle entschloss sich, die letzte Bemerkung zu übergehen. »Ich habe einen Mitarbeiter ausschließlich für diesen Fall und kann bei Bedarf auf weitere Kollegen zurückgreifen. Aber ich möchte es natürlich allein schaffen. Alles andere verbietet mein Ehrgeiz.«

»Klingt gewaltig«, wiederholte Björn. Dieses Mal klang es, als meinte er es ernst.

Er hatte ja keine Ahnung. Dieses Mandat hatte sie an ihre moralischen Grenzen gebracht. Sie musste einen Mistkerl verteidigen, der seine Teilhaber um riesige Geldsummen betrogen hatte. Wenn es nach ihr ginge, sollte er dafür ruhig bestraft werden. Leider würde das bedeuten, dass fast zweihundert Arbeitnehmer auf der Straße landeten. Nur mit dieser inneren Rechtfertigung konnte Merle gegen ihr eigenes Unrechtsbewusstsein ankämpfen.

»Wie geht es dir sonst?«, erkundigte sich Björn.

Es war eine harmlose Frage, nur der übliche Small Talk. Was man halt so fragte, wenn man sich einmal gut gekannt, aber lange nicht gesehen hatte. Merle jedoch fühlte sich durch seine

Worte unerwartet bedroht. Sie sagten ihr, dass ihr altes Leben im Begriff war, wie ein Kartenhaus einzustürzen. Und die erste Karte hatte sie einige Stunden nach Björns gestrigem Anruf selbst aus dem fragilen Gebäude gezupft.

»Großartig«, erwiderte sie mit vorgetäuschter Lässigkeit. »Ich habe mich ganz frisch von meinem Freund getrennt.«

Statt einer Antwort warf Björn ihr einen schwer zu deutenden Seitenblick zu.

Merle holte tief Luft. »Ich meine das ernst. Es ist wirklich besser so. Es hat schon länger nicht mehr gepasst.«

»Dein Vater hat mir von deinem Michael erzählt«, meinte Björn hörbar vorsichtig, was Merle bitter auflachen ließ. »Bestimmt nichts Gutes.«

»Eher nicht.«

Merle dachte an den Verlauf des vorangegangenen Nachmittags. Nachdem sie mit Björn gesprochen hatte, war sie in Michaels Büro gegangen, in der vagen Hoffnung, dass er sie trösten würde. Stattdessen hatte er ihr vorgeworfen, sie hätte soeben mit ihrem gemeinsamen Grundsatz gebrochen, Privates und Berufliches zu trennen. Er jedenfalls hätte weiß Gott Besseres zu tun, als Hunderte Kilometer zu einer Beerdigung anzureisen.

»Es wäre besser gewesen, wenn Papa auch mit mir mehr darüber gesprochen hätte«, murmelte Merle gegen die Seitenscheibe. Sie sprach eher zu sich als zu Björn, der sich auf den Verkehr konzentrierte. »Dann hätte ich vielleicht früher erkannt, dass Michael die Arroganz in Person ist. Wenn es bei ihm und mir gekriselt hat, hat Papa immer nur gemeint: ›Wer bin ich, dass ich mich in deine Beziehung einmische?‹ Im Nachhinein wundere ich mich selbst, wie ich es fast sechs Jahre mit Michael ausgehalten habe.«

Björn brummte unbestimmt. Merle war froh, dass er nichts

mehr dazu sagte und sie einträchtig schwiegen, bis er den Wagen auf den Parkplatz neben der kleinen Kirche steuerte.

Es dauerte noch knapp zwei Stunden bis zur Beerdigung, doch am Gemeindesaal liefen schon jetzt ältere Frauen mit Kaffeegeschirr und Thermoskannen hinein und hinaus. Das wunderte Merle nicht. Die Hänsslers waren eine alteingesessene Familie. So ziemlich das gesamte Dorf würde zu Omis Beerdigung seine Aufwartung machen.

»Warst du schon in der Wohnung deines Vaters, seit er wieder hergezogen ist?«

»Nein, das hat sich bisher nicht ergeben.« Energisch verdrängte Merle den Anflug des schlechten Gewissens. Mindestens zwei Jahre war sie nicht mehr hier gewesen und hatte sogar kaum an Steinberg gedacht.

»Hast du einen Schlüssel zur Wohnung deines Vaters?«, riss Björn sie aus ihren Gedanken. »Sonst lasse ich dich rein, damit du dich frisch machen kannst. Hier ist ohnehin nichts zu tun. Oder möchtest du noch einmal zu Mago?«

»Nein, auf keinen Fall!« Merle hoffte, dass es nicht zu ablehnend klang. Sie wollte ihre Großmutter lebendig in Erinnerung behalten. Als ihre Mutter starb, hatten gutmeinende Erwachsene sie damals gezwungen, sich ihre tote Mutter anzusehen. Seitdem regte sich in ihr Ekel, wenn sie den Begriff »Totenhalle« nur hörte. Er hatte für sie einen bedrohlichen Beiklang.

Björn nickte verstehend. »Hast du denn deinen Vater inzwischen erreicht? Darauf hast mir vorhin gar keine Antwort gegeben, oder?«

Merle seufzte laut. »Ich habe es gestern den kompletten Nachmittag lang versucht und es nicht einmal bis zur Mailbox geschafft. Als wir vor drei Tagen miteinander gesprochen haben, war er in einem Nationalpark vierhundert Kilometer nördlich von Vancouver. Er meinte, ich solle mir nicht allzu viele Hoffnungen machen, dass er in der nächsten Woche oft von sich hören lässt. Abseits der Highways wäre die Verbindung eher schlecht.«

Eine jüngere Frau kam mit besorgter Miene auf sie zu. »Björn, da bist du. Hast du Ronja gesehen?«

»Nein, keine Ahnung, wo sie ist. Nicole, das ist Merle, Magos Enkelin. Merle, das ist Nicole – die Mutter von Luke und Amelie. Das sind zwei Freunde meiner Tochter Ronja.«

»Guten Tag.« Sie reichten einander flüchtig die Hand, bevor Nicole sich wieder an Björn wandte. »Die Kinder sind schon seit dem Mittagessen verschwunden. Dabei wollten sie unbedingt beim Eindecken der Totentafel helfen.«

»Ich frage gleich Sarah. Erst bringe ich Merle noch kurz zu der Wohnung ihres Vaters. Also zu Theodors Wohnung.« Björn legte der Frau beruhigend die Hand auf den Unterarm und schob sie sanft, aber unmissverständlich in Richtung Gemeindesaal.

»Sie ist ein wenig überbesorgt«, erklärte er leise zu Merle gewandt. »Sie und ihr Mann sind erst vor einem Jahr aus der Stadt hergezogen. Es fällt ihnen schwer zu akzeptieren, dass den Kindern hier kaum etwas Schlimmes passieren kann. Na gut, ihr Sohn Luke ist vor ein paar Tagen vom Baum gefallen, aber er war unverletzt. Solche Dinge haben wir beide auch schon überlebt, oder?«

»Machst du dir keine Gedanken, wenn deine Tochter verschwunden ist?«, fragte Merle verwundert.

Björn schüttelte entschieden den Kopf. »Hier achten alle aufeinander, und Ronja ist sehr vernünftig für ihr Alter. Sie taucht schon wieder auf.«

Sie waren ein paar hundert Meter durch die engen Gassen zum Dorfrand gegangen. Björn deutete auf einen der Neubauten, die sich an den Waldrand schmiegten. »Die Wohnung deines Vaters liegt im Erdgeschoss. Ach, bevor ich das vergesse: Ich habe neben Magos Leiche einen großen Umschlag mit Theodors Namen darauf gefunden. Vielleicht sind es wichtige Unterlagen. Deshalb habe ich ihn mitgenommen und ihn für dich auf Theodors Küchentisch gelegt. Gerade wenn das Haus deiner Großmutter jetzt leer steht, sollten solche Dinge nicht offen herumliegen.«

»Gut.« Sie zwang sich zu einem letzten Lächeln. »Danke für alles.«

Björn wandte sich um und winkte. »Wir sehen uns gleich, dann stelle ich dich dem Pfarrer vor.«

Eilig schloss Merle die Haustür auf. Endlich allein. Sie ließ die Tasche neben den Stuhl auf den Boden gleiten und setzte sich noch im Mantel an den Küchentisch, auf dem der angekündigte Umschlag wartete. Dort stierte sie eine kleine Weile vor sich hin. Dieses Wiedersehen mit ihrem Jugendfreund machte ihr mehr zu schaffen, als sie sich eingestehen wollte. Die Trennung von Michael war nicht aus heiterem Himmel gekommen; seine Weigerung, sie zu begleiten, war nur der überzählige Tropfen in jenem berühmten zu vollen Fass gewesen. Dagegen zu erleben, dass Björn ganz selbstverständlich für sie da war, obwohl sie sich Jahre nicht gesehen hatten, überwältigte sie. Diese Fürsorge war immerhin eine gute Voraussetzung, eine Beerdigung über sich ergehen zu lassen. Falls es überhaupt gute Voraussetzungen für Beerdigungen geben konnte. Denn jetzt, da sie hier war, wäre Merle lieber davongelaufen. Warum war sie bloß hergekommen? Es brachte Omi nicht zurück. Ihr Vater war noch am anderen Ende der Welt. Vielleicht sollte sie doch zumindest schnell zu Omis Häuschen fahren und einen Blick hineinwerfen?

Sie betrachtete ihre Nylonstrumpfhose und die Schuhe mit den Absätzen und den dünnen Lederriemen und versuchte sich vorzustellen, wie sie damit durch den Wald lief. Dann stand sie wieder auf, überlegte, sich einen Kaffee zu kochen, konnte sich jedoch zu nichts entscheiden. Sie griff nach ihrer Handtasche, kontrollierte das Smartphone, versuchte es bei ihrem Vater. Wie gehabt: »Der Teilnehmer ist zurzeit nicht erreichbar.« Warum auch? Es war Papas großer Traum, einmal quer mit einem Wohnmobil durch Kanada zu fahren, in den Nationalparks zu wandern, zu fischen, ein paar gute Bücher zu lesen. Er hatte sich zuvor kaum etwas gegönnt, war beruflich durch ganz Europa gereist, um Industrieanlagen in Betrieb zu nehmen. Den Rest seiner spärlichen Zeit hatte er so gerecht wie möglich zwischen seiner Mutter, seiner Tochter und seinen Freunden aufgeteilt. Es mochte sogar sein, dass Merle dabei etwas zu kurz gekommen war, seit ihr Vater im Ruhestand nach Steinberg gezogen war. Bisher hatte sie ihn kaum vermisst.

Aber heute fühlte sie sich sehr allein.

Sie stellte sich ans Spülbecken und starrte auf den Rhododendron vor dem Küchenfenster, während sie die Arme um ihren Oberkörper schlang, wie um sich zu wärmen. Hatten ihr Vater und seine Mutter genug Zeit füreinander gehabt? Wie viel Zeit blieb ihr und Papa noch? Zeit war ein seltsames Phänomen. Gerade jedenfalls war sie stehengeblieben.

Merle tigerte ruhelos durch die Küche und das Wohnzimmer, richtete ein paar bereits perfekt arrangierte Kissen auf dem Sofa, pflückte ein welkes Blatt von einer Topfpflanze und kam sich unnütz vor. Irgendwann kehrte sie an den Küchentisch zurück und nahm den Umschlag zur Hand. Wenn sich darin wirklich wichtige Unterlagen befanden, konnte sie sich ebenso gut jetzt darum kümmern. Das war sicherlich besser, als damit zu warten, bis sie wieder in Hamburg war.

Sie öffnete die Lasche und zog einen dicken Stoß Papiere sowie eine dünne braune Ledermappe hervor. Ein Zettel fiel heraus und kreiselte zu Boden. Merle hob ihn auf. Sie erkannte Omis krakelige Handschrift, eine Mischung aus Sütterlin und Druckbuchstaben. Nur ein Satz stand dort geschrieben: *Was geschah wirklich im Knusperhäuschen?*

Merle lächelte sanft. Das war ohne Frage der Überrest einer Märchenrecherche ihrer Omi. Ständig hatte diese versucht, den wahren Kern vieler Märchen zu ergründen – und war stets überzeugt davon gewesen, dass es einen solchen geben musste. *Hänsel und Gretel* hatte es ihr besonders angetan. Vielleicht auch deshalb, weil sie mit vollem Namen Margarete geheißen hatte. Grete, Gretel oder Greta hatte sie als Kosenamen allerdings zeit ihres Lebens gehasst und sich deren Benutzung strikt verboten. Überhaupt war ihre Omi stets ein Sturkopf gewesen. Mit der Entschlossenheit einer Miss Marple war sie einmal im Jahr nach Freiburg gereist, um dort die germanistische Fakultät unsicher zu machen. Soweit Merle wusste, hatte sie wegen ihrer Märchenpassion sogar mit einem Professor aus Leipzig korrespondiert. Sie hatte ihn den Märchenprofessor genannt und eine Zeitlang regelmäßig Briefe von ihm erhalten. Merle konnte sich noch gut an die DDR-Briefmarken auf den Umschlägen erinnern, die es ihr als Kind angetan hatten.

Wie auf Bestellung fiel ihr ein zusammengebundener Stapel Briefe mit dem Stempel der Universität Leipzig in die Hände, während es gleichzeitig an der Haustür klingelte. Verwundert warf Merle einen Blick auf die Küchenuhr. Bis zum Beginn des Gottesdienstes dauerte es immer noch mehr als eine gute Stunde. Neugierig stand sie auf und öffnete. Es war Björn, der verlegen grinste. »Darf ich reinkommen und dir Gesellschaft leisten? Ich wurde aus dem Gemeindesaal verjagt.«

»Klar. Soll ich uns einen Kaffee kochen?«

»Nein danke. Wir werden nachher ausreichend Kaffee bekommen.«

Gemeinsam gingen sie in die Küche und setzen sich an den Tisch. Björn schielte neugierig auf die ausgebreiteten Unterlagen.

»Ist deine Tochter wieder aufgetaucht?«

»Bisher nicht.« Sein Schulterzucken erschien Merle ein wenig zu betont gleichgültig. Offenbar machte er sich doch langsam Gedanken und gab es nicht gern zu.

Sie zog die Ledermappe zu sich heran. »Ich habe gerade den Umschlag aufgemacht, aber noch nicht herausgefunden, was der Inhalt bedeuten soll. Es scheinen Unterlagen einer Recherche über alte Märchen zu sein.«

»Wundert mich kein bisschen. Mago ist durch und durch eine Märchenoma gewesen. Sie hat jeden Donnerstagabend im Gemeindesaal vorgelesen. Wenn die Kinder wollten, konnten sie zu ihr kommen und sich Märchen oder Erzählungen anhören. Oben im Haus ist ein riesiger Fundus. Aber das weißt du sicher besser als ich. Obwohl Mago streng gewesen ist und sie immer alle, wie Ronja gern sagt, ›voll einen auf brav machen müssen‹, haben die Kinder es geliebt, sogar die älteren. Es ist etwas Besonderes gewesen. Eine kleine Reise in die Vergangenheit abseits von Fernsehen und Computer.« Er lächelte. »Jedes Mal hat sie selbstgemachte Lebkuchen mitgebracht. Ich habe auch immer welche mitnehmen müssen. Nicht, dass ich mich groß dagegen gewehrt hätte.«

»Ihre Lebkuchenmännlein …« Merle senkte den Kopf und kämpfte gegen die Tränen an. Noch so eine Erinnerung an früher. Daran, wie es geduftet hatte, wenn Omi die frisch gebackenen Männlein aus dem Ofen gezogen hatte und Merle es kaum erwarten konnte, in den warmen Lebkuchen zu beißen … Verdammt, zum Weinen hatte sie nachher noch genug Gelegenheit!

Björn beugte sich zu ihr. »Geht es dir gut?«

»Ja, sicher.« Merle lächelte traurig und wischte sich über die Wangen. Um deutlich zu machen, dass sie dieses Thema nicht weiter verfolgen wollte, griff sie nach der Mappe und klappte sie auf. Darin lagen acht Seiten aus vergilbtem Papier, das dicht mit einem lateinischen Text beschrieben war. Sie sahen aus wie Kopien aus einem alten Buch. Außerdem fand sie zwei herausgerissene Seiten aus einem Schulheft, auf denen ihre Großmutter Notizen gekritzelt hatte, die auf den ersten Blick so unleserlich waren, dass es ebenso gut Latein hätte sein können. Dazu ein A5-Umschlag, der von der germanistischen Fakultät der Universität Leipzig am 14. Oktober 1969 abgeschickt worden war. Er enthielt ein Anschreiben des Sekretariats von einem Professor Hermann Steiner sowie knapp zwanzig Seiten Schreibmaschinentext.

Merle begann, das Anschreiben zu überfliegen, und schnappte überrascht nach Luft. »Björn, hör dir das mal an:

Bei dem Text handelt es sich um die Niederschrift eines Benediktinermönches namens Bartholomäus um das Jahr 1647. Er beschreibt darin die Geschichte des Mannes Johannes, genannt Hans vom Wald, aus Steinberg. Ob dieser Hans tatsächlich einer Ihrer Vorfahren ist, kann ich anhand des Textes nicht verifizieren.

Inhaltlich handelt es sich um einen Bericht des Mönches über das, was er von Hans erfahren hat. Es kommt einer ausführlichen Lebensbeichte nahe, die allerdings mit umfassenden abergläubischen Überzeugungen oder sogar Wahnvorstellungen durchsetzt ist. Ich vermag nicht zu entscheiden, wo die Grenze verläuft. Der Glaube an das Übernatürliche war inmitten der Frühen Neuzeit in den Menschen noch immer tief verwurzelt. Der Bericht endet mit der Beschreibung eines Exorzismus des Hans vom Wald.

Neben einer vollständigen Übersetzung, bei der ich mir die Freiheit herausgenommen habe, sie ein wenig an die moderne Sprache anzupassen, sende ich Ihnen beiliegend ausführliche Interpretationsansätze einiger Schlüsselstellen des mir von Ihnen zugesandten Textes. Sie hatten in Ihrer Erwartung recht, liebe Frau Hänssler. Einige der benannten Motive in Hans' Erzählung sind in vielen klassischen Märchen zu finden: der Wald, die Stiefmutter, der Kampf des Guten gegen das Böse. Es ist gut möglich, dass es sich bei dem von Ihnen eingereichten Text um eine Vorläufervariante von Hänsel und Gretel *handelt. Zusätzlich sehe ich Übereinstimmungen zu* Schneewittchen, Die Alte im Wald *und anderen Märchen.*

Ich weise noch einmal ausdrücklich darauf hin, dass es mir unmöglich erscheint, die reale Geschichte von Hans vom Wald von seinem Aberglauben und der zweifellos erfolgten Interpretation des Schreibers Bartholomäus zu trennen.«

Merle schaute Björn an. Der lachte irritiert. »Da glaubt Mago wohl, von Hänsel abzustammen. Oder sogar Hänsel *und* Gretel?«, meinte er.

Sie grinste unbehaglich. »Wenn Omi damit recht hätte, wäre mein Vorfahr laut diesem Professor Steiner entweder eine Märchengestalt oder ein Wahnsinniger. Ich weiß gerade nicht, was mir besser gefällt.«

»Steht da noch mehr?«

Merle überflog die letzten Zeilen des Schreibens. »Nur noch das übliche Blabla, viel Erfolg, gerne wieder behilflich, freundliche Grüße.«

»Es passt sehr gut zu meinem Bild von ihr«, erklärte Björn wieder ernster. »Wie schon gesagt: eine Märchenoma durch und durch. Die Kinder haben sie manchmal ›Hexe‹ genannt, aber ich habe nie mitbekommen, dass eines von ihnen es böse gemeint oder tatsächlich Angst gehabt hat. Es war eher ein Ausdruck von Verehrung.« Er hob hilflos die Schultern. »Sie ist sehr streng gewesen. Klar, anders ist so einem ganzen Kinderhaufen kaum beizukommen. Gleichzeitig ist sie extrem gerecht und nachsichtig gewesen, gerade den Kleineren gegenüber. Ach, ich rede gerade Blödsinn. Verstehst du trotzdem, was ich meine?«

Merle lächelte. »Wir haben sie beide sehr gut gekannt.«

Selbst wenn er Blödsinn redete, lenkte es sie gut von dem ab, was vor ihr lag. Daher bedauerte sie, dass er unvermittelt aufsprang und sich zur Tür wandte. »Sarah hat bisher nicht angerufen. Ich möchte doch nachschauen, ob ich Ronja und die anderen beiden irgendwo finden kann.«

Merle erhob sich ebenfalls, schob die Unterlagen zusammen und steckte sie zurück in den Umschlag. »Ich komme mit. Das hier kann ich mir später noch ansehen.«

Sie waren kaum auf dem Marktplatz vor der kleinen Kirche angekommen, als ein etwa fünfjähriges Mädchen auf Björn zuflitzte und in seine ausgestreckten Arme fiel. Er wirbelte das jauchzende Kind durch die Luft, bevor er es auf den Arm nahm. »Das ist Ronja, die jüngere meiner beiden Töchter. Schau, das ist Merle, Oma Magos Enkelin.«

»Tag!« Ronja streckte ihre Hand aus, die Merle lächelnd ergriff.

»Wo habt ihr euch denn herumgetrieben?« So ganz konnte Björn den erleichterten Vorwurf nicht aus seiner Stimme verbannen. Seine Tochter legte den Kopf in seine Halsbeuge und kicherte verlegen.

»Na komm, erzähl mal.«

Ronja zeigte auf Merle. »Wir waren am Knusperhäuschen.«

»Alle drei? Mit Luke und Amelie?«

»Ja, und Marie.«

»Schon wieder? Habt ihr etwas angestellt?«

Ronja zog ihre Haare vor das Gesicht und schüttelte dahinter den Kopf.

Björn brummte mit gespielter Entrüstung, hakte jedoch nicht weiter nach, sondern setzte die Kleine neben Merle ab. »Du entschuldigst mich? Ich will mal nachhören, ob die anderen Kinder alle da sind. Ronja, bleibst du bei Merle? Wollt ihr mal gucken, ob ihr Paul findet? Paul Kupferschmidt ist der Pfarrer«, fügte er zu Merle gewandt hinzu, hob grüßend die Hand und ging mit schnellen Schritten in Richtung Gemeindesaal.

Ronja griff nach Merles Hand und zog sie hinter sich her. »War Oma Mago deine richtige Oma?«

»Das war sie. Kennst du auch meinen Vater Theodor?«

»Klar. Er macht coole Sachen aus Holz. Letzten Winter haben wir Vogelhäuser gebaut.«

Ronja blieb abrupt stehen und blickte zu Merle auf. Mit kindlichem Ernst legte sie den Finger an die Lippen, als wollte sie ihr Gegenüber zu Stillschweigen verpflichten. »Kennst du das Knusperhäuschen?«

»Na klar. Ich habe sogar zwei Jahre lang dort gewohnt, als ich ungefähr so alt war wie du.«

Ronja überlegte angestrengt und setzte sich langsam wieder in Richtung Kirche in Bewegung. »Findest du es da gruselig?«

Merle dachte über die Frage des Mädchens nach. Sie wusste, dass ihre Freundinnen nicht immer mit der rustikalen Atmosphäre zurechtgekommen waren, oder schlicht den Komfort eines modernen Hauses vermisst hatten.

Aber gruselig?

»Nein, eigentlich nicht«, erwiderte sie. »Was meinst du denn? Hattet ihr Angst vor der Omi Mago?«

»Nein. Ach was.« Ronja wedelte Merles Worte mit einer entschiedenen Handbewegung fort. »Na ja, manche von uns fanden sie vielleicht ein bisschen gruselig. Also Luke, der hatte ein bisschen Angst vor ihr. Aber der ist ein Hosenscheißer. Nein, anders: Der Wald ist dort manchmal wie unser Keller. Gruselig eben. Papa sagt immer, ich brauche keine Angst zu haben. Ich habe auch keine Angst vor Spinnen, ehrlich nicht. Aber einmal hat meine Schwester das Licht ausgemacht, als ich unten war, und da … also …«

Merle lächelte und strich Ronja über den Kopf. Im gleichen Moment erinnerte sie sich daran, dass sie selbst solche Gesten von Erwachsenen gehasst hatte. Björns Tochter dagegen schien es nichts auszumachen. Sie schaute Merle erwartungsvoll an.

»Ich verstehe schon, Ronja. Im Winter fand ich es manchmal gruselig. Und besonders im Herbst, wenn es früher dunkel wurde. Dann konnte der Bodennebel so komische Wirbel ziehen, als ob er lebendig wäre.« Sie senkte die Stimme und beugte sich vertraulich herab. »Dann war ich froh, wenn ich im Haus war und nicht mehr rausmusste. Nicht mal bis zur Scheune, um Holz zu holen. Aber Omi hat das immer verstanden und ist selbst gegangen.«

Ronja nickte eifrig. »Ist Luzi manchmal weggesprungen, als ob sie sich erschreckt?«

»Luzi? Lebt sie etwa noch? Die muss uralt sein!«

»Klar lebt sie noch. Die ist topfit!«

»Soll ich dir ein Geheimnis verraten?« Merle zwinkerte ihr verschwörerisch zu. »Den Namen Luzi habe ich ausgesucht. Nach Luzifer, dem Teufel. Omi hat das nie herausgefunden.«

»Cool!« Ronjas Augen leuchteten. »Oma Mago hat Luzis Töchter Muschi oder Minka genannt. Das finde ich viel langweiliger.«

Merle grinste. »Stimmt. Außerdem hatte Omi immer darauf bestanden, dass ein richtiges Hexenhäuschen mindestens eine schwarze Katze braucht. Die Schwarze hieß immer Mohrle – bis zu Luzi der Ersten. Diese Luzi müsste also Luzi die Zweite oder sogar Luzi die Dritte sein.«

Ronja zog unschlüssig die Schultern hoch. »Die Nummer weiß ich nicht. Sie heißt einfach Luzi.«

Merle und Björn hatten sich ab einem gewissen Alter natürlich besonders über den Namen Muschi lustig gemacht, aber Omi hatte das völlig kaltgelassen. Ihre Katzen hatten immer die gleichen Standardnamen, und sobald eine verstorben war, gab es die nächste Muschi.

Schlagartig wurde Merle bewusst, dass sie mit Ronja über ihre Erinnerungen sprechen konnte, ohne dass es weh tat. Das Mädchen hatte »ihre« Oma Mago sicherlich sehr gerngehabt, war aber nicht in der Lage, ihren Tod vollständig zu realisieren. Es würde die liebenswürdige alte Hexe sicherlich vermissen. Gleichzeitig aber war dieses Kind so voller Entdeckergeist und Lebensfreude, dass sich seine Welt bereits jetzt weiterdrehte. Dieser kindliche Hauch eines Lebens im Augenblick tat Merle gut, und fast wünschte sie sich, Ronja würde sie nach Hamburg begleiten. Oder besser noch, sie selbst könnte einfach hierbleiben. Aber Steinberg hatte vermutlich keinen Bedarf an einer Fachanwältin für Wirtschaftsrecht. Und selbst wenn sie ihren Beruf aufgab – eine Vorstellung, die sie in letzter Zeit zunehmend attraktiver fand –: Sie konnte ja sonst nichts, mit dem sich Geld verdienen ließe.

Ronja zupfte Merle am Mantelärmel. »Hast du auch mal Rehe gesehen?«

»Rehe? Nein, die sind nie so nah ans Haus gekommen.«

Jetzt hob Ronja die Hand an den Mund und flüsterte vertraulich zu Merle auf: »Wir haben heute eins gesehen. Das war ganz nah, und wir hätten es beinahe gefangen.«

»Gefangen? War es verletzt? Rehe sind doch viel schneller als Kinder.«

»Das nicht. Es hat nur ein ganz kleines bisschen gehumpelt. Ich glaube, ich habe es vor ein paar Tagen schon mal gesehen, hinter dem Verbotenen Garten. Da hat es ganz doll gehumpelt. Aber weil Amelie uns nicht glauben wollte, dass wir Cinderella gesehen haben, und Luke gerade vom Baum gefallen war …«

»Wolltet ihr Äpfel stibitzen?«

»Nein, das war kein Apfelbaum.« Ronja erschrak und biss sich auf die Lippen.

»Soso, es war kein Apfelbaum«, stellte Merle streng fest und musste sich zugleich ein Schmunzeln verkneifen. »Ich kenne nur einen einzigen anderen Baum, der kein Apfelbaum ist und auf den man hinaufklettern kann. Ihr seid also im Verbotenen Garten gewesen.«

Ronja betrachtete schweigend ihre Füße, bis Merle sie leicht anstupste. »Soll ich dir noch etwas verraten? Dein Vater und ich waren früher auch mal dort.«

»Echt?«

»Wirklich wahr.«

»Dabei schimpft er immer, weil wir so neugierig sind. Beim ersten Mal fand ich es dort gar nicht so schlimm. Aber dann hatte ich das Gefühl, dass der Baum mir hinterherguckt.« Ronja schüttelte sich.

»Du meinst, dass der Baumstamm an einer Stelle ein bisschen aussieht wie ein Gesicht.«

Merle lächelte, als die Kleine angestrengt überlegte. Ihre Gesellschaft war wirklich Balsam.

»Habe ich nicht gesehen. Da ist kein Gesicht«, behauptete sie schließlich.

»Es wäre dir aufgefallen, wenn es noch da ist. Wer weiß, vielleicht ist es über die Jahre so verwachsen, dass man es nicht mehr erkennen kann. Und bitte, Ronja: Omi war das immer ganz wichtig, dass niemand in den Verbotenen Garten geht. Lauf jetzt nicht bei der nächsten Gelegenheit noch mal hin und schau nach.«

Ronja schaute erschrocken. »Ganz bestimmt nicht«, wehrte sie nachdrücklich ab. »Ich habe Papa geholfen, die Äpfel zu pflücken, und jetzt möchte ich erst mal gar nicht mehr hin. Die Äpfel pflückt Papa immer, seit Oma Mago das nicht mehr selbst kann. Wir können die gar nicht alle essen. Zum Teil verschenken wir sie. Die kleinen bekommen die Ziegen. Soll ich dir ein paar schöne raussuchen? Die kannst du mitnehmen.«

Natürlich hatte Merle schon das »Nicht nötig« auf den Lippen. Dann wirkte auf einmal die friedliche Umgebung auf sie ein, die ruhige Geschäftigkeit der Dorfbewohner vor der Kirche und Ronja, die erwartungsvoll zu ihr hochblickte. Sie erinnerte sich an die Äpfel in Omis Garten, wie sie rot und gelb in der grünen Kulisse der Bäume glänzten. Dazu der Duft des nahen Waldes und die wärmenden Sonnenstrahlen im Nacken. Wie es wäre, einen Hauch davon mit nach Hause zu nehmen …

»Danke, Ronja. Gern.«

Drei
GESCHICHTEN

Erschöpft ließ Merle sich an einem der Tische in der Wartehalle auf den unbequemen Holzsitz sinken. Es war fürchterlich knapp geworden, den Flughafen überhaupt noch zu erreichen, aber sie hatte unmöglich noch eine Nacht länger in Steinberg bleiben können. Während der Autofahrt nach Basel hatte sie bereits mit Volker telefoniert und sich bezüglich des Mandates auf den neuesten Stand bringen lassen. Und wozu die ganze Eile? Nur um zu erfahren, dass ihr Flug wegen Wetterturbulenzen in Spanien drei Stunden Verspätung hatte.

Merle lehnte sich zurück und dachte an Omis Beerdigung, die sie erst wenige Stunden zuvor verlassen hatte. Nahezu das gesamte Dorf war gekommen, um Margarete Hänssler die letzte Ehre zu erweisen. Nicht nur alte Menschen, auch junge Familien, die sich in den letzten Jahren im Dorf angesiedelt hatten. Alle hatte Merle sagen wollen, wie gut sie ihre Omi gekannt oder dass sie sie regelmäßig besucht hatten. Ganz sicher hatten die Leute es gut gemeint, doch es hatte nur dazu geführt, dass Merle sich umso mehr wie ein Fremdkörper in der Dorfgemeinschaft gefühlt hatte. Es waren nur so wenige da gewesen, die sie kannte.

Sie selbst hatte Omi im Sommer vor zwei Jahren zum letzten Mal besucht. Damals hatten sie sehr innig Abschied voneinander genommen. Ob Omi bereits gewusst hatte, dass es ein Abschied für immer gewesen war? Merle stöhnte lautlos, weil sie ihre Gedanken nicht von der Vergangenheit losreißen konnte, während vor der Fensterscheibe des Terminals das nächste Flugzeug mit blinkenden Positionslichtern auf die Startbahn zurollte. Rastlos spielte sie mit ihrem Smartphone, da sie es gerade wieder erfolglos bei ihrem Vater probiert hatte, als es klingelte. Michaels Nummer. Ausgerechnet. Was wollte der denn?

»Merle, endlich. Wo bist du? Warum meldest du dich nicht?«, schallte ihr der vertraut vorwurfsvolle Ton entgegen.

»Warum hätte ich mich melden sollen? Interessiert es dich etwa, wie es mir ergangen ist?«

»Klar liegt mir was an dir. Sonst hätte ich doch schon lange Schluss gemacht.«

Er hätte Schluss gemacht? Merle schüttelte stumm den Kopf. Musste sein Ego die Tatsachen verdrehen, weil es mit der Wahrheit nicht zurechtkam?

»Also?«, hakte er nach, weil sie schwieg.

»Wie Beerdigungen eben sind. Papa und ich werden jetzt darüber nachdenken müssen, was wir mit dem Haus machen. Ich hatte schon überlegt, ob man es renoviert und als Ferienhaus herrichtet. Was hältst du davon?« Wenn er schon anrief, konnte sie ihn auch nach seiner Meinung fragen. In solchen Dingen war Michael in der Vergangenheit kein schlechter Berater gewesen.

»Was muss denn alles an der Bude gemacht werden?«

»Gar nicht viel. Im ersten Stock sind vier kleine Zimmer. Aus denen müsste man zwei machen, das wäre der größte Umbau. Ansonsten ein wenig Farbe und den Holzboden abschleifen, das war es schon.«

»Wie sieht das Bad aus?«

»Bad?«

»Badezimmer, Waschraum, WC. Oder geht ihr noch auf einen Donnerbalken? Ein Holzverschlag mit Herzchentür?«

Merle überlegte krampfhaft. Das war verrückt. Gab es bei Omi ein Badezimmer? Sie erinnerte sich nur sehr deutlich daran, wie sehr sie sich immer darüber gefreut hatte, wie heiß das Wasser war, wenn sie geduscht hatte.

»Das Bad ist ein wenig in die Jahre gekommen, aber noch völlig okay«, behauptete sie. Tatsächlich hatte sie keine Ahnung.

»Was ist mit Strom? Kann man eine Satellitenschüssel aufs Dach stellen? Deine Oma hat bestimmt gar nicht gewusst, dass es inzwischen mehr als drei Programme gibt.«

Stumm schluckte Merle eine bissige Erwiderung hinunter. Gerade fiel ihr wieder ein, warum sie sich von Michael getrennt hatte.

»Strom ist kein Problem«, log sie. Sollte er in ihre Antwort hineininterpretieren, was er wollte. Was brauchte sie ihn, um den Wert des Häuschens zu ermessen? Besser, sie beendete das Gespräch so schnell wie möglich.

»Wie sieht es mit Telefon aus?«

»Heutzutage hat jeder Mensch ein Handy.« Omis Haus stand in einem Funkloch. Man musste die paar Meter bis zum Fahrtweg gehen. Dort war die Verbindung in Ordnung.

»Sehr komfortabel, klar. Heizung?«

»Die Temperatur im Haus ist immer wunderbar.«

»Das war keine Antwort auf meine Frage, Schätzchen.« Der Kosename klang eher bedrohlich als nett. »Egal. Ist mir sowieso ein Rätsel, warum ihr die Alte noch da wohnen lassen habt, statt sie in ein Heim zu stecken. Da hätte sie nämlich hingehört. Ich kenn die Hütte nur von außen, aber wenn du meine ehrliche Meinung hören willst: Spreng das Teil.«

Merle hatte plötzlich einen Kloß im Hals. Sie räusperte sich. »Hör zu, es war eine bescheuerte Idee, überhaupt mit dir zu reden. Danke für deine ungefragte Meinung. Einen schönen Abend noch.« Und ein schönes Restleben! Warum war es ihr bisher eigentlich attraktiver erschienen, sich nicht von Michael zu trennen? Lieber einsam und verlassen, als ständig wie ein treuer alter Köter Tritt um Tritt zu kassieren.

Zu müde, um wirklich wütend zu sein, steckte sie das Handy in die Tasche und zog stattdessen Omis Mappe hervor. Sie wollte sich lieber auf die wirklich wichtigen Dinge konzentrieren, wie zum Beispiel ihr Familienerbe. Merle überflog die ersten Seiten. Erst jetzt erkannte sie, dass die eng getippten Zeilen in zwei Spalten aufgeteilt waren. Links stand die Übersetzung des lateinischen Textes und rechts die Interpretationen Professor Steiners. Auf den ersten Blick verstand sie von Steiners Anmerkungen überhaupt nichts. Also begann sie, sich auf die Übersetzung zu konzentrieren:

Mitschrift von Bruder Bartholomäus, siebenter September 1647 im Jahre des Herrn; Kloster Unserer Lieben Frau zu Thierenbach.

Es wird berichtet von der Aufnahme des Johannes, zu nennen Hans vom Wald, aus Steinberg in der Markgrafschaft Baden-Durlach. Er pilgerte bis in den Morgen des heutigen Tages ohne Pause zu unserer Wallfahrtskapelle, um Buße zu tun, so er glaubt, von einem Dämon besessen zu werden. Zustand entkräftet und verhärmt. Unsere Brüder setzten ihn eingehend der peinlichen Befragung aus. Der Dämon zeigte sich. Der Besessene Johannes flehte um Erlösung. Die Exorzierung erfolgte nach dem Rituale Romanum von 1614.

Hernach bat Johannes um Aufnahme in die Gemeinschaft. Diese wurde gewährt.

Es folgt die Niederschrift des Geständnisses des Dämons.

Merle grinste. Wenn Professor Steiner das bereits als angepasste Version bezeichnete, wollte sie das Original gar nicht erst lesen. Auch so fiel es ihr schwer genug, sich auf den Text zu konzentrieren, selbst wenn sie sonst täglich Juristen-Deutsch las. Die Wartehalle war überhitzt, es herrschte eine träge summende Atmosphäre. Merle streckte sich auf dem unbequemen Sitz und stellte den Wecker des Handys auf eine Stunde, falls sie die Ansage überhörte. Sicher war sicher.

Der Vater des Hans, ein geachteter Holzhacker, brachte ein Mädchen aus dem Wald mit, als der Knabe etwa zehn Jahre alt war. Er gab an, das Kind allein im Wald gefunden zu haben. Es sprach nichts und zu niemandem. Es war scheu und verbarg sich sogleich hinter einem Schrank in der Stube. Einen jeden starrte es mit riesengroßen dunklen Augen an.

Merle gähnte. Das klang nicht sehr dämonisch. Sie las die nächsten Seiten, ohne einen Satz bewusst aufzunehmen. Die Hand mit den Papieren sank wie von selbst in ihren Schoß. Im nächsten Augenblick war sie weggedöst.

Irgendwo im Schwarzwald, Herbst 1598

»Wer bist du?« Vorsichtig kniete sich Hans vor das Mädchen und streckte zwei Finger aus. Sie rührte sich nicht, zuckte aber immerhin nicht zurück. So sanft wie einem frisch geschlüpften Küken in Mutters Hennenstall streichelte er ihr über den Unterarm. Sie trug nichts als ein grob gewebtes, viel zu kleines Kleidchen, unter dem sich schon zaghafte Rundungen abzeichneten. Dabei war sie ganz sicher nicht viel älter als Hans selbst. Freundlich wiederholte er seine Frage, aber sie antwortete nicht und starrte ihn nur mit großen schwarzen Augen an. Dieser merkwürdig eindringliche Blick wollte ebenfalls nicht recht zu dem jungen Gesicht passen. »Die Augen sind der Spiegel der Seele«, pflegte der Dorfpfarrer zu sagen. Wenn das so war, war die Seele dieses Mädchens rabenschwarz.

Hans zog die Hand zurück und lächelte. Das Mädchen faszinierte ihn, und es kam ihm vor, als wollte es ihn zu etwas auffordern. Etwas Verbotenem. Dass er die meiste Zeit artig war, hieß noch lange nicht, dass verbotene Dinge keinen Reiz auf ihn ausübten. Sogar auf Adam und Eva hatte der Apfelbaum seinen Reiz ausgeübt. Der Pfarrer hatte gesagt, das sei das Werk des Teufels gewesen. Aber der riesige Höllendämon mit seinen Hörnern und Hufen konnte doch kaum in einem kleinen Mädchen stecken? Wie sollte er da reinpassen?

Mit einer knappen Geste deutete Hans auf sich. »Ich bin Hans. Du musst keine Angst haben. Wie heißt du?«

Das Mädchen zuckte kaum merklich mit den Schultern.

»Hast du denn gar keinen Namen?«

Wieder erhielt er nur ein Schulterzucken als Antwort.

Hans überlegte. »Ich könnte dich Margareta nennen. So hieß meine kleine Schwester. Sie ist letztes Jahr am Fieber gestorben. Gefällt dir Margareta?«

Das Schulterzucken wurde noch ein wenig unsicherer.

Hans wertete das als Zustimmung. »Wir haben sie Greta gerufen. Ich nenne dich Greta. Bist du einverstanden?«

Das Schulterzucken blieb aus, aber Hans war sich ganz sicher, dass er ein hauchfeines Nicken gesehen hatte. Sie senkte den Kopf ein wenig, und ihr Blick verweilte auf Hans' Brust. Er erkannte sofort, worauf Greta starrte, hob das Kreuz, das er an einem Lederriemen um den Hals trug, und hielt es ihr hin. »Gefällt es dir?«

Das heftige Kopfschütteln war sehr eindeutig. Hans war ein wenig gekränkt. Das Kreuz war sein Allerheiligstes. Vater hatte es zur Feier seiner Erstkommunion extra vom Schmied anfertigen lassen. Es war sehr teuer gewesen. Weil Hans jedoch schon einige Jahre früher als die anderen Kinder des Dorfes zur Ersten Heiligen Kommunion gehen durfte und seine Eltern deshalb so stolz auf ihn waren, hatten sie sich in solche Unkosten gestürzt. Aber das konnte Greta alles nicht wissen, und so verzieh er ihr schnell. Der Vater hatte gesagt, dass sie ganz erschöpft gewesen war, als er sie gefunden hatte. Vielleicht konnte sie es später besser würdigen.

»Du kannst hier sitzen bleiben, wenn du möchtest. Hast du Hunger? Ich werde dir etwas Brot holen.« Mit diesen Worten erhob er sich und rannte aus dem Haus. Seine Mutter war mit den anderen Frauen des Dorfes in der Backstube. Er wollte sehen, ob nicht schon ein frischer Laib Brot auf ihn und seine neue Schwester wartete.

Am Backhaus erlebte er eine Überraschung. Statt der Frauen erkannte er schon von weitem seine Mutter, die den großen

Brotkorb hielt, seinen Vater und Pater Gangolf, den Dorfpfarrer. Die ernsten Mienen der Erwachsenen ließen Hans innehalten. Noch bevor er weiter darüber nachgedacht hatte, war er hinter ein paar Büsche geschlüpft.

Eigentlich wollte er nicht lauschen. Das gehörte sich nicht. Aber allein der Umstand, dass sein Vater noch im Dorf war und nicht wieder im Wald bei seiner Arbeit, machte Hans neugierig und auch ein wenig misstrauisch. Was, wenn sie Greta wieder wegschicken wollten?

»… so unheimlich«, hörte er seine Mutter gerade sagen. »Habt Ihr ihre Augen gesehen, Pater? Sie sind schwarz, kohlrabenschwarz.«

»Das ist in der Tat ungewöhnlich, Gevatterin. Doch wir sollten nicht vorschnell urteilen. Vielleicht ist das Mädchen vom fahrenden Volk zurückgelassen worden. Oder es ist fortgelaufen und hat sich dabei im Wald verirrt. Ich hörte von einem kleinen Zug Jahrmarktsgesellen, der vor einiger Zeit in Lörrach verweilt hat.«

Hans sah, wie seine Mutter seinem Vater einen Blick zuwarf und sich dann hastig bekreuzigte. Das Mehl an ihren Fingern hinterließ einen hellen Streifen auf ihrer Stirn. »Zigeuner? Dann steckt Magdalena dahinter. Sie hat sich vor ein paar Wochen die Karten legen lassen und dann nicht dafür bezahlt. Wusstet Ihr davon? Es sieht ihr ähnlich, dass sie das noch nicht gebeichtet hat, dieses verlogene Biest. Nicht, dass das Gör einen Fluch über unser Dorf bringt. Der Herr möge uns beistehen.«

Die Erwachsenen waren auf der Höhe von Hans' Versteck angelangt, und er konnte sehen, wie sein Vater verstohlen die Augen gen Himmel schlug.

Pater Gangolf legte seiner Mutter begütigend die Hand auf die Schulter. »Wenn das eine Angelegenheit zwischen Magdalena und einer Wahrsagerin ist, wüsste ich nicht, warum diese das gesamte Dorf strafen wollte. Außerdem hat dein Mann sie gefunden und nicht Magda oder ein anderer der Müllerfamilie. Nimm das Kind ein paar Tage bei euch auf, und wir werden sehen, was wir machen können. Joseph, du sagtest, es spricht nicht?«

Hans' Vater nickte. Er war ein bedächtiger Mann und neigte nicht zu schnellen Entscheidungen. Sicher kam ihm das Vorgehen des Pfarrers entgegen.

»Es mag sein«, fuhr Pater Gangolf fort, »dass das Mädchen unsere Sprache nicht versteht. Das ist ein weiterer Hinweis auf eine fremde Herkunft. Nein, Gevatterin, lass sie bei euch und sieh zu, dass sie dir im Haus zur Hand geht. Dann wird es eurer Schaden nicht sein.«

Der Tonfall der Mutter blieb skeptisch, doch ihre Antwort konnte Hans nicht mehr verstehen. Er war erleichtert, dass der Pfarrer in Gretas Namen sprach. Auf ihn hörte Mutter. Mehr noch als auf seinen Vater. Was der Pater sagte, war auch vernünftig, wie Hans fand. Seine Mutter bekam bald wieder ein Kind, und außer Hans waren die Geschwister alle noch viel zu klein, um eine große Hilfe zu sein. Seine Mutter würde merken, dass Greta ihr nichts Böses antat, und Hans freute sich darauf, endlich wieder eine Schwester in seinem Alter zu haben, die ihn nicht mit albernen Kinderspielen behelligte.

Doch Hans' Hoffnungen sollten sich nicht erfüllen, ganz im Gegenteil. Zu Beginn gab sich seine Mutter sogar Mühe, sich mit Greta anzufreunden. Obwohl sie ganz und gar nicht mit der Wahl des Namens für das Mädchen einverstanden war, weil es ihrer Meinung nach das Andenken ihrer leiblichen Tochter beschmutzte, blieb es schnell dabei.

Allerdings: Greta war merkwürdig. Auch das musste Hans zugeben. Sie war nicht faul und ließ sich zögerlich, aber folgsam zur Hausarbeit anleiten, doch sie konnte nichts. Als hätte sie noch nie gewebt oder gestopft, gekocht oder gebacken, gewaschen oder geputzt.

Außerdem starrte sie allen Leuten unentwegt ins Gesicht. Den meisten war das unangenehm. Sie forderten das Mädchen auf, das Starren zu unterlassen, hatten jedoch keinen Erfolg. Nur manche Burschen – besonders die, die etwas älter waren als Hans – fühlten sich geschmeichelt von ihren Blicken und machten zotige Bemerkungen, wenn die Erwachsenen nicht in der Nähe waren. Manchmal lächelte Greta einen der jungen Männer ganz seltsam an. Dann wurden die unsicher und machten sich davon.

Schon ein paar Tage nach Gretas Einzug kam es zu einem heftigen Streit zwischen Hans' Eltern. Hans hörte zufällig, wie sein Vater die Stimme erhob. Das war so ungewöhnlich, dass er nicht anders konnte, als den Rechen, mit dem er gerade den Auslauf der Hühner sauber machte, zur Seite zu legen, und näher ans halb geöffnete Fenster zu treten.

»Mach mir nichts vor!«, kreischte seine Mutter gerade. »Das ist kein normales Kind! Das ist ein Dämon in Menschengestalt! Jeder sagt das, jeder im Dorf erkennt das. Nur in deinen verbohrten Holzkopf will das nicht hinein!«

»Unfug!«, schrie Hans' Vater.

»Aber ihre Augen leuchten rot, wenn man schnell genug hinschaut. Wir haben es alle schon gesehen!«

»Hör auf mit deinem abergläubischen Geschwätz, Weib! Du hast gehört, was Pater Gangolf gesagt hat. Wenn er aus Lörrach zurückkehrt, wird er das Mädchen mitnehmen, und dann ist die Sache ausgestanden. Wirst du bis dahin noch Geduld haben!«

»Und mir ansehen, wie diese Teufelsbrut meinen Mann verhext? Niemals!«

»Sie hat doch nichts …«

»Was hat sie nicht, Mann? Glaubst du, ich habe nicht mitbekommen, wie sie versucht, dich zu verhexen?«

»Du siehst Gespenster. Sie versucht, freundlich zu sein.«

»Diese Art von Freundlichkeit kenne ich.«

Hans fragte sich, was seine Mutter damit meinte. Er fand, dass sein Vater recht hatte.

»Als ob ich …«

»Natürlich nicht. Anna ist dir damals auch nur *zur Hand* gegangen. Besonders, wenn es darum ging, deine Beinkleider auszuziehen!«

»Martha, ich …«

»Schaff das Balg fort. Heute noch! Keine weitere Diskussion! Bevor es Unglück über uns alle bringt!«

Es wurde still. Hans schlich sich vom Fenster fort und nahm den Rechen wieder zur Hand. Er hatte nicht ganz verstanden, was seine Mutter befürchtete. War sie eifersüchtig auf Greta, weil er und sein Vater sie mochten? So wie die böse Stiefmutter in den Märchen, die seine Großmutter früher erzählt hatte? Greta hatte nichts getan. Trotzdem war seine Mutter böse auf sie.

Bevor er weiter darüber nachgrübeln konnte, hörte er, wie sein Vater ihn rief. Dann sah er ihn schon mit hochrotem Kopf über den Hof stapfen.

»Ich bin hier, Vater, im Hühnerstall.«

»Wo ist Greta?«

»Sie bringt Eier zum Pfarrhaus, damit Pfarrer Gangolf bei seiner Rückkehr frische Eier vorfindet.«

»Pack dir und dem Mädchen eine Brotzeit ein. Ich nehme euch mit.«

Hans machte große Augen. Es war schon früher Abend, und sein Vater musste gleich zur Gemeindeversammlung. »Wohin gehen wir?«

»Ich muss noch mal Holz holen. Ihr sollt mir tragen helfen.«

Hans nickte und ging in den Schuppen, um die Kiepen zu holen, die sein Vater im letzten Sommer für ihn und seine verstorbene Schwester Greta hatte anfertigen lassen. Sie sammelten darin Reisig und Kleinholz, das, wie die Scheite, die sein Vater schlug und trocknete, zum Feuermachen verkauft wurde.

Als Greta kam und den leeren Eierkorb stumm wieder neben die Tür zum Hühnerstall stellte, winkte der Vater ihnen bereits und schlug den Pfad in den Wald ein. Hans hatte von seiner Mutter einen Leinenbeutel mit Brot und einem Stück Käse für sich und Greta erhalten. Obwohl die Mutter immer noch wütend gewesen war, hatte sie ihn so liebevoll verabschiedet, dass es ihm unangenehm geworden war.

Sehr zu Hans' Erstaunen schlug sein Vater nicht den üblichen Weg ein, der zu den ordentlich gestapelten Klaftern in der Tannenschonung führte, sondern wanderte bergan in Richtung des Falkenbergs, einem kleinen Hügel hinter dem Dorf.

Die Kinder folgten ihm dichtauf.

Sie hatten den steilen Anstieg etwa zur Hälfte erklommen, da hielt der Vater an und packte Hans am Arm. Er zog ihn ein wenig zur Seite und beugte sich zu seinem Sohn hinab. »Hänsel, kennst du die Lichtung, oben auf dem Berg?«

Eifrig nickte Hans. Beiläufig bemerkte er, dass der Verband, den sein Vater um den Unterarm trug, wieder voller Blutflecken war. Vor ein paar Tagen hatte er sich verletzt, während er die Äste einer Tanne vom Stamm entfernen wollte. Hans erinnerte sich daran, dass sein Vater erzählt hatte, wie er sich unter einen Baum gesetzt und versucht hatte, die Blutung zu stillen, als er Greta im Gras entdeckt hatte.

»Such nach dem Hochstand. Dort klettert ihr hinauf, und du bleibst in dieser Nacht bei Greta. Morgen kommst du allein zurück. Wenn alles gutgeht, kommt Pfarrer Gangolf morgen

Abend zurück. Dann holst du Greta wieder ins Dorf. Hast du das alles verstanden?«

Für den Moment war Hans zu überrascht, um etwas zu erwidern, doch dann nickte er umso eifriger. Er verstand, welche Verantwortung sein Vater ihm übertrug, und er würde gut auf Greta achten.

»Ihr könnt Euch auf mich verlassen, Vater. Das schwöre ich bei Gott«, erklärte er feierlich.

Sein Vater lächelte stolz und umarmte ihn kurz. Dann nahm er den beiden Kindern die Kiepen ab und schlang sie mit den Tragriemen über die Schulter, bevor er sich an Greta wandte: »Es tut mir leid, und ich muss mich für die Leute im Dorf entschuldigen. Einige Frauen mögen es nicht, wenn du in der Nähe bist. Hans wird dich zu einem Versteck begleiten. Ab morgen wird sich Pfarrer Gangolf um dich kümmern. Du musst keine Angst haben.« Er strich ihr liebevoll über den Kopf, und sehr zu Hans' Erstaunen lächelte Greta den Vater an. Allerdings war es nicht das kindliche Lächeln, das sie Hans in seltenen Fällen geschenkt hatte. Hans fand keine Worte dafür, wie es aussah. Aber es gefiel ihm nicht, und … hatten ihre Augen gerade die Farbe verändert? Oder war das nur ein verirrter Sonnenstrahl gewesen?

Sein Vater wischte sich über die Stirn und wandte sich hastig ab. »Geht jetzt, bevor es dunkel wird.« Mit diesen Worten drehte er sich um und ging den Pfad hinab.

Hans packte Greta an der Hand und zog sie mit sich in die andere Richtung. Das Mädchen folgte ihm eine kurze Weile bergauf, bis sie die nächste Wegkreuzung erreichten.

Dort blieb es stehen. »Warte!«

Hans erstarrte und drehte sich zu Greta um. »Du kannst ja doch sprechen! Ich dachte, du wärest stumm!«

Greta beachtete ihn nicht weiter, sondern zog ihn an der Hand.

»Nein, das ist der falsche Weg.« Hans hielt dagegen, so dass sie zwei Armlängen voneinander entfernt standen und jeder in eine andere Richtung zog.

»Wir müssen hier entlang«, flüsterte Greta eindringlich. Dann ließ sie seine Hand los und ging mit schnellen kleinen Schritten auf den Weg zu, von dem er lediglich wusste, dass er in einen älteren Teil des Waldes führte. Dort durfte sein Vater kein Holz schlagen, also gingen sie dort nicht hin. Hilflos blieb Hans auf dem Weg stehen und starrte Greta nach. »Komm zurück! Greta, bitte, das ist der falsche Weg!«

Hans lief einige Schritte hin und her und rang die Hände. Was sollte er tun? Er rief noch einmal, doch Gretas zierliche Gestalt mit dem viel zu kurzen Kleid war bereits zwischen den Bäumen verschwunden. Er konnte nicht länger warten, er hatte seinem Vater versprochen, auf Greta aufzupassen. Was wollte sie nur in dem Wald? Ohne noch weiter darüber nachzudenken, folgte er ihr.

Sehr zu seinem Erstaunen schaffte er es nicht, sie einzuholen. Er ging so schnell er konnte hinter seiner Ziehschwester her, und manchmal musste er sogar rennen, um sie nicht aus den Augen zu verlieren. Das war gar nicht so einfach, denn der Pfad wurde mit der Zeit immer schmaler und war von Farn und Brombeersträuchern überwuchert. Dann gelangten sie wieder an eine größere Wegkreuzung. Hans sah gerade noch, wie Greta einen verwilderten Pfad zwischen hohen Fichten wählte. Er verzweifelte langsam. Soweit er sich orientieren konnte, liefen sie immer auf ungefähr der gleichen Höhe die Flanke des Hügels entlang und kreuzten die Wege, die von unten nach oben führten. Aber bald wurde es dunkel, und dann wusste er nicht, wie er zurückfinden sollte.

Immer wieder rief er Greta, doch sie reagierte nicht, und so folgte er ihr immer tiefer in den Wald hinein.

Ganz unvermittelt bog sie ab. Hans dachte erst, dass sie mitten durch das Unterholz liefe. Erst als er näher kam, sah er die schwachen Spuren eines Pfades. Er schaute sich um. Irgendwie musste er den Rückweg markieren. Nur womit? Er entdeckte weder Steine noch Äste, die auffällig genug waren. Da fiel ihm das Brot in seiner Tasche ein. Wenn er einige helle Krümel auf den Weg streute, würden die sich von dem dunklen Boden gut abheben. Er versuchte es, und zu seiner Erleichterung war die Spur deutlich zu sehen. Also rannte er weiter und ließ immer wieder einige Stücke fallen. Ihm war völlig klar, dass in der Nacht Eichhörnchen und Vögel einen Teil des Brotes sammeln würden, doch er hoffte, dass sie nicht gleich alles wegfraßen, denn eine andere Möglichkeit, sich zu orientieren, fiel ihm nicht ein.

Er lief weiter und wäre im nächsten Moment um ein Haar über Greta gestolpert. Sie hockte halb verdeckt vom Unterholz und beobachtete etwas. Er erschrak, ließ das restliche Brot fallen und setzte wütend an, um sie auszuschimpfen. Inzwischen war es fast dunkel. Sie würden Mühe haben, den Weg zurück zum Hochsitz zu finden.

»Sag mal …«

»Schweig still!« Greta ergriff Hans an einem Hemdzipfel und riss ihn mit erstaunlicher Kraft neben sich zu Boden.

Verblüfft schwieg er und versuchte zu erkennen, was ihre Aufmerksamkeit so fesselte.

Sie befanden sich oberhalb einer Hütte, die sich mit einem weit ausladenden Dach in den Hügel schmiegte. Der vordere Teil bestand aus zwei Stockwerken und diente als Wohnhaus, der hintere Teil war Stall beziehungsweise Scheune und Heuboden. In einem Zimmer im Erdgeschoss brannte eine Laterne. Auf den ersten Blick konnte Hans nichts Besonderes erkennen.

»Wer wohnt da?«, fragte Hans flüsternd.

»Eine Frau. Sie hasst mich. Du musst sie töten!«

»Was sagst du da?« Hans starrte abwechselnd auf das Haus und auf Greta.

»Sie ist böse! Sie will mich töten. Deshalb musst du sie vorher töten.«

»Ach so.« Hans versuchte, ganz gelassen und erwachsen zu klingen. So machten das seine Eltern immer, wenn seine Geschwister irgendeinen Unsinn erzählten. Wenn sie meinten, einen Wolf im Wald gesehen zu haben oder den schwarzen Unhold. Erst einmal taten sie so, als glaubten sie es, bevor sie erklärten, warum es nicht sein konnte.

Greta gab ihm einen Schubs, und Hans fiel nach vorne. Die Feuchtigkeit des Waldbodens drang durch seine Hose.

»Geh jetzt! Töte sie!«, befahl Greta.

Hans rappelte sich wieder auf und rieb sich ärgerlich den Dreck von den Knien. »Nein! Ich gehe jetzt zurück ins Dorf.«

Er schob sich an ihr vorbei und erstarrte. Ein Schwarm Raben hatte sich auf dem Pfad niedergelassen. Jetzt erhoben sie sich krächzend, und noch im Flug balgten sie sich um die Brotstücke, die Hans zuvor hatte fallen lassen. Fassungslos stierte er in die Luft, bis die Vögel zwischen den Baumwipfeln verschwanden und ihre Schreie vom Wind davongetragen wurden. Hans überlief eine Gänsehaut, und er fuhr herum.

Greta hatte sich ebenfalls erhoben. Sie schaute den Vögeln mit verträumtem Blick nach. Ihre Stimme verfiel in einen aufreizend säuselnden Singsang, als sie sagte: »Töte die Alte. Bitte, lieber Bruder. Tu es für mich!«

»Warum machst du das nicht selbst?«

»Ich kann es nicht.«

»Ich habe auch keine Übung darin, Menschen zu töten. Ich kann einem Huhn den Hals umdrehen.«

»Das ist dasselbe.« Gretas Augen glänzten groß und geheimnisvoll.

Hans bekam ganz weiche Knie. »Mach es selbst«, wiederholte er mit schwacher Stimme.

»Ich kann nicht dorthin. Ich kann nicht über diesen Weg. Sie hat es mir verboten. Dir nicht.« Das Mädchen stellte sich auf die Zehenspitzen und hauchte Hans einen Kuss auf die Wange. »Biiiiitteeeee.« Ihre Stimme klang wie ein Windhauch, der den Duft der fernen Welt und des Abenteuers mit sich trug. Verbotene Abenteuer. Das, was Hans am meisten reizte. Er konnte sich nicht wiedersetzen.

Mit schwankenden Schritten ging er los. Er würde sich die Hütte zumindest einmal aus der Nähe ansehen. Leise näherte er sich erst dem Waldrand und schlich dann über eine Wiese. Dabei behielt er das beleuchtete Fenster und die Eingangstür stets im Auge.

So bemerkte er die alte Frau erst, als sie ihn im Nacken am Kragen packte und zurückriss. Überrascht schrie Hans auf.

»Was hast du hier zu suchen, Bursche?«

»Tut mir nichts! Ich wollte nur sehen, wer hier wohnt!« Hans verlor den Boden unter den Füßen. Er strampelte und schlug um sich, traf aber nur Luft. Die Frau war kaum größer als er, hatte jedoch ganz ohne Zweifel Bärenkräfte. Scheinbar mühelos ließ sie ihn am ausgestreckten Arm einige Handbreit über dem Boden baumeln.

Er versuchte, den Kopf zu drehen, und erhaschte einen Blick auf ein verrunzeltes Gesicht, das von einem wirren grauen Haarschopf umgeben war. Sie hatte dieselben schwarzen Augen wie Greta.

Zum ersten Mal ahnte Hans, was die Menschen in Greta erkannten. Diese Frau wirkte ebenso wenig furchteinflößend oder gar böse wie das Mädchen, hatte aber etwas an sich, das einen innehalten ließ.

Und das tat Hans.

Als die Frau das bemerkte, setzte sie ihn wieder auf dem Boden ab, ließ ihn aber nicht los. »Du wolltest wissen, wer hier wohnt? Ich. Jetzt weißt du es. Was folgt daraus?«

Hans schwieg verunsichert und versuchte, Greta im Unterholz zu erkennen. Er war ein wenig ratlos. Wollte sie wirklich, dass er diese harmlose alte Frau umbrachte? Oder war die Frau nicht, was sie zu sein schien? Konnten harmlose alte Frauen Jungen wie ihn mit einer ausgestreckten Hand über dem Boden baumeln lassen? Nein, konnten sie nicht. Aber wer war die Frau dann, und wie sollte er gegen sie ankommen?

Die Frau folgte seinem Blick und setzte unerwartet ein Lächeln auf. »Wen haben wir denn da? Komm raus!«

Hans hätte sich ohrfeigen können. Nie, nie, niemals sollte man in die Richtung gucken, in der der Kumpel Schmiere stand. Erwachsene hatten einen übernatürlichen Sinn dafür, Blickrichtungen zu deuten und so die Verbündeten aufzudecken. Wie hatte er das nur vergessen können?

Nichts rührte sich. Hans zupfte an seinem Hemd, doch die Frau hielt ihn mit eisernem Griff. Ihm fielen die Bemerkungen Pater Gangolfs über das fahrende Volk ein. Vielleicht gehörten die Frau und Greta wirklich zu ihnen. Die Alte hatte jedenfalls einen bunten, vielfach geflickten Rock an, der ihr bis zu den Knöcheln reichte. Darüber trug sie ein schwarzes Oberkleid, das mit Stickereien verziert war, die wie Blumen und Ranken aussahen. Hans hatte vergessen, wie man so etwas nannte. Seine Mutter verachtete Frauen, die solch unpraktische Kleidung trugen oder gar Zeit damit vergeudeten, sie anzufertigen. Hans fand die Kleider schön. Er verlor sich einige Momente im Anblick einer fein gestickten Linie, die in wilden Drehungen über den Ärmel lief. Seine Augen tanzten der verschlungenen Welle nach, drehten sich, wirbelten, bis sich sein Verstand in das Muster hineinringelte. Schlaf …

Hans wollte niedersinken und ausruhen. Nur der Griff der Alten hielt ihn aufrecht.

Er wurde jäh aus seiner Versunkenheit gerissen, als ein einziges Wort, ein Name, wie von einem riesigen Ungeheuer gebrüllt, über die Wiese donnerte. Für einen Moment packte Hans die blanke Panik. Er zappelte wieder, wollte weg, einfach nur weit weg, aber seine Befreiungsversuche waren aussichtslos.

»Komm heraus! Zu mir! Jetzt!« Das war eindeutig die Stimme der alten Frau, tiefer und viel lauter als eben, aber dennoch deutlich erkennbar.

Hans war längst der Schweiß ausgebrochen. Die kühle Abendluft traf auf seine feuchte Haut, und er begann zu zittern. »Bitte, Gevatterin, lasst mich gehen. Ich habe nichts getan! Mein Vater ist Joseph, der Holzhacker, er wird für mich sprechen. Ich bin ein guter Junge. Habt Mitleid!« Er faltete die Hände wie zum Gebet und sah flehentlich zu der Frau auf.

Sehr zu seiner Überraschung zog die Alte ihn an sich und legte ihm den Arm um die Schulter, wie es die Mutter tat, wenn eines der Kinder schlecht geträumt hatte.

Hans vernahm einen unbestimmten Geruch von frisch gebackenem Kuchen in ihrer Kleidung. Er erinnerte ihn an zu Hause und an seine Mutter.

»Keine Angst, kleiner Hänsel. Ich werde dich beschützen. Mit meinem Leben und über den Tod hinaus. Ich erkenne dich. Du bist ein guter, gottesfürchtiger Bursche. Sie wird dich nicht bekommen.«

In dem Moment trat Greta aus dem Wald. Wie an unsichtbaren Fäden geführt, schwankte sie auf ihn und die Frau zu. Ein eiskalter Windstoß fegte über die Lichtung.

Hans schloss die Augen und bebte trotz der warmen Umarmung der Frau. Noch wunderte er sich kurz über die Worte der Frau und warum sie seinen Namen kannte. Dann beschloss er, ihr zu glauben und einfach darauf zu hoffen, dass alles gut werden würde.

Nichts wurde gut. Hans konnte sich nicht mehr daran erinnern, was danach auf der Wiese vor dem Haus vorgefallen war. Er war träge und müde geworden. Das hatte seine Furcht gedämpft, aber auch seine Sinne betäubt. Bevor er sich versah, fand er sich eingesperrt in einem dunklen Holzverschlag wieder, der nicht mehr als vier Schritte breit und lang war und nur so hoch, dass Hans gerade noch stehen konnte. Er schlief auf dem lehmigen Boden. In einer Ecke war ein Loch gekratzt, das mit einem Brett abgedeckt war. Dort durfte er wohl seine Notdurft verrichten. Vor ihm standen ein Teller mit einem Kanten Brot und angeschimmeltem Käse sowie ein Krug Wasser, das nach Froschteich schmeckte. Vielleicht waren es die Reste seiner eigenen Brotzeit, er wusste es nicht.

Er schlief, vermutlich lange. Zwischen den Ritzen drang Tageslicht hervor, so dass er neben der ersten Mahlzeit einen weiteren Teller entdeckte. Er war vollgeladen mit saftigen kalten Fleischscheiben, Butter und süßen Weintrauben. Hungrig verschlang Hans alles mitsamt dem Brot und dem Käse, der erstaunlich gut schmeckte. Es war eine der köstlichsten und reichhaltigsten Mahlzeiten, die er je gegessen hatte. Gleichzeitig wurde ihm mulmig. Der Begriff »Henkersmahlzeit« kam ihm in den Sinn. War es nicht so, dass man Gefangenen vor ihrer Hinrichtung ein letztes Festmahl gewährte? Er musste raus hier!

Sein Gefängnis bestand an zwei Seiten aus eng vernagelten Brettern und an den anderen beiden aus Steinmauer. Die Mauer war massiv, bis auf einen kleinen Hohlraum, den er ungefähr drei Handbreit über dem Boden ertastete. In diesem fand er sehr zu seinem Erstaunen eine weitere Köstlichkeit: ein flaches Stück weichen Kuchens mit einer etwas härteren Kruste. Das Gebäck schmeckte ein wenig süß und ein wenig bitter, nach fremden Ländern und Abenteuer. Hans aß es vollständig auf, ganz ohne schlechtes Gewissen, ob die Leckerei überhaupt für ihn bestimmt war. Erst dann konzentrierte er sich wieder auf die Suche nach einem Ausweg. Die Spalten zwischen den Brettern waren so schmal, dass er kaum einen Finger dazwischenstecken konnte. An manchen Stellen ertastete er Nägel, doch an denen konnte er nichts ausrichten.

Vermutlich verging die Zeit, aber nicht einmal das konnte Hans mit Bestimmtheit sagen. Immer wieder kratzte er über die Bretter, brach sich die Fingernägel ab, als er versuchte, an den Ritzen zu ziehen, oder stieß mit der Schulter gegen das Holz. Alles vergeblich. Schließlich ließ er sich auf den Boden sinken und schlang die Arme um den Oberkörper. Er war viel zu alt, um zu weinen, doch jetzt konnte er die Tränen nicht mehr zurückhalten. Was würde Vater an seiner Stelle tun? Er sehnte sich nach der liebevollen Umarmung seiner Mutter und weinte noch heftiger. Sah er sie jemals wieder? Pater Gangolf hatte gesagt, dass Gott einen nie im Stich ließ. Aber wo war Gott denn jetzt? Hans spürte nichts von seiner Anwesenheit. Noch nie in seinem ganzen Leben hatte er sich so hilflos und verlassen gefühlt!

Bei diesem Gedanken hätte er sich am liebsten selbst geschlagen. Wie dumm! Natürlich hatte Gott keine Zeit, in jedem Augenblick bei ihm zu sein. Aber Er half einem, wenn man Ihn darum bat, oder nicht?

Hans richtete sich auf und kniete sich hin. Er zog sein Kreuz unter dem Hemd hervor, nahm es in die gefalteten Hände und begann mit den Worten des *Vaterunser.* Das Metall fühlte sich warm und vertraut an. Noch bevor er am Ende seines Gebetes angekommen war, liefen Hans Freudentränen über die Wangen. »Hilf dir selbst, dann hilft dir Gott!« Er würde nichts dagegen haben, wenn Hans das Kreuz als Werkzeug benutzte, solange er sich damit aus seiner Lage befreite. Er würde es beichten. Pater Gangolf würde ihm eine angemessene Sühne auferlegen, dessen war er sicher.

Hans zog die Lederschnur über den Kopf und nahm das Kreuz in die Hand. Die Streben des Metalls waren so lang wie seine Finger. Er tastete im Dämmerlicht umher, bis er einen besonders weit hervorstehenden Nagel fand, klemmte die Innenecke des Kreuzes darunter und zog. Das Metall dehnte sich, aber es verbog nicht. Nach endlosem Ziehen, Drehen und Rucken löste sich der Nagel endlich aus dem Holz. Der Anfang war getan.

Nach einer gefühlten Ewigkeit schaffte es Hans, zwei Bretter des Verschlages zu lösen und sich durch den Spalt zu quetschen. Er befand sich in einem Stall, der jedoch nur Gerümpel und keine Tiere beherbergte. Draußen schien der Mond.

Trotz der Unsicherheit beugte Hans noch einmal das Knie und sprach ein kurzes Dankesgebet, bevor er das Kreuz küsste und es sich wieder um den Hals hängte. Die alte Frau hatte gelogen. Sie hatte ihn eingesperrt. Gott allein beschützte ihn.

Neben ihm war eine Tür, die vermutlich direkt ins Haus führte. Sie war verschlossen. Auf leisen Sohlen schlich Hans daher zur Stalltür hinaus und an der Außenwand des Hauses entlang. Immer wieder schaute er sich um und sicherte sich nach allen Seiten ab. Dieses Mal würde ihn niemand überraschen.

Endlich gelangte er an ein beleuchtetes Fenster und blickte hinein.

Das Erdgeschoss des Vorderhauses bestand nur aus einem großen Raum, in dessen Mitte sich wie üblich die große Esse befand. Dort wurde geheizt, gekocht und in dem großen Kamin geräuchert. Wie bei seinen Eltern hingen dort Wurst- und Fleischstücke. In der Esse jedoch brannte ein riesiges Feuer, viel zu groß, um darauf zu kochen. Die Frau musste dort einen halben Baum verbrennen. Hans konnte die Hitze im Raum bis an die Fensterscheiben spüren. Was für eine Verschwendung! Hans kniff die Augen zusammen, sah genauer hin, und der Anblick ließ ihm den Atem stocken. Die Alte stand mit dem Rücken zu ihm vor dem tanzenden Feuer und winkte in eine Ecke des Raumes. Von dort taumelte Greta heran, lief mit den gleichen wankenden Schritten wie auf der Lichtung auf das Feuer zu. Hans keuchte entsetzt auf. Wollte sie in die Esse steigen? Das musste er verhindern!

Er dachte nicht länger nach. Er rannte zur Haustür, stemmte sich dagegen, und der Türflügel krachte gegen die Wand. Mit zwei Sätzen war er durch den schmalen Flur und stürzte in die Stube.

Die Frau fuhr herum und hob sofort abwehrend die Hände. »Nein! Junge, warte, lass es dir erklären!«

Jetzt war keine Zeit für Erklärungen. Greta hatte bereits einen Fuß auf den Rand der Esse gesetzt und war im Begriff, in das Feuer zu klettern. Hans schrie auf. Das Mädchen reagierte nicht. Die Frau trat zwischen die beiden und versuchte Hans zu packen. Doch er hatte damit gerechnet und tauchte zur Seite weg. Im gleichen Moment stieß er sie aus dem Weg. Sie verlor den Halt und versuchte, sich am Rand der Esse abzustützen. Jetzt konnte Hans erkennen, dass der Rost über dem Feuer fehlte. Er blickte in den flammenden Schlund der Hölle. Dort wollte Greta hinein. Das durfte er nicht zulassen! Er machte noch einen Schritt, und zu spät bemerkte er, dass die Alte dabei war, in die Flammen zu stürzen. Hans riss Greta zurück und langte nach dem bunten Rock, der vor seinen Augen tanzte.

»Nicht!« Panisch riss er an dem Stoff. »Greta, hilf mir!«

Die Frau kreischte und schlug um sich. Dann kippte sie halb über den Rand der Esse nach hinten, und die Flammen leckten nach ihren Haaren. Der verbrannte Geruch breitete sich sofort im Raum aus und ließ Hans würgen. Doch noch hielt er die Vorderseite des Rockes und verhinderte, dass die Frau ganz ins Feuer fiel.

Im nächsten Moment krachte ein Holzstab auf Hans' Handgelenke nieder. Ein, zwei und viele weitere Male. Der Schmerz und die Hitze trieben ihm die Tränen in die Augen und verschleierten seinen Blick. Er begriff nicht mehr, was vor sich ging. »Was tust du? In Gottes Namen, halt ein!« Er hielt die Frau eisern fest, doch ihre Schreie wurden bereits leiser. Dann traf der Stab, mit dem Greta auf ihn einschlug, so hart auf sein Handgelenk, dass der Knochen brach. Er ließ los.

Greta stieß ein Triumphgeheul aus.

Hans fiel auf den Hintern und wollte sich instinktiv mit der gebrochenen Hand abstützen. Der Schmerz zuckte den Arm hinauf bis in die Brust, und ihm wurde übel. Zugleich erfüllte der Gestank von verbranntem Fleisch den Raum. Die Schreie der Frau erstarben. Mit ihnen erlosch das infernalische Feuer.

Mühsam richtete Hans sich auf und wischte sich den Schweiß vom Gesicht. Sein ganzer Arm pochte. Er beugte sich über die Esse und erblickte nur noch leuchtend rote Glut. Wo war die Frau? Wie konnte das sein? So etwas gab es doch gar nicht!

Greta trat neben ihn. Sie bewegte sich wieder ganz normal, und sehr zu seiner Verwunderung leuchtete auf ihrem Gesicht ein sanftes Lächeln. »Du hast sie getötet. Ich bin dir zu Dank verpflichtet.«

»Ich wollte das nicht. Warum hast du mich geschlagen?« Hans wollte zurückweichen, doch sie legte ihre Arme um seinen Nacken. Sie beugte sich vor und küsste ihn ganz sanft auf den Mund. Hans erstarrte bei der Berührung ihrer feuchten Lippen.

Bevor er reagieren konnte, hatte sie sich von ihm gelöst. Sie lächelte noch immer, aber ihre Augen hatten sich verändert. Statt der unergründlich schwarzen Tümpel erblickte er loderndes Rot, das ihn ängstlich aufkeuchen ließ. Ihr Tonfall wurde hart, als sie ihm befahl: »Mach das hier sauber. Dann kochst du uns eine Mahlzeit und richtest mir ein Nachtlager. Steh nicht herum wie eine Statue, hurtig!« Sie senkte ihre Augenlider und spitzte den Mund. »Ich habe Hunger.«

Hans' Verstand war wie gelähmt. Und so gehorchte er ihr.

Dieser Kuss war die letzte nette Geste, mit der Greta Hans für lange Zeit bedachte. Er begriff nicht, was geschah. Er begriff nicht, was mit *ihm* geschah. Sein Leben war von einem Tag auf den anderen nicht mehr dasselbe. Die alte Frau war fort. Greta entschied, dass sie in dem Haus bleiben sollten. Sie befahl Hans, eines der vier kleinen Zimmer im ersten Stockwerk für sie herzurichten. Die anderen Zimmer wurden verschlossen, und er durfte nicht hinein. Er musste in dem Verschlag schlafen, in dem die Frau ihn eingesperrt hatte. Seine Hand verheilte schlecht. Der Knochen wuchs schief zusammen und schmerzte immer wieder, besonders bei Wetterumschwüngen. Doch das war lange nicht das Schlimmste. Er übernahm die Aufgaben eines Mannes und einer Frau im Haus gleichermaßen und schuftete, bis er auf das dünne Stroh fiel, das Greta ihm als Lager gewährt hatte. Wenn er ihren Wünschen nicht rasch genug nachkam, prügelte sie ihn mit dem Besen oder anderen Dingen, die sie gerade fand.

Sie selbst tat nichts, oder besser gesagt nichts, in dem Hans einen Sinn erkennen konnte. Es kam vor, dass sie stundenlang um das Haus strich, die Wände abklopfte oder sich am Waldrand einzelne Bäume ansah, als suchte sie nach Spuren. Weiter als bis zum Waldrand ging sie niemals. Für Hans sah es so aus, als ob sie es nicht könnte. Als ob eine unsichtbare Fessel sie an das Haus gebunden hatte. Im Haus wurde sie besonders von der Esse in der Stube angezogen, wagte jedoch meistens nicht, sich ihr zu nähern. Zumindest dann nicht, wenn Hans in der Nähe war und beobachten konnte, was sie dort tat. Das Feuer, schon allein die Glut, mied sie um jeden Preis.

Natürlich versuchte er zu fliehen. Zu Beginn traute er sich nicht, weil er seine Eltern und Pater Gangolf enttäuscht hatte. Mit der Zeit überwand er seine Ängste. Mehrmals brach er auf, überzeugt, in die richtige Richtung zu laufen. Doch welchen Pfad er auch wählte oder ob er mitten durch den Wald lief, er kam immer wieder zur Hütte zurück. Der einzige Weg, der woanders hinführte, war der nach Steinberg am Fuße des Hügels. Er hatte zuvor nie von diesem Dorf gehört, aber es war, wie sein Heimatdorf, in der Nähe von Lörrach. Sein Heimatdorf … wie hieß es noch gleich? Voller Trauer erkannte er, dass er es vergessen hatte.

Nach jedem Fluchtversuch sperrte ihn Greta tagelang in den Verschlag, den er selbst wieder ausbruchsicher hatte instand setzen müssen. Er bekam weder Wasser noch Brot, und danach musste er stundenlang die liegengebliebenen Arbeiten verrichten. Hans verstand die Welt nicht mehr. Zuerst glaubte er, Greta ließ ihm Gottes Strafe zuteilwerden, weil er die alte Frau umgebracht hatte. Dabei hatte er doch versucht, sie zu retten! Mit der Zeit aber hatte er vielmehr den Eindruck, dass es Greta einfach Spaß machte, ihn zu quälen. Und sie wurde kräftiger, ebenso wie er. Ansonsten veränderte sie sich kaum.

Er wuchs zu einem jungen Mann heran, mit starkem Kreuz und breiten Schultern von der vielen Arbeit, und doch war es ihm nicht möglich, sich gegen sie zu wehren. Nicht nur, weil sie ein Mädchen war, das zu einer jungen Frau heranreifte. Er würde niemals eine Frau schlagen. Das hatte sein Vater ihn von Kindesbeinen an gelehrt, und es hatte ihn von einigen anderen Männern und Vätern im Dorf unterschieden. Immer wieder trieb Greta ihn jedoch über diese Überzeugung hinaus, und er wäre bereit gewesen zurückzuschlagen, aus lauter Verzweiflung und Schmerz. Aber er tat es nicht. Denn tief im Inneren wusste er, dass er ihr niemals gewachsen sein würde.

Als die üppigen Vorräte der alten Frau zur Neige gingen, durfte Hans in Steinberg Waren gegen Holz tauschen, das in der Scheune lagerte. Nachdem auch das Holz aufgebraucht war, begann er, es selbst im Wald zu schlagen und zu trocknen, ganz wie sein Vater es ihn gelehrt hatte. Er erwarb ein paar Hühner und zwei Ziegen und legte hinter dem Haus einen großen Gemüsegarten an.

Eines Tages brach er aus Steinberg nach Lörrach auf, um dort nach Pater Gangolf zu suchen. Der Dorfpfarrer war häufig dort gewesen, irgendwer musste ihn kennen. Hans kam nie in Lörrach an. Noch in der gleichen Nacht stand er wieder auf der Lichtung vor dem Haus, obwohl er ganz sicher keinen Schritt bergan gewandert war.

Es war wie verhext.

Irgendwann beschloss er, dass es wohl genau das war: verhext. Er fand keine andere Erklärung. Er war verhext worden, und Gott hatte ihn verlassen, weil er eine wehrlose alte Frau ermordet hatte, um Greta zu retten, die es ihm mit Prügeln dankte. Jeden Morgen und jeden Abend kniete er sich nieder, sein eisernes Kreuz in den gefalteten Händen, und flehte um Erlösung. Die Gebete waren sein einziger Anker, um nicht den Verstand zu verlieren. Niemand erhörte sie.

Und dann geschah etwas Merkwürdiges. Greta war bereits den ganzen Tag ungewöhnlich friedfertig gewesen, so dass Hans einigermaßen entspannt in der Stube stand und das Nachtmahl zubereitete.

Da stand sie plötzlich hinter ihm und schmiegte sich an ihn.

»Du bist jetzt ein Mann«, flüsterte sie ihm ins Ohr und hauchte ihm ihren Atem über den Nacken, so dass Hans eine Gänsehaut bekam. Ganz ruhig legte er den Kochlöffel zur Seite und trat einen Schritt von der unheilvollen Esse zurück, vor der sein Leben vor fünf oder sechs Jahren solch eine schicksalhafte Wendung genommen hatte.

»Ich weiß es nicht«, erwiderte er wahrheitsgemäß. Kind, Bursche oder Mann, was machte das schon für einen Unterschied?

Greta dachte darüber offensichtlich anders. Sie stellte sich vor ihn und rieb sich auf eigentümliche Weise an ihm.

Hans begriff nicht, was sie wollte, doch sein Körper sagte es ihm und antwortete ihr. Es machte ihm Angst. Er erinnerte sich genau daran, dass Pater Gangolf gesagt hatte, fleischliche Lust sei Sünde. Damals hatte ihn nicht genauer interessiert, was das war. Jetzt, in diesem Augenblick, wusste er es. Sein Barthaar war gewachsen, seine Stimme tiefer geworden, und es beunruhigte ihn, dass er etwas wollte, das nicht sein durfte, und zugleich nicht wusste, wie er es beginnen sollte.

Greta legte ihm mit einem aufreizenden Lächeln die Hand vor die Brust und stieß ihn sanft, aber unerbittlich rückwärts, bis er mit den Kniekehlen an die Bank vor dem Esstisch stieß. Dabei konnte er den Blick nicht von ihr abwenden. Sie war wunderschön. Das grob gewebte und schlecht vernähte Kleid war ihrem schlanken und wohlgeformten Körper nicht im mindesten würdig. Hans hatte es nach ihren Wünschen gefertigt, und zu mehr hatte sein Talent nicht gereicht. Er bemerkte, dass die Bänder, die das Kleid vorne verschließen sollten, gelöst waren und den Blick auf ihren weißen Busen freigaben. Der Anblick war ihm peinlich. Er schluckte.

Ohne ein weiteres Wort langte Greta nach den Schnüren seiner Hose und zog daran.

Hans sah seine Beinkleider fallen.

Sie gab ihm einen weiteren Schubs, und schon saß er auf der Bank.

Was hatte sie vor?

Greta hob ihren Rock, setzte sich auf ihn und fing an, rhythmisch zu schaukeln. Hans hatte nur eine vage Idee davon, was da gerade vor sich ging, aber ihm dämmerte, dass es eines von den Dingen war, über die die älteren Burschen im Dorf hinter vorgehaltener Hand gesprochen hatten. Und jetzt erinnerte er sich ganz sicher, dass es eine Sünde war. Weil ein Mann es nur mit einer Frau tun durfte, wenn sie vorher den kirchlichen Segen erhalten hatten. Er hatte schon lange keinen Segen mehr erhalten und sie gewiss noch nie. Sie lebten in Sünde.

Weiter kam er mit seinen Gedanken nicht. Greta öffnete ihr Kleid, und ihre schaukelnden Brüste erfüllten seinen Verstand.

Hans entfuhr ein Stöhnen. Er streckte die Hand aus, wollte die hervorspringenden roten Brustwarzen berühren, doch Greta schlug nach seinen Fingern. Es war ein neckischer Schlag, keiner, der schmerzen sollte, doch Hans verstand die Warnung. Es erregte ihn umso mehr. Nervös leckte er sich mit der Zunge über die Lippen. Er empfand ein kurzes wohliges Ziehen in den Lenden, viel zu schön, viel zu kurz. Er stöhnte wieder, zum Teil enttäuscht.

Greta hob ihren Rock, stieg von ihm ab und verschloss die Bänder vor der Brust. Hans saß da, wurde sich seiner feuchten Haut bewusst und wagte es nicht, nach unten zu sehen.

Jegliche Freundlichkeit war aus Gretas zauberhaften Zügen gewichen. »Zieh dich an! Ich habe Hunger«, sagte sie.

Nach ein paar Monaten erkannte selbst Hans, dass Greta schwanger war. Er war sicher, dass es mit dem Geschehen jenes Abends zusammenhing. Greta erwies sich nie wieder auf diese Weise freundlich, aber sie wurde ein wenig milder und schlug ihn seltener. Hans war von dem, was sie getan hatten, noch lange beeindruckt. Er hätte es gerne noch einmal versucht. Gleichzeitig stritt sein Gewissen gegen dieses Verlangen und behielt die Oberhand. Es war Sünde. Lange kniete er in seinem Verschlag und betete inbrünstig um Vergebung. Doch falls Gott ihn erhörte, verstand er Seine Botschaft nicht.

Eines Nachts riss ihn kurz vor Morgengrauen ein bestialisches Gebrüll aus dem Schlaf. Hans war sofort hellwach, rannte aus der Scheune, stürmte ins Haus und die Treppen zu Gretas Schlafgemach hinauf. Er hatte den Raum noch nie betreten dürfen, doch jetzt stand die Tür offen. Er lief hinein und musste mit dem nächsten Atemzug gegen einen Brechreiz ankämpfen. Überall waren Blut, helle Flüssigkeit und Kot verteilt. Greta lag nackt und blutverschmiert auf dem Bett. Auf dem Boden lag etwas wie weggeworfen. Es zuckte leicht.

Vorsichtig ließ sich Hans auf ein Knie nieder und nahm das kleine Bündel Leben auf. Es war ein Säugling, ein kleiner Junge. Sein Sohn. Am Bauch hingen noch die Reste der Nabelschnur.

Er blickte zu Greta, die auf allen vieren aus dem Bett kroch und dabei mit einer Hand nach dem Säugling langte. Ihre Augen funkelten dunkelrot. Sie entblößte ihre Zähne, die spitzer aussahen als sonst.

»Du musst es töten. Töte es!«

Hans fühlte sich auf einmal um Jahre zurückversetzt. Zu jener Zeit, als er mit Greta am Waldrand gehockt und sie das Gleiche von ihm verlangt hatte. Aber damals war er ein Junge gewesen. Jetzt war er ein Mann.

Er zog das Neugeborene an seine Brust. »Nein!«

Doch auch Greta war nicht länger Greta. Sie hatte immer noch ihre menschliche Gestalt. Aber so, wie man einen Schatten aus den Augenwinkeln sieht, erblickte Hans ein namenloses Grauen. Sie fauchte wie eine wilde Bestie. »Bevor der Hahn dreimal kräht, wirst du mich verraten haben!«

Ein Hahn krähte.

»Gib es mir!«

»Nein! Niemals!«

Hans schrie auf, versuchte ihren Schlägen auszuweichen. Ihre Hände wuchsen zu Krallen, die versuchten, ihm das Gesicht zu zerkratzen. Er warf sich zu Boden und rollte sich auf seinen Sohn.

Der Säugling stank.

Verzweifelt trat Hans um sich und versuchte, das Monster, das einmal Greta gewesen war, mit dem Arm abzuwehren. Ein brennender Schmerz durchfuhr seinen Unterarm. Er roch Blut.

»Lass mich! Lass mich! Bitte!«

Sie war zu mächtig. Er hatte es immer gewusst. Er hatte sich nur in einem geirrt: Sie war nie seine Schwester gewesen. Nie freundlich, nie hilfsbedürftig, niemals sanft. Sie war der Teufel. Der Teufel selbst war in dieses Haus gekommen.

»Bevor der Hahn dreimal kräht, wirst du mich verraten haben!«

Der Hahn krähte zum zweiten Mal.

Hans begriff weder, woher der Teufel diese Zitate aus der Bibel kannte, noch, warum er sie nun aussprach. Warum ließ Gott so etwas ungestraft geschehen? Oder war es nur eine weitere Prüfung, eine Folter, mit der der Teufel Hans' Seele peinigen wollte? Ihm fiel darauf nur eines ein: Mit zitternder Stimme begann er zu beten. »Gegrüßet seist du, Maria, voll der Gnade, der Herr ist mit dir.«

Er konnte seine eigenen Worte kaum verstehen, während er versuchte, unter das Bett zu kriechen, und dabei den wimmernden Säugling mit sich schleifte. Sein Verstand klammerte sich an die vertrauten Worte des Gebetes, schrie sie heraus und versuchte, das Schaben und Knurren zu übertönen. Er spürte Urin an seinen Beinen entlanglaufen.

»Du bist gebenedeit unter den Frauen. Und gebenedeit ist die Frucht deines Leibes, Jesus!«

Es biss ihn. Das Monster biss ihn mit nadelspitzen Zähnen in die Seite. Natürlich, es wollte sein Herz. Der Teufel reißt den Menschen das Herz heraus und stiehlt ihnen die Seele. Der Säugling war noch nicht getauft. Der Junge würde verdammt sein, wenn er starb. Sein Sohn durfte nicht sterben! Hans presste ihn an seine Brust.

Der Teufel kratzte und biss und kratzte. Aus Hans' Wunden floss immer mehr Blut. Er schrie hilflos: »Heilige Maria, Mutter Gottes! Bitte für uns Sünder jetzt und in der Stunde unseres Todes!«

Dann wurde ihm schwarz vor Augen. Er kämpfte gegen die Ohnmacht. Das Schreien des Kindes erstarb in seinen Ohren.

»Bevor der Hahn dreimal kräht, wirst du mich verraten haben!«

Der Hahn krähte zum dritten Mal.

Vier
BEUTE

Merle zuckte zusammen, stieß mit den Knien gegen den Tisch und unterdrückte einen Fluch. Ihre Beine traten wie von selbst um sich und trafen den Wartenden, der ihr schräg gegenüber saß.

Der funkelte sie wütend an. »Passen Sie doch auf! Und machen Sie endlich das Ding aus!«

Hastig murmelte Merle eine Entschuldigung und tippte ihr Smartphone an. Das Hahnengeschrei verstummte.

Vor ihren Augen flimmerte es noch ein paar Mal, bevor sich die Sicht wieder klärte. Ihr ganzer Körper protestierte gegen jede Bewegung, so sehr hatte sie sich in ihrer halb sitzenden Haltung verkrampft. Aber das war kaum ein Vergleich dazu, was dieser Hans durchgemacht hatte. Wovon hatte sie da gerade geträumt? Stand das alles in dem Text? Wo war der überhaupt? Merle schaute sich verwirrt um, bevor sie die Papiere unter dem Tisch verstreut entdeckte. Sie waren ihr vom Schoß gerutscht.

Sie blätterte über die ersten Seiten, die sie überflogen hatte, ohne das Gelesene bewusst aufzunehmen. Hatte ihr Unterbewusstsein die Geschichte zu einem Traum verarbeitet? Selbst wenn es so war, konnte sie sich nicht daran erinnern, jemals eine so lebhafte Fantasie besessen zu haben. Die Unruhe der anderen Passagiere unterbrach ihre Gedanken. Sie konnten endlich ins Flugzeug. Merle packte die Unterlagen sorgfältig in die Mappe und nahm ihre Tasche. Sie war erschöpft und aufgekratzt zugleich. Als hätte ihr Verstand wirklich gegen ein Ungeheuer gekämpft.

Als sie in Hamburg aus dem Flughafengebäude trat, merkte sie, wie frisch und angenehm die Nachtluft war. In Steinberg war es zum Nachmittag hin wärmer, aber auch drückender geworden. Hier im Norden hingegen fegte der frische Wind die Schwüle fort.

Sie nahm ein Taxi, zahlte schweigend, und kurz darauf schloss sie ihre Wohnungstür hinter sich. Sie war so müde, dass ihr selbst der runde Teppich vor der Garderobe verlockend weich erschien. Doch so sehr ihr Körper sich nach Schlaf sehnte, ihr Verstand kam nicht zur Ruhe. Hans und sein Sohn drängten erneut in ihr Bewusstsein. Der kaum erwachsene Junge mit dem blutverschmierten Baby stand ihr immer noch allzu deutlich vor Augen. Waren die beiden wirklich Vorfahren? War das Haus, in dem die Alte verbrannt war, Omis Haus?

Mechanisch zog Merle sich Mantel und Schuhe aus. Ihr Verstand war eindeutig völlig überreizt. Vermutlich war sie bereits im Halbschlaf gewesen, hatte in Omis Unterlagen ein paar Begriffe aufgeschnappt und diese dann zu einem wirren Traum komponiert. Es war auch völlig logisch, dass das Haus im Traum haargenau so aussah wie Omis Haus. Merle kannte kein anderes altes Schwarzwaldhaus, und das Unterbewusstsein griff doch immer auf Bekanntes zurück, oder?

Der Rest waren sinnlose Hirngespinste. Vermutlich hatten sie überhaupt nichts damit zu tun, was in den Unterlagen stand.

Es gelang Merle nicht, sich vollständig von diesem Gedanken zu überzeugen. Während sie ins Schlafzimmer und von dort ins Bad schlurfte, gab sie den inneren Kampf gegen sich selbst auf und entschied, noch einmal in Omis Unterlagen nachzulesen. Sie wusste, dass sie sonst keine Ruhe finden würde. Sie musste überprüfen, was dort gestanden hatte und anschließend von ihrem Unterbewusstsein verarbeitet worden war. Wie klar die Bilder dieser Geschichte in ihrem Verstand verankert waren! Noch nie hatte sie eine derartige zusammenhängende Geschichte geträumt. Alles stand ihr noch so deutlich vor Augen, als hätte sie es selbst erlebt. Sie erinnerte sich an jedes Wort, das Hans gesagt, und an alles, was er getan hatte. Sie konnte sogar seine Furcht nachspüren und hatte eine viel zu deutliche Vorstellung davon, wie es ihm ergangen war.

Das war nicht normal.

Sie blickte sich um, und mit einem Mal stürmten weitere Bilder auf sie ein: Ihr Bad mit dem dunklen Schieferboden, passend zu hellgrauen Mosaikfliesen und der gläsernen Duschkabine, im Gegensatz zum bahamabeigen Waschbecken ihres Vaters mit dem wilden braunen Fliesenmuster darüber. Dazu Hans, der, noch immer ein halber Junge, mehr schlecht als recht einen kleinen Abort abseits des Wohnhauses zusammenzimmerte.

Merle stürzte zum Waschbecken und ließ eiskaltes Wasser über ihr Gesicht laufen, während sie sich gleichzeitig ganz auf die Empfindung des warmen Steinbodens unter ihren nackten Füßen konzentrierte. Was war los mit ihr? Zum Henker, das war doch nicht das erste Mal in ihrem Leben, dass sie völlig übermüdet war! Was würde erst passieren, wenn sie in die Küche ging? Sie wollte es gar nicht erst ausprobieren.

Mit einem Handtuch rieb sie sich durch das Gesicht, bis die Haut prickelte. Dann zog sie ihren Bademantel, der stets griffbereit hinter der Tür hing, über und ging durch das Wohnzimmer in ihr kleines Büro. Dort breitete sie die Unterlagen auf ihrem Schreibtisch aus und brauchte nicht lange, um festzustellen, dass ihr »Traum« in der Wartehalle des Flughafens mit den ersten fünf Seiten des Textes übereinstimmte. Erschreckend übereinstimmte. Schon irre, was das Unterbewusstsein aus so einem Text machen konnte. Nein, beklemmend.

Unbehaglich blickte Merle sich im Raum um. Dann schaltete sie den Computer auf ihrem Schreibtisch ein und beobachtete müßig, wie das System startete. Im Internet war sie einigermaßen sicher vor Halluzinationen. Für diesen Teil der modernen, technisierten Welt gab es in den Leben ihrer Vorfahren keine Entsprechung. Zumindest hoffte sie das.

Sie rief die Seite der germanistischen Fakultät in Leipzig auf, fand aber auf die Schnelle keinen Hinweis auf Professor Steiner. Das hatte sie auch kaum erwartet. Der Herr musste mindestens in Omis Alter gewesen sein und war vermutlich bereits emeritiert gewesen, als die Universität ihre ersten Internetseiten ins Netz gestellt hatte. Sie wechselte zur Universität Freiburg. Dort hatte Omi recherchiert. Ohne recht zu wissen, wonach sie suchte, betrachtete sie die Seiten der wissenschaftlichen Mitarbeiter. An einem Profil blieb sie hängen:

»Doktor Jakob Wolff, seit 2004 an der germanistischen Fakultät, Forschungsschwerpunkte westoberdeutscher (alemannischer) Sprachraum, Sagen des süddeutschen Raums und der Nord-Alpen, Promotion zur linguistischen Analyse der rezeptiven Verarbeitung verbaler …« Himmel! Und sie hatte stets geglaubt, nur Juristen legten Wert darauf, sich kompliziert auszudrücken.

Merle lachte laut auf und merkte, dass ihre Anspannung endlich etwas nachließ. Sie hatte nicht ganz verstanden, was dieser Wolff machte. Aber der Hinweis auf die Sagen könnte die richtige Richtung sein. Eine Sage war vielleicht kein Märchen, aber so groß konnten die Unterschiede nicht sein. Außerdem sah der Typ nett aus. Kurze dunkle Haare zu einem offenen Gesicht, markantes Kinn und breites Lächeln. Klar, es war ein gekünsteltes Passfoto-Lächeln, aber trotzdem sympathisch. Kurz entschlossen schrieb sie eine Mail mit der Bitte um Kontaktaufnahme. Vielleicht konnte er ihr weiterhelfen. Danach ging sie ins Bett. Sie ahnte, dass ihr keine ruhige Nacht bevorstand. Es war einfach zu viel geschehen.

Merle lag auf dem Rücken und riss die Augen auf. Sie wollte schreien, doch auf ihrer Brust saß ein kleines Wesen, das ihr mit seinem Gewicht die Luft abschnürte. Vergebens versuchte sie, die Arme zu heben. Ihre Glieder waren bleischwer und fühlten sich an, als gehörten sie nicht zu ihrem Körper. Sie spürte einen Windstoß auf ihrem schweißnassen Gesicht, würgte, kämpfte um einen Atemzug. Von dem Monster auf ihrem Brustkorb konnte sie nur Umrisse erkennen und hätte nicht einmal sagen können, ob es ein Tier oder etwas Menschenähnliches war. Aber das war auch nicht wichtig. Schon seine Anwesenheit in ihrem Schlafzimmer, in ihrem Bett war genug für nackte Panik. Sie wollte schreien, fliehen und konnte nicht einmal einen Finger krümmen.

Das Wesen bohrte seine Fersen oder Fäuste in ihren Leib. Sie war ihm hilflos ausgeliefert. Der Druck verstärkte sich, und lange dünne Finger legten sich um ihren Hals. Vergebens rang sie nach Luft. Ihr Mund wurde trocken, der Pulsschlag beschleunigte sich, und ihr letzter Gedanke war, dass sie als Kind einem Irrglauben angehangen hatte: Unter der Bettdecke war es nicht sicher. Sie würde unter dieser Decke sterben. Jetzt.

Ob der Radiowecker nur wenige Augenblicke oder viele Stunden später ansprang, wusste Merle nicht zu sagen. Ein starker Kopfschmerz donnerte durch ihre Schläfen, aber sie konnte Arme und Beine bewegen. Keine Spur von einem Eindringling.

Mühsam quälte sie sich aus dem Bett und kontrollierte das bodentiefe Schlafzimmerfenster mit dem hüfthohen Gitter davor. Wie erwartet war alles in Ordnung, und der Kontaktalarm an den Fensterflügeln hatte nicht ausgelöst. Merle lehnte sich gegen eine Tür des Kleiderschrankes und ließ ihren Blick durch das Zimmer schweifen. Eine zerwühlte Betthälfte, die Kleidung vom Vorabend über dem Stuhl vor der alten Kommode, ein Buch und Unterlagen über den Fall Frohn auf ihrem Nachttisch. Nichts deutete darauf hin, dass außer ihr irgendwer im Raum gewesen war. Ohne dass sie es überprüfen musste, wusste Merle, dass es in der gesamten Wohnung nicht anders war.

Sie schluchzte trocken. Vor fast einer Woche hatte sie zum letzten Mal durchgeschlafen. Tagsüber konnte sie kaum die Augen offen halten und sich nicht konzentrieren. Irgendwie hatte sie weitergemacht, aber jetzt ging ihr langsam die Energie aus. Noch fünf Tage bis zum Prozess. Wenn sich ihr Vater wenigstens melden würde!

Doch noch schlimmer als der permanente Schlafmangel wog die Ungewissheit. Was geschah nur mit ihr? Wo führte es hin? Wann nahm es ein Ende? Seit sie vor zwei Nächten auf dem Balkon aufgewacht war – ein Bein bereits über der Brüstung –, schloss sie sich ein. Zwar wäre sie an einem Sturz aus dem zweiten Stock vermutlich nicht gestorben, aber sie hasste dieses Gefühl, sich selbst ausgeliefert zu sein. Von den körperlichen Folgen ganz zu schweigen.

Merle trottete ins Bad und vermied den Blick in den Spiegel. Sie hatte in den letzten Wochen ordentlich abgenommen, und das, wo sie ohnehin um jedes Pfund kämpfte. Inzwischen sah sie aus wie eine Spitzmaus. Eine völlig übermüdete Spitzmaus mit dunklen Rändern unter dunkelgrünen Knopfaugen. Jede Frau, die sie kannte, beneidete sie darum, dass sie kaum zunahm, aber sie wäre lieber etwas zu dick als zu dünn gewesen.

Sie zog das verschwitzte Nachthemd aus und erstarrte noch in der Bewegung. Was waren das für zwei Abdrücke unterhalb ihres Busens? Sie ließ das Nachthemd fallen und betrachtete die zwei schwachen, blauen Flecke genauer. Sie hatten die Größe von Golfbällen, und tatsächlich fühlte es sich so an, als hätten zwei davon sie in vollem Flug getroffen.

Oder als hätte ein kleines Männchen ihr seine Fersen in die Rippen gebohrt.

Merle starrte auf die Male, während ihr das Herz bis zum Hals klopfte. Dann flüchtete sie hastig unter die Dusche und ließ das heiße Wasser so lange laufen, bis ihre gesamte Haut krebsrot geworden war und die beiden Abdrücke kaum noch auffielen.

Nachdem Merle bis zum späten Nachmittag Prozessunterlagen gewälzt und damit die quälenden Gedanken an ihre Alpträume und ihre Familie erfolgreich verdrängt hatte, entschied sie sich zur Belohnung für einen kleinen Spaziergang. Geruhsam ließ sie sich durch die Innenstadt treiben. Wie von selbst trugen ihre Füße sie durch das Hanseviertel und die Alte Post, zwei ihrer Lieblingspassagen. Dabei fiel ihr auf, dass sie mit der Alten Post viel gemeinsam hatte. Die Fassade war noch die alte, aber sie kannte kein anderes Gebäude in der Stadt, das so oft entkernt und runderneuert worden war. Gedankenverloren betrachtete sie die Verzierungen an der Fassade, während vor ihrem geistigen Auge das strenge, aber gütige Gesicht ihrer Großmutter aufblitzte. Merle hatte ihr nie viel von ihrem Leben in Hamburg erzählt. Warum eigentlich nicht? Weil sie Missbilligung befürchtet hatte? Vielleicht waren ihre Alpträume nur ein Zeichen dafür, dass sie kurz davor stand, wieder eine neue, völlig andere Richtung einzuschlagen? Ein Warnsignal, dass sie mit ihrem Leben nicht so weitermachen sollte?

Eine wehmütige Erinnerung trieb sie zum *Vier Jahreszeiten.* Als ihre beste Freundin Monika aus Freiburg sie damals noch zu Studentenzeiten besucht hatte, waren sie eines Nachmittags in das Hotel gegangen, hatten Kaffee getrunken und Kuchen gegessen. Es war sündhaft teuer gewesen, aber sie waren sich wie in einem englischen Kostümfilm vorgekommen und hatten große Pläne geschmiedet. Es hatte sich großartig angefühlt. Es war überhaupt eine großartige Zeit gewesen.

Kurz nach Monikas letztem Besuch hatte sie ihr Referendariat in der Anwaltskanzlei begonnen. Sie war gut gewesen, sogar sehr gut, und schaffte den Durchmarsch von der Referendarin zur Teilhaberin der Kanzlei. Schon nach wenigen Jahren hätte sie täglich im *Vier Jahreszeiten* Kaffee trinken können, ohne bei der Rechnung mit der Wimper zu zucken. Nur dass sie kaum Zeit mehr für derlei Luxus gehabt hatte und erst recht nicht mehr diese simple Freude daran empfand.

Stattdessen hatte sie ihren Tunnelblick auf ihre Karriere gerichtet. Die lebenslange Freundschaft mit Monika war dabei ebenso auf der Strecke geblieben wie viele andere. Und nachdem sie Michael kennengelernt hatte, hatte dieser erfolgreich dafür gesorgt, dass sie jeden Gedanken verdrängte, der nicht um Gerichte, Streitfälle und Geld kreiste. Vor allem um Geld.

Merle sah an sich herunter und fühlte sich mit ihrem Rock und dem sportlichen Blazer gerade gut genug angezogen. Sie betrat das Hotel, gab ihren Mantel ab und wurde von einem der Ober in eine Sitzecke geführt. Sie hatte gerade Kaffee und ein Stück Obsttorte mit Sahne bestellt, als ihr Smartphone klingelte. Sie riss es aus der Handtasche, hoffte auf ihren Vater und starrte stattdessen auf eine unbekannte Handynummer.

»Ja, hallo?«

»Guten Tag, mein Name ist Jakob Wolff. Spreche ich mit Frau Hänssler?«

»Das bin ich.«

Wolff? Jakob Wolff? Wer was das noch gleich?

»Tut mir leid, dass ich mich an einem Samstag melde, aber Ihre E-Mail hat mich neugierig gemacht. Da dachte ich, ich rufe einfach mal an.«

»Wie nett von Ihnen.«

Richtig, jetzt fiel es ihr wieder ein. Dieser sympathische Germanist aus Freiburg. Sie hatte sich das Gesicht gut merken können, den Namen dagegen wieder vergessen.

»Sofern es Ihnen recht ist, könnten wir uns sogar persönlich treffen. Ich bin nämlich bis Montag in Hamburg.«

»Warum nicht? Dann kann ich Ihnen die Unterlagen, um die es geht, zeigen. Ich trinke gerade noch einen Kaffee. Danach bin ich zu allen Schandtaten bereit.«

Merle hörte ihn am anderen Ende der Leitung lachen. Es klang angenehm.

»Wo sind Sie denn gerade?«

»Im *Vier Jahreszeiten.*«

»Was für ein Zufall! Ich stehe am Alsterpavillon. Ich könnte direkt rüberkommen.«

»Na, warum eigentlich nicht?« Merle zuckte die Schultern. Wolffs Direktheit irritierte sie, aber sie hatte für heute genug nachgedacht. Dieser Tag sollte selbst entscheiden, wie er sich gestaltete.

Sie hatte ihr Smartphone kaum wieder verstaut, als der Ober einen dunkelhaarigen Mann Anfang vierzig hineinführte, der sich suchend umblickte. Das Foto auf der Webseite war eindeutig schon einige Jahre alt gewesen. Jetzt trug Jakob Wolff die Haare etwas länger, und sie waren an den Schläfen deutlich angegraut. Trotzdem erkannte sie ihn sofort.

Merle stand auf und winkte ihn heran. Sie schüttelten sich die Hände und setzen sich einander gegenüber. Er bestellte ebenfalls Kaffee und Merle noch eine Flasche Mineralwasser.

»Sind Sie gejoggt?«, fragte sie endlich. »Ich hatte den Weg vom Jungfernstieg weiter in Erinnerung.«

Herr Wolff lächelte breit und entschuldigend. »Ich war schon etwas weiter gegangen. Ich wollte Sie nicht warten lassen.«

»Macht nichts. Aber ich habe die Unterlagen natürlich nicht dabei.«

»Erzählen Sie mir doch erst mal, worum es genau geht.«

»Das ist nicht so einfach zu erklären. Ich habe von meiner Großmutter ein Dokument geerbt, eine Abschrift aus dem siebzehnten Jahrhundert. Angeblich handelt es sich um einen Bericht eines unserer Vorfahren. In dem Dokument ist davon die Rede, dass er eine alte Frau umbringt und dann deren Haus besetzt. Seine Ziehschwester zeugt mit ihm ein Kind und ist angeblich von einem Dämon besessen.«

Merles Gegenüber verzog amüsiert die Mundwinkel. Jetzt, wo sie es laut aussprach, wurde ihr selbst bewusst, wie bizarr das alles klang. Auf einmal war es ihr peinlich, dass sie Jakob Wolff angeschrieben und um Rat gebeten hatte. Die Erklärung für den Inhalt des Dokumentes war völlig naheliegend: Hans hatte Wahnvorstellungen gehabt.

»Ich habe Sie angeschrieben, weil meine Großmutter Margarete Hänssler deswegen Kontakt mit der Universität Freiburg aufgenommen hat. Man hat sie von dort nach Leipzig weiterverwiesen. Das Original ist auf Latein verfasst. Ein Professor aus Leipzig hat es übersetzt und analysiert«, fuhr Merle fort. Sie hörte die Rechtfertigung aus diesem Satz und ärgerte sich gleichzeitig darüber.

»Wer war das denn, der den Text übersetzt hat?«

»Ein Professor Hermann Steiner.«

»Oh, der.« Herr Wolff schnaubte belustigt auf. »Weißt du – oh Entschuldigung, ist mir so rausgerutscht. Ich bin das aus meinem akademischen Umfeld so gewohnt, besonders gegenüber Leuten, die viel jünger sind als ich. Können wir nicht ›du‹ sagen?«

Merle setzte ein unverbindliches Lächeln auf. Ein strategischer Versprecher, ein Kompliment über ihr Alter und eine Verbrüderung in nur einem Satz. Sie saßen einander nicht einmal zehn Minuten gegenüber, und dieser Wolff war schon bis in die Vorhalle gestürmt, ohne je angeklopft zu haben. Er sollte nicht glauben, sie wäre leichte Beute. Andererseits fiel ihr kein Grund ein, nicht auf das Angebot einzugehen.

Sie lächelte etwas mehr und prostete ihm mit der Kaffeetasse zu. »Merle.«

Er hob seinerseits die Tasse und sah ihr gerade in die Augen. »Jakob.«

Seine Augen waren von einem tiefen Braun, das Merle an den samtenen Glanz von frisch gepflügtem Ackerboden erinnerte. Wenn sich die Erde noch feucht und glatt ausbreitete, als ob man sie sanft gestreichelt hätte. Sie hätte sich ohne Mühe darin verlieren können, doch Jakobs Stimme holte sie wieder in die Gegenwart zurück.

»Hermann Steiner hat die Professur kurz nach dem Zweiten Weltkrieg bekommen. Eine landesweit bekannte Koryphäe auf dem Gebiet der Märchen- und Sagenforschung. Viel bekannter war er unter dem Namen Professor Rübezahl, weil er aus dem Riesengebirge stammte und angeblich genauso unleidlich war. Absolut linientreu zum DDR-Regime, vermutlich Alt-Nazi und Stasi-Spitzel. Er wurde Ende der Siebziger emeritiert und starb einige Jahre später an Krebs. War vermutlich besser so. Den Untergang der DDR hätte er nicht verkraftet.« Jakob hob abwehrend die Hände. »Das ist alles, was ich über ihn weiß. Was hat der mit deiner Familie zu tun?«

»Er selbst? Nichts. Aber sein Forschungsschwerpunkt. Meine Großmutter hat ihm das Dokument geschickt, weil sie wissen wollte, ob dieser Hans, von dem die Rede ist, einer unserer Vorfahren sein kann und was an der Geschichte Wahres dran ist. Die Geschichte hat meine Großmutter an *Hänsel und Gretel* erinnert.«

»Hausbesetzung und ein Dämon? Ich sehe da noch keine Parallelen.«

Immerhin lachte Jakob sie nicht aus und sah sie vielmehr fragend an.

Merle hatte das Gefühl, dass ein Teil ihres Selbst neben ihr stand und verwundert den Kopf schüttelte. Offensichtlich war sie überhaupt nicht mehr in der Lage, einen Standpunkt vernünftig darzulegen. Sie grinste verlegen. »Ich weiß selbst, dass die ganze Geschichte mehr wie die eines Wahnsinnigen klingt. Aber das Haus, um das es in der Geschichte geht, ist dem Haus meiner Großmutter erschreckend ähnlich. Es steht ungefähr drei Kilometer vom nächsten Ort entfernt, mitten im Hochschwarzwald. Ich will herausfinden, was dort damals wirklich passiert ist. Wenn das überhaupt möglich ist.«

Jakob nickte verständnisvoll. Trotz seiner Zweifel hatte Merle das Gefühl, dass er sie ernst nahm und ihn die Geschichte interessierte. Dafür, dass die ganze Sache reichlich unglaubwürdig klang, konnte er schließlich nichts.

»Kannst du mir mehr über das Haus erzählen? Was ist so Besonderes daran?«

»Ja, also.« Merle verstummte. Plötzlich widerstrebte es ihr, mit einem Wildfremden über Omis Häuschen zu sprechen. Es war schließlich nicht irgendein Gebäude, eher ein … Familienmitglied. Innerlich wies sie sich sofort zurecht. Wie albern! Klar, sie hing an dem Haus, und sicherlich blieb mit ihm ein Teil der Erinnerungen an ihre Großmutter lebendig. Aber es war trotz allem ein Haus, Punkt.

»Na ja, besonders ist relativ.« Sie hoffte, dass es ihr gelang, gelassen zu klingen. »Es ist ein typischer, wenn auch sehr kleiner Schwarzwaldbauernhof. Meine Vorfahren waren tatsächlich lange Zeit Holzfäller, überwiegend Selbstversorger, und haben über Jahrhunderte ein paar Waldparzellen bewirtschaftet. Das Haus ist seit vielen Jahrzehnten weitgehend in seinem ursprünglichen Zustand belassen worden. Meine Omi hat sich gegen jede Veränderung gewehrt. Trotzdem fehlt es einem da oben an nichts.«

»Es klingt nach einem sehr freundlichen Ort.«

Merle stutzte ein wenig über den Tonfall ihres Gegenübers. Er klang ihr eine Spur zu neugierig.

»Du musst dich dort sehr wohl gefühlt haben. Hast du manchmal das Gefühl gehabt, selbst ein Märchen zu erleben?« Jakob zwinkerte ihr verschwörerisch zu, doch bevor Merle sein Gehabe interpretieren konnte, lachte er laut auf. »Entschuldige. Das war nicht ganz ernst gemeint. Das ist eine kleine Passion von mir. Neben meiner Forschungstätigkeit suche ich privat nach solchen Orten. Alte Burgen, Katen, Bauernhöfe, Häuser im Wald, die Schauplatz eines Märchens gewesen sein können, oder zumindest die Vorlage dafür. Das ist natürlich keine ernsthafte Wissenschaft. Bisher habe ich nichts entdeckt, das auf einen solchen Schauplatz hinweist. Dazu sind viele der Märchen zu alt. Leider.«

Merle nickte belustigt, denn was Jakob sagte, beruhigte sie und ließ sie mit dem Inhalt des Dokumentes etwas unbefangener umgehen. Wenn dieser Wolff in diesen Dingen die nötige Fantasie aufbrachte, nahm er die gesamte Angelegenheit angemessen ernst. Außerdem lag er mit seiner Vermutung nicht einmal sehr daneben. Unvermittelt erinnerte sie sich daran, wie sie früher mit Björn gespielt hatte. Natürlich hatten Märchen im Mittelpunkt gestanden, dafür hatte Omi gesorgt. Es war Merle immer leichtgefallen, in dem Haus ein Knusperhäuschen zu sehen. Sie hatte nur blinzeln müssen, und die braunen Holzschindeln auf dem Dach verwandelten sich in Lebkuchen. Das Dach selbst reichte noch im Erdgeschoss an der hangzugewandten Seite bis auf den Boden, wo sich ständig rotes und gelbes Moos bildete. Aus der Ferne konnte man es für kandierte Erdnüsse und Mandeln halten, und der rauhe Lehmputz der Wände sah sowieso aus wie Sahne oder Zuckerguss. Einmal hatten sie sich aus Papprollen und rot-weißem Absperrband übergroße Zuckerstangen gebastelt. Irgendwo musste Papa noch Fotos davon haben. Merle war Gretel gewesen, Björn ihr Bruder Hänsel. Dann hatten sie Brot aus der Küche geklaut, um damit eine Spur zu streuen. Das war das einzige Mal, bei dem sie wegen ihres Spiels Ärger bekommen hatten.

Merle hatte auch Schneewittchen gespielt, Rapunzel oder Dornröschen. So lange, bis Björn an einem Sommerferientag nicht mehr Prinz sein wollte und sich vor allem geweigert hatte, sie wachzuküssen. Er hatte diese Idee total unmöglich gefunden und sich darüber aufgeregt, wie Merle so etwas von ihm verlangen konnte. Als Rache hatte er ihr kurz darauf eine fette Kröte unter die Nase gehalten – und die wiederum hatte Merle nicht küssen wollen. Also hatten sie geschlagene zwei Tage darüber gestritten, ob es nun einen Unterschied machte, eine Kröte oder ein Mädchen zu küssen. Björn sah keinen, zumal völlig klar war, dass aus der Kröte kein Prinz wurde.

Als sie älter geworden waren und das Fernsehen seinen unausweichlichen Einfluss ausgeübt hatte, waren Robin Hood und Lady Marian hinzugekommen, die Rote Zora, Pippi Langstrumpf oder die Themen der ZDF-Weihnachtsserien. Björn und sie hatten ein Baumhaus in einem alten Apfelbaum gebaut, das wahlweise zu einem Piratenschiff oder Räuberunterschlupf erklärt wurde. Ihnen waren die Ideen nie ausgegangen.

»Was ist aus deinem Vorfahren geworden?«, drang Jakobs Stimme wieder in ihre Erinnerung.

Sie räusperte sich. »Ich habe es noch nicht in allen Einzelheiten nachgelesen. Die Analyse von Professor Steiner ist sehr umfangreich. Es endet damit, dass Hans in ein etwa sechzig Kilometer entferntes Kloster im Elsass pilgert und dort nach einer Folter exorziert wird. Er glaubt zu dem Zeitpunkt, selbst von dem Dämon besessen zu sein, der seine Ziehschwester beherrscht hat. Nach einem angeblich erfolgreichen Exorzismus nimmt er den Ordensnamen Liberius an und lebt als Laienbruder im Kloster bis zu seinem Tod zwei Jahre darauf.«

Jakob schwieg und überlegte. »Ich kann mir den Text gerne ansehen«, meinte er nach einer Weile. »Ich kann in den Archiven der Fakultät stöbern und Kollegen in Leipzig anschreiben, ob Rübezahl etwas hinterlassen hat. Letzteres wird allerdings dauern. Aber ich verstehe immer noch nicht, was genau du herausfinden willst.«

»Ich weiß es selbst nicht«, gab Merle zu. Und je länger sie mit Jakob darüber sprach, desto mehr wurde ihr bewusst, dass sie ihr Ziel tatsächlich nicht kannte. »Aufgrund der Beschreibungen und einiger anderer Angaben habe ich den Eindruck, dass der Geschichte ein wahrer Kern zugrundeliegt. Ich habe keine Ahnung von solchen alten Texten, aber ich habe mal irgendwo gelesen, dass man zu verschiedenen Epochen unterschiedlich erzählt hat. Bilder und Metaphern hatten eine andere Bedeutung, man konnte manche Dinge nicht beim Namen nennen und hat eine Art Code benutzt und derlei Dinge.«

»Das ist grundsätzlich richtig.«

»Wenn du dir den Text ansiehst, erkennst du unter Umständen, ob dem eine bestimmte Symbolik zugrundeliegt. Vielleicht kannst du den Aberglauben aussortieren.« Merle lächelte unschlüssig. »Vielleicht steckt nichts dahinter. Ganz sicher kein großer Topf Gold am Ende des Regenbogens. Aber immerhin geht es um einen Vorfahren, da bin ich relativ sicher. Vielleicht ist es sogar der Namensgeber unserer Familie: Hänssler.«

Sie verstummte und fragte sich, wie oft sie in den letzten Sekunden »vielleicht« gesagt hatte. Wieder ärgerte sie sich über ihr unkonzentriertes Gerede. Sofort ärgerte sie sich darüber, dass sie sich ärgerte. Sie war doch niemandem Rechenschaft schuldig, schon gar nicht diesem Fremden! Das lag nur daran, dass sie so übermüdet war.

Jakob nickte nicht gerade zuversichtlich. »Ich kann es versuchen. Ich werde diesen Text mit anderen zeitgenössischen vergleichen und ihn auf populäre Überzeugungen in der Gegend hin untersuchen. Der Glaube an Dämonen oder vom Teufel Besessene war sicherlich nichts Besonderes. Aber was den endgültigen Wahrheitsgehalt deiner Geschichte anbelangt, bin ich skeptisch. Tut mir leid.« Er zog die Augenbrauen hoch, als erwarte er Merles Zustimmung. Sie wusste nicht, was sie sagen sollte, und eine kurze unangenehme Stille entstand.

Merle bemerkte, dass sie mit den Fingern an ihrem rechten Ohrring herumspielte, und senkte hastig die Hand. Sie fragte sich, ob Jakob sie für völlig bescheuert hielt und nur zu höflich war, das auch zu sagen. Insgeheim hatte sie ein schlechtes Gewissen, ihn mit ihren albernen Angelegenheiten zu belästigen, ohne sie überhaupt klar benennen zu können. »Vielen Dank für deine Mühe«, stammelte sie schließlich. »Du kannst mir die Recherche selbstverständlich in Rechnung stellen.«

»Nein, kommt nicht in Frage.« Jakob schüttelte entschieden den Kopf. »Ich sehe das als allgemeine Forschung und werde das während meiner Arbeitszeit machen. Es ist nicht gesagt, dass ich nichts herausfinde, das am Ende für mich interessant ist. Ich möchte dich lediglich bitten, einen wissenschaftlichen Artikel darüber schreiben zu dürfen, wenn sich etwas aus der Sache ergibt.«

»Das wäre kein Problem. Was kann das denn sein, was sich da ergibt?«

Jakob grinste. »Wer weiß, vielleicht habe ich doch den Ursprungstext vor mir, auf dem das Märchen von Hänsel und Gretel basiert. Wenn ich das fundiert belegen könnte, wäre das in unseren Kreisen schon eine kleine Sensation.«

»Wirklich?«

»Wirklich.« Jakob lachte fröhlich, und Merle bemerkte die vielen tiefen Lachfalten um seine Mundwinkel und Augen.

Sie lächelte breit zurück.

»In den Sechzigern gab es zum Beispiel eine parodistische Ursprungsfassung von *Hänsel und Gretel*, die manche für echt hielten. Der Autor hieß Traxler. Er beschrieb den Fund eines Archäologen, der die halbverkohlte Leiche einer Bäckersfrau und ein altes Lebkuchenrezept entdeckt hatte. Dabei soll die Frau von einem Geschwisterpaar aus Nürnberg umgebracht worden sein, das hinter dem Rezept her war. Es soll ein paar Wellen geschlagen haben, bis klar war, dass es sich um eine Parodie handelte.« Jakob grinste entschuldigend. »Es war etwas vor meiner Zeit. Was damals in Fachkreisen los war, kann ich natürlich nicht sagen. Ein paar sind jedenfalls drauf reingefallen. Zugegeben, es war gut gemacht.« Er versuchte es mit einer bedauernden Miene, doch aus seinen Augen blitzte die Schadenfreude. Es dauerte nur einen kleinen Augenblick, bis sie beide zu lachen begannen. Ein befreiendes Gefühl, einfach mal albern zu sein, bemerkte Merle.

Eher zufällig bemerkte sie, dass Jakob sie nun intensiv musterte. Unwillkürlich zupfte sie die Schöße ihres Blazers ein wenig zusammen, und als sie wieder aufblickte, lag in Wolffs Blick nur noch argloses Interesse. Hatte sie sich getäuscht?

Merle räusperte sich. Ihr war eine Idee gekommen. »Wenn du mir schon kein Honorar in Rechnung stellen willst, kann ich dich dann heute Abend wenigstens zum Essen einladen?«

Jakob wirkte erfreut. »Sehr gern. Ich habe nichts vor und bin erst morgen Nachmittag noch einmal verabredet, bevor ich wieder nach Freiburg fahre.« Sofern er von ihrem direkten Vorgehen überrascht war, ließ er sich das nicht anmerken. »Außerdem hätte ich sowieso nicht gewusst, wo ich hier etwas Vernünftiges zu essen finden.«

Natürlich bestand er darauf, den Kaffee zu bezahlen, und sie verließen das Hotel. Die Luft war regenfeucht, und Merle entschied sich daher für das *Il Gaucho,* eine Tapas-Bar am Gänsemarkt. Sie hoffte, dass es gehoben und nicht allzu protzig auf Jakob wirkte.

Dr. Jakob Wolff war zweifellos ein Begleiter, mit dem man sich blicken lassen konnte, und Merle war froh, einen Abend in Gesellschaft zu verbringen. Sie konnte nicht gut alleine sein, und gerade jetzt hielt Wolffs Gegenwart sie davon ab, unentwegt das Handy zu kontrollieren, um zu sehen, ob ihr Vater angerufen hatte. Oder von traurigen Gedanken rund um Trennung, Tod und Veränderung. Noch am Vormittag hatte sie sich beim Durchblättern der Prozessunterlagen sogar Michael zurückgewünscht. Immer wenn sie dort auf seine Handschrift stieß, hatte sie an die guten Momente an seiner Seite gedacht und sich gewünscht, er möge anrufen und sie von ihren trüben Gedanken abbringen. Doch dann war ihr wieder eingefallen, dass er sich nie großartig um ihre Belange geschert hatte. Für ihn war es stets wichtiger gewesen, selbst angemessen bewundert zu werden.

Jakob war anders. Er hielt ihr die Tür auf und nahm ihr den Mantel ab. Tugenden, die als altmodisch gelten mochten, die Merle aber immer geschätzt hatte. Die Unterhaltung beim Essen plätscherte angenehm mit belanglosem Small Talk dahin. Merle genoss es, einfach nur zuzuhören. Normalerweise war sie diejenige mit dem höheren Redeanteil. Aber heute war sie müde, hatte in den letzten Wochen wieder einmal entsetzlich wenig vom Weltgeschehen mitbekommen, und so wurde ihre Müdigkeit mithilfe des Weines zu einer angenehmen Trägheit, durch die Jakob Wolffs Worte wie eine sanfte Klaviermusik plätscherten. Er war zufällig in Hamburg, hatte einem guten Freund beim Umzug geholfen. Und er war erst vor kurzem von einer vierwöchigen Italien-Rundreise zurückgekehrt.

»Deshalb bist du so braun gebrannt«, stellte sie fest.

»Das ist leider nur T-Shirt-Bräune. Wie haben ein paar Tage in der Toskana am Strand verbracht. Es war mehr ein Bildungsurlaub, aber ich stehe dazu.« Er legte den Kopf schief und grinste ein wenig provozierend, als wollte er herausfinden, ob sie jemand war, der vierzehn Tage tatenlos am Strand verbringen konnte.

Sie prostete ihm lächelnd zu, und sie sahen sich wieder in die Augen, ganz wie es sich gehörte. Für Merle war das ein uraltes Spiel, das vor so vielen Jahren beim ersten Bier in der Pubertät begonnen hatte. Und Jakob war es ganz offensichtlich ebenso vertraut.

Sein freches Lächeln erinnerte sie an George Clooney. Jakob hatte die gleichen dichten Augenbrauen und eine ähnliche

Kinnpartie. Genau wie der Schauspieler konnte er zunächst die Stirn in Falten legen, dann den Kopf ein wenig neigen und schließlich breit grinsen, als hätte er gerade den Coup seines Lebens ausgeheckt. Merle hätte am liebsten den ganzen Abend einfach nur dagesessen, den Kopf auf beide Hände gestützt und ihm dabei zugesehen.

Zum Glück grinste Jakob häufig, während er ausführlich und interessant weitererzählte. Merle registrierte, dass er keine Frau erwähnte. Seine Begleitung waren zwei Freunde gewesen, zu denen sich eine Zeitlang ein vierter gesellt hatte. Sie versuchte herauszuhören, ob es eine engere Beziehung zwischen Jakob und einem der Männer gab, aber sofern das zutraf, ließ er nichts davon durchblicken. Das konnte natürlich auch Vorsicht sein. In ihrer Generation gab es noch immer Homosexuelle, die keinen Wert darauf legten, sich bei der erstbesten Gelegenheit zu outen. Aber Moment, warum interessierte sie das überhaupt? Brauchte sie so dringend eine männliche Schulter, dass sie sich dem Erstbesten an den Hals warf, dem sie begegnete?

Jakob flirtete nicht. Er war witzig, charmant und vor allem unverbindlich. Das änderte sich auch nicht, als sie in die Bar wechselten und einander in einer gemütlichen Ecke gegenübersaßen. Mit dem kleinen Abstelltisch als Barriere zwischen ihnen, so dass jede Anstandsdame ihre helle Freude gehabt hätte.

Merle fühlte Ärger in sich aufsteigen, vermischt mit einem vagen Gefühl der Enttäuschung. Sie riss sich zusammen und entschied, den Abend bald zu beenden. Das hier war eine rein geschäftliche Angelegenheit, mehr nicht. Sie war müde. Klar denken konnte sie auch nicht mehr.

Sie streckte sich und gähnte hinter vorgehaltener Hand. »Sei mir nicht böse, aber ich möchte langsam nach Hause. Ich hatte extrem anstrengende Tage.«

»Klar, natürlich. Unser Treffen war ja überhaupt nicht geplant. Tut mir leid, wenn ich dich aufgehalten habe. Ich bewundere euch Frauen sowieso immer, wie ihr es so lange in Nylonstrümpfen aushaltet.«

Zum ersten Mal glaubte Merle, eine anzügliche Note in seinem Grinsen zu entdecken.

Sie stand lachend auf. »Man gewöhnt sich dran.«

»Ich bestimmt nicht. Mir reicht meine Erfahrung mit diesen kratzigen Wolldingern aus meiner Kindheit.« Wieder ließ Jakob die Möglichkeit zum Flirt verstreichen.

Merle schüttelte ungläubig den Kopf. Er war schlagfertig genug und ganz bestimmt nicht so arglos, wie er gerade tat. Ihr kamen ein Dutzend passenderer Entgegnungen in den Sinn als diese lapidare und alberne Antwort.

Er stand direkt hinter ihr in der engen Sitzecke und streifte ganz sicher nur zufällig ihren Po und den Rücken, doch Merle überlief trotzdem ein wohliger Schauer. Gleichzeitig läuteten ihre Alarmglocken Sturm. Sie kannte ihn seit nicht einmal sieben Stunden! Im selben Moment hätte sie am liebsten laut über sich gelacht. Da mahnte sie sich selbst zur Vorsicht, dabei war der Kerl kalt wie eine Hundeschnauze.

Sie traten aus der Sitzecke heraus, und Jakob hielt sittsam Abstand. Das Interesse war eindeutig ausschließlich auf ihrer Seite.

Dann sagte er völlig unvermittelt: »Aber du siehst toll aus.«

»Danke. Mein Kollege hat gestern noch das Gegenteil behauptet.« Sie biss sich verärgert auf die Lippen. Na, großartig. Da beschwerte sie sich, dass er nicht flirtete, und sie fegte das zweite Kompliment des Abends einfach beiseite.

»Warum denn?« Jakob sah sie ehrlich erstaunt an. »Du wirkst ein wenig ausgebrannt, aber dafür hast du doch bald Urlaub.«

Merle jaulte innerlich auf. Jetzt hatte sie es vermasselt. Das war eine nette Antwort. Wirklich nett. Nett ist die kleine

Schwester von Scheiße, sagte Volker immer. Damit war die Sache endgültig gelaufen. Vermutlich besser so.

Sie zahlte und ließ sich ein Taxi rufen.

»Dann also.« Jakob lächelte sie noch einmal breit an. »Du schickst mir die Unterlagen, und ich melde mich, sobald ich etwas herausgefunden habe. Es kann aber ein wenig dauern. Das Semester beginnt nächsten Monat.«

»Kein Problem. Danke. Wo übernachtest du eigentlich? Kann ich dich noch irgendwohin mitnehmen?«

»Ich wohne in einem Gästehaus in Stellingen. Flemingstraße.«

Merle stutzte. »Das ist doch ganz in der Nähe. Dann fahr einfach mit. Ich zahle bis zu meiner Wohnung, und du kannst dann den Rest übernehmen.«

Zum ersten Mal wirkte Jakob ein wenig verärgert. »So schlecht verdient man als wissenschaftlicher Mitarbeiter auch wieder nicht. Ich werde wohl noch die Hälfte übernehmen können.« Dann wandte er sich ab und verschwand noch einmal kurz auf der Toilette.

Merle seufzte. Dieser kleine Fauxpas machte sicherlich auch keinen Unterschied mehr. Ohne darüber nachzudenken, lehnte sich sie mit dem Oberkörper halb an den Tresen. Prompt kam ein kleiner, gut gekleideter Mann mit schlechten Zähnen auf sie zu und murmelte etwas von »Zeit«. Sie deutete verwundert auf die riesige Uhr gegenüber an der Bar. »Es ist halb elf.«

»Nein.« Der Mann beugte sich vertraulich näher. Bei dem Geruch von Wein und Knoblauch hielt sie die Luft an. »Ob du ein bisschen Zeit für mich hast.«

Nur einen Moment war Merle sprachlos. »Sehe ich aus wie eine Nutte?«, entfuhr es ihr. »Such dir jemand anderen, der dir den Chrom von der Stoßstange poliert!«

Er starrte sie beleidigt an.

Merle hatte gehört, dass man im *Il Gaucho* Kontakte knüpfen konnte, aber so ein Verhalten konnte kaum im Sinne der Geschäftsführung sein.

»Belästigt der Kerl dich?« Jakob tauchte hinter dem anderen Mann auf. Mit einem Mal erschien er ihr größer, und seine Schultern wirkten breiter. Wenn Blicke töten könnten, wäre der Kleinere ganz sicher tot umgefallen. Jakob legte ihm eine Pranke auf die Schulter und gab ihm einen unmissverständlichen Schubs. Der Mann mit den schlechten Zähnen taumelte ein paar Schritte vorwärts und verschwand dann mit kurz über der Schulter präsentiertem Mittelfinger.

Jakob knurrte leise, als könnte er sich nur mühsam davon zurückhalten, den Gnom zusammenzuschlagen. Wie ein Raubtier, das die Zähne fletschte.

Merle holte Luft. Sie hatte gar nicht gemerkt, dass sie den Atem angehalten hatte.

Jakob kam auf sie zu und packte sie an der Hand. »Gehen wir.«

Sie traten auf die Straße, wo das Taxi gerade vorfuhr. Wortlos stiegen sie gemeinsam hinten ein, und Merle gab dem Fahrer ihre Adresse.

Nach wenigen Metern Fahrt lachte Jakob laut auf. »Willkommen in Hamburg. So etwas erlebe ich immer nur hier. Aber der Spruch war gut.«

Merle rieb sich kleinlaut mit Daumen und Zeigefinger die Mundwinkel. »So rede ich sonst nicht.«

»Schade.«

»Wieso?« Jakobs Grinsen blitzte im Halbdunkel auf, doch er schwieg. Merle hätte gern gewusst, was er gerade über sie dachte, wagte jedoch nicht zu fragen. Es war nur ein harmloser Spruch, und sie waren keine zwanzig mehr! Jakob wirkte mehr denn je irgendwie verklemmt auf sie. Und in genau diesem Augenblick legte er seine Hand auf ihr Knie. Besitzergreifend. Merle erschauderte. Ein Teil ihres Verstandes wollte empört sein. Die andere Hälfte flüsterte ein gefälliges: Endlich!

Sei vorsichtig mit dem, was du dir wünschst. Es könnte in Erfüllung gehen, raunte ihr eine kleine unsichtbare Stimme ins Ohr. Merle schlug ihre Hand vor die Augen. Zu viel Wein. Zu wenig Schlaf. Zu viel Stress. Zu wenig Sex. Sie drehte durch.

Er schien ihre Geste zu missverstehen. Oder auch nicht, darüber war Merle sich nicht mehr im Klaren. So oder so, die Berührung seiner Hand verschwand. Leider. Zum Glück.

Das Taxi hielt, und Merle gab Jakob zehn Euro. Sie reichte ihm kurz die Hand, verabschiedete sich und stieg aus. Als sie um das Taxi herumgegangen war, sprang er plötzlich aus dem Wagen. »Warte.«

»Ja?«

»Ich muss dir noch meine Visitenkarte geben.«

Merle blieb verwirrt stehen, während Jakob sein Portemonnaie aus der Jackentasche zog und daran herumnestelte. Wie in Zeitlupe sah sie die hintere Tür des Taxis einfach zufallen. Der Fahrer fuhr an. Jakob hielt inne und starrte den roten Rücklichtern, die die Straße hinunter verschwanden, verblüfft hinterher. »Was ist denn mit dem? Ich hatte noch gar nicht bezahlt!«

Jakob drehte sich wieder um. Er blockierte Merle den Weg. Hier im Dunkeln auf der menschenleeren Straße wurde ihr auf einmal mulmig. Ihre Nachbarn würden reagieren, falls sie schrie. Aber waren sie überhaupt zu Hause? Merle hatte in den letzten Tagen niemanden zu Gesicht bekommen.

Jakob kam einen Schritt auf sie zu. Seine Augen waren dunkle schwarze Teiche, und sein Gesicht lag im Schatten. Er streckte die Hand aus.

Merle wich einen Schritt zur Seite. »Es … es tut mir leid. Ich bin wirklich müde. Gute Nacht.«

»Ach, so ist das. Gute Nacht, Merle.«

Sie ignorierte die Hand. Da Jakob sich nicht rührte, machte sie zwei Schritte um ihn herum und lief zur Haustür. Rasch schloss sie die Tür auf, ohne sich noch einmal umzudrehen.

Noch im Treppenhaus wurde sie wieder wütend auf sich. Das war bescheuert, kindisch und unhöflich. Andererseits hatte er kaum noch einen Kilometer zu laufen. Es war kalt, aber trocken, es würde ihn nicht umbringen. Mit einem Seufzer betrat sie den Wohnungsflur und zog sich sofort die Stiefel von den Füßen. In der Sicherheit ihrer Wohnung versuchte sie zu verstehen, was in ihr vorging. Ihr Innerstes war ein Chaos an überreizten Eindrücken und zusammenhanglosen Gefühlen. Das Einzige, was ihren Verstand noch zusammenhielt, waren Gewohnheiten. Das war ihr Problem. Sie war noch nie einem Mann auf der Straße begegnet, der solch eine Wirkung auf sie hatte und mit dem sie am liebsten sofort zur Sache gekommen wäre. Musste sie nicht ein bisschen nachsichtiger mit sich selbst sein, wenn ihr ein ebensolcher Mann begegnete und sie aus der Bahn warf?

Sie schlich in ihr Schlafzimmer und schaute aus dem Fenster. Ausgerechnet die Straßenlaterne vor ihrem Haus brannte nicht. Das war ihr bisher noch gar nicht aufgefallen. Merle erkannte die Silhouette eines Mannes unter einem Baum am Ufer des Kanals. Er hatte den Arm zum Kopf gehoben. Ungefähr dort, wo sein Gesicht war, glühte etwas rot. Merle stutzte. Jakob hatte den ganzen Abend nicht geraucht, und sie hatte weder Zigarettenschachtel noch Feuerzeug bei ihm gesehen. Sie kniff die Augen zu schmalen Schlitzen zusammen, konnte jedoch nichts erkennen. Vielleicht telefonierte er. Ja, das musste es sein, er rief sich wieder ein Taxi. Er wusste nicht, dass es bis zu seiner Pension nur ein paar Meter waren. Die roten Punkte waren Reflexionen auf dem Handy-Display.

Einen Moment beobachtete Merle, wie der Mann dort unten den Arm senkte und die Hände in den Taschen seiner Jacke vergrub. Er hatte den Kragen hochgeschlagen und den Kopf zwischen die Schultern gezogen. Jetzt wirkte er harmlos und verloren.

»Ich bin verrückt«, murmelte Merle, während sie den Flügel des bodentiefen Fensters öffnete. Sie beugte sich über das Ziergitter hinaus.

»Jakob?«

Der Mann schaute hinauf. Sein Gesicht konnte sie immer noch nicht erkennen. War er es überhaupt? »Komm rauf.«

»Wirklich?« Das Wort klang leise, aber deutlich zu ihr hinauf. Es war seine Stimme. Zweifel schwang darin.

»Ja.« Sie schloss das Fenster wieder und ging in den Flur, um den Summer der Haustür zu betätigen. Wenige Augenblicke später stand Jakob an der Tür. Er grinste wieder dieses unverschämt freche Grinsen. »Ich hoffe, du weißt, was du da tust.«

Er trat an die Wohnungstür.

»Ich bin wie ein Vampir.«

Merle wich einen Schritt zurück.

»Wenn du mich einlädst, komme ich hinein.«

Er trat über die Schwelle.

»Und du wirst mich so schnell nicht mehr los.«

Jakob schloss die Tür und stieß mit dem Ellbogen an den Lichtschalter. Sie standen fast im Dunkeln, nur durch die offene Wohnzimmertür drang ein schwacher Schein. Ein Versehen?

»Egal«, raunte er und trat auf Merle zu. Sie schluckte und fragte sich, was sie da gerade getan hatte. Die Umrisse seiner Jacke ließen ihn noch größer erscheinen. Dann beugte er sich zu ihr und zog sie an sich. Ein leises Stöhnen, wie ein Knurren, entrang sich seiner Kehle, als er sie auf den Mund küsste. Ganz zart zunächst, doch sie öffnete die Lippen, und seine Zunge tastete sich fordernd heran. Gleichzeitig streichelten seine Hände über ihren Rücken, zogen gierige Kreise und jagten ihr einen wohligen Schauder nach dem anderen über die Haut.

Sie konnte nicht sagen, wann er Jacke und Schuhe ausgezogen hatte. Sein helles Hemd leuchtete in der Dunkelheit. Sie griff nach dem Kragen und zog ihn wieder an sich. Durch den Stoff seiner Hose spürte sie seine Bereitschaft. Sie lächelte nervös.

Dann griff er ganz unerwartet nach ihren Beinen. Im nächsten Augenblick hob er sie hoch, ging überraschend zielstrebig zur Schlafzimmertür, schaute kurz hinein und legte sie halb auf dem Bett ab. Er kniete sich über sie und schob die Hand unter ihren Rock. Sie schluckte hörbar, als seine Finger immer höher wanderten.

Sie begann, die Knöpfe seines Hemdes zu öffnen, während seine Hand den Saum der Strumpfhose erreicht hatte und wieder abtauchte. Ihr String-Tanga dehnte sich. Seine Finger waren kühl und vorsichtig, aber zielstrebig. Mit der anderen Hand löste er seinen Gürtel und öffnete die Jeans.

Merle gab das Hemd auf und wollte sich aufsetzen, doch Jakob kam ihr zuvor. Mit einem langen Kuss hielt er sie auf dem Bett, während seine Finger einen gleichmäßigen Rhythmus gefunden hatten. Sie bekam kaum noch Luft. Ihr Verstand meldete sich mit einem letzten Vorwurf, in dem die Worte »Fremder« und »Kondom« vorkamen. Dann löste er sich auf.

Jakob streifte seine Hose ab. Sie sah seinen großen Umriss, und für einen Moment wurde ihr flau im Magen. Wen hatte sie sich da ins Haus geholt? Dann kniete er wieder auf ihr und schob mit einer Hand den Rocksaum hoch. Sie hörte das Nylon reißen.

Er keuchte. Seine Hand bewegte sich schneller. Merle drückte sich mit den Fersen vom Boden ab und ließ sich nach hinten rutschen. Mit einem Krachen gab die Strumpfhose nach. Sie zog Jakob mit sich und schubste ihn dann rückwärts auf das Kissen. Er stöhnte leise und wollte sich wieder erheben, doch sie war bereits auf ihm. Während sie sich mit einer Hand von den Resten der Strumpfhose und dem Tanga befreite, schob sie den Rock hoch und setzte sich rittlings auf ihn. Sie schrie leise auf, als er in sie eindrang. Er packte sie an der Hüfte und schob sie erst sanft, dann immer schneller auf und ab. Sie ließ sich mitreißen.

Dann hielt er inne und bäumte sich ein letztes Mal auf. Atemlos brach sie auf seiner Brust zusammen, bevor sie sich von ihm löste und abrollte. Sie langte nach dem Schalter der Nachttischlampe und knipste ihn an. Warmes Licht erleuchtete die Szene aus zerwühlten Laken und der Kleidung, die sie ausgezogen hatten. Jakob hatte sich halb aufgerichtet und ließ sich jetzt auf das Kissen zurückfallen. Er blinzelte sichtlich erschöpft und beschattete die Augen mit einem Arm. Merle zog den engen schwarzen Pulli über den Kopf und öffnete den BH.

Jakob stutzte. »Was hast du vor?«

Jetzt fand sie sein Grinsen ein wenig verlegen. Während sie den Rock auszog, betrachtete sie seine breite Brust unter dem halb geöffneten Hemd. Auch wenn er einen kleinen Bauchansatz hatte, konnte man kaum übersehen, dass er ins Fitnessstudio ging. Er hatte eine ungewöhnlich große Blinddarmnarbe, aus der er ein Tattoo hatte machen lassen. Die Narbe selbst war der feixende zahnbewehrte Mund eines kleinen Kobolds mit langen dünnen Gliedern und einer Zipfelmütze. Er wirkte hässlich und durchtrieben. Merle schauderte. So ungefähr könnte ihr nächtlicher Besucher ausgesehen haben.

»Was ist?« Jakob folgte ihrem Blick seinen Bauch hinab. »Oh, der. Das ist eine Jugendsünde. Gefiel mir damals besser als die Narbe. Würde ich heutzutage nicht mehr machen.«

Albern, sie benahm sich albern. Um sich ihren Mut zu beweisen, ging Merle um das Bett herum und beugte sich über das Männlein. »Beißt es?« Ganz sanft biss sie in die weiche Haut, bis Jakob aufschrie.

»Bisher nicht! Aber das kann sich ändern, Mädchen!«

Sie kicherte. »Danke schön. Kommst du mit duschen?«

»Gern.« Jakob setzte sich auf die Bettkante, als Merle hinter ihm aufs Bett sprang und ihm half, das Hemd auszuziehen. Dann legte sie eine Hand um seine Hüfte und langte nach vorne.

»Das kitzelt! Du willst doch was!«, protestierte er mit gespielter Empörung.

Sie beugte sich an sein Ohr und blies ihren warmen Atem über seine Schulter. Er bekam eine Gänsehaut.

»Ich will einfach sehen«, flüsterte sie, »wie lange es dauert«, ihre Hand wanderte zwischen seine Beine und zupfte fordernd, »bis ich dir wieder Chrom von der Stoßstange polieren kann.« Stöhnend schloss Jakob die Augen.

Gelbe Wolfsaugen folgten ihr durch den Nebel. Sie leuchteten wie dunkler Bernstein inmitten der konturlosen Grautöne. Um sie herum war es kalt und feucht und einsam und trostlos.

Merle tappte umher. Sie hatte den großen Jäger längst bemerkt. Eine Zeitlang war sie ihm sogar gefolgt, in der Hoffnung, dass er sie irgendwohin führte. Hinaus in die Welt der Lebenden.

Es war ruhig, geradezu trügerisch friedlich. Außer dem Wolf war niemand da. Sie konnte nicht sagen, ob der Wolf Freund oder Feind war. Er hatte sein Rudel verloren. Ein einsamer Wolf war gefährlich. Das machte ihn unberechenbar. Aber genauso gut konnte es sein, dass ihm alles gleichgültig war, das Leben, die Liebe und die Menschen.

Jetzt beobachtete er sie. Er lag geduldig auf der Lauer und wartete. Wartete auf das, was kam.

Merle lief weiter. Ihre Füße tappten durch Bodenlosigkeit. Zu ihrem Erstaunen war sie nackt. Hatte sie bisher Kleidung getragen, wenn sie hier war? Der Gedanke verwehte, wie so viele vor ihm. Der Nebel umwaberte sie und bildete einen feuchten Film auf ihrer Haut. Merle wurde nervös. Sie lief schneller. Sie war schon zu lange hier. Sie kam seit Nächten hierher. Es war zu elender, nervenzehrender Routine geworden. Jedes Mal war es schlimm, aber das Erwachen war noch schlimmer.

Sie wusste das alles. Sie wusste, dass dies ein Traum war. Sie wusste, dass sie diesem Traum nicht entkommen konnte. Sie wusste, dass sie nicht aufwachte, bevor ihr Peiniger seinen Angriff versucht hatte.

Was passierte, wenn ihre Flucht einmal nicht gelang, wusste sie nicht.

Stille Tränen liefen ihr über die Wangen, während sie ziellos weiterirrte. Sie war zu erschöpft, um Angst zu empfinden. Es gab nur noch eine beständige Unruhe in ihr.

Sie blieb stehen, und ihre Nackenhaare stellten sich auf. Jemand beobachtete sie. Er kam näher.

Merle begann zu laufen. Sie lief, so schnell sie konnte. Im Traum war ihre Ausdauer grenzenlos. Bisher war sie immer schneller gewesen und entkommen. Bisher.

Ein Schatten schoss an ihr vorbei. Sie sah, wie geschmeidig sich starke Muskeln unter grauem Fell bewegten. Bernsteinaugen blitzten auf. Der Wolf stand vor ihr, geduckt und bereit zum Sprung. Merle blieb stehen und schaute sich hastig um. Der Nebel um sie war viel heller als sonst, weiß mit dunkleren Schemen, knorrigen Bäumen vielleicht, wie in einem Wald.

Sie trat einen Schritt auf den Wolf zu. Seine Augen wurden

dunkler, und er knurrte. Von seinem Fang tropften Speichel und Blut. Rote Tropfen fielen in den Nebel und leuchteten dort wie kleine Perlen.

Die Augen des Wolfes und das Blut waren die ersten Farben, die Merle in dieser Welt je zu Gesicht bekommen hatte.

Dann wusste sie, dass das Wesen kam. Trockenes Schaben, als ob sich alte Knochen aneinander reiben, kündeten von seinem Kommen. Dann ein undefinierbares Klacken, das Merle die eiskalte Panik bis ins Mark trieb.

Und wieder war sie von einem Augenblick zum nächsten unfähig, sich von der Stelle zu rühren.

Der Wolf knurrte.

Das Klacken kam näher.

Merle wollte schreien und brachte keinen Laut über die Lippen. Sie ballte die Hände zu Fäusten und schlug auf ihre widerspenstigen Oberschenkel ein.

Der Wolf machte einen Satz und verfehlte Merle nur knapp. Brüllend landete er hinter ihr. Ein Blutstropfen fiel auf ihre Schulter.

Weiß wie Schnee – rot wie Blut – schwarz wie Ebenholz.

Sie musste in den Wald fliehen. Unter den Schemen, unter den Schatten der Bäume war sie sicher.

Der Kopf des Wolfes schwebte plötzlich unmittelbar vor ihrem Gesicht. Er war so nah, dass sie in den Augen des Tieres dunklere, grüne Flecken erkannte.

Dann biss er zu.

Merle schrie. Sie lief. Aber es war die falsche Richtung. Der Wolf trieb sie von den Bäumen weg. Sie rannte um ihr Leben.

Dann fiel sie ins Bodenlose. Sie ruderte hilflos mit den Armen. Ihr eigener Schrei blieb hinter ihr zurück.

»Was ist los?« Die ersten schlaftrunkenen Worte drangen in Merles Bewusstsein. Ihr Hals war rauh und trocken. Sie schrie und schlug um sich.

Licht flammte auf. Ein großer Schatten bewegte sich. Merle kreischte vor Panik. Der Alptraum wurde Realität. Sie kniff die Augen zusammen, bis sie Sterne sah.

»Mensch, beruhige dich doch, es ist alles gut!«

Die Worte hatten keine Bedeutung. Gleich schlug das Monster seine Zähne in ihre Brust. Sie krallte sich an die Bettdecke.

»Ich bin das! Es ist in Ordnung! Ich bin es, Jakob.«

Hände langten nach ihr. Merle wimmerte. Sie hatte keine Kraft mehr. Es war vorbei.

»Hab keine Angst. Du hast schlecht geträumt.« Die dunkle Stimme wurde leiser, während sie unablässig beruhigende Worte murmelte.

Merle lag stocksteif und wagte nicht, sich zu rühren. Sie durfte nicht auf das Blendwerk des Wesens hereinfallen, sonst war sie für immer verloren.

Eine Hand streichelte ganz sanft über ihren Arm. Wie lange schon?

»Mach die Augen auf. Sieh mich an. Es ist alles gut. Niemand tut dir etwas.«

Widerwillig gehorchte Merle. Sie zitterte vor Anspannung. Jakobs Gesicht war über ihr. Wirre Haarsträhnen fielen ihm in die Stirn. Augen, dunkel wie Torf, blickten sie besorgt an. Kein Bernstein. Keine Wolfsaugen. Kein Monster.

Trotzdem, sie musste es wissen. »Bist du der Wolf?«

»Was? Also.« Die streichelnde Hand hielt verwirrt inne. »Meinst du meinen Namen? Ja, ich bin Jakob Wolff.«

Er verstand nicht. Natürlich. Wie sollte er?

»Es war nur ein Traum«, fügte er unsicher hinzu.

Merle schüttelte hilflos den Kopf und ließ zu, dass er sie in seine Arme zog und wiegte wie ein Kind. Endlich kam sie wieder zu sich.

»Es tut mir leid, Merle, wirklich. Das war alles etwas viel gestern Abend.« Sie hörte ein betretenes Lächeln in seiner Stimme. »Das ist sonst nicht meine Art. Also, ich meine … eigentlich eher gar nicht. So etwas habe ich noch nie gemacht. Soll ich gehen?«

»Bitte nicht!« Merle schüttelte heftig den Kopf gegen seine warme Brust. »Lass mich heute Nacht nicht allein, hörst du?«

»Es war nur ein Traum.«

Es war so gut, einen Menschen zu fühlen. Jakob war aus Fleisch und Blut. Unter seiner Haut konnte sie seinen Herzschlag hören, der sich, wie ihrer, langsam wieder beruhigte.

Merle wischte sich durch das schweißnasse Gesicht. Alles war wieder normal.

»Hast du das öfter?«, fragte er.

»Was?«

»Solche Alpträume?«

»In letzter Zeit, ja.«

»Wir reden morgen darüber.« Jakob legte sich halb auf den Rücken und zog sie an sich. Es musste unbequem für ihn sein, aber Merle wollte ihn um keinen Preis der Welt loslassen. Diese Berührung erschien ihr im Augenblick wie die einzige Barriere zwischen sich und dem Wahnsinn.

Er drückte sie sanft an sich. »Soll ich das Licht anlassen?«

»Nein. Aber lass mich nicht los.«

»Ich halte dich fest. Hab keine Angst.«

Fünf
ZUFLUCHT

Viel zu schnell blieb vom Wochenende nicht mehr als ein schöner Traum, eine vage Erinnerung. Der Alltag überrollte Merle mit aller Macht, und während sie versuchte, verlorene Arbeitszeit einzuholen, kämpfte sie tagsüber gegen Stress und Michaels Granteleien, die er trotz seines angeblich so weltmännischen Gehabes nicht lassen konnte. Ohne die Nachrichten von Jakob, die sie mehrmals täglich auf ihrem Handy fand, hätte sie wohl geglaubt, die Begegnung mit ihm und die Beerdigung wären nur Einbildung gewesen.

Nachts kamen die Alpträume. Die Schlaflosigkeit setzte ihr langsam weit mehr zu, als sie sich eingestehen wollte. Je mehr sie sich wünschte, traumlos schlafen zu können, umso weniger gelang es ihr. Es war ein Teufelskreis. Dienstags hatte sie sich Schlaftabletten von ihrem Hausarzt verschreiben lassen, doch bisher lag die Packung ungeöffnet in ihrer Küche. Sie hoffte immer noch, dass sich die Angelegenheit von allein regelte.

Am Mittwochabend saß Merle erschöpft im Arbeitszimmer ihrer Wohnung und ertappte sich dabei, dass sie tatenlos aus dem Fenster starrte und sehnsüchtig darauf wartete, dass das Telefon klingelte. Vielleicht sollte sie einfach eine Pause machen. Sie wollte den Laptop gerade herunterfahren, als Skype einen Videoanruf ankündigte.

Hastig fuhren Merles Hände zur Tastatur und hätten beinahe ihre Kaffeetasse hinuntergefegt.

»Papa, endlich!«

Das Bild war verwackelt und hatte Störungen, aber der Mann, der ihr vor der rustikalen Kulisse einer kanadischen Hütte entgegengrinste, war zweifellos Theodor. Merle strahlte und hätte am liebsten mit den Fingern über den Bildschirm gestrichen, so erleichtert war sie. In diesem Moment hätte sie ohne zu zögern ihre Seele verpfändet, um ihren Vater nicht nur sehen und hören, sondern berühren zu können.

Ungeduldig wartete sie, bis er Kamera und Headset zurechtgerückt hatte und sich mit verschränkten Armen zurücklehnte. Er trug tatsächlich eines dieser karierten Flanellhemden und hatte sich seit mehreren Tagen nicht rasiert. Genau so hatte sie sich ihn stets in Kanada vorgestellt.

»Merle, so sehnsüchtig hast du mich schon lange nicht mehr begrüßt. Was gibt es denn?«

»Hast du nicht gesehen, dass ich mindestens tausendmal versucht habe, dich anzurufen?«

Theodor zog eine schuldbewusste Grimasse, bevor er eine wegwerfende Geste machte. »Das Handy ist im wahrsten Sinne des Wortes den Bach runtergegangen. Ist mir beim Fischen aus der Hose gefallen. Es war nur das Ersatzgerät, kein Verlust. Aber für das andere hatte ich bislang kein passendes Ladekabel. Ab jetzt bin ich wieder erreichbar.« Da Merle nicht antwortete, beugte er sich zum Bildschirm und runzelte die Stirn. »Meine Kleine, was ist passiert?«

»Omi ist tot.« Merle versagte die Stimme. Sie hatte fast ein schlechtes Gewissen, weil sie gerade im Begriff war, Papa die Reise seines Lebens zu versauen. Was änderte es, wenn er abbrach und zurückkam? Alles war geregelt, und sie konnte nächste Woche in aller Ruhe nach Steinberg und sich um das Häuschen kümmern.

Ihr Vater senkte den Kopf und faltete die Hände zusammen, als wolle er beten. Dann schüttelte er ganz sanft den Kopf, hob die Schultern und atmete durch.

Merle stützte die Ellbogen auf und schlug die Hände vor den Mund. Sie wusste nicht, was sie sagen sollte.

»Wann?«, fragte er endlich tonlos.

»Vorletzten Sonntag schon. Sie wurde am Freitag beerdigt. Ich war da. Björn und seine Frau haben sich um das meiste gekümmert. Sie sehen nach Omis Häuschen.«

Zu Merles Überraschung schüttelte ihr Vater entschieden den Kopf. »Das reicht nicht.« Er beugte sich noch etwas nach vorne, und auf Merle wirkte es, als lege er eindringlich die Hände an den Bildschirm. »Merle, du musst sofort dorthin und im Haus bleiben, bis ich wiederkomme. Es kann nicht allein sein.«

»Wer kann nicht allein sein? Das Haus?«

»Ja. Ich meine, nein, natürlich nicht das Haus. Das Haus ist ein Haus. Aber es ist wichtig, dass jemand dort ist und aufpasst, dass sich niemand auf dem Grundstück herumtreibt.«

»Wer soll sich dort herumtreiben, außer ein paar Kaninchen?«

»Kinder, Nachbarn, Wanderer. Was weiß ich. Mago ist das extrem wichtig.« Er hielt inne. »Ich bin ungefähr sechshundert Kilometer vom nächsten größeren Flughafen entfernt. Ich breche augenblicklich auf und versuche, so schnell wie möglich einen Flug nach Vancouver und weiter nach Hause zu bekommen. Aber bis dahin musst du nach Steinberg, Merle!«

Der unheilvolle Nachdruck in seiner Stimmte jagte ihr einen kalten Schauder über den Rücken. Was war mit ihrem Vater los?

»Hör zu, Papa, du musst nicht kommen. Es ist doch ohnehin zu spät. Ich kann mich gern ab nächster Woche um das Haus kümmern, das wollte ich sowieso. Aber ich habe morgen einen Prozess, bekomme am Wochenende Besuch, und Montag ist noch ein sehr wichtiger Termin. Danach habe ich Urlaub. Was soll schon in der Zwischenzeit passieren?«

Mit einem Mal sah ihr Vater verloren aus, als realisierte er gerade erst, was er erfahren hatte. Er stierte an der Kamera vorbei, vermutlich auf eine Wand. Hinter seinem Rücken erkannte Merle Leute, die mit Tabletts und Flaschen auf und ab gingen. Papa musste in einem Rasthof oder etwas Ähnlichem sein.

»Warst du am Haus?«, wollte er endlich wissen.

Merle verneinte. »Aber Björn hat mir einen dicken Umschlag mit Papieren gegeben.«

Ihr Vater sah sie wieder an. »War da eine Anleitung drin? Was man beachten sollte, wenn man in dem Haus lebt? Wo man bestimmte Dinge findet, irgendetwas in der Art?«

»Warte.« Merle stand auf, nahm den Umschlag aus einem Bücherregal und leerte den Inhalt vollständig auf dem Schreibtisch aus. Sie erzählte ihrem Vater kurz von dem merkwürdigen lateinischen Dokument und der Analyse des Leipziger Professors, doch das interessierte ihn nicht weiter. Dann fand sie tatsächlich ein dünnes Heft, das sie bisher nicht beachtet hatte und dessen erste Seiten ihre Großmutter in umständlichem Sütterlin vollgeschrieben hatte.

»Hier stehen ein paar Dinge. Aber es ist nicht vollständig, es sind nur ein paar Seiten.«

Ihr Vater nickte seufzend und schwieg, als hätte er genau so etwas erwartet.

»Willst du mir nicht einfach erklären, was denn daran so wichtig ist?«

»Ich weiß es doch selbst nicht.« Er hob hilflos die Hände, griff nach einer Tasse, trank etwas und lehnte sich wieder zurück. »Du weißt doch, wie sie war. Sie bestand darauf, dass ich nach ihrem Tod in das Häuschen ziehe. Es war ihr extrem wichtig, dass ich es so schnell wie möglich tun würde. Ich kann mir grundsätzlich vorstellen, dort zu leben, habe sogar schon mit ein paar Handwerkern gesprochen, wie man das alte Schätzchen auf einen neueren Stand bringt.« Er holte Luft, als wolle er sich selbst davon abhalten, abzuschweifen. »Jedenfalls gab es angeblich eine Menge zu beachten. Aber sie hat mir bisher kaum etwas erzählt. Jedes Mal, wenn sie davon anfing, fiel ihr dies ein, musste sie das noch erwähnen und so weiter. Dann verlor sie sich in Familiengeschichten.«

Merle wusste genau, wovon ihr Vater sprach. Omi war immer in Bewegung gewesen, ihr Mundwerk ebenso. Das Wesentliche trieb im langen Strom ihrer Erzählungen, Hinweise, Erinnerungen und Plaudereien oft unter der Oberfläche.

»Na, siehst du.« Merle lächelte ihm aufmunternd zu. »Da du mir keinen Grund nennen kannst, aus dem ich meinen Job aufs Spiel setzen und meinen Besuch ausladen sollte, muss es reichen, wenn ich Dienstag fahre.« Bei der Stelle mit dem Besuch spürte sie, wie ihre Gesichtszüge sich verklärten. Und natürlich war es Papa nicht entgangen. Sie biss sich verlegen auf die Unterlippe.

»Gibt es sonst noch Neuigkeiten?«, hakte er sofort nach.

»Ich habe mich von Michael getrennt.«

Ihr Vater zog schweigend die Brauen hoch. »Und der Besuch? Ist das jemand, den ich kennen sollte?«, fragte er streng.

»Er heißt Jakob Wolff und ist promovierter Germanist. Wir haben uns gut verstanden, mehr nicht.«

Das war ein bisschen untertrieben. Nach ihrer ersten gemeinsamen Nacht war Jakob nach seinem Termin mit seiner Reisetasche zurückgekehrt, bis Montagmorgen geblieben und erst dann nach Freiburg zurückgefahren. Seitdem hatten sie täglich telefoniert und vereinbart, sich am kommenden Wochenende wiederzusehen. Nein, morgen Abend schon, wie Merle schlagartig bewusst wurde.

»Nennt man das so: Gut verstanden? Auf diese Weise habe ich dich lange nicht mehr lächeln sehen.« Die Stimme ihres Vaters wurde weicher, und sie war froh, dass er nicht weiter fragte. Sie kam sich über zwanzig Jahre jünger vor. Das Flattern in ihrem Magen, wenn sie an Jakob dachte, machte es nicht besser. Sie lachte. »Sag jetzt besser nichts, Papa.«

»Schon gut, mein Mädchen. Ich möchte nur, dass du glücklich bist.«

Merle lächelte ihm verlegen zu. Wieder mischte er sich nicht ein, dabei waren ihm sicherlich die halben Rocky Mountains vom Herzen gefallen. Er hatte Michael von Anfang an nicht gemocht. Merle hoffte, dass er sich mit Jakob besser verstehen würde. Falls er ihn je kennenlernen würde, hieß das. Insgeheim befürchtete Merle nämlich noch immer, dass ihr Germanist irgendwo Frau und Kind versorgte. Oder schwer verschuldet war und versuchte, bei ihr an Geld zu kommen. Oder bald nach Tahiti auswandern wollte. Oder sonst ein dunkles Geheimnis hütete. Dieser Mann war ein Märchenprinz. Es war zu schön, um wahr zu sein.

Ihr Gesicht musste ihre Gedanken preisgegeben haben, denn ihr Vater nickte ihr aufmunternd zu. »Manche Dinge erscheinen zu schön, um wahr zu sein. Aber manchmal hat man einfach Glück.« Er lachte und fuhr sich mit der Hand über den kahlen Kopf. Er hatte seine Halbglatze vor dem Aufbruch nach Kanada komplett kahl rasiert, doch Merle konnte trotz der körnigen Videoübertragung wieder helle Stoppeln erkennen. Ihr stets korrekter Vater sah tatsächlich ein bisschen verwildert aus. Aber er strahlte Zufriedenheit aus – trotz des Schmerzes, der sich nach der Botschaft über den Tod seiner Mutter auf seine Züge gemalt hatte. Es musste dieses Gefühl sein, das Menschen verspürten, die sich nach vielen Jahren, in denen sie für andere da gewesen waren, endlich einmal um sich kümmerten.

Ein letztes Mal erwog sie, ihn vom Bleiben zu überzeugen, doch sie wusste, dass es sinnlos war. Er würde sich melden, sobald er Genaueres zu seiner Rückkehr wusste, und versprach zudem hoch und heilig, keine technischen Geräte mehr in kanadischen Gewässern zu versenken. »Bis bald, mein Mädchen«, sagte er eindringlich. »Und denk an das Haus.« Dann beendete er die Verbindung.

Merle erhob sich vom Schreibtisch. Obwohl sie ihrem Vater eine längere Reise gegönnt hätte, war sie erleichtert, endlich mit ihm gesprochen zu haben, und freute sich darauf, ihn bald wieder in die Arme zu schließen.

Mit einer Flasche Wein und dem Text über Hans kuschelte sie sich auf die Couch und las. Ihr war immer noch, als spräche ihr Vorfahre zu ihr, so lebendig hatte sie seine Schilderungen vor Augen.

Haus im Wald – Steinberg, Herbst 1604

Hans träumte. Worte glitten durch seinen Verstand, als wären es seine eigenen. Doch er dachte sie nicht. Sie wurden ihm eingegeben, von einer höheren Macht, die er nicht verstand.

Du wirst dich ihm niemals nähern. Nicht auf fünfzig Schritt sollst du herankommen, solange ich oder einer der Meinen auf dieser Erde wandelt. Es sei denn, eine gute Seele steht dir bei. Dann wird das unser gemeinsames Ende sein.

Er erwachte in völliger Dunkelheit. Er erinnerte sich an einen schwachen, bittersüßen Duft, der ihm in die Nase geweht worden war. Er holte tief Luft – und würgte. Der Gestank, der ihm in die Nase schoss, raubte ihm den Atem. Er hustete und wäre vor Schmerz beinahe erneut ohnmächtig geworden. Sein gesamter Körper brannte. Mit kleinen vorsichtigen Bewegungen tastete er erst sein Gesicht und dann seine Seite ab. Sehr zu seiner Verwunderung spürte er eine feuchte Wunde mit Schorf an den Rändern und getrocknetes Blut auf seiner Haut. Wie lange hatte er hier gelegen?

Nach und nach kehrte seine Erinnerung zurück. Fahles Mondlicht fiel in das Schlafgemach. Greta sah er nirgends und hörte sie auch nicht. War sie tatsächlich fort? Hatte Gott seine Gebete endlich erhört? Er wagte es kaum zu glauben.

Zaghaft lauschte er in die Nacht, bis er ein leises flaches Atmen vernahm. Das musste der Säugling sein! Er lebte! Sein Sohn lebte!

Hans biss die Zähne zusammen, versuchte den Schmerz zu

ignorieren und kroch vorsichtig auf allen vieren umher, bis er an das winzige Kind stieß. Seine Haut war eiskalt. Es gab keinen Laut von sich und regte sich kaum, als Hans es an seine Brust presste und die Hände schützend um den kleinen Körper legte. Ohne zu zögern begann er, den Kleinen mit den Fingern abzutasten und warm zu reiben. Er war viel kleiner als jedes Kind, das er je gesehen hatte, aber dennoch … vollständig wie ein Mensch.

Der Winzling zappelte und gluckerte. Hans wiegte ihn und sprach leise auf ihn ein. Dabei versuchte er, auf die Beine zu kommen, was ihm erst nach mehreren Versuchen gelang. Als er den Raum verließ, entdeckte er einen Schlüssel im Türschloss, der von innen steckte. Er wunderte sich kurz. Greta hatte ihm doch verboten, den Raum zu betreten. Warum hatte sie sich dennoch eingeschlossen? Warum war die Tür offen gewesen, als ihre Schreie ihn aus dem Schlaf geschreckt und zu ihr geführt hatten?

Er verstand es nicht, aber das war vielleicht auch nicht so wichtig. Er zog den Schlüssel ab, verriegelte damit den Raum von außen und legte ihn dann oben auf den Türrahmen.

Als er die Treppe hinabging, bemerkte er, dass der Säugling sich etwas mehr bewegte. Hans trug ihn in die Stube, wo in der Esse die Glut brannte. Wenn er es vermeiden konnte, ließ er das Feuer niemals ausgehen, schon gar nicht um diese Jahreszeit. Es wurde Herbst.

Ohne das Kind abzulegen, warf er Kleinholz in die Glut, nahm den Schürhaken und entfachte mit wenigen geübten Handgriffen das Feuer. Dann legte er Holzscheite nach, und schon nach kurzer Zeit war der Raum von einem warmen rötlichen Licht erfüllt.

Da bemerkte Hans ein Zupfen an seiner Brust. Er schaute hinab in die riesigen Augen des Säuglings. Sie waren so dunkel wie Gretas, doch mit ein paar hellbraunen Sprenkeln um die

Iris. Der Winzling öffnete den Mund und gluckste. Es klang unwillig. Dann streckte er sich ein wenig und zupfte wieder an Hans' Brustwarze.

Hans überlegte fieberhaft, während er mit seinem Sohn im Arm auf und ab ging. *Sein Sohn.* Dieser Gedanke erfüllte ihn mit Stolz. Mit dem Stolz kam auch die Sorge. Was benötigten kleine Kinder? Wärme, Schlaf und Essen. Er erinnerte sich dunkel an einen Vorfall in seinem Heimatdorf. Eines Nachts hatte eine Frau ein Kind bekommen und war dann gestorben. Die anderen Frauen waren sehr aufgeregt gewesen. Sie hatten Hans und einige der anderen Jungen ausgeschickt, um eine Mutter zu finden, die das Neugeborene versorgen konnte. Später hatte er seine Mutter gefragt, warum sie keine Kuh- oder Ziegenmilch nahmen. Das ginge nicht, hatte diese erläutert. Ein Menschenkind braucht Menschenmilch. Ratlos betrachtete Hans den Säugling. Er konnte ihm keine Milch geben. Ob er es doch mit Ziegenmilch versuchen sollte?

Er schaute sich suchend im Raum um. Dann nahm er einen Korb, in dem er sonst Feuerholz holte, kippte die verbliebenen Scheite auf den Boden und legte das Kind hinein. Es protestierte und ballte kleine Fäuste. Hans brach es das Herz, aber es war nur für einen Augenblick, und hier am Feuer war es warm. Er rannte aus dem Haus und in seinen Verschlag, riss seine beiden Hemden vom Haken und zog sich das dickere davon über. Dann lief er zurück und wickelte seinen Sohn unbeholfen in das andere. Er überzeugte sich, dass der Kleine noch Luft bekam, bevor er das Bündel wieder an die Brust presste.

So schnell er konnte, lief er den Weg hinab ins Dorf. Das Pochen in der Wunde an seiner Seite ignorierte er und konzentrierte sich ganz darauf, seine schmerzenden Beine zu bewegen. Noch nie war ihm der Weg so weit vorgekommen, doch endlich erkannte er die ersten Häuser. Er kannte sein Ziel, und als er schließlich vor der kleinen Kate am Dorfrand stand, zögerte er keinen Moment. Heftig trommelte er mit der Faust gegen die Tür. Ihm öffnete eine Frau mittleren Alters, die es gewohnt zu sein schien, solcherart aus dem Bett geholt zu werden. »Was ist los, Bursche?«

»Verzeiht, Gevatterin Rosalia. Ihr seid doch diejenige, die den anderen hilft, die Kinder zur Welt zu bringen?«

»Warum willst du das wissen?«

»Ich suche eine Frau, die kürzlich ein Kind bekommen hat.« Er hob ihr seinen Sohn entgegen. »Ich brauche Milch.«

Die Frau stutzte, nahm ihm das Bündel aus der Hand, schlug den Stoff zurück und betrachtete erst den Säugling und dann Hans. »Wo ist die Mutter?«

»Sie ist fort. Sie war meine … Schwester.«

»Was ist mit dem Vater?«

Hans wurde rot vor Scham. Was dachte Rosalia nun von ihm? Ihm wurde bewusst, dass er sich gar nicht überlegt hatte, was er den Leuten im Dorf erzählen wollte. Er zuckte unbeholfen mit den Schultern und schwieg.

Rosalia überlegte. So lange, dass Hans sie am liebsten geschüttelt hätte, damit sie etwas tat. Er wusste nicht, wie viel Zeit noch blieb, bevor sein Sohn verhungerte. Dann endlich winkte sie ihn ins Haus, und er folgte ihr in die kleine Stube. Offenbar war sie noch wach gewesen, denn in der Esse brannte ein munteres Feuer, und darüber hing ein blubbernder Kessel. Auf einem Tisch standen mehrere Tiegel mit zerstoßenen Kräutern. Aufmerksam beobachtete Hans, wie das Kräuterweib seinen Sohn behutsam auf einer Anrichte ablegte und das schützende Hemd ganz auffaltete. Ungläubig schüttelte sie den Kopf. »Da ist noch die halbe Nabelschnur dran. Wann ist er denn zur Welt gekommen?«

»Heute in der Frühe.« Hans glaubte inzwischen nicht mehr, dass er länger als einen Tag dort oben gelegen hatte, aber sicher war er sich natürlich nicht.

»Wer war bei der Geburt dabei?«

»Niemand.«

»Und er ist klein, viel zu klein.« Sie wandte sich um und sah Hans mit einem traurigen Lächeln an. »Er wird nicht überleben.«

»Aber … bitte! Könnt Ihr nichts tun, Gevatterin?« Hans trat an sie heran. Er wusste nicht, wohin mit seinen Händen, wollte sie Rosalia auf die Schulter legen und zog sie sofort wieder zurück, weil sich so etwas nicht gehörte. Unruhig knetete er seine Finger und presste sie gegen seine Brust. Sein Herz klopfte qualvoll.

Jetzt war es Rosalia, die ihm auf die Schulter klopfte. »Beruhige dich. Noch lebt er. Scheint ein zäher Bursche zu sein. Ich werde ihn erst einmal sauber machen.«

»Er braucht Nahrung.«

»Das ist kein Problem, er kann ein oder zwei Tage ohne auskommen. Das findet sich. Ist er getauft?«

»Nein.«

»Dann werde ich ihn nottaufen. Es gibt keinen Grund, den Pfarrer aus dem Bett zu holen. Wie soll er heißen?«

Hans überlegte. Sein Taufname war Johannes. Es war sein Sohn. »Johann. Tauft ihn auf den Namen Johannes.«

»Gut. Du gehst in der Zwischenzeit hinter das Haus. Da steht eine Regentonne. Wasch dich. Du stinkst wie ein ganzer Schweinestall.«

Als Hans das Haus erneut betrat, hatte Rosalia seinen Sohn gebadet, die Reste der Nabelschnur entfernt und ihn in ein sauberes Tuch gewickelt. Das Hemd, in dem er den Kleinen hergebracht hatte, war ebenfalls gewaschen und hing zum Trocknen über dem Feuer. Hans deutete fragend darauf. Rosalia nickte ihm zu.

»Das kannst du dir in den nächsten Tagen wieder abholen, wenn du mir Brennholz bringst. Du glaubst doch nicht, dass ich das alles unentgeltlich mache?«

»Niemals, natürlich nicht. Was bin ich Euch schuldig?«

»Was kannst du anbieten?«

»Brennholz für den ganzen Winter?« Normalerweise tauschte er mit Rosalia gegen Hustenkräuter, Honig oder Kerzen.

Sie schüttelte heftig den Kopf. »Das ist viel zu viel. Sagen wir bis Weihnachten.« Ihre Miene verzog sich zu aufrichtiger Trauer. »Dein Johann wird es nicht erleben.«

Wortlos ging Hans an ihr vorbei und hob seinen Sohn an die Brust. Mühsam hielt er seine Tränen zurück. Ein Mann weinte nicht vor einer Frau, und er war ein Mann. Er würde für seinen Sohn sorgen. Er konnte das. Er würde alles tun, damit er leben konnte und es gut hatte. Es durfte ihm an nichts fehlen.

Rosalia trat leise neben ihn. Sie drückte ihm ein kleines Bündel mit Kräutern in die Hand. »Nimm das, das ist für dich. Ich sehe an deinen Bewegungen, dass du verletzt bist. Komm morgen wieder her, damit ich mir das ansehen kann.

Jetzt lauf die Straße Richtung Lörrach hinunter. Ein paar Schritte hinter dem Dorfrand zum Fluss hin liegt der Mayerhof. Eine der Mägde hat vor kurzem ein Kind verloren. Frag dort nach Agnes. Wenn sie noch Milch hat, wird sie dir vielleicht helfen.«

Hans nickte dankbar, dann lief er los.

Der Bauer war nicht eben erfreut, als Hans nach einer seiner Mägde fragte, doch Agnes ließ sich nicht lange bitten. Ohne große Worte nahm sie Johann an sich und legte ihn an die Brust. Hans konnte seinen Blick vor Freude nicht abwenden. Er bekam kaum mit, dass zwei der anderen Mägde versuchten, ihm gehässige Dinge über Agnes zu erzählen. Es wäre Gottes Strafe gewesen, dass Agnes ihr Kind verloren hatte. Weil sie mit dem Bauern gelegen habe. Angeblich nicht freiwillig, aber wer glaubte das schon. So alt, wie sie war und wie sie aussah, hätte sie doch niemals mehr einen Mann abbekommen.

Agnes versuchte, das Gerede zu ignorieren. Irgendwann keifte sie die beiden jungen Dinger an. Ob sie nun eine gefallene Frau war oder nicht, ihre Autorität als Ältere zeigte Wirkung. Schon bald saß sie mit Hans allein in der Gutsküche.

»Ich kenne dich«, sagte Agnes. »Du bist häufiger auf dem Markt. Ich dachte, du wärest ein Knecht vom Waldhof.«

»Ich wohne in der kleinen Holzhackerhütte oberhalb von Steinberg. Eine halbe Wegstunde den Weg hinauf.«

»Wem gehört die Hütte?«

»Mir.«

»Dir? Wie alt bist du?«

»Sechzehn Jahre. Glaube ich.« Was half es jetzt zu lügen?

»Von wem ist das Kind?«

»Von meiner Schwester. Sie ist fort.«

Agnes sah ihn scharf an. »Das hier ist dein Sohn. Das sieht ein Blinder!«

Hans wurde wieder rot. Seine Knie gaben nach, und er setzte sich Agnes gegenüber an den langen Tisch, an dem sonst das Gesinde aß. »Sie ist nicht meine richtige Schwester. Ich kann dir nicht sagen, was in der letzten Zeit geschehen ist. Sie war schwanger. Heute Morgen wurde ich von ihrem Brüllen wach. Da war überall Blut. Dann hat mich der Teufel angegriffen. Nachdem ich erwacht war, war Greta fort.«

Als er seine eigenen Worte hörte, fragte sich Hans, was er tun würde, wenn ihm jemand solch eine absurde Geschichte erzählte. Aber jetzt war es zu spät. Er bemühte sich, dem langen prüfenden Blick, mit dem Agnes ihn bedachte, standzuhalten. Er konnte nicht erkennen, was sie dachte oder ob sie ihm glaubte.

Johann war satt. Agnes zog ihr Kleid wieder hoch und klopfte dem Säugling den Rücken, ganz so, wie Hans es von seiner Mutter kannte, wenn sie seine jüngeren Geschwister versorgt hatte. Auf einmal überkam ihn Heimweh. Ein Gefühl, das er seit Jahren verdrängt hatte, weil er wusste, dass er seine Wurzeln für immer verloren hatte. Er war dem Teufel in Menschengestalt in den Wald gefolgt; er konnte nie mehr zurück. Er presste die Zähne aufeinander, bis sein Kiefer schmerzte.

»Du musst Johann bei mir lassen«, holte Agnes' Stimme ihn in die Gegenwart zurück. »Du hast es gesehen. Ich kann ihn stillen. Es gibt Hoffnung.«

»Nein!« Die Erinnerung an Greta hatten die Angst um sich und das Leben seines Sohnes wieder lebendig werden lassen. Was war, wenn sie zurückkam und Johann einforderte? Hans wollte zurück in sein Häuschen. Dort fühlte er sich sicher. »Du musst mit *mir* kommen. Du kannst so lange bei mir wohnen. Ich habe ein eigenes Zimmer für dich. Ich werde dich nicht belästigen. Ich kann dich entlohnen.« Er hatte ein wenig Geld gespart, von dem er sich einen neuen Wintermantel kaufen wollte. Er brauchte dringend einen dickeren Mantel, mit dem er im Winter im Freien arbeiten konnte. Doch Johann war wichtiger.

Agnes schüttelte entschieden den Kopf. »Ich verliere hier meine Arbeit. Wovon soll ich leben, wenn dein Kind abgestillt ist?«

»Dann werde ich dich eben heiraten. Sagten diese beiden Gänse vorhin nicht, dass du ohnehin nie einen Mann finden wirst? Jetzt hast du einen gefunden. Wir gehen morgen früh zum Pfarrer.«

»Was sagst du da? Du bist doch noch ein halbes Kind! Ich könnte deine Mutter sein!«

»Ich brauche keine Mutter. Johann braucht eine Mutter.« Er schlug die Faust in die Handfläche. Auf einmal klang alles vollkommen logisch. »Ich kann für dich sorgen. Ich habe ein Haus und ein Auskommen. Solange du Johann eine gute Mutter bist, wird es dir an nichts fehlen, das verspreche ich dir.«

Vermutlich dauerte es gar nicht so lange, bis sie sich entschieden hatte. Hans aber kam es wie eine halbe Ewigkeit vor, während Johann zufrieden vor sich hin gluckste und sich an seine Amme kuschelte. Hans konnte Agnes deutlich ansehen, wie sie die Aussicht, weiterhin als Magd auf dem Hof zu arbeiten und das Getuschel der anderen zu ertragen, gegen das Angebot, als legitimes Eheweib im eigenen Haus für ein Kind zu sorgen, abwog.

Schließlich nickte sie. »Einverstanden.«

Hans verbrachte eine unruhige Nacht auf dem Heuboden des Hofes und machte sich früh bereit, um beim Pfarrer vorzusprechen. Seine Hoffnung, dass seine Probleme dort ein Ende finden würden, wurde gewaltig enttäuscht. Er hatte nicht gewusst, dass die Gemeinde Steinberg evangelisch war. Bislang hatte er sich noch nie Gedanken darüber gemacht, ob neben der katholischen Kirche seines Heimatdorfes noch andere existierten. Agnes stammte aus Lörrach, war ebenfalls evangelisch, und so weigerte sich der Pfarrer, sie zu vermählen. Dass Hans minderjährig war und nicht einmal Angaben über seine Eltern und Herkunft machen konnte, verschlechterte seinen Status zusätzlich.

Immerhin hatte Agnes seinen kleinen Johann liebgewonnen. Er tröstete sie über den nur wenige Tage zurückliegenden Tod ihres kleinen Mädchens hinweg. Da sie zusätzlich die Aussicht auf einen eigenen Haushalt reizte und sie an Ehre nicht mehr viel zu verlieren hatte, packte sie ihr Bündel und begleitete Hans am späten Vormittag zurück in den Wald.

Er gab ihr und Johann das Zimmer, das am weitesten weg von Gretas ehemaligem Schlafgemach lag, richtete ihr bis zum Abend ein Lager ein und versprach ihr, gleich am nächsten Morgen ein Bett zu bauen. Agnes widersprach lächelnd, er solle erst ein Kinderbettchen zimmern. Sie könnte noch einige Tage länger auf einem Strohlager schlafen.

Auch Hans bezog nun erstmals eine Kammer im Haus, und falls Agnes sich darüber wunderte, dass diese ebenso kahl war wie die ihrige, zeigte sie es nicht. Auch zu dem merkwürdigen Geruch, der hinter Gretas verschlossener Tür hervordrang, äußerte sie sich nicht.

Am Nachmittag des nächsten Tages tauchten unerwartet der Pfarrer, der Gemeindeverwalter und zwei weitere Männer auf. Hans schickte Agnes ins Haus und bat sie, auf Johann achtzugeben. Er ahnte, was ihm bevorstand, aber inzwischen hatte er Zeit gehabt, über eine glaubwürdige Geschichte nachzudenken.

Der Gemeindeverwalter trat mit wichtigtuerischer Miene auf ihn zu. »Bist du Hans vom Wald?«

»Mein Taufname ist Johannes, aber man nennt mich Hans, das ist richtig, Gevatter.«

»Ich hörte, du weißt nicht, wo du herkommst.«

»Das ist ebenso richtig.«

»Von wem hast du das Haus?«

»Hier lebte eine alte Frau. Sie hat es mir nach ihrem Tod vermacht.«

»Hast du darüber ein Dokument?«

»Nein, Gevatter. Ich kann weder lesen noch schreiben.«

Der Verwalter schaute hilfesuchend zum Pfarrer, der ratlos die Schultern hob. »Meine Großmutter erzählte in meinen

Kindertagen von der alten Trude, die hier gehaust haben soll«, erklärte er. »Aber die muss schon vor vielen Jahren verstorben sein. Unmöglich, dass der Bursche sie gekannt haben will. Seitdem verfällt das Haus.«

Kritisch musterten sie die Außenwände, das Dach und Hans' gepflegten Gemüsegarten. »Es sieht nicht sehr verfallen aus. Im Gegenteil«, meinte einer der Männer.

Der Verwalter wandte sich wieder an Hans. »Wer kümmert sich um das Haus?«

»Ich, sonst niemand.«

»Seit wann lebst du hier?«

»Es müssen jetzt fünf oder sechs Jahre sein. Ich bin nicht sicher.«

»Seit du mit deiner Schwester hierhergekommen bist?«

»Mit meiner Ziehschwester Greta.«

»Richtig, wegen der sind wir hier.« Der Verwalter verschränkte die Arme vor der Brust, und die beiden Männer nahmen wie selbstverständlich hinter ihm Aufstellung. Der Pfarrer hielt sich ein wenig abseits, als ginge ihn die ganze Angelegenheit nichts an.

»Was ist mit deiner Schwester geschehen, Johannes vom Wald?«, fragte der Verwalter.

Hans sah ihm offen in die Augen und wich keinen Schritt zurück. Insgeheim sandte er ein Stoßgebet zum Himmel, Gott möge ihm seine Lügen verzeihen. Um Johanns willen. Wer sorgte für den Kleinen, wenn er selbst nun für ein Verbrechen, das niemand begangen hatte, ins Zuchthaus kam?

»Greta und ich waren im Wald, Holz schlagen. Oberhalb des Steinbruchs. Obwohl sie bereits hochschwanger war, bestand sie darauf, mir zu helfen. Ich glaube, sie wusste nicht, dass es bald so weit war, sonst hätte sie es vielleicht nicht getan. Ich kann das nicht beurteilen, habe zu wenig Ahnung von diesem Weiberkram.« Hans lächelte verlegen, und zu seiner Erleichterung nickten die Männer wissend.

»Jedenfalls rutschte sie oberhalb des Hanges aus, und dann war es, als fiele das Kind aus ihr heraus.« An diesem Punkt konnte Hans nur hoffen, dass es bei Menschen nicht großartig anders war als bei Ziegen. Das waren die einzigen Geburten, die er bisher miterlebt hatte. Falls doch, baute er darauf, dass diese Männer es nicht besser wussten. Nachdem keiner von ihnen widersprach, fuhr er fort. »Greta war außer sich vor Schmerz und Panik. Ich durfte ihr nicht helfen, konnte mich ihr nicht einmal nähern. Sobald das Kind im Gras lag, biss sie die Nabelschnur durch. Danach weiß ich nicht, was vor sich gegangen ist. Es ging alles ganz schnell. Sie sprang auf, wollte den Säugling aufnehmen und taumelte. Dann lachte sie, und im nächsten Moment war sie über den Abgrund gekippt und verschwunden.«

Jetzt malten sich Zweifel auf die Gesichter seiner Zuhörer, aber Hans ließ sich nicht beirren. Die Wahrheit war schließlich noch verrückter.

»Ich suchte stundenlang nach ihr, doch das Gelände ist unwegsam und tückisch. Irgendwann fasste ich den Entschluss, mich zunächst um den Kleinen zu kümmern. Ich bin eben erst von meiner nochmaligen Suche zurückgekehrt.« Er machte eine vage Handbewegung in Richtung Waldrand.

Die Männer tauschten einige Blicke, bevor sie reagierten, wie Hans gehofft hatte. »Kannst du uns zu der Stelle führen?«

»Ja, Gevatter. Wie Ihr wünscht.« Er drehte sich auf der Stelle um, und sie folgten ihm über mehrere Stunden unter den Tannen hindurch über Trampelpfade und durch das Unterholz. Hans zeigte ihnen einen kleinen Abgrund, an dessen Kante sie sogar ein wenig Blut fanden. Den verletzten Hirsch, von dem das Blut stammte und von dem Hans wusste, dass er hier vor einigen Tagen abgestürzt war, konnten sie zwischen den Felsen nicht entdecken, solange er sie nicht darauf aufmerksam machte – und selbstverständlich tat er es nicht.

Unverrichteter Dinge kehrten die Männer mit Hans zu seiner kleinen Hütte zurück. Sie wirkten nun entspannter als bei ihrer Ankunft.

Hans wollte gerade durchatmen, als der Gemeindeverwalter sich noch einmal an ihn wandte. »Gut, Hans. Deine Geschichte klingt ein wenig ungewöhnlich, scheint jedoch so weit zu stimmen. Sicherlich hast du jetzt nichts dagegen, wenn wir uns noch einmal kurz im Haus umsehen.«

»Natürlich nicht, Gevatter. Folgt mir.«

Viel zu schnell standen sie vor der verschlossenen Tür im oberen Stockwerk. Einer der Männer schnüffelte argwöhnisch. Agnes stand im Türrahmen ihrer Kammer, hielt Johann auf dem Arm und beobachtete sie. Hans warf ihr einen hilfesuchenden Blick zu, und zu seiner Verwunderung lächelte sie ihn aufmunternd an.

»Warum ist die Tür verschlossen? Öffne sie, Hans.«

»Dahinter ist nichts.« Er hätte sich denken können, dass diese Antwort die Männer nicht befriedigte. Prompt warf einer von ihnen sich mit leichtem Schwung gegen die Tür, wie um zu prüfen, ob er sie durchbrechen konnte.

»Kein Grund, die Tür zu zerstören, Gevatter«, rief Agnes trocken hinter ihnen. »Der Schlüssel liegt oben auf dem Rahmen. Benutzt den, wie es sich für anständige Menschen gehört.«

Hans presste unauffällig eine Hand gegen den Mund und wappnete sich gegen den Anblick des Raumes und das, was folgte. Damit, dass die Männer das Haus durchsuchen wollten, hatte er nicht gerechnet. Und warum wusste Agnes überhaupt von dem Schlüssel? Fieberhaft suchte er nach einer Erklärung, die er den Männern aus dem Dorf bieten könnte. Vielleicht könnte er behaupten, er hätte eine Ziege dort geschlachtet?

Die Männer stießen die Tür auf und traten hindurch.

»Grundgütiger, was stinkt das hier?«

»Es tut mir leid, Gevatter.« Agnes war näher gekommen. »Als ich hier sauber gemacht habe, habe ich den Kleinen da vorne in die Ecke gelegt, und er hat hingeschissen. Das passiert bei Säuglingen.«

Hans traute seinen Augen nicht. Der Raum blitzte vor Sauberkeit. Der Boden wies zwar dunkle Flecken auf, doch dass es Blut gewesen war, sah man nicht. Gretas Bett war abgezogen; die verschmierten Leinentücher und Kissen fehlten.

»War das der Raum deiner Schwester?«

»So ist es, Gevatter.«

Die Männer schauten sich suchend um, fanden jedoch keine weiteren Gründe, an Hans' abenteuerlicher Geschichte zu zweifeln. Endlich durfte er sie zur Haustür führen.

Dort wandte der Gemeindeverwalter sich noch einmal an den Pfarrer. »Du bist sicher, dass Haus und Grund niemandem gehören?«

»Ich bin ganz sicher, aber ich kann das überprüfen, wenn du wünschst.«

»Ich bitte darum.« Er warf sich noch einmal in Positur, was Hans an einen eitlen Gockel denken ließ. »Hans, ich mache dir ein Angebot: Du hast dein Auskommen, und wenn ich das richtig verstehe, versorgst du das Dorf jetzt schon seit Jahren mit Brennholz. Ich bin bereit, dir das Haus und die Nutzungsrechte für den Wald gegen einen symbolischen Obolus zu überlassen, wenn du dich verpflichtest, die Steuern für die letzten fünf Jahre zu entrichten und zukünftig deine Abgaben zu zahlen. Was du hier bisher getan hast, ist streng genommen Diebstahl. Du hast die Gemeinde bestohlen.«

Hans wurde blass. Auch noch Diebstahl! Er hatte das siebte Gebot gebrochen, ohne es zu ahnen. Wie viele Sünden konnte ein Mensch begehen, ehe ihn der Blitz traf oder er vor Schande verging?

»Das wollte ich nicht, das ist … was ist ein symbolischer Obolus?«

»Ich werde sehen, wie wir den Wert des Hauses bemessen können. Nun mach dir keine Sorgen, Bursche, wir werden uns schon einigen.« Die Aussicht auf eine neue Einnahmequelle brachte den Verwalter von allem anderen ab.

Hans sah seinen Wintermantel endgültig schwinden, sagte sich aber, dass es das Beste für sie alle war. Er konnte ohne Mantel überleben, Johann nicht ohne ein Dach über dem Kopf. Für einen Moment schoss ihm das Bild von Greta durch den Kopf. Wo mochte sie sein? Hoffentlich kehrte sie niemals wieder.

Die Männer verabschiedeten sich endlich. Hans rang dem Pfarrer noch die säuerliche Zusage ab, ihm das Grundstücksdokument zu zeigen und zu erklären. Sie würden kaum Freunde werden. Wehmütig erinnerte Hans sich an den gütigen Pater Gangolf seiner Kindertage.

Dann endlich schloss er die Tür und blickte zu Agnes, die scheinbar demütig mit dem Kind im Arm einige Schritte hinter ihm stand. Noch ehe er ein Wort sagen konnte, hob sie abwehrend die Hand.

»Bitte verzeih mir, Hans.«

»Warum?«

»Weil ich in den Raum gegangen bin. Ich wusste doch nicht, was dort zu finden war. Da der Schlüssel auf dem Türrahmen lag, habe ich mir nichts weiter dabei gedacht.«

Hans trat an sie heran. Agnes schaute bange zu ihm auf und presste Johann ein wenig enger an die Brust.

»Es ist dein Haus ebenso wie meines, solange du Johann eine gute Mutter bist. Ich habe nichts vor dir zu verbergen. Sobald ich volljährig bin, werden wir heiraten. Ich werde mit dem Pfarrer sprechen, was ich tun muss, um seine Vorgaben zu erfüllen.«

Agnes nickte zögernd. Dann hatte sie genug Mut für ihre Fragen gefunden. »War es das Schlafgemach deiner Schwester? Sie hat dort das Kind zur Welt gebracht, oder?«

»Ja.«

»Bitte verzeih mir dennoch, dass ich dort eingedrungen bin. Es gehört sich nicht. Aber es stank so erbärmlich. Ich dachte, dort verrottet ein Tier.« Ihr etwas trotziger Tonfall ließ keinen Zweifel daran, dass sie doch der Überzeugung war, richtig gehandelt zu haben.

Hans lächelte ihr aufmunternd zu. »Ich verzeihe dir von Herzen gern. Du hast mir das Zuchthaus oder Schlimmeres erspart. Was hast du mit den Laken und Kissen gemacht?«

»Ich habe sie hinter die Scheune gebracht und wollte sie bald gründlich auskochen, damit wir sie benutzen können.«

»Verbrenne alles.«

»Verbrennen? Das sind zwei feinste Federkissen und ein Federbett, wie vornehme Leute sie haben. Nein, ich werde sie auswaschen, und dann werden wir sie benutzen.« Sie sah ihn fest an, dann lächelte sie schuldbewusst, bevor sie eilig nachschob. »Wenn du es erlaubst.«

Hans grinste unbeholfen zurück. Sie merkten beide, dass ihre Rollen noch nicht richtig verteilt waren. Agnes war eine zupackende Frau, die es gewohnt war, im Rahmen ihrer Befugnisse eigenständige Entscheidungen zu fällen. Genau das, was er brauchte.

»Gut, ich bin einverstanden. Du hast wohl recht.«

Johann regte sich im Schlaf, und Agnes streichelte ihm beruhigend über den Rücken. Dann schüttelte sie plötzlich heftig den Kopf. »Hans, was bist du für einer? Da rennst du durch Nacht und Nebel, um für den Kleinen eine Amme zu finden. Deine Schwester schläft in teurem Leinen, während du in einem Verschlag in der Scheune haust. Was hat sie mit dir gemacht?«

Hans senkte zutiefst beschämt den Kopf. »Glaubst du mir jetzt, dass es nicht meine Schwester war und dass ich sie nicht angerührt habe?« Vor allem den letzten Punkt wollte er sich gerne glauben machen – ganz gleich, was die Leute im Dorf darüber dachten. Es war schon widerlich genug und niemals wiedergutzumachen, welche Buße er sich auch selbst auferlegen mochte.

»Du bist so ein guter Mensch«, murmelte Agnes mehr zu sich. »Was hat der Teufel nur mit dir gemacht?«

Sechs
LEBKUCHEN-MÄNNLEIN

Wütend umklammerte Ronja ihren Mikesch. Wäre er kein Stoffkater, hätte sie ihn vor Empörung erwürgt.

»Luke, du bist einfach *so* blöd!«, schimpfte sie, obwohl sie wusste, dass es nichts brachte. Das wertvolle Lebkuchenmännlein war in kleinen Stücken über den Waldboden verteilt, und niemand würde es mehr essen können.

»Wieso? Vielleicht mag das Reh doch Lebkuchen.« Luke schob die Unterlippe vor und sah sie trotzig an.

»Rehe fressen Gras und Blätter. Ganz bestimmt keinen Lebkuchen!« Ronja bemühte sich, überzeugt zu klingen. Aber ganz sicher war sie sich nicht. Die Ziegen auf Papas Hof mochten Lebkuchen. Das hatte sie unfreiwillig erfahren, als ihr eines der Tiere einmal ein halbes Männlein aus der Hand geschnappt und sie dabei um ein Haar in den Finger gebissen hätte. Aber das hier war etwas anderes. Luke wollte unbedingt dieses seltsame Reh fangen. Ronja hingegen wollte lieber so viel Abstand wie möglich zu diesem Tier halten. Denn es war wirklich komisch, lief ihnen beinahe jedes Mal über den Weg, sobald sie sich im Wald herumtrieben, besonders in der Nähe von Oma Magos Häuschen.

Das war nicht normal für ein Reh!

Egal zu welcher Tageszeit sie auf den Pfaden spielten, früher oder später erschien es und glotzte sie unheilvoll an, so dass Ronja immer eine Gänsehaut über die Arme prickelte. Dann stolzierte es unter den Bäumen auf und ab. Es humpelte zwar immer noch, wenn man ganz genau hinsah, aber es hatte sich im Gegensatz zum ersten Mal, als Ronja es gesehen hatte, prächtig erholt. Das ehemals struppige Fell glänzte, und seine Bewegungen waren wendiger, nicht mehr so unbeholfen und staksig wie bei einem Kitz.

Bei ihrer zweiten Begegnung mit dem Reh war Luke dabei gewesen, und nun war er felsenfest überzeugt, das Tier wollte, dass sie ihm folgten. Ronja hatte sich geweigert. Irgendetwas stimmte da nicht. Vielleicht hatte es Tollwut oder so. Und ehe sie nicht herausgefunden hatte, was mit dem Tier nicht stimmte, würde sie ihm nirgendwohin folgen. Luke auch nicht, wenn sie es verhindern konnte. Sie war die Ältere. Sie würde auf ihn aufpassen, ihn vor dem Reh beschützen. Das war wichtig, das spürte sie.

Einmal war Luke dem Tier schon ein Stück in den Wald gefolgt, doch irgendwann hatte es ihn abgehängt. Deshalb wollte er es jetzt anlocken, ihm dann ein Seil um den Hals legen und sich anschließend wie von einem Hund führen lassen. Was für eine bescheuerte Idee! Ronja hatte versucht, es ihm auszureden. Das hatte nicht geklappt. Also schaute sie zu und passte auf. Aber das mit den Lebkuchenmännlein, das ging zu weit!

»Ich habe dir den Lebkuchen gegeben, damit du ihn isst. Nicht damit du ihn an komische Rehe verfütterst.«

»Es ist nicht komisch, es ist hübsch!«

»Ich finde es unheimlich. Das ist kein normales Reh!«

»Du hast einfach immer Schiss!«

Ronja schnaubte und presste Mikesch wieder an sich. »Das ist der letzte Lebkuchen überhaupt auf der Welt. Da sind noch drei Männlein, die ich uns holen kann, danach wirst du nie wieder welche kriegen. Nie, nie, nie wieder! Weil Oma Mago tot ist! Wenn du den noch mal über den Boden streust, gebe ich dir keinen mehr ab!«

Luke sah sie treuherzig an. »Verrätst du mir, wo Oma Mago die Lebkuchen versteckt hat? Ich sag es keinem weiter.«

»Niemals!«

»Warum nicht?«

Ronja schlug sich Mikesch vor das Gesicht und sparte sich die Erklärung. Dann setzte sie sich auf einen umgekippten Baumstamm und sah Luke zu, wie er wieder mit leisen gurrenden Lockrufen durch die Farnwedel marschierte und den letzten Rest Lebkuchen vor sich ausgestreckt hielt. Weit und breit war kein Lebewesen zu sehen. Zum Glück auch kein Reh.

Oma Mago hatte Ronja einmal das Versteck gezeigt. In der Scheune, am rückwärtigen Teil des Hauses, gab es einen Verschlag, ungefähr so groß wie eine Pferdebox. Etwa einen halben Meter über dem Boden war ein Loch in der gemauerten Wand. Man konnte es nur sehen, wenn man klein genug war. Oder wenn man sich hinkniete oder lag. Wenn man dort hineingriff, konnte man einen größeren Hohlraum ertasten. In diesen hatte Oma Mago immer ein Dutzend Lebkuchenmännlein gelegt. Sie hatte Ronja erklärt, dass es ein Ritual für ihre Ahnen wäre, weil jeder in der Familie Lebkuchen mochte. Gerade in letzter Zeit, seit die alte Frau sich nicht mehr so gut bücken konnte, um den Hohlraum zu erreichen, hatte Ronja ihr geholfen. Sie hatte die ausdrückliche Erlaubnis, sich jederzeit zu bedienen und so viel Lebkuchen zu nehmen, wie sie wollte. Aber sie durfte niemandem davon erzählen.

Ronja hatte nicht vor, dieses Versprechen zu brechen. Schon gar nicht gegenüber so einem Idioten wie Luke, der ihr wertvolles Geschenk überhaupt nicht zu schätzen wusste.

»Können wir jetzt gehen? Mir ist langweilig!«, murrte sie. Vielleicht ließ Luke so von seinem dämlichen Reh ab.

Er sah sich gründlich um und nickte dann zögernd. »Es kommt heute nicht.«

Gemeinsam gingen sie den Trampelpfad zurück.

Dann stand das Reh plötzlich vor ihnen.

Die beiden Kinder stockten in ihren Bewegungen, zu überrascht, um zu reagieren. Das Reh drehte den Kopf und starrte sie an. Seine riesigen dunklen Augen schimmerten, als es den Kopf hob und sich auf Ronja zubewegte. Ein schmales Maul streifte ihren Arm, während ihr eine unbestimmte Furcht in den Nacken kroch.

So etwas taten Rehe nicht.

Luke gluckste erfreut, doch Ronjas Blick fixierte die Nüstern des Tieres. Da war Blut. Ganz sicher. Es sah aus, als hätte das Reh seine Schnauze in Blut getunkt! Ronja wimmerte. Sie wagte nicht, sich zu rühren, aus Angst, das Reh würde zubeißen, während es seinen scheinbar sanften Blick auf dem Mädchen ruhen ließ.

Dann streckte Luke die Hand aus, um das Reh zu streicheln. Es quiekte, riss den Kopf zurück und war mit zwei weiten Sprüngen verschwunden. Luke lief einen Schritt hinterher, doch als er erkannte, dass es aussichtslos war, ballte er die Faust und schimpfte leise.

Ronjas Herz begann wieder zu schlagen. Wenigstens der Abgang war Reh-gerecht.

Sieben

MÄRCHENSTUNDE

»Prozess gewonnen! Gut gemacht, Merle!« Volker klopfte ihr erleichtert auf die Schulter, während sie den Gerichtssaal verließen. Merle schaffte es, sich ein Lächeln abzuringen. Noch ehe sie etwas erwidern konnte, kam Wilfried Frohn auf sie zu. Enthusiastisch griff er nach ihrer Hand und schüttelte sie. »Wir haben es geschafft. Frau Hänssler, dank Ihnen kann ich mein Unternehmen nun neu aufstellen. Sehr gut, sehr gut! Sagen Sie …« Er beugte sich vertraulich zu ihr hinab. Merle konnte aus den Augenwinkeln sehen, dass Volker verwundert den Kopf neigte. »… könnten Sie mich vielleicht auch in einer Erbschaftsangelegenheit vertreten?«

Merle zwang sich, freundlich zu bleiben. »Bedaure, aber von Erbschaftsrecht habe ich nicht die geringste Ahnung.«

»Von Veruntreuung hatten Sie bis zu diesem unglückseligen Vorfall auch keine.« Frohn lächelte jovial.

»Da ich Ihr Unternehmen als Hausjuristin betreue, blieb mir nichts anderes übrig, als mich einzuarbeiten. Ich habe das nicht zum Spaß gemacht. Ohne meine Kollegen in der Kanzlei hätte ich es nicht geschafft. Wenden Sie sich an einen von ihnen.«

»Ach, Frau Hänssler, nein, um Gottes willen. Meine Rechtsschutzversicherung wird das entsprechende Honorar übernehmen. Überlegen Sie es sich doch einfach während Ihres Urlaubs.«

Falls Merle noch irgendwelche Zweifel gehabt hatte, dieses Mandat nach dem Prozess niederzulegen, wurden sie von Frohns schmierigem Lächeln hinweggefegt. Am liebsten hätte sie gleich diesen ganzen elenden Job hingeworfen. Nur, was dann?

»Ich kann Ihnen meinen Kollegen Dr. Fehrmann empfehlen. Sie werden sich gut verstehen«, bot Merle mit unverbindlicher Miene an.

Volker grinste hinter Frohns Rücken, während dieser sich zähneknirschend eine von Michaels Visitenkarten aushändigen ließ. Dann trollte er sich endlich, um sich der wartenden Presse zu stellen.

»Du hast Frohn nicht gesagt, ob Michael gut ist.« Volker grinste noch immer.

Merle verzog spöttisch den Mund. »Er hat nicht danach gefragt. Michael ist kein schlechter Anwalt, nur eine schlechte Beziehung.«

»Redet ihr wieder miteinander? Über das Berufliche hinaus?«

»Nein, ich denke in letzter Zeit sehr viel über mein Leben nach, und daran hatte er nun einmal Anteil.«

»Du solltest dich aktiv nach einem Neuen umsehen. Das meine ich ernst. Der Mensch ist nicht dazu geschaffen, allein durch sein Leben zu gehen.«

Merle zwinkerte ihm verschwörerisch zu. »Was hältst du davon, wenn ich dir am Samstag jemanden vorstelle? Wir wollten ohnehin feiern, oder?«

Volker starrte sie verdutzt an, dann wurde aus seinem Grinsen ein warmes Lächeln. »Du machst mich neugierig. Um acht bei uns.«

»Einverstanden.« Merle strahlte, dann fiel ihr Blick wieder auf ihren Mandanten, und sie schnaubte erbost. »Frohn hat echt Nerven! Als ob man sich täglich in ein neues Fachgebiet einarbeitet.«

Volker nickte zustimmend. »Du hast in den vergangenen Monaten Übermenschliches geleistet und die letzten Tage noch einmal genutzt. Jetzt lass es gut sein. Ich sage das ungern, aber du siehst echt kacke aus.«

Merle lachte leise, und sie setzten sich in Richtung Ausgang in Bewegung. »Du bist ein wahrer Freund, Volker.«

An der Eingangspforte hielten sie an, um ihre Regenschirme herauszuholen. Der Herbst hatte den Spätsommer endgültig besiegt und bedachte Norddeutschland mit seinem obligatorischen Schmuddelwetter. An solchen Tagen wünschte Merle sich, die Hamburger hätten gleich die ganze Stadt überdacht und nicht nur die unzähligen Einkaufspassagen erbaut, in denen man bei jedem Wetter trocken blieb.

»Das hatte ich ganz vergessen. Halt mal kurz.« Volker drückte Merle seinen Taschenschirm in die Hand, zog einen Umschlag aus seiner Aktentasche und tauschte ihn gegen den Schirm. »Das soll ich dir geben. Mit besten Grüßen von Jona. Oder besser gesagt, Jonas Mutter.«

»Wie bitte? Seit wann bekomme ich von deiner Schwiegermutter Geschenke?«

»Weiß ich auch nicht, sie kennt dich ja nicht einmal persönlich. Aber glaub mir, sie ist äußerst fürsorglich. Ich kann ein Lied davon singen.« Volker lachte. »Ich habe Jona von deinen Schlafproblemen erzählt. Ihre Mutter hat das Ding aus Florida mitgebracht.«

Merle öffnete den Umschlag und erblickte einen kreisrunden Draht, um den kreuz und quer Schnüre gewickelt waren. Darunter waren Perlen und Federn befestigt. »Was ist das?«

»Es nennt sich Traumfänger. Die Ureinwohner dort hängen es sich über ihr Bett, damit es schlechte Träume abfängt.«

»Solchen Quatsch soll ich glauben?«

Volker hob abwehrend die Hand. »Jona glaubt es auch nicht, aber sie meinte, es könne nicht schaden, wenn du es aufhängst.«

»Ich kann es versuchen.« Merle schob das Gebilde zurück in die Hülle und steckte sie in ihre Tasche.

»Immerhin ist es ein echt indianischer Traumfänger«, erklärte Volker sehr ernst. »Meine Schwiegermutter hat ihn in einem Reservat von einer Indianerin gekauft. Also nicht der billige nachgemachte Kram, den du hier kaufen kannst. Wenn eins funktioniert, dann das.« Er zeigte demonstrativ auf Merles Tasche. Sie schaute ihn einen Moment ungläubig an. Dann fingen beide an zu lachen. Keiner von ihnen glaubte ernsthaft daran.

Sie begleitete Volker zu seinem Auto und schlug sein Angebot, sie nach Hause zu fahren, aus. Sie wollte laufen, den Kopf klarbekommen. Ihr kleiner Schirm nutzte kaum gegen den Regen, aber sie empfand die Tropfen als erfrischend, die der Wind ihr immer wieder wie Gischt ins Gesicht wirbelte.

Es war kurz nach vier, als Merle endlich die Haustürschlüssel auf dem Küchentisch ablegte. Sie widerstand der Versuchung, Jakob anzurufen, sondern beeilte sich, das schwarze Kostüm auszuziehen, zu duschen und in Jeans und T-Shirt zu schlüpfen. Dann erst griff sie nach dem Smartphone.

»Hey, wo bist du?«

»Merle! Ich bin noch unterwegs. Laut Angabe auf meinem Navi dauert es noch circa fünfzig Minuten.«

»Schön.«

»Ich habe Neuigkeiten in Bezug auf deine Nachforschungen.«

»Was denn?«

»Später, das lässt sich nicht in zwei Sätzen erklären. Wie war es bei dir?«

»Wir haben gewonnen, und Revision ist nicht mehr möglich.«

»Herzlichen Glückwunsch!«

»Reden wir nicht mehr davon. Ich habe noch eine weitere Unterlage gefunden, die du dir ansehen kannst.«

Sie freute sich, als sie ihn lachen hörte. »Klar, du bist die Chefin. Eigentlich wollte ich mich ja um dich kümmern und nicht um deine Unterlagen.«

»Du kümmerst dich erst um mich und mein verlottertes Sexleben, dann um die Unterlagen.«

»Das meinte ich gar nicht. Dir geht es nur um das eine, was? Ich bin Germanist!«

»Was willst du damit sagen?«

»Vielleicht finde ich die Unterlagen doch interessanter als dein Sexleben.«

»Wie bitte?« Merle grinste. Sie mochte solches Geplänkel, sehr sogar. Offensichtlich hatte sie sich aber im Tonfall vergriffen, oder es war durch die Leitung schlecht rübergekommen.

»Das war dumm von mir, das wollte ich nicht. Das war nur ein blöder Spruch, ich …«

»Jakob!«, säuselte Merle mit spitzen Lippen. »Deine Sorge ist berechtigt. Ich habe hier einige wirklich *sehr* erotische *Unter*-Lagen.«

Seine Antwort bestand nur aus verblüfftem Schweigen. Lachend legte Merle auf und hoffte, dass sie es nicht zu weit getrieben hatte. Nicht, dass sich Jakob jetzt nicht mehr aufs Fahren konzentrieren konnte.

Wie auf eine geheime Vereinbarung hin begannen sie den Abend ganz anders als am Telefon besprochen. Merle hatte den Kaminofen in ihrem Wohnzimmer angezündet und eine Flasche Rotwein bereitgestellt. Als Jakob eintraf, setzten sie sich einander zunächst gegenüber, sie auf der Couch und er in einem Sessel. Auf Merle wirkten sie beide unbeholfen, wie Fremde, die sie streng genommen nach zwei Tagen Bekanntschaft immer noch waren.

Was ihn und seine Beweggründe anbelangte, konnte sie nichts erraten. Sich selbst kannte sie jedoch gut genug. Ein langes Wochenende würde sie noch einen ausgiebigen One-Night-Stand nennen. Ein zweites konnte zu einem dünnen Aufguss werden, dem nichts mehr nachfolgte. Deshalb drängte sie erst einmal alle Empfindungen zurück. Sie musste Jakob kennenlernen. Sie wollte wissen, auf wen sie sich einließ. Und eigentlich ging ihr das nach der Trennung von Michael alles zu schnell. Sie war kein Teenager mehr, der sich von einer Beziehung in die nächste stürzte. Sie wollte, dass es etwas Ernstes wurde, und bedächtig vorgehen. Auch wenn jede Faser ihres Körpers danach drängte, sich an seine Brust zu schmiegen, seinem Herzschlag zu lauschen, die Wärme seiner Haut zu fühlen und der Berührung seiner Finger nachzuspüren.

»Ist dir kalt?«, drangen Jakobs freundlich besorgte Worte in Merles Bewusstsein.

»Nein, wieso?«

»Du hast gerade die Schultern so zusammengezogen. Ich finde es eher sehr warm hier drin.«

Sie lachte ein wenig verlegen. »Ich dachte darüber nach, wie seltsam diese Situation ist. Jetzt sitzen wir hier wie Klosterschüler und wissen nicht, wie wir miteinander umgehen sollen. Dabei würden wir viel lieber … ich meine, ich würde viel lieber … so geht das nicht. Macht es dir was aus, dich wenigstens neben mich zu setzen?«

»Überhaupt nicht.«

Er setzte sich neben sie und hob sein Weinglas, um mit ihr anzustoßen. »Besser?«

»Findest du nicht?«

»Doch. Herrgott.« Er legte den Kopf in den Nacken und fing laut an zu lachen. »Ich fühle mich wie ein Teenager, so unbeholfen und eingeschüchtert. So etwas habe ich schon lange nicht mehr erlebt. Vielleicht sogar noch nie.«

»Dafür hast du dich aber am Anfang ganz schön zurückgehalten. Du hast nicht einmal geflirtet«, wunderte Merle sich.

Mit einem Schlag wurde er ernst. »Du hast mich vom ersten Augenblick an fasziniert. Ich wollte nicht, dass du denkst, ich wäre auf eine schnelle Nummer aus.« Er schaffte es wirklich, ein wenig reumütig auszusehen. »Außerdem sind Sexabenteuer eher die Domäne von Skilehrern, Fitnesstrainern oder Marketinghipstern, kaum von Germanisten.«

»Jetzt fehlt nur noch, dass du sagst, du wärst gar nicht so.«

»Es stimmt aber.«

»Du betonst das schon sehr, findest du nicht? Du hast in unserer ersten Nacht etwas Ähnliches gesagt. Wen willst du überzeugen, dich oder mich?«

Jakob schwenkte sein Weinglas und beobachtete, wie die rote Flüssigkeit in trägen Wellen herumschwappte. Er hatte die Augenbrauen zusammengezogen, so dass sich über seiner Nase zwei steile Falten bildeten. Er brauchte verdammt lange für seine Antwort. Auch seine Körperhaltung veränderte sich und drückte nun sicheres Selbstbewusstsein aus. Hatte er nicht gerade noch behauptet, schüchtern und unbeholfen zu sein? Offenbar war das eine Lüge gewesen. Merle wartete ab.

Endlich sah er sie an. Der Widerschein des Feuers ließ zwei kleine goldene Punkte in seinen dunklen Augen aufleuchten. Torffeuer.

»Hast du das schon einmal erlebt?«, flüsterte Jakob plötzlich.

Merle starrte ihn an. Mit einem Mal wollte sie nicht, dass er noch mehr sagte. Sie wollte ihn nur noch berühren. Dann fragte sie sich, warum sie dem Drang überhaupt widerstand. Sie hob den Zeigefinger und fuhr mit der Fingerspitze sachte dem Schwung seiner Oberlippen nach. Sie ließ ihren Finger in der kleinen Vertiefung in der Mitte ruhen und spürte den Kontrast zwischen weichen, warmen Lippen und kurzen Bartstoppeln.

Jakob umschloss ihren Finger mit der Hand und hielt ihn sanft fest. »Hast du schon mal erlebt, dass du jemandem begegnest und du glaubst von der ersten Sekunde an, dass du mit diesem Menschen den Rest deines Lebens verbringen möchtest? Bis ans Ende aller Tage?«

Seine Stimme war immer noch leise, aber umso eindringlicher. »Dass Worte auf einmal eine ganz andere Bedeutung bekommen?«

Merle hing wie verzaubert an seinen Lippen. Sie traute ihren Ohren kaum, wagte es nicht einmal zu blinzeln aus Angst, diesen magischen Augenblick zu zerstören. Sie war es gewohnt, rational zu denken, Entscheidungen nicht aus dem Bauch heraus zu treffen. Jetzt hingegen wollte sie sich Jakob am liebsten mit aller Liebe entgegenwerfen, zu der sie fähig war. Gleichzeitig drückte Angst ihr die Kehle zu, so wie in ihren Alpträumen. Sie kannte diesen Mann nicht, wusste nichts über ihn, seine Vergangenheit, seine Absichten, seine Abgründe. Der Gedanke, sich ihm auszuliefern, verursachte ihr körperliche Schmerzen. Und doch hätte sie zugleich nichts lieber als das getan. Was war nur los mit ihr?

Jakob senkte den Kopf. Die Schatten auf seinen Wangen wurden tiefer. Die Torffeuer flackerten. »Ich habe mich nicht in dich verliebt, Merle. Ich liebe dich. Wenn ich darf.«

»Wer kann dir so etwas verbieten?«, raunte Merle heiser. Seine Worte überforderten sie, aber die Antwort, die ihr durch den Kopf schoss und die sie nur mit Mühe zurückhielt, war: Ich dich auch.

»Nur du könntest es verbieten.«

»Das werde ich nicht tun.« Sie lächelte. So also fühlte sich Glück an. Ungetrübtes, reines Glück. Alles an seinem Platz, kein dunkler Fleck, nirgends. Konnten Märchen wahr werden? Vielleicht.

Minuten später zerriss die Romantik, die sich wie ein Schleier über ihre Empfindungen gelegt hatte. Jakob hielt sich zurück, aber als Merle ihm das unsichtbare Signal gab, fiel er wie ein Raubtier über sie her. Sie verschwendete kein Bedauern an die zerstörte Stimmung. Sie wollten es beide so, schnell, heftig und ohne Schnörkel. Das Einzige, was in dieser Hinsicht zählte, war doch, dass sie sich vollkommen einig waren, dachte sie später, als sie in der Küche darauf warteten, dass der Vollautomat ihnen einen Espresso zubereitete.

»Bist du sicher, dass du um die Zeit noch Kaffee trinken möchtest?«, wollte Jakob wissen. Er hatte das Hemd gegen ein weites T-Shirt getauscht und sonst nur schwarze Pants an. Merle fiel es schwer, sich von diesem Anblick loszureißen. Ihr fiel ihr Telefongespräch ein, und sie kicherte albern.

Der Vollautomat beendete rumpelnd die Zubereitung. Jakob zog die volle Espressotasse zu sich heran, setzte sich Merle gegenüber an den Tisch und sah sie missbilligend an. Es hatte etwas Oberlehrerhaftes. Ein Oberlehrer in Unterhosen. Sie kicherte wieder.

»Ich meine das ernst. Du hast letztes Wochenende keine einzige Nacht durchgeschlafen.«

Merle nickte schuldbewusst. Ihr wurde klar, dass das auch auf ihn zutraf. Sie hatte ihn jede Nacht geweckt, obwohl das natürlich nie ihre Absicht gewesen war.

»Ich denke, das ist vorbei. Es war eine Scheißzeit, und der Tod meiner Großmutter hat nicht gerade zu meiner Entspannung beigetragen. Jetzt habe ich erst mal Urlaub. Dann werde ich überlegen, wie es beruflich weitergeht. Ich kann mich wieder auf mein normales Leben konzentrieren. Und auf dich.«

»Heißt das, dass du in der letzten Woche keine Alpträume hattest? Seit Sonntag?«

Da sie ihn nicht anlügen wollte, wich sie seinem Blick aus und schwieg.

Jakob nickte, bevor er seinen Espresso austrank.

»Warum interessiert dich das?«, fragte Merle.

»Du interessierst mich. Ich wünsche mir einfach für dich, dass es so ist, wie du sagst, und keine andere Ursache hat.«

»Was denn für eine andere Ursache?«

»Na ja, es gibt Schlafkrankheiten und spezielle Labore, die so etwas untersuchen. Das solltest du im Hinterkopf behalten.«

»Es ist vorbei! Ich werde wieder gut schlafen.« Merles Stimme klang schärfer, als sie beabsichtigt hatte.

Jakob hob beschwichtigend die Hand, widersprach ihr jedoch nicht.

Sie gähnte verstohlen. »Alptraum oder nicht, ich gehe ins Bett. Du kannst dich gern noch ins Wohnzimmer setzen oder tun, was immer du möchtest, aber ich schlafe im Stehen ein.«

Jakob legte den Kopf schief und grinste anzüglich. »Ich möchte mich lieber darum kümmern, dir schöne Träume zu bereiten.«

Er hatte recht gehabt. Wie hatte er das wissen können? Merle befand sich wieder in ihrer dreimal verfluchten Traumwelt. Sie war angespannt und wütend. Die Wut war gut, sie besiegte die Angst.

Es war ein Nichts aus Nebel, doch wie die letzten Male sah sie die dunkleren Schemen der Bäume, die ihre knorrigen Äste durch die graue Feuchtigkeit nach ihr ausstreckten. Sie vereinbarte mit sich selbst, dass die Bäume ihr keine Angst einjagen würden, solange sie sich nicht bewegten. Ihr Verstand war ihre Waffe. Sie durfte nur keine Emotionen zulassen. Keine, bis auf die Wut.

Dann sah sie den Wolf.

Er lag auf einem Felsvorsprung. Der Untergrund war nur zu erahnen. Ein moosgrünes Leuchten inmitten der konturlosen Eintönigkeit. Der Wolf lag dort mit nach vorne gestreckten Pfoten, wie ein steinernes Wappentier. Die Ohren waren aufmerksam aufgerichtet, und um seine Schnauze herum schimmerte Blut. Mit starrem Blick fixierte er sie. Auch als Merle sich langsam aus seinem Blickfeld zu bewegen versuchte, starrte er sie mit seinen Bernsteinaugen weiter unverwandt an.

Sie ging in eine andere Richtung, dann lief sie, dann rannte sie. Dann blieb sie stehen. Der Abstand zu dem Felsen, auf dem der Wolf lag, blieb immer gleich.

Er jagte ihr keine Angst ein. Das war gut.

Ein Heulen drang durch den Nebel, schwoll hoch und schrill an und verlor sich in der Ferne. Der Wolf hatte keinen Muskel gerührt. Er starrte.

Merle fröstelte. Sie war wieder nackt. Verwundbar. Ihre heiße Wut schmolz in der feuchten Kälte zu einem harmlosen Glimmen.

Geh nicht in den Wald!

Da war keine Stimme gewesen, doch Merle hatte die Worte ganz genau vernommen. Sie drehte sich einmal um sich selbst. Der Wolf war fort. Niemand war da, nur die Schatten der Bäume waren näher gerückt.

Es waren nicht einfach Bäume, sondern uralte Riesen aus einer anderen Zeit. Mit tröstlich tiefhängenden Ästen und moosbewachsenen Stämmen, die von weichem Farn umgeben waren. Zwischen den Zweigen tanzten kleine Lichter. Sie erinnerten sie an Jakob und die Torffeuer.

Geh nicht in den Wald!

Merle stand am Waldrand. Nur noch eine Handbreit trennte sie von den längsten Ästen, die sich ihr wie hilfsbereite Hände entgegenreckten.

Die Stimme schwoll an, wie zuvor das Heulen, wurde zu einem dissonanten Chor und dröhnte von allen Seiten. Merle presste die Hände auf die Ohren.

Geh nicht … in den Wald … in den Wald … Geh … Wald … nicht in den Wald! Geh!

»Hört auf!« Merle ließ sich auf den Boden fallen, der nicht vorhanden war. Sie warf sich auf die Seite und krümmte sich zusammen. Vergeblich versuchte sie Halt zu finden, zog die Knie an den Bauch und ballte die Hände zu Fäusten. Sie war in einer Welt aus Tönen, so schrill, dass es ihr Tränen in die Augen trieb, und so dumpf, dass ihre Eingeweide erzitterten. Sie verstand kein einziges Wort mehr.

»Hört auf damit!«

»Keine Angst.«

Ihre Muskeln brannten, so sehr verkrampfte sie sich. Sie wollte schreien, aber alles, was sie herausbekam, war ein trockenes Wimmern.

»Alles ist gut.«

Ein Arm schlängelte sich über ihre Brust, und sie glaubte zu ersticken. Sie wollte um sich schlagen. Ein weiterer Arm schob sich unter ihren Nacken.

»Ich bin bei dir.«

Sie keuchte und versuchte vergeblich, sich zu befreien. Erst dann wurde ihr bewusst, dass sie sich wie eine Ertrinkende an dem Arm über ihrer Brust festkrallte und sich damit selbst die

Luft abschnürte. Sie ließ los. Der Arm blieb, versprach Sicherheit, bedrängte sie nicht. Sie öffnete die Fäuste, nahm die Hand in ihre beiden und presste sie an ihre Brust. Der Druck der Hand verstärkte sich sanft, aber bestimmt.

Bernsteinaugen blitzten unter den Bäumen auf. Der Wolf tauchte vor ihr auf. Er sprang.

Danach sank sie in einen traumlosen Schlaf.

»Das waren die Nachrichten. Es ist zehn Uhr vier. Die Wetteraussichten für heute, Samstag, den 21. September: Nach anfänglichem Sonnenschein …«

Merle konnte den Anblick kaum ertragen. Jakob saß an der erhöhten Küchentheke, die eine Hand, wie um sich festzuhalten, um die Kaffeetasse gelegt. Mit der anderen Hand hielt er sich den verstrubbelten Kopf, als hätte er Kopfschmerzen. Dunkle Augenringe und der dichte Bartschatten, in den sich deutlich sichtbar an einigen Stellen bereits Silbergrau mischte, gaben ihm eine düstere Aura. Wie am Abend zuvor trug er nur das T-Shirt und die Unterhose, doch an diesem Morgen hatte der Anblick nichts Erotisches an sich.

Sie zupfte ihren Rollkragenpulli zurecht und setzte sich. Seit halb sechs war sie auf den Beinen, geisterte durch die Wohnung, sortierte ein paar Unterlagen für den Steuerberater oder saß auf der Couch und döste vor sich hin, wobei sie sorgsam darauf bedacht war, bloß nicht einzuschlafen. Noch dreimal hatte sie sich und Jakob aus dem Schlaf geschrien. Das war Rekord, und danach fühlte es sich auch an.

Wenigstens hatte sie die Zeit genutzt, alles für ein gutes Frühstück einzukaufen. Frische Brötchen und Croissants, Wurst und Käse, Marmeladen und frischer Orangensaft standen auf der Theke. Die Sonne schien durch die große Fensterfront, und das Radio summte im Hintergrund. Eigentlich war es ein schöner Tag. Trotzdem war Merle nach Heulen zumute.

»Das ist schlimmer, als die Nacht durchzumachen, ehrlich«, stöhnte Jakob. Er rieb sich mit Daumen und Zeigefinger durch die Augen.

Schuldbewusst vermied sie es, ihn anzusehen, und nahm sich stattdessen ein Croissant, das sie dick mit Butter und Honig beschmierte. »Hast du wenigstens noch ein bisschen schlafen können?«

»So gut, wie man eben morgens schläft. Was ist mir dir, wie geht es dir?«

»Gut.«

Ungläubig zog er die Augenbrauen hoch und lächelte schief. »Das nehme ich dir nicht ab.«

»Alles in Ordnung. Ich bin müde, aber okay.« Betont gleichmütig biss sie in ihr Croissant.

Er musterte sie gründlich, während er eine Scheibe rohen Schinkens zusammenrollte, um sie sich in den Mund zu schieben. Merle dachte an das Blut am Maul des Wolfes in ihrem Traum. Sie schauderte kurz und zog ungewollt die Schultern zusammen.

Jakob entging es nicht. »Der Prozess hat dich viel mehr mitgenommen, als du dir selbst eingestehen willst.«

»Ich habe nur meine Arbeit gemacht. Die moralischen Aspekte haben mich mitgenommen.«

»Spar dir deine Wortklaubereien. Das läuft auf das Gleiche hinaus.« Zum ersten Mal erlebte Merle, dass Jakob latent aggressiv klang.

Sie spielte unsicher mit einer Hand an ihrem Ohrring. Am Morgen hatte sie einen Blick in den Spiegel gewagt und gleich eine Selbstdiagnose parat gehabt: Sie sah aus wie ein Kaninchen auf Drogen. »Tut mir leid. In den letzten Tagen habe ich viel darüber nachgedacht, ob diese Arbeit überhaupt noch das Richtige für mich ist.« Jetzt war es heraus.

Jakob drehte sich halb um und schloss mit einer Handbewegung die Hochglanzlackfronten samt ihren Gerätschaften mit ein. »Sie scheint einträglich zu sein. Du bist der erste Mensch, den ich kenne, der einen eingebauten Dampfgarer in der Küche hat.«

Merle lachte. »Der war im Gesamtpaket dabei, den braucht wirklich niemand.« Sie wurde ernst. »Aber genau darum geht es. Geld ist nicht alles. Ich sehe keinen Sinn mehr in dem, was ich mache. Aber erst mal muss ich diese Schlafprobleme in den Griff bekommen. Ich kann kaum noch über etwas anderes nachdenken.«

»Sprich doch mit deinem Hausarzt, damit der dir ein Schlafmittel verschreibt. Ich habe keine Ahnung von solchen Dingen, aber da sollte man doch was machen können.«

Merle schüttelte den Kopf. »Das habe ich schon. Die Tabletten liegen dort drüben. Aber es widerstrebt mir, sie zu nehmen. Das wird schon wieder. Ich habe eher dir gegenüber ein schlechtes Gewissen, weil ich dich dauernd wach gemacht habe.«

»Lass mal. Beim ersten Mal bin ich von dem Martinshorn wach geworden, und danach hätte ich so oder so nicht mehr gut geschlafen.«

»Was für ein Martinshorn?«

Jakob warf ihr einen verblüfften Blick zu, während er endlich in den Brotkorb griff und sich ein Brötchen mit Schinken belegte. »Heute Nacht sind kurz hintereinander zwei Krankenwagen vorbeigefahren. Das war ein Höllenlärm, als ob sie mitten durch das Zimmer gefahren wären. Sag nicht, du hättest das nicht gehört.«

Konnte das die Erklärung für das Heulen in ihrem Traum sein? Hatte ihr Unterbewusstsein die Sirenen zweier Krankenwagen einfach nur geschickt eingebaut?

»Kann schon sein«, murmelte sie ausweichend. Sie wollte nicht weiter darüber sprechen. Es war unangenehm genug, dass Jakob all das mitbekam und noch dazu um seinen Schlaf gebracht worden war. Diese ganze Sache war viel zu intim, noch intimer als Sex. Wenn man jemanden kennenlernte, sprach man doch auch nicht sofort über Durchfall, Fußpilz oder Warzen. Und erst recht nicht über die Angst, langsam wahnsinnig zu werden.

Sie aßen schweigend. Merles Gedanken kreisten neben der Scham, die sie empfand, um die Frage, was Jakob jetzt von ihr dachte. Als sie den letzten Zipfel ihres Croissants in den Mund schob, hatte sie sich schweren Herzens entschieden.

»Wenn du möchtest, kannst du nach Hause fahren.«

Erstaunt ließ Jakob das Brotmesser sinken. »Warum plötzlich so zickig? Habe ich etwas falsch gemacht?«

»Nein, ich meinte eigentlich, dass du selbst entscheiden sollst, ob du die Nacht noch bleiben oder wieder nach Freiburg fahren möchtest. Es ist eine lange Fahrt, und wenn du noch eine Nacht schlecht schläfst, bist du am Montag todmüde. Das will ich nicht verantworten. Also fahr nur, wenn dir das lieber ist.« Merle gelang es, einen sachlichen Ton anzuschlagen, und sie hoffte, dass sie ihrer ersten Äußerung damit die Schärfe genommen hatte.

Jakob schwieg, während er sich in aller Ruhe ein weiteres Brötchen mit Marmelade bestrich. Nach dem ersten Bissen sah er sie endlich aufmerksam an. »Wie soll ich das jetzt verstehen? Lautet deine Botschaft, ich sollte mich verpissen? Oder eher, dass ich unbedingt bleiben soll, weil es dir guttut, nicht allein zu sein, wenn du nach deinen Alpträumen aufwachst?«

Merles Wangen wurden heiß, und sie war froh, dass sie nicht dazu neigte, wie ein Schulmädchen zu erröten. War sie so leicht zu durchschauen?

Bevor sie zu einer Erwiderung ansetzte, grinste Jakob breit. Der düstere Schatten um seine Augen verschwand. »Ich hab dir doch gesagt, dass du mich so leicht nicht mehr loswirst. Ich bleibe, keine Widerrede.«

Eine unschlüssige Stille breitete sich aus. Merle umklammerte ihren Kaffeebecher, und Jakob schob mit dem Brotmesser die Krümel auf seinem Teller zusammen. Sie schafften es wirklich beide, diesen Morgen ordentlich zu vermiesen. Merle streckte sich und gab sich einen Ruck. Ab jetzt würde sie alles dafür tun, dass dieses Wochenende nicht in einem völligen Desaster endete.

»Du könntest für eine Non-Profit-Organisation arbeiten«, nahm er den Faden ihres ursprünglichen Gespräches wieder auf. »Das kommt deinen moralischen Vorstellungen vielleicht eher entgegen.«

»Die Idee ist gut. Ich habe nur leider keine Ahnung von diesen Themengebieten.« Merle lächelte. Es erstaunte sie immer wieder, dass jeder glaubte, ein Jurist kenne sich mit allem aus, was irgendwie mit Gesetzen zu tun hatte. Dabei musste man sich doch nur einmal den Umfang des Bürgerlichen Gesetzbuches ansehen.

Jakob zuckte mit den Schultern und legte das Brotmesser auf den Teller. »Es war nur eine Idee. Da verdienst du vermutlich nicht einmal einen Bruchteil von dem, was du jetzt bekommst. Die Miete für so eine Wohnung kannst du dir dann jedenfalls nicht mehr leisten.«

»Die Wohnung gehört mir bereits und ist fast abbezahlt.«

Jakob pfiff leise durch die Zähne. »Beeindruckend.«

»Ich habe in den letzten fünfzehn Jahren kaum Geld ausgegeben, sondern nur dafür gearbeitet, mein Konto zu füllen.

Kaum Urlaub, kein Auto, keine teuren Hobbys. Schmuck hat mir mein Ex mehr geschenkt, als ich für den Rest meines Lebens tragen kann. Ein paar Klamotten, hin und wieder abends in ein gutes Restaurant gehen, das war's.« Merle hatte plötzlich das Gefühl, sich verteidigen zu müssen. »Außerdem hat mein Vater mir einen Teil meines Erbes ausbezahlt, nachdem er in Rente ging und unser Haus in Freiburg verkauft hat.«

»Bist du Einzelkind?«

Sie nickte.

»Das klingt nach einer guten Partie.« Jakob grinste. »Ich wollte schon immer mal eine Beziehung, in der die Frau mehr verdient als ich. Ich kündige und schmeiß dir den Haushalt.«

Merle setzte ein strenges Gesicht auf. »Nicht bevor du die Forschung an meiner Familiengeschichte beendet hast. Danach werde ich darüber nachdenken. Allerdings nur, wenn du nackt putzt.«

Eine Sekunde starrten sie sich an, dann lachten sie gleichzeitig los. Jakob sprang vom Hocker und fuhr sich über die dunklen Bartstoppeln. »Soso. Dann sollte ich mich duschen und rasieren.«

»Stimmt.«

Immer noch lachend winkte er ab und flüchtete aus der Küche. Merle griff in die Obstschale und schnupperte an einem der Äpfel, die Björn ihr im Auftrag seiner Tochter mitgegeben hatte. Ja, sie war Einzelkind, aber sie war wie mit einem Bruder aufgewachsen und hatte nie das Gefühl gehabt, dass ihr etwas fehlte. Auch wenn sie und Björn einander nur am Wochenende gesehen hatten, war er der wichtigste Spielgefährte ihrer Kindheit gewesen. Jetzt stand sie im Begriff, eine Wochenendbeziehung zu beginnen. Jakob hatte es gerade durchblicken lassen, und sie hatte im Stillen aus vollem Herzen zugestimmt. Vielleicht war das ihr Schicksal, nur einen Teil ihres Lebens mit den Menschen verbringen zu können, die ihr am wichtigsten waren. Zumindest, solange Jakob nicht Ernst machte und kündigte. Der Gedanke, wie wenig sie dagegen einzuwenden hätte, überraschte sie selbst. Hatte sie es nicht langsam angehen wollen?

Versonnen biss Merle in den Apfel und hing ihren Kindheitserinnerungen nach, während sie Jakob auf dem Weg ins Bad pfeifen hörte.

Björn hatte Omis Häuschen genauso gut gekannt, wenn nicht sogar noch besser als sie. Schließlich hatte er Oma Mago, wie er sie nannte, auch in der Woche besucht. Manchmal hatte sie Merle davon erzählt – und davon, was für ein lieber und vor allem aufmerksamer Junge er doch war.

Einmal, nachdem sie mit selbstgebastelten Pfeilen und Bögen erfolgreich die bösen Männer irgendeines Königs vertrieben hatten, hatte Omi vorgeschlagen, Lebkuchen zu backen. Mitten in den Sommerferien hatte Merle natürlich protestiert, aber Omi hatte nur gelacht und erklärt, dass man doch essen könne, was und wann man es wolle. Es war eine sehr frühe Lektion über Toleranz, wobei Merle später beim Backen vermutet hatte, dass Omi vielmehr einen Anlass gesucht hatte, über das Rezept und die lange Familientradition zu sprechen. Angeblich war es von ihrem ältesten bekannten Vorfahren seit Jahrhunderten bis heute weitergereicht worden.

Merle verspürte einen Kloß im Hals. Das Apfelstück in ihrem Mund schmeckte auf einmal bitter. Das Rezept hatte sich nicht bei den Unterlagen befunden, die sie und ihr Vater mitgenommen hatten. Warum auch? Omi hatte es immer aus dem Kopf heraus gebacken, und ihre dumme Enkelin hatte es sich nie aufgeschrieben. Jetzt war es verloren. Für immer in den Tiefen des Geschehenen vergessen.

Sie nagte die Reste des Apfels ab und warf das Gehäuse in den Biomüll.

Kurz darauf kam Jakob in die Küche zurück. Der Geruch von Männerduschgel begleitete ihn.

Merle musste würgen und schlug sich die Hand vor den Mund.

»Was ist denn jetzt los?«, fragte er verdattert.

Sie winkte hastig ab. »Nichts, ich hatte nur gerade die verrückte Idee, ob der Apfel vielleicht vergiftet ist. Blödsinn, oder? Ich glaube, bei Schlafmangel ist man irgendwann nicht mehr ganz klar im Kopf.«

»Na, jetzt hör aber auf. Wer sollte dich denn vergiften wollen? Du bist doch nicht Schneewittchen.« Jakob lachte auf, und es klang etwas befremdet, was Merle ihm nicht verübeln konnte. Märchenexperte hin oder her, vermutlich nervte ihn die ganze Sache längst.

Sie grinste zaghaft. »War nur so dahingesagt. Allerdings hab ich mit Omis Äpfeln tatsächlich mal ziemliche Probleme bekommen. Da war ich knapp elf Jahre alt. Ich weiß das so genau, weil es die ersten Herbstferien waren, in denen ich auf dem Gymnasium war. Ich hatte Omi von meinen Lateinvokabeln erzählt. Björn war auch dabei. Wir wollten Apfelkuchen backen und durften die Äpfel nicht naschen. Haben wir natürlich doch getan.«

»Was ist dann passiert?«

»Es musste schnell und heimlich gehen, und da ist mir vor lauter Hektik eine ganze Spalte im Hals stecken geblieben. Omi hat mich gepackt und auf den Kopf gestellt, während Björn mir auf den Rücken schlagen musste, als wäre ich ein staubiger Teppich. Hat aber funktioniert.«

Jakob nickte. Er wirkte erleichtert. Vermutlich, weil sie ihm jetzt nicht irgendein Märchen über eine angebliche Apfelvergiftung erzählt hatte. Einen winzigen Moment glaubte Merle, einen Stich in der Magengegend zu verspüren, doch es ging vorbei.

»Was nun? Soll ich dir zeigen, was ich bisher gefunden habe?«

»Gern. Und heute Nachmittag könnten wir in die Stadt fahren.«

Sie breiteten die Unterlagen auf dem Esstisch im Wohnzimmer aus. Als Jakob sich eine schmale Lesebrille aufsetzte, musste Merle kichern. Jetzt sah er wirklich wie ein strenger Oberlehrer aus, und ebenso missbilligend schielte er über das randlose Glas. »Was denn?«

»Nichts, nein, gar nichts.«

Betont sorgfältig rückte er die Papiere zurecht, ohne sie dabei anzusehen. War er etwa wirklich beleidigt? Sofort bereute Merle ihre Reaktion auf die Brille, doch schon seufzte Jakob übertrieben auf. »Mach dich nur lustig über den alten Mann. Ich habe vor sechs Jahren Unsummen für eine Laseroperation ausgegeben, um endlich ohne Kontaktlinsen sehen zu können. Tja, und jetzt fängt diese blöde Altersweitsichtigkeit an. Das wird dir noch genauso ergehen.«

»Was glaubst du eigentlich, wie alt ich bin?« Sie griff nach einem Stückchen Papier und begann, es zu einem Kügelchen zu drehen.

»War das nicht eine von den Fragen, die man einer Frau nie beantworten sollte?«

»Ich bin zweiundvierzig und schätze, dass wir ungefähr gleich alt sind.«

»Echt jetzt?« Jakob sah sie ungläubig an. »Ich hätte dich locker vier bis sechs Jahre jünger geschätzt. Na toll, ich sehe dagegen so alt aus, wie ich bin: zwei Jahre älter als du und trage immer noch gern Jeans und Chucks. Seltsam, oder?«

»Mir gefällt es.« Merle lächelte aufrichtig. »Ich würde dich auf keinen Fall gegen einen jüngeren Mann eintauschen.«

»Soso, aber gegen einen älteren, was?« Er grinste frech.

»Das hab ich doch gar nicht gesagt, nein!« Sie warf mit gespielter Empörung das Papierkügelchen nach ihm, dem er spielend auswich.

Es war schön, wieder kindisch sein zu dürfen. Mit Jakob zusammen zu sein versetzte Merle ein Stück weit in die Vergangenheit. Als die Welt noch einfach und ordentlich war und sie das simple Glück genießen konnte, mit jemandem zu lachen. Ein kleines bisschen war Jakob dem Jungen aus Jugendtagen ähnlich, den sie einst so sehr geliebt hatte. Sie beide hatten etwas urtümlich Erdverbundenes an sich, das bei Merle ein Verlangen weckte, zu der Person zurückzukehren, die sie einmal gewesen war. Nur dass Jakob eben kein Junge war, sondern durch und durch erwachsen und trotzdem keine Spaßbremse.

Sie vertieften sich zunächst schweigend in das Schriftstück von Professor Rübezahl, wie Merle ihn inzwischen selbst nannte. Jakob hatte seinen eigenen Ausdruck, den sie ihm gescannt und geschickt hatte, mit vielen Randbemerkungen versehen.

»Na gut, dann wollen wir mal«, sagte er, nahm die Brille ab und tippte sich unbewusst mit dem Bügel gegen die Wange. »Es gibt mehrere Elemente. Zunächst einmal glaube ich, dass dieser Hans vom Wald in diesem Dokument in der Tat dein Nachnamensgeber ist. Um das zu überprüfen, müssten wir uns aber durch ein paar alte Taufregister wühlen. Es gibt einen Geschichtsverein, der schon sogenannte Ortsfamilienbücher ins Netz gestellt hat. Das nehmen wir uns aber später vor, das läuft nicht weg.«

Merle war einverstanden. Nachdenklich strich sie mit den Fingern eine Seite glatt. »Hans tut mir aufrichtig leid. Nachdem er Agnes ins Haus geholt hat, ist es zwar besser geworden, aber diese ganze Buße-Geschichte und dass er sich für alles verantwortlich macht, weil er kein gottgefälliges Leben führt, das stelle ich mit sehr hart vor. Das muss man sich mal vorstellen: Sobald er merkt, dass er Verlangen nach einer Frau hat, was doch völlig normal ist, geht er nicht zu Agnes ins Bett. Nein, er läuft in den Wald und geißelt sich. Prügelt sich selbst so heftig, dass er sich sogar die Hand noch mal bricht. Wie irre ist das?«

Jakob sah sie völlig verblüfft an. »Woher weißt du das?«

»Es stand in dem Dokument.«

»Das stimmt nicht.«

»Doch. Woher sollte ich das sonst wissen?«

»Deshalb frage ich. Es stand ganz sicher nicht im Text.«

»Ach, Unsinn!«

»Das lässt sich leicht überprüfen, oder?« Er griff nach seinem Ausdruck des Dokumentes, doch sie riss ihm die Papiere aus der Hand und begann darin zu blättern. Dann blätterte sie ein zweites Mal. Auch ein genaueres Lesen half nichts. Dort stand wirklich nichts davon. Merle glaubte, den Boden unter den Füßen zu verlieren. Sie war sich ganz sicher, dass die Sache mit den Selbstgeißelungen stimmte. Sie sah es vor sich, sah Hans, wie er mit sich rang und ... »Dann hat mir Omi das vielleicht erzählt, oder Papa«, stammelte sie zutiefst verunsichert. Dabei wusste sie, dass dem nicht so war. Sie hatte es von Hans selbst erfahren – wie alles, was sie über ihn und sein Leben wusste. Sofern man bereit war, das Studium des Dokuments eine direkte Vermittlung zu nennen. Blut war eben doch dicker als Wasser, wie es so schön hieß.

In dem Moment begriff Merle erst, wie nah sie die Worte des Mönches Bartholomäus, der in den letzten zwei Jahren von Hans' Leben zu seinem Freund und Vertrauten wurde, an sich herangelassen hatte. Gab es doch so etwas, eine Art kollektives Unterbewusstsein, das sie mit ihren Ahnen teilte? Bisher hätte sie eine solche Idee als tiefenpsychologischen Quatsch abgetan. Im Moment erschien es ihr die einzig plausible Erklärung, obwohl sie ihr ganz und gar nicht gefiel. Wenn sie so weitermachte, würde sie demnächst noch an Geister oder Seelenwanderung glauben.

Wieder musterte Jakob sie mit nur schwer verhüllter Verwunderung, die sie ihm nicht verdenken konnte. »Das wird es wohl sein«, erklärte er nach einer langen Pause schwerfällig. »Wo immer du dieses übersteigerte Bußverhalten nun herhast; es bringt mich auf den nächsten Punkt: Obwohl Hans katholisch und alle seine Nachfahren evangelisch waren, lese ich aus dem Text Anklänge keltischer Mythologie heraus. Da wäre einmal der Wald als Symbol für die Natur, dann der Konflikt der jungen Greta gegen die alte Frau im Haus. Das erscheint mir ein Hinweis auf die Vergänglichkeit und die Neugeburt zu sein. Ein natürlicher Kreislauf, in den Hans aus Versehen hineingestolpert ist. Das ist kein christliches Thema, daher bezweifle ich, dass Hans es sich ausgedacht hat. Er hätte eher ein biblisches Motiv gewählt: die Erscheinung der Jungfrau Maria oder eines Engels, irgendwas in der Richtung.«

»Was meinst du damit? Selbst wenn er es sich nicht ausgedacht hat, sind die Aufzeichnungen dieses Mönches wohl kaum ein Tatsachenbericht! Für eine Zeugenaussage vor Gericht könnte ich das niemals verwenden.«

Jakob grinste und nickte zustimmend. »Das ist genau mein Problem. Hans zeigt gewisse Züge religiösen Wahns, doch die ganzen anderen Passagen sind nüchterne Alltagsbeschreibungen. Er hat also entweder Dinge erlebt, die er, wie du bereits vermutet hast, in einem Code verschlüsselt wiedergibt, den wir noch nicht verstehen. Oder er hat wirklich etwas in der Art erlebt, ist aber nicht fähig, das wahre Geschehen in vernünftige Worte zu kleiden. Vergiss zum Beispiel nicht, dass er erst sechzehn oder siebzehn war, als die Geburt stattfand. Er hatte wenig Erfahrung mit diesen ganz natürlichen Vorgängen. Vielleicht hat ihn das Geschehen sehr schockiert, und Greta hat sogar vor Schmerzen um sich geschlagen.«

»Was ist deine Vermutung?«

»Ich weiß es noch nicht.« Jakob tippte nachdrücklich mit dem Finger auf das Papier. »An der ganzen Sache sind einige Aspekte, die mich stutzig machen, die nicht zusammenpassen. Ich erkenne aber noch kein Muster.« Er machte eine kurze Pause. »Dann diese Märchenanspielungen – die machen mich wahnsinnig, weil ich nicht durchblicke. *Hänsel und Gretel* ist klar, das springt einen regelrecht an. Als ich begonnen habe, den Text zu lesen, habe ich eigentlich eine Anspielung an *Brüderchen und Schwesterchen* erwartet. Kennst du das noch?«

»Die beiden leben in einer Waldhütte bei einer Stiefmutter, die sich später als böse Hexe herausstellt. Sie verwandelt den Jungen in ein Reh.«

»Genau, richtig. Aber hier verwandelt sich niemand. Das fühlt sich … falsch an. Das ist alles, was ich dir dazu sagen kann. Zuletzt bin ich noch auf das Märchen *Jorinde und Joringel* gestoßen. Die beiden sind aber keine Geschwister, sondern ein Liebespaar. Hier wird die junge Frau in eine Nachtigall verzaubert, bis ihr Geliebter sie erlöst. Da wir hier kein Liebespaar haben und wiederum die Verzauberung fehlt, können wir das vernachlässigen.«

»Denke ich auch. Meinst du, dass der Schlüssel zum Verständnis in den Märchen liegt?«

»Glaubst du das?«

»Ja, klar.« Merle verschränkte die Arme vor der Brust. »Ich folge mit den Vermutungen meiner Großmutter. Sonst hätte ich dich nicht angeschrieben.«

»Gut, dass du es getan hast. Sonst hätte ich nicht so eine bezaubernde Märchenprinzessin kennengelernt.« Merle streckte

Jakob zur Antwort auf sein süffisantes Lächeln die Zunge raus. Er lachte und fuhr fort: »Im Ernst, ich bin mir da nicht so sicher. Wir wissen nicht, welche Rolle Märchen und andere Geschichten in Hans' Leben damals gespielt haben. Bis auf die Tatsache, dass er sich sehr über das Verhalten seiner Mutter gegenüber Greta wundert und es mit dem der bösen Stiefmutter in Märchen vergleicht, gibt es keine weiteren Referenzen. Möglicherweise hat dies alles gar nichts mit Märchen zu tun. Vielleicht hat deine Großmutter diese Parallele nur gezogen, weil sie das Märchen von Hänsel und Gretel gern mochte und sich daran erinnert fühlte.«

Merle wollte ihn unterbrechen, doch Jakob hob die Hand. »Aber«, sagte er, »da ist noch etwas sehr Interessantes: Die Vorbesitzerin deines Häuschens wird Trude genannt. Vielleicht glaubten die Leute, dass der Frau etwas Übernatürliches anhaftete. Das liefert einen Hinweis darauf, nach welcher Art Aberglaube wir suchen müssen. Kennst du zum Beispiel *Die Regentrude* von Theodor Storm?« Jakob sprang auf, langte nach Merles iPad und begann, auf verschiedenen Webseiten zu suchen. Dann drehte er den Bildschirm so, dass Merle den aufgerufenen Wikipedia-Artikel lesen konnte: »Hier steht es: Das Wort kommt aus dem mittelhochdeutschen *trute* oder vom gotischen *trudan.* Es bedeutet so viel wie Trampeln und Treten. Trude wurde zu Drude. Druden werden als alte, hutzelige Frauen beschrieben, ähnlich unseren bösen Märchenhexen. Die Druden selbst sind Wesen, oder von jenen Frauen abgespaltene Teilwesen, die nach dem alten Volksglauben des Nachts in die Zimmer der Menschen schleichen, sich auf deren Brust setzen und Alpträume verursachen. Die Menschen bekommen keine Luft mehr und geraten in Panik. Heute nennt man diese Wesen auch Aufhocker. Leute, die solche Erfahrungen machen, glauben schon mal, von Aliens entführt zu … Merle, was ist los?«

Merle wurde schwindelig. Sie konnte das iPad nicht mehr halten, so sehr zitterte sie. Verzweifelt wandte sie sich von Jakob ab, presste die Faust an den Mund und biss sich auf die Knöchel, bis es schmerzte. Sie spürte Wut aufsteigen, aber gleichzeitig fehlte ihr die Kraft, wütend zu sein. »Das darf doch alles nicht wahr sein!«, flüsterte sie mehr zu sich.

»Was ist denn? Beruhige dich!« Jakob kam um den Tisch herum, setzte sich neben sie und zog sie an sich. Wie inzwischen schon so oft zuvor. Nur mühsam drängte Merle die aufsteigenden Tränen zurück. Sie selbst jedenfalls war jetzt und hier an einem Punkt angelangt, von dem aus es nicht mehr weiterging. Sie verabscheute ihre Schwäche. Sie begann, sich für ihre Heulerei und Zusammenbrüche zu hassen. Wenn sie doch nur klar denken könnte!

»Sag doch mal, dass ich mich zusammenreißen muss!«, murmelte sie leise.

Völlig unerwartet stieß Jakob sie ein wenig von sich, ergriff ihre Hände und riss sie ihr vom Gesicht. »Das weißt du selbst«, knurrte er. »Also beherrsch dich, sonst kann dir bald niemand mehr helfen.«

Merle sah bestürzt zu ihm auf. Er meinte es ganz ernst und hatte das getan, was sie gerade von ihm verlangt hatte. Aber das erschien ihr nun auch wieder falsch.

Sie hörte ihn leise seufzen. »Vielleicht erklärst du mir jetzt erst einmal, was genau dich so schockiert hat.«

Entschlossen schüttelte Merle den Kopf. »Ich habe dich unterbrochen. Wie werden denn solche ... Drudenbesuche heutzutage erklärt? Das heißt, was ist die Ursache? Die Entführung durch Außerirdische ziehe ich jedenfalls auch nicht in Betracht.« Das war schon besser. Logisch bleiben! Sie versuchte es mit einem Lächeln, doch ihre Gesichtszüge gehorchten ihr nicht so ganz. Vermutlich sah es mehr nach einem Zähnefletschen aus.

Jakob runzelte verwirrt die Stirn. »Meinst du, welche körperlichen oder neurologischen Vorgänge zu so etwas führen können? Oder willst du wissen, was der Auslöser ist, warum Menschen sich so etwas einbilden? So oder so, ich habe keine Ahnung. Warum fragst du?«

»Mal angenommen, ich würde dir erzählen, dass ich von so einer Drude geträumt habe.« Merle spürte erneut das Zittern in sich, als sie die Erinnerung aufleben ließ. »Das war kurz bevor wir uns kennengelernt haben. Ich bin aufgewacht, und da hockte so ein Wesen auf meiner Brust und starrte mich an. Ich weiß, dass ich keine Luft mehr bekam. Das Nächste, an das ich mich erinnere, ist, dass der Radiowecker angegangen ist.« Sie malte mit den Fingern zwei Kreise unter ihre Brust. »Ich hatte hier zwei Male. Es sah wirklich so aus, als ob da ein Kobold oder so etwas seine Fersen hineingebohrt hatte.« Sie brach ab und senkte den Blick auf ihre Hände, die wieder zu Fäusten geballt waren. »Mir ist völlig klar, dass niemand bei mir war!«, schob sie hastig nach. Dabei hätte sie nicht sagen können, wen sie davon eigentlich mehr überzeugen wollte, sich oder Jakob. Diese Unsicherheit machte sie wahnsinnig. Oder nein, vielmehr die Vorstellung, dass in der Nacht wirklich ein Wesen … nein. Das konnte nicht sein, das durfte nicht sein.

Jakob antwortete zunächst nicht. Dann hob er die Hand und streichelte ganz behutsam mit dem Daumen über ihre Wange, so dass Merle ein wohliger Schauder überlief. Schließlich stand er auf, holte einen Teller mit Gebäck, der auf der Anrichte bereitstand, und setzte sich wieder. Nachdem Merle abgelehnt hatte, nahm er selbst einen Keks und aß schweigend.

»Normalerweise gibt es für so etwas eine normale Erklärung«, sagte er endlich. »Das hört sich an wie eine Schlafstörung. Merle!« Als sie aufsah, setzte er sich ihr wieder gegenüber und ergriff ihre Hände. »Es gibt keine Druden, Hexen, Feen oder Märchenwesen. Wir finden heraus, was dich belastet.«

Jetzt hätte Merle am liebsten doch geweint. »Du glaubst mir nicht.« Konnte sie ihm das wirklich verdenken? Was glaubte sie selbst denn?

Doch seine Antwort überraschte sie: »Natürlich, ich glaube dir. Ich habe die Male doch gesehen.«

»Was?«

»In unserer ersten Nacht. Sie waren noch ganz frisch. Ich habe mich gefragt, wo sie herkommen, aber ich habe mich nicht getraut, danach zu fragen. Wir kennen uns doch kaum. Später habe ich es vergessen.«

»Und was hast du vermutet?« Merle wurde plötzlich eiskalt. Unauffällig ließ sie Jakobs Hände los und lehnte sich zurück.

Er verzog nachdenklich den Mund und rieb sich das Kinn. »Habe ich auch vergessen. Irgendein Kampfsport oder so etwas. Es war mir nicht wichtig.« Er setzte sich die Brille wieder auf und hob mit einer auffordernden Geste die Papiere.

Merle nickte abwesend. Ihr kam sein hässliches Kobold-Tattoo wieder in den Sinn, und dass es sie an das Monster auf ihrer Brust erinnert hatte. Und jetzt das: Die Male waren ihm *nicht wichtig* gewesen. Weil es tatsächlich unwichtig war, oder weil er die Ursache kannte? War das wirklich nur ein dummer Zufall, dass sie einander ausgerechnet am Tag nach diesem schlimmsten aller Alpträume begegnet waren? Sie seufzte. Nein, dieses Wochenende stand wirklich unter keinem guten Stern. Dabei hatte sie sich so sehr darauf gefreut!

Auch die Einladung am Abend bei Volker und Jona verlief nicht ganz so, wie Merle es erwartet hatte. Volker eckte an, als er Jakob schon bei der Begrüßung »Märchenonkel« nannte und ein beunruhigendes Grinsen erntete. Damit war sonnenklar, dass die beiden keine Freunde werden würden. Sie kamen Merle vor wie zwei Rüden, die ihre Reviere markierten. Jakob lächelte wie ein Raubtier auf dem Sprung. Sie verstand es nicht. Volker hatte keinen Grund, eifersüchtig zu sein oder den brüderlichen Beschützer zu spielen.

Nach dem Essen lotste Merle ihren Freund und Gastgeber unter einem Vorwand in die Küche und sprach ihn an.

Volker verzog zunächst nur missmutig den Mund und räumte demonstrativ beschäftigt die Teller in die Spülmaschine. »Irgendwas ist an dem Typen seltsam. Du schreibst ihn an, und am nächsten Tag ist er ganz zufällig in Hamburg?«

»Na und? Solche Zufälle gibt es.«

»Ich weiß nicht. Ja, Merle, er ist nett und ganz sicher von einem anderen Schlag als Michael. Aber irgendwie wirkt sein verliebtes Getue aufgesetzt. Mir kommt das vor, als wollte er etwas von dir.«

»Und was wäre das, deiner Meinung nach?«

Volker verzog nachdenklich den Mund. »Geld, schnellen Sex, was weiß ich. Vielleicht ist der ein Stalker oder ein Psychopath.«

Merle schwieg. Hatte sie nicht heute Mittag erst ähnliche Gedanken gehabt? Andererseits hätte Jakob bereits Dutzende Gelegenheiten verpasst, ihr etwas anzutun. Es mochte zwar zum Repertoire von Stalkern und Psychopathen gehören, erst einmal alles normal laufen zu lassen – trotzdem konnte und wollte sie nicht gleich vom Allerschlimmsten ausgehen.

»Bisher fühlte es sich ganz wunderbar an.«

»Genau das meine ich. Der Typ ist zu schön, um wahr zu

sein. Vielleicht ist er wirklich so toll, aber sei ein bisschen vorsichtig.« Volker richtete sich auf und sah Merle eindringlich an. »Eines sag ich dir: Du bist eine ganz einzigartige Frau. Ich bin nicht sicher, ob dein neuer Freund zu schätzen weiß, was für einen wunderbaren und wertvollen Menschen er da vor sich hat. Wenn ich höre, oder wenn ich nur den Verdacht habe, dass er dich genauso schlecht behandelt wie Michael, drehe ich ihm den Hals um, klar?«

Merle lächelte dankbar. Sie hatte einmal etwas sehr Ähnliches zu Volker gesagt. Vor sehr vielen Jahren, als sie erfahren hatte, dass er verheiratet war, und er ihr unmissverständlich klargemacht hatte, dass er Jona niemals hintergehen würde. Sie konnte sich nicht daran erinnern, jemals wieder so eine intensive Enttäuschung und gleichzeitig Erleichterung verspürt zu haben wie in jenem Augenblick. Denn damals war ihr klargeworden, dass Volker der Mann war, den sie ihr Leben lang gesucht hatte – und dass sie ihn genau deshalb nie würde erobern können, da sein Herz bereits einer anderen gehörte.

Merle nippte nachdenklich an ihrem Sekt. Und was war mit Jakob? Sie hatte selbst immer noch das Gefühl, dass er etwas vor ihr verbarg. Eine Frau oder Freundin in Freiburg schloss sie inzwischen aus. Aber sonst? Andererseits wäre es ein bisschen viel verlangt, bereits jetzt alles von ihm und über ihn zu wissen. Sie hatte auch ihre Geheimnisse. Das machte es doch erst interessant.

Sie beendete den Abend früher als geplant und schob Müdigkeit vor. Da man ihr das deutlich ansehen konnte, widersprach ihr niemand. zu Hause angekommen, verschwand sie sofort im Bad und hatte nur noch die Aussicht auf das Bett im Kopf. Jakob hingegen gab an, seine Mails überprüfen und sich mit dem Smartphone in die Küche setzen zu wollen.

Als Merle wieder aus dem Bad kam, sah sie, dass Jakob, der mit dem Rücken zu ihr saß, einen länglichen Zettel in Händen hielt. Nach einem kurzen Moment erkannte sie einen Beipackzettel. Es musste der von den Schlaftabletten sein. Sie verharrte schweigend und beobachtete ihn. Jetzt griff Jakob zu einem der Blister mit den Tabletten und zog ein halbvolles Wasserglas, das Merle mittags stehen gelassen hatte, heran.

Merle traute ihren Augen nicht. Sie führte eine Hand zum Mund und biss sich auf einen Finger, um zu verhindern, dass sie wütend aufschrie und damit der Schmerz das Trugbild vertrieb.

War er das? Der versteckte Dorn, den sie an der strahlend blühenden Rose noch nicht entdeckt hatte? Der Dorn, an dem sie sich stach und in einen ewigen Schlaf fiel?

Jakobs Kopf wandte sich wieder dem Beipackzettel zu, während seine linke Hand mit dem Blister spielte, so dass es leise knisterte. Bei dem Geräusch stellten sich Merles Nackenhaare auf.

Dann ging ein Ruck durch den Mann. Er faltete den Zettel wieder ordentlich zusammen, steckte ihn mitsamt den Tabletten in die Schachtel zurück und warf sie mit einem kleinen Schwung in Richtung Tischende. Die Packung schlitterte über das Holz und blieb an einem Kerzenleuchter liegen.

Merle griff an die Klinke der Badezimmertür hinter sich und zog sie mit einem deutlichen Knall zu. Wie erwartet drehte Jakob sich um und strahlte sie an.

»Alles in Ordnung mit dir?«

»Alles wunderbar. Ich wollte mich aber noch auf die Couch setzen, einen Tee trinken und etwas lesen. Mach ruhig schon das Licht aus, ich komme nach.«

»Klar, wie du meinst.« Jakob kam auf sie zu und sah sie mit einem liebevollen Lächeln an. In seinen Augen schimmerten wieder Torffeuer. Nein, keine Torffeuer. Irrlichter im Moor, die mit dem falschen Versprechen von Schutz den arglosen Wanderer vom Wege abbrachten und fehlleiteten.

Sie widerstand der Versuchung, sich in die Arme nehmen zu lassen, und ließ ihn stehen. Ihr Entschluss stand fest: Sie würde die Nacht aufbleiben. Falls es stimmte, was sie gesehen hatte, wollte sie ihm keine Gelegenheit geben, sie zu überraschen. Falls sie sich irrte, konnte sie immerhin vermeiden, ihn mit einem Alptraum zu wecken.

Auch wenn ihr Verstand ihr gerade erklärte, dass ihr neuer Freund ihr heimlich Schlaftabletten ins Wasser tun wollte, widersprach ihr Herz, dass er es schließlich nicht getan hatte und sie seine Handlung vermutlich fehlinterpretierte. Auf der anderen Seite: Wenn das Erwachen bedeutete, dass er kein Prinz war, der sie wachküsste, sondern ein Monster, würde sie lieber nie wieder schlafen.

Acht

PERSPEKTIVEN-WECHSEL

Jakob lenkte den Wagen auf den Parkplatz neben der kleinen Kirche und stieg aus. Er hatte sich kaum suchend nach einem Parkautomaten umgesehen, als ein grauhaariger Mann im Anzug an ihm vorbeischlenderte. Obwohl der Fremde versuchte, wie ein zufälliger Passant zu wirken, spürte Jakob seinen neugierigen Blick. Er lächelte offen. Das typische Verhalten von Menschen in kleinen Gemeinden wie Steinberg, wo Fremde, gerade außerhalb der Touristensaison, sofort auffielen. Als hätte er mit seinem Lächeln bewiesen, dass er nichts Böses im Schilde führte, drehte der Mann nun ab und kam auf ihn zu. »Suchen Sie etwas? Kann ich Ihnen helfen?«, fragte er.

»Ja, vielleicht, tatsächlich.« Jakob beugte sich in sein Auto, zog den Rucksack hervor und schwang ihn über seine Schulter. »Ich suche das Haus von Margarete Hänssler. Ich bin ein Freund von Merle.«

»Soso. Was wollen Sie denn da?« Der Einheimische zupfte sich das Revers seines Anzuges zurecht. »Sie wissen, dass …«

»… Frau Hänssler verstorben ist. Ja, das ist mir bekannt«, half Jakob seinem Gegenüber freundlich weiter.

Das Misstrauen des Mannes vibrierte fast sichtbar in der Luft.

»Ich möchte mir das Haus nur von außen ansehen. Merle hat mir so viel davon erzählt, da bin ich neugierig geworden. Sie kommt morgen selbst her, aber da bin ich schon wieder beruflich eingebunden.«

»Ich verstehe.« Der Mann spähte über Jakobs Schulter auf das Nummernschild mit dem Freiburger Kennzeichen, als könnte er an diesem erkennen, welche beruflichen Verpflichtungen gemeint waren. »Wie geht es Merle? Hat sie ihren Vater erreicht?«, fragte er schließlich.

»Ja. Er hat seinen Aufenthalt in Kanada abgebrochen und ist auf dem Rückweg.«

Offenbar hatte er mit diesen persönlichen Informationen seine Vertrauenswürdigkeit unter Beweis gestellt, denn der Mann nickte zufrieden und winkte ihm dann, ihm zum Ende des Parkplatzes in eine Gasse zu folgen. Rasch schloss Jakob zu ihm auf.

»Was interessiert Sie denn so an dem Haus?«

»Ach, das ist nur ein kleiner Spleen von mir.« Jakob lachte. »Ich suche nach Orten, die Schauplatz von Märchen oder zumindest die Vorlage für ein Märchen gewesen sein könnten.«

»Äußerst interessant!«, stellte der Einheimische erfreut fest. »Kennen Sie die Sage der Wilden Frau von Steinberg?«

»Nein, noch nie gehört.« Natürlich kannte Jakob sie. Aber ihm stand nicht der Sinn nach weiteren lästigen Fragen. Stattdessen versuchte er, den Mann zum Reden zu bringen. »Allerdings sind Sagen und Märchen nicht das Gleiche«, fügte er hinzu. So ganz konnte er nicht aus seiner Haut.

Der Einheimische hob beschwichtigend die Hand. »Das ist mir selbstverständlich bekannt. Sagen haben einen Wahrheitsanspruch. Es heißt demnach, dass es unsere Wilde Frau wirklich gegeben haben soll.« Mit stolzer Miene ging er langsam die Gasse entlang und unterstrich seine Worte mit Gesten, die die Ernsthaftigkeit in seiner Stimme spiegelten. »Ich habe mich eingehend damit beschäftigt und werde bald ein heimatkundliches Buch darüber veröffentlichen. Wenn die Sage auf einem wahren Geschehen basiert, liegt dieses vermutlich mehr als zweitausend Jahre zurück und wäre damit keltischen Ursprungs. Es wurde im Folgenden durch mündliche Überlieferung über Jahrhunderte ausgeschmückt.«

»Tatsächlich?« Jetzt horchte Jakob doch auf. Dass es sich um eine so alte Sage handeln sollte, war ihm neu.

»Es ist nur das bisherige Ergebnis meiner bescheidenen Forschung«, erklärte der Mann, und Jakob vermutete langsam, dass es sich bei ihm um den Pfarrer oder einen anderen Würdenträger des Dorfes handelte. Genauer interessierte es ihn nicht. Er wollte viel lieber das Haus von Merles Großmutter erreichen.

Der Mann fuhr unbeeindruckt fort: »Der Sage nach gab es ein weibliches Wesen, eine junge Frau, die durch die Wälder hier um Steinberg streifte. Sie soll kleine Kinder entführt und gefressen haben. In einer anderen Quelle ist die Rede davon, dass sie junge Männer in den Wald lockte und ihnen eine wundervolle Nacht bescherte, ehe sie ihnen das Leben aussaugte und sie sterbend zurückließ.«

»Die klassische Beschreibung des Kinderschrecks, wie er hierzulande etwa durch den Nachtkrapp oder eine Baumnymphe beziehungsweise Dryade beschrieben wird. Letztere ist anbei vermutlich römischen Ursprungs«, fiel Jakob ihm ins Wort, um seine Ausführungen abzukürzen. Langsam wurde ihm das Gespräch zu weitschweifig.

»Richtig«, stimmte der Einheimische zu. »Das könnte ein Anzeichen dafür sein, dass selbst die Römer diese Sage bereits kannten.«

Das war Unsinn. Es konnte genauso gut sein, dass irgendjemand im achtzehnten oder neunzehnten Jahrhundert – als es Mode wurde, sich mit solchen Stoffen zu beschäftigen – auf die

Sage gestoßen war und die Wilde Frau im Nachhinein Dryade genannt hatte. Doch Jakob widersprach nicht. So hoffte er darauf, dass der Mann die Lust daran verlieren würde, sein halbwissenschaftliches Gequatsche fortzuführen. »Das gibt noch keinen Hinweis auf keltische Elemente«, brummte er nur. Wie wurde er den Kerl bloß unauffällig wieder los?

»Nein, noch nicht. Aber ich habe eine unbekannte Quelle gefunden. Wenn ich ehrlich bin, war es sogar Mago Hänssler, die diesem neu gefundenen Schriftstück diese Bedeutung zugemessen hat.«

Jakob schwieg, merkte jedoch auf. War das doch eine Spur?

»Sie hat ein Schriftstück eines ihrer Vorfahren analysieren lassen. Darin wird beschrieben, wie ein Mädchen einen Jungen in den Wald lockt, bis er anschließend nicht mehr nach Hause findet. Das Interessante dabei ist, dass der Junge eine Spur aus Brotkrumen legt, die jedoch von Raben aufgefressen wird. Außerdem werden an mehreren Stellen Eichen erwähnt, während in anderen Quellen schlicht von Bäumen die Rede ist. Vielleicht wissen Sie bereits, dass sowohl Rabenvögel als auch Eichen in der keltischen Mythologie eine große Rolle spielen.« Der Möchtegernforscher zwinkerte Jakob verschwörerisch zu. »Eigentlich fehlt nur noch die Erwähnung einer Mistel.«

Jakob bemühte sich um eine interessierte Miene, während er innerlich den Kopf schüttelte. Das war alles, was der Mann an Grundlage für seine Theorie zu bieten hatte? In seinen Ohren jedenfalls klang das eher, als hätte der Mann zu viele Asterix-Comics gelesen. »Kennen Sie den Verfasser dieses Schriftstückes, das Sie vorhin erwähnt haben? Ist er glaubwürdig?«

»Nun, die Quelle ist vom Anfang des siebzehnten Jahrhunderts. Verfasst hat sie ein Mönch im Kloster zu Thierenbach. Und der ist demnach so glaubwürdig, wie nur ein Mann Gottes sein kann.«

Was nach Jakobs Empfinden eher ein Argument gegen die Seriosität der Quelle war. Selbst wenn die damaligen Mönche ihre Aufgaben ernst genommen hatten, hatten sie sich kaum von den Einflüssen ihres eigenen Glaubens frei machen können. Aber im Grunde war das jetzt und hier nicht wichtig. Ihm reichte es nun endgültig.

Sie waren mittlerweile am Dorfrand angekommen. Vor ihnen führte ein breiter Forstweg bergan in den Wald. Er war mit einer rot-weiß gestrichenen Schranke abgesperrt, deren Farbe bereits abblätterte.

»Ist das der Weg?«

»Das ist er. Nur der Förster und mehrere Pächter der Waldparzellen in diesem Gebiet haben einen Schlüssel für die Schranke. Aber der Boden ist ohnedies zu aufgeweicht, um hinaufzufahren. Hier hat es in den letzten Tagen stark geregnet.«

»Herzlichen Dank«, beeilte sich Jakob zu sagen, bevor er einen weiteren Exkurs über das Wetter über sich ergehen lassen musste. »Dann werde ich ab hier allein mein Glück versuchen.«

»Ungefähr nach zwanzig Minuten sehen Sie auf der rechten Seite einen etwa einen Meter hohen Holzkasten. Dahinter geht ein Trampelpfad gut fünfzig Meter in den Wald hinein und zum Haus. Es gibt noch einen einfacheren Weg über den Dreherhof, aber dann müssten Sie komplett um das Dorf und den Fahrtweg in Richtung *Güldene Höhe* nehmen. Das ist das Ausflugslokal dort oben auf dem Hügel. Aber ich sehe ja, Sie sind gut zu Fuß!«

Jakob bedankte und verabschiedete sich. Dann ging er um die Schranke herum und den Weg hinauf. Es war ein schöner lauer Septembernachmittag, und der Herbst hielt sich in den tiefen Schatten der Nadelbäume noch zurück. Der Boden unter Jakobs Füßen federte weich und angenehm, lediglich die breite Traktorspur erinnerte ihn daran, dass er auf einem Forstweg lief.

Endlich sah er in einiger Entfernung den Holzkasten, den der Mann ihm als Hinweis auf den Abzweig zum Haus beschrieben hatte. Als Jakob näher kam, staunte er nicht schlecht. Der Kasten war eine etwa hüfthohe, im Boden verankerte Box, maß etwa einen halben Meter im Quadrat und hatte vorne eine Tür, die durch einen Haken verschlossen wurde. Unter dem Dach des Kastens war eine geschützte Nische, in die man Post oder Zeitungen legen oder sie als Vogelhäuschen nutzen konnte. Vermutlich hatten Merles Vorfahren in diesem Kasten Gegenstände deponiert, die vom Förster oder anderen mit ins Dorf hinuntergenommen werden konnten und umgekehrt. Jakob umrundete staunend die Holzsäule. Was ihn faszinierte, war nicht ihr Zweck, sondern ihr Äußeres. Alle vier Seiten waren wie ein alter Altarschrein mit Szenen aus einzelnen Märchen verziert. Alle vier Märchen spielten im Wald, und sehr zu seiner eigenen Verwunderung konnte Jakob nur *Rotkäppchen* sowie *Hänsel und Gretel* zuordnen. Dabei war er sich bisher sicher gewesen, dass es kaum ein Märchen gab, von dem er nicht wenigstens gehört hatte. Nachdenklich fuhr er mit dem Daumen die Nase des Wolfes entlang, der hinter einem Baum auf das Mädchen mit dem Korb lauerte. Seine eigene Großmutter hatte einmal behauptet, ihr Nachname käme von einem Vorfahren, der sich besonders grimmig und ungebärdig benommen hatte. Jakob lächelte versonnen. Ob das nun stimmte oder nicht, der Wolf war sein heimliches Wappentier. Sie beide jagten. Doch Jakob interessierten weder Körbe mit Wein und Kuchen noch rote Kappen. Das Einzige, was ihn antrieb, war Merle.

Mit einiger Bitterkeit erinnerte er sich an ihre Worte vom gestrigen Sonntagvormittag, mit denen sie ihm eröffnet hatte, dass er nun doch besser nach Hause fahren solle. Im Gegensatz zum ersten Mal, als sie etwas Ähnliches gesagt hatte, hatte sie es ernst gemeint. Es folgten die üblichen Floskeln: Sie brauche Zeit für sich, müsse sich über alles klarwerden, müsse sich erst ordnen, wenn es etwas Ernstes sein sollte, und so weiter. Sie wollte am Wochenende zu ihm nach Freiburg kommen. Bis dahin, so behauptete sie, brauche sie Abstand.

Jakob knurrte mürrisch und wandte sich dem Pfad zu, der sich hinter der Kiste kaum sichtbar in den Wald schlängelte. Während er tiefhängende Äste und Brombeerranken zur Seite bog, beherrschte Merle seine Gedanken. Sie hatte noch gar nichts begriffen. Aber er würde ihr schon klarmachen, dass sie ihn so nicht behandeln konnte.

So gesehen war es gar nicht so übel, zwischendurch eine Wanderung durch den Hochschwarzwald einzulegen und den Ort des Geschehens einmal genauer zu untersuchen. Vielleicht brachte ihn das sogar wirklich weiter. Allerdings hatte er nicht so dichtes Unterholz erwartet. Wie hatte Merles Großmutter sich denn vom Dorf aus hier durchgeschlagen? Ob er etwas übersehen hatte?

Jakob drehte sich um und überlegte, ob er zurückgehen sollte. Dann runzelte er verblüfft die Stirn. Er war kaum zehn Schritte vom Waldweg entfernt, dabei hätte er schwören können, bereits dreißig oder mehr Meter gelaufen zu sein. Um sich herum konnte er nur dichtes Unterholz entdecken. Der Pfad war zwar überwuchert, aber deutlich sichtbar unter seinen Füßen zu erkennen. Mit einem ergebenen Kopfschütteln rückte er den Rucksack zurecht und wandte sich wieder dem Pfad zu. Das war ganz sicher nicht der richtige Weg, aber was sollte er seine Zeit damit vertrödeln, noch weiter zu suchen? Die Vorratskiste war der einzige Hinweis, den er auf den Standort von Merles Häuschen hatte. Die Alternative wäre, zurück ins Dorf zu gehen und nach dem redseligen Mann zu suchen, damit dieser ihm den Weg über den Dreherhof erklärte.

Mühsam arbeitete Jakob sich durch Spinnweben und Ranken weiter. Dann stolperte er unvermittelt. Er hatte einen armdicken Strang aus einem Dutzend verhedderter Brombeerranken auf dem Boden übersehen und konnte gerade noch verhindern, der Länge nach hinzuschlagen. Stattdessen riss er sich den Saum seiner Jeans auf. Wenigstens hatte er knöchelhohe Wanderschuhe an, ansonsten hätte er jetzt vermutlich tiefe Striemen am Fußgelenk. Er stapfte gereizt weiter.

Moment, waren das seine eigenen Fußabdrücke? Er ging in die Hocke und betrachtete den schwarzen Schlamm. Es waren eindeutig dieselben Sohlen wie seine. Aber das ergab gar keinen Sinn!

Jakob stand auf und drehte sich einmal um die eigene Achse. Wie hatte er es geschafft, sich auf fünfzig Metern Wegstrecke zu verirren? Wo war der Pfad? Der einzige Hinweis waren ein paar abgebrochene Äste, an denen er entlanggeschrammt war. Wütend fluchte er und entschied sich, seine Spuren zurückzuverfolgen. Es hatte keinen Sinn, in diesem Gestrüpp weiterzusuchen.

»Was mache ich hier überhaupt? Ich und meine gottverdammte Neugier!«, stieß er mürrisch hervor und schlug mit der flachen Hand gegen einen Baumstamm. »Tja, in einem Märchen wäre das alles einfach. Ich könnte ja nach dem Weg fragen: *Merle, Merle, mein Mäuschen, zeig mir den Weg zu deinem Häuschen!*« Er schüttelte grimmig lachend den Kopf über sich und war froh, dass ihn niemand hören konnte. Orientierungslos lief er ein paar Schritte, und völlig unvermittelt lichtete sich der Wald.

Jakob vergaß seinen Missmut und seinen Sarkasmus. Das Häuschen schlug ihn ganz in seinen Bann. Genau so hatte er es sich vorgestellt. Gerade, als er die Wiese betreten wollte, übersah er einen dicken Ast und stieß mit dem Kopf dagegen. Mit einem Knirschen, das er mehr spürte als hörte, biss er sich die Zunge blutig. Fluchend spuckte er aus. Für einen Moment fragte er sich, ob Merles Ex mit seinem Vorschlag, das Haus zu sprengen, nicht doch recht gehabt hatte. Das hier war ein gottverlassener Winkel der Welt.

Auf der Hut vor weiteren Überraschungen, wandte Jakob sich zunächst den Apfelbäumen zu und spähte über den Zaun in den sogenannten Verbotenen Garten. Doch er entdeckte nichts Interessantes, nur eine knorrige halbtote Eiche und Gras. Danach näherte er sich der Haustür, die er ungefähr in der Mitte der langen Seite entdeckte. Merle hatte erklärt, dass das Haus früher die meiste Zeit unverschlossen gewesen war und sie diesen Jugendfreund – wie hieß er noch? Björn? – angewiesen hatte, es weiterhin so zu halten. Im Haus gab es nichts von Wert, das sich mitzunehmen lohnte, und laut Merle war in der Vergangenheit noch nie eingebrochen worden.

Jakob drückte die schmiedeeiserne Klinke hinunter und rüttelte. Es war abgeschlossen. Wäre ja auch zu schön gewesen. Daher ging er zu einem der beiden Seitenfenster und spähte hinein.

Wie Merle es beschrieben hatte, glich das Innere einer altertümlichen Puppenstube. Die Esse war so groß, dass man problemlos ein halbes Schwein darin rösten konnte. Möglicherweise hatten die Bewohner des Hauses das früher sogar getan. Jedenfalls sprach grundsätzlich nichts dagegen, dass Hans die alte Frau in ebenjene Esse hineingestoßen hatte und diese verbrannt war. Bis auf die nicht ganz unwesentliche Tatsache, dass Menschen nicht so einfach verbrannten. Gesetzt den Fall, die alte Geschichte stimmte – was hatten sie dann mit der Brandleiche getan?

Da stand auch der Schaukelstuhl. Er bewegte sich sanft und gleichmäßig hin und her. Jakob nickte nachdenklich. Die Bewegung des leeren Stuhles wunderte ihn in diesem Augenblick überhaupt nicht. Alles war vielmehr genauso, wie er erwartet hatte. Er blickte sich um, um zu sehen, ob er nicht doch einen Weg hinein fand, und …

»Was machen Sie da?«

Jakob wandte sich von dem Fenster ab und zwang sich zu einer freundlichen Miene. Das Auftauchen des Mannes, der ihn sicherlich von seinem Vorhaben abhalten wollte, passte ihm überhaupt nicht. »Ich bin ein Freund von Merle, und ich wollte mir das kleine Häuschen ansehen, von dem sie so viel erzählt hat.«

»*Ein* Freund oder *ihr* Freund?«

»Na ja, *ihr* Freund, hoffe ich zumindest.« Jakob lächelte schief. »Wer sind Sie?«

Der Fremde kam näher und gab ihm die Hand. Sein Blick blieb misstrauisch. »Björn Dreher. Ich passe auf das Anwesen auf, solange niemand von der Familie da ist. Ich habe ein paar tote Äste aus den Apfelbäumen geschnitten. Wo ist Merle? Weiß sie, dass Sie hier sind?«

Jakob entschied sich, die letzte Frage einfach zu überhören. »Ich bin aus Freiburg. Merle kommt morgen. Ich kann aus beruflichen Gründen nur heute kommen – danach würde es länger dauern, bis ich wieder hier herauskommen könnte.«

»Freiburg? Sie meinen Hamburg.«

»Nein, ich bin aus Freiburg. Ich lebe seit zwanzig Jahren dort.«

»Sekunde mal. Dann sind Sie gar nicht dieser Michael?«

»Ob ich …? Nein, ach so.« Jakob schüttelte nachdrücklich den Kopf. »Dachten Sie, dass sie zu ihm zurückgekehrt ist? Ich bin sozusagen der Nachfolger. Jakob Wolff.«

Björn wirkte aufrichtig erleichtert und lächelte endlich freundlich. »Dann sollte ich etwas unvoreingenommener sein. Es ist nur so, dass Merles Vater Theodor einiges über diesen Michael erzählt hat. Sagen wir mal: er mochte ihn nicht.«

»Der Typ muss ein ziemliches Arschloch sein. Soweit ich das beurteilen kann, hat er Merle nicht gut behandelt.«

Björn nickte knapp. »Ich denke, dann sind wir uns einig.«

Jakob deutete auf die Haustür. »Merle hat mir erklärt, dass das Haus die meiste Zeit über offen stünde, aber heute scheint abgeschlossen zu sein. Kann ich mir das Innere mal ansehen?«

»Aber ich habe doch gar nicht abgeschlossen«, murmelte Björn verwundert. »Ich kann verstehen, wenn Sie neugierig sind. Merle hängt sehr an dem Haus, sie hat sicherlich eine Menge Geschichten erzählt.«

Während er das sagte, zog er einen altertümlich verschnörkelten Schlüssel aus der Hosentasche, steckte ihn ins Schloss und ruckelte daran herum.

»Ja, besonders diese Horrorvariante von *Hänsel und Gretel.*« Jakob lachte. Insgeheim musste er zugeben, dass Merles Knusperhäuschen durchaus als Kulisse für einen Märchenfilm durchgehen konnte.

Björn fiel zustimmend ein. »Interessiert Sie das?«

»Ich bin Germanist und Märchenforscher. Merle hatte wegen Unterlagen ihrer Großmutter bei mir angefragt. So haben wir uns kennengelernt.«

»Na dann.« Björn drehte den Schlüssel und ruckelte wieder, ohne dass die Tür sich einen Millimeter bewegte. »Vielleicht sollten Sie mal mit dem Pfarrer sprechen. Paul Kupferschmidt. Er ist Vorsitzender des Heimatvereins und hat eine Menge Ahnung. Wird heutzutage alles wieder hervorgekramt.« Er fluchte leise und gab den Versuch, die Tür zu öffnen, auf. »Seltsam, man sollte meinen, diese alten Schlösser wären nicht so kompliziert, aber das hier klemmt schon mal. An anderen Tagen wiederum steht die Tür manchmal auf, wenn ich komme. Jedenfalls … wegen des Pfarrers. Also, der hat mir zum Beispiel eine alte Chronik von unserem Hof gebracht. Dabei ist es nicht der Hof meiner Familie, sondern der Hof meiner Stiefmutter. Ich war zwölf, als sie meinen Vater geheiratet hat und wir hergezogen sind. Sicherlich hilft er auch Ihnen gern weiter.« Björn runzelte die Stirn und schnipste mit dem Finger gegen das Schloss, als könnte er es auf diese Weise öffnen, doch natürlich tat sich nichts. »Warten Sie hier, ich schaue mal, ob ich in der Scheune einen Schraubendreher habe. Mit dem habe ich das Schloss schon mal aufbekommen.«

Jakob stutzte. »Was meinen Sie mit: Sie sind erst mit zwölf Jahren hergezogen? Merle hat mir erzählt, dass Sie in Kindertagen viel zusammen gespielt haben.«

»Wieso?« Björn fuhr sich mit der Hand über seinen dichten Bart. »Mit zwölf ist man doch noch Kind, oder?«

»Ich hatte das so verstanden, dass Sie beide viel jünger waren.«

»Unmöglich. Ich stamme aus Lörrach, und ich war acht, als meine leibliche Mutter durchgebrannt ist, angeblich mit einem viel Jüngeren. Das war ein Riesenskandal, kann ich Ihnen sagen! Allerdings kann ich mich kaum noch an sie erinnern, und ich habe ihr nie nahegestanden. Nach einiger Zeit hat mein Vater seine jetzige Frau kennengelernt. Sie haben geheiratet, und wir sind ungefähr vier Jahre später hierhergezogen.« Björn grinste verschwörerisch und hob den Zeigefinger. »Merle war immer ein wenig empört, weil sowohl meine Schwester als auch ich so gut mit Marion, unserer Stiefmutter, auskamen. Sie meinte, dass Stiefmütter an sich durchtrieben und böse sein müssten. Was das anbelangte, war sie ein bisschen spleenig, genau wie ihre Großmutter Mago. Dabei mochte sie Marion. Sie fand es eben nur unpassend.«

Jakob grinste und nickte zum Zeichen, dass er die Anspielung auf eine typische Märchen-Stiefmutter verstanden hatte.

Björn zwinkerte ihm zu und lief dann an der Hauswand entlang in Richtung Scheune.

In der Zwischenzeit betrachtete Jakob die alte Tür und fuhr müßig mit dem Daumen über das Holz des Rahmens. Ihm war, als vibrierten die Geschichten der Menschen, die hindurchgegangen waren, durch seine Haut. Das Holz und das Haus waren uralt. Jakob schüttelte den Kopf über sich selbst. Er hatte es geahnt, seit er einen Fuß auf die Lichtung gesetzt hatte. Der Wissenschaftler in ihm spottete, doch der Märchenliebhaber akzeptierte längst, dass es sich um einen besonderen Ort handelte. Vielleicht sogar den richtigen Ort – den, nach dem er so lange gesucht hatte, lange Jahre, ohne recht an seine Existenz zu glauben. Der Wolf hatte Witterung aufgenommen und war auf der richtigen Fährte.

»Was zum Henker?« Seine Hand zuckte zurück, als ein brennender Schmerz durch seinen Daumen schoss. Er hatte sich einen Splitter unter die Haut gejagt. Mit dem Fingernagel der anderen Hand pulte er den winzigen Holzstachel heraus und leckte sich das Blut ab.

Plötzlich vernahm er hinter sich fröhlichen Kindergesang. Er trat zwei, drei Schritte von der Tür zurück und blickte in die Richtung, in die Björn um das Haus herum verschwunden war. Kurz darauf hüpfte ihm ein kleines Mädchen entgegen. Es trug einen geflochtenen Kranz aus Gänseblümchen auf den Haaren und schwang etwas in der Hand. Außerdem trug die Kleine einen Kapuzenpulli, dessen Farbe so grellrot war, dass es Jakob in den Augen schmerzte.

Als das Mädchen ihn sah, stieß es einen Schrei aus. Jakob fuhr herum. Aus den Augenwinkeln sah er eine rot-weiß gescheckte Katze mit aufgestelltem buschigem Schwanz davonjagen. Etwas klirrte, und dann schoss das Mädchen schreiend zurück um die Hausecke.

Nachdem Jakob sich einen Moment von seiner Verblüffung erholt hatte, setzte er ihr nach.

»Was ist los? Ronja!« Björn kam aus der Scheunentür gelaufen und hatte im gleichen Moment das Kind auf seinen Armen. Jakob blieb stehen und hob mit einer verlegenen Geste die Hände. »Ich habe keine Ahnung, was passiert ist. Sie kam auf mich zu und ist im nächsten Moment abgeflitzt.«

»Rapunzel, was ist denn?« Björn sprach beruhigend auf das Mädchen ein, während er ihr sanft über den Rücken streichelte. In der Zwischenzeit nahm Jakob das Körbchen, das es fallen gelassen hatte, auf und begutachtete den Inhalt. Zwei Teller, einer davon zerbrochen, Servietten und ein Marmorkuchen, dazu zwei Flaschen mit Apfel- und Traubensaft, die zum Glück heil geblieben waren.

Björn trat näher. »Sie faselt was von großen Augen«, murmelte Björn leise zu Jakob. »Haben Sie wirklich nichts gesehen?«

»Nein, gar nichts. Nur eine der Katzen, die in Panik weggerannt ist. Das kann aber auch gewesen sein, nachdem der Korb hingefallen ist. Ich bin mir nicht sicher.«

»Ist schon gut. Ronja. Schau mal, das ist der Herr Wolff, ein Freund von Merle. Der tut dir ganz bestimmt nichts.«

Ronja nickte ihm schüchtern zu und rieb sich mit den Fäusten die Augen.

Jakob lächelte das Mädchen herzlich an. »Obwohl ich Wolff heiße, bin ich nicht gekommen, um dich zu fressen. Du musst keine Angst haben.«

»Na, siehst du.« Björn lachte. »Ich denke, es wird langsam spät. Was halten Sie davon: Wir nehmen den Kuchen mit zurück, und Sie essen heute bei uns auf meinem Hof.« Er strich seiner Tochter über den Kopf, bevor er sie absetzte. Sie drückte sich weiterhin schweigend an sein Bein und ließ Jakob nicht aus den Augen. Dem wurde unter dem forschenden Blick der Kleinen langsam unbehaglich. »Sehr gern. Es sieht nicht so aus, als käme ich ohne weiteres in Merles Knusperhäuschen hinein.«

»Nein, das Haus lässt wirklich nicht jeden rein. Gehen wir. Komm, Ronja.«

Neun

HAUSWÄCHTERIN

Müdigkeit – Merles inzwischen bekannter und ungeliebter Dauerzustand. Aber es zeichnete sich endlich ein Hoffnungsschimmer am Horizont ab. Nachdem sie Jakob am Sonntag verabschiedet hatte, hatte sie ein paar Stunden auf dem Sofa schlafen können. Die Nächte auf Montag und Dienstag waren nahezu alptraumfrei gewesen. Was an den Schlaftabletten liegen könnte, zu denen sie sich endlich überwunden hatte. Am frühen Dienstagvormittag sah sie sich in der Lage, die lange Autofahrt nach Steinberg auf sich zu nehmen. Jetzt war sie seit gut sieben Stunden unterwegs – ungezählte Kaffee-Stopps inklusive – und zuversichtlich, ihr Ziel in der geplanten Zeit zu erreichen.

Um kurz vor halb fünf Uhr stelle Merle das Radio an, um den Verkehrsfunk zu hören. Noch liefen Regionalnachrichten. Als sie glaubte, den Namen Steinbergs gehört zu haben, drehte sie lauter.

»… bittet die Polizei um Ihre Mithilfe. Seit dem frühen Vorabend werden drei Kinder vermisst. Es handelt sich um die fünfjährige Ronja Dreher sowie um die Geschwister Lukas und Amelie Rötgen, fünf und acht Jahre alt. Die Kinder wurden zuletzt in der Nähe des Steinbruchs gesehen …« Es folgte eine Beschreibung der Kleidung und des Aussehens der Kinder. Merle hielt das Lenkrad so fest umklammert, dass ihre Fingerknöchel weiß wurden. Ronja! Jetzt bloß nicht nachdenken … Sie heftete ihren Blick auf die Straße, konzentrierte sich ausschließlich auf den Tacho und den Asphalt. Die Leitplanke zog an ihr vorüber. Besonders der letzte Satz hallte ihr immer noch in den Ohren: »Ein Verbrechen kann nicht ausgeschlossen werden.«

Nach wenigen Kilometern kündigte ein Schild den nächsten Parkplatz an. Merle sandte einen stummen Dank an ihre Glücksfee, fuhr ab und stieg aus. Mehrmals lief sie um das Auto herum. Sie wagte sich in dieser einsamen Dämmerung nicht weit weg, aber sie musste sich irgendwie bewegen.

Drei Kinder waren entführt worden. Wie passend an so einem düsteren Tag mit grau bewölktem Himmel. Wenigstens regnete es nicht. Merle holte Luft und schlug mit der Faust aufs Autodach. Regen, hatte sie sonst keine Sorgen?

Sie fühlte sich schuldig. Nur allzu deutlich hallten die Worte ihres Vaters in ihren Ohren wider, es müsse jemand auf das Haus aufpassen. Was konnte passiert sein? Die Kinder waren im Verbotenen Garten gewesen, das hatte Ronja ihr sogar selbst erzählt. Aber das konnte doch nicht wirklich etwas mit ihrem Verschwinden zu tun haben!

Merle hielt sich an der Dachreling fest und legte ihre Stirn an das kühlende Metall des Wagens. Es fühlte sich zwar ganz angenehm an, half ihr jedoch nicht, klarer im Kopf zu werden. Sie riss die Fahrertür wieder auf und ließ sich auf den Sitz plumpsen. Was sollte so Schlimmes an diesem blöden Stück Wiese mit einem alten Baum sein? Was hatten die Kinder dort angestellt? Sie und Björn waren einige Male in den Garten hineingeschlichen, um sich das Gesicht des Baumes anzusehen. Ihr Spielkamerad hatte stets Bedenken gehabt und sich dort nicht wohl gefühlt. Doch hinter Merles Mut zurückzustehen war für ihn natürlich nicht in Frage gekommen.

Merle konnte sich noch gut daran erinnern, dass ihr der Garten selbst nie ganz geheuer gewesen war. Dieser uralte Baum und dann häufig dieses unirdische Heulen, das ein wenig menschlich klang. Aber das war doch der Reiz daran gewesen! Trotz allem, Merle war der Garten niemals gefährlich vorgekommen. Und es war auch nie irgendetwas passiert.

Beinahe hätte sie das Klingeln ihres Handys in der Tasche auf dem Beifahrersitz überhört. Hastig riss sie es heraus und sah, dass es ihr Vater war.

»Hallo Papa, wo bist du?«

»Ich bin noch in Heathrow und warte gerade auf meinen Anschlussflug. Wenn alles klappt, bin ich gegen neun Uhr in Steinberg. Ich habe mir doch einen Mietwagen reservieren lassen, dann kann ich unterwegs noch einkaufen.«

»Ich hätte dir etwas besorgen können. Du wärst schon nicht verhungert.«

»Stimmt, daran habe ich gar nicht gedacht. Was ist los? Du hörst dich nervös an. Hast du immer noch diese Alpträume? Machst du genug Pausen?«

Typisch Papa. Manche Dinge änderten sich nie, selbst wenn sie achtzig und er hundert Jahre alt werden würde. »Mach dir um mich keine Sorgen. Ich stehe auf einem Rastplatz. Aber sie haben gerade in den Nachrichten gemeldet, dass in Steinberg Kinder verschwunden sind. Unter anderem Björns Tochter.«

Einige Sekunden war es still am anderen Ende der Leitung. Merle hörte im Hintergrund eine Lautsprecherdurchsage.

»Verschwunden? Was heißt das?«

»Wenn ich das wüsste. Sie haben es gerade im Radio durchgegeben, ich habe noch ungefähr zweihundert Kilometer vor mir. Es ist zunächst einmal nur die Vermisstenanzeige von drei Kindern mit Personenbeschreibung gewesen. Sie sind seit gestern Abend verschwunden.«

»Haben sie gesagt, wo sie waren? In der Nähe von Magos Häuschen?«, verlangte er nach weiteren Erklärungen.

»Sie haben vom Steinbruch gesprochen.«

»Das ist nicht weit, wenn man quer durch den Wald geht. Gütiger Himmel, sag, dass das nicht wahr ist!«

»Es wird eine Erklärung geben. Vielleicht sind sie im Steinbruch herumgeklettert und haben sich verirrt. Die Feuerwehr wird sie in einer Spalte finden und herausziehen.« Das war nicht das, was Merle glaubte. Sie sprach es aus, um sich und ihren Vater zu beruhigen.

Doch der ließ sich nicht beirren. »Genau so etwas hat Mago befürchtet«, brummte er, »dass Kindern etwas passiert, wenn sie da oben im Wald herumstrolchen.«

»Ist das nicht letzten Endes Aufgabe der Eltern, auf ihre Kinder aufzupassen? Wir Hänsslers sind doch nicht die Wächter vom Dienst, oder habe ich da etwas verpasst?«, rief Merle aufgebracht.

»Natürlich nicht. Aber Mago hatte immer einen Blick auf das Gelände. Besonders natürlich auf ihren Verbotenen Garten. Allein der Name lockte die Kleineren immer an. Ich habe ihr mal vorgeschlagen, jedem zu erzählen, dass dort ein Komposthaufen lagere, der wäre bei weitem nicht so interessant. Aber Gewohnheiten ändern sich einfach nicht so schnell.« Er murmelte weiter erregt vor sich hin. Und damit machte er Merle jetzt wirklich nervös. Natürlich, ihr Vater machte ihr keine Vorwürfe, dass sie seiner Bitte nicht nachgekommen war, sofort nach Steinberg zu fahren und das Haus zu hüten. Warum hätte sie das tun sollen? Zu dem Zeitpunkt waren Ronja und ihre Freunde schon im Verbotenen Garten gewesen. Außerdem machte Papa ihr eigentlich nie Vorwürfe. Und es war eben diese Art und Weise, in der er ihr keine Vorwürfe machte, die bei Merle als größtmöglicher Vorwurf ankam. Diese Nicht-

Vorwürfe waren schlimmer als Vorwürfe, auf die sie patzig, zerknirscht oder kühl reagieren konnte. Auf nichts hingegen konnte sie nicht reagieren, beziehungsweise wenn sie es tat, stritt ihr Vater selbstverständlich ab, ihr einen Vorwurf gemacht zu haben. Was ja dann auch stimmte. Er konnte sie damit in den Wahnsinn treiben.

Aggressiv trommelte sie mit den Fingern auf das Lenkrad und zwang sich zu einem ruhigen Ton. »Ich bin gleich da, vielleicht klärt sich das alles. Ich spreche heute Abend noch mit Björn und Sarah. Ganz sicher hat es weder mit uns noch mit dem Haus zu tun.« Sie stockte kurz. »Es sei denn, du hast mir nicht alles gesagt.«

»Natürlich habe ich dir alles gesagt. Lies dir bitte gründlich alle Unterlagen durch, die du findest. Oben auf dem Dachboden über der Scheune müsste ein alter Koffer liegen. Ich meine, dass Mago mal von dem gesprochen hat. Vielleicht sind da Dokumente drin, die uns weiterhelfen.«

»Gut. Mach dir bitte keine Sorgen. Wir schaffen das schon, auch ohne Omi. Wir haben bisher alles geschafft, du und ich. Wenn du angekommen bist, kannst du noch auf ein Glas Wein hinaufkommen oder sogar mit im Haus übernachten.«

»Wenn es nicht zu spät wird, komme ich vielleicht hinauf. Ansonsten sehen wir uns morgen früh.«

»Bis dann, Papa.« Merle lehnte sich zurück und sammelte sich, um endlich weiterfahren zu können. Sie hatte es geschafft, ihren Vater zu beschwichtigen. Wann hatte sich diese Rollenverteilung eigentlich gedreht, und seit wann war sie es, die alles rational zu erklären versuchte?

Nachdenklich betrachtete sie das Handy, dann steckte sie es zurück in ihre Handtasche. Als es geklingelt hatte, hatte sie einen kurzen Moment lang gehofft, es wäre Jakob, der da anriefe. Sie konnte nicht einschätzen, wie er ihren brüsken Rauswurf am Sonntagvormittag aufgenommen hatte. Er hatte gekränkt gewirkt, gleichzeitig aber ihre Entscheidung ohne Widerspruch akzeptiert. Einerseits war sie ihm dankbar dafür gewesen, da sie keine Kraft für eine Auseinandersetzung gehabt hatte. Aber das ein oder andere »Warum?«, ein Beharren auf einer Erklärung hatte sie schon erwartet. Sie wusste doch selbst nicht, was sie wollte. Inzwischen war sie sicher, dass sie sich die Sache mit den Tabletten eingebildet hatte. Er hatte den Beipackzettel gelesen, na und? So etwas hätte sie auch getan, wenn sie irgendwo gesessen und nichts zu tun gehabt hätte. Die Packung war ihm einfach in die Hände gefallen. Es hätte genauso gut eine Müslitüte oder ein Werbeprospekt sein können, aber so etwas hatte eben nicht da gelegen. Das Wasserglas hatte er herangezogen, weil er trinken wollte und dann festgestellt, dass er selbst kurz zuvor ein eigenes Glas abgelehnt hatte. Eine ganz automatische Reaktion. Merle hatte im Büro auch schon Gläser oder Tassen verwechselt. So etwas kam vor.

Nur, warum hatte er den Blister in der Hand gehabt? Warum hatte er sich anschließend nichts zu trinken genommen?

Die Autobahn nahm sie wieder auf, und Merle steckte sich ein Pfefferminzbonbon in den Mund. Etwas belebter von dem frischen Geschmack, zwang sie ihre restlichen Sinne auf den Verkehr.

Sie hatte sich eine Auszeit von ihm erbeten: keine SMS, keine Anrufe, höchstens Mails. Jakob hatte das akzeptiert. Bis zum Wochenende musste sie sich überlegen, ob sie ihn in Freiburg besuchte, und dann würden sie gemeinsam weitersehen. Wenn ihr Märchenprinz sich bis dahin entschieden hatte, lieber weiter allein in den Sonnenuntergang zu reiten, musste sie das wohl oder übel akzeptieren. Ihr Vater sagte in solchen Momenten gern: »Wer weiß, wofür es gut ist.«

Wie recht er doch hatte.

Der Rest der Fahrt verlief ereignislos. Am frühen Abend bog Merle auf den Marktplatz von Steinberg ein, entschied sich dann jedoch, direkt in Richtung Waldweg zu fahren. Ganz wie sie vermutet hatte, stand die Schranke auf. Sicher war die Polizei immer noch mit der Suche nach den Kindern beschäftigt.

Während der gesamten Fahrt hatte Merle die Nachrichten verfolgt, jedoch nichts Neues erfahren. Björn hatte sie auf der Mailbox eine Nachricht hinterlassen, doch ihr alter Freund meldete sich nicht. Merle bog in den Waldweg ein und lenkte ihren Wagen behutsam den unbefestigten Pfad entlang. Nach einem kräftigen Regenschauer war die untergehende Sonne noch einmal zwischen den Bäumen hervorgekommen und tauchte den Wald ringsum in strahlendes Tiefgrün. Das Auto arbeitete sich tapfer voran, obwohl es mehrmals stecken zu bleiben drohte.

Merle parkte auf einer kleinen freien Fläche kurz hinter der Holzbox, an der mehrere Rollen Seil, eine Kletterausrüstung und ein Erste-Hilfe-Kasten lehnten. Außerdem stand bereits ein schlammbespritzter Range Rover dort, an dessen Rückfenster ein Aufkleber mit einem Hirsch und der Aufschrift »Förster« haftete.

Ohne sich groß weiter umzusehen, warf Merle ihre Reisetasche über die Schulter, griff die Papiertüte mit ihren Lebensmitteln und wandte sich dem breiten Pfad zu, der von dem Zufahrtsweg in den Wald führte. Überall tropfte und plätscherte es von den Zweigen, doch der Weg war fast trocken und über eine federnde Decke Tannennadeln gut zu laufen.

Als sie die Lichtung betrat, stutzte sie. Das Haus hatte sich verändert. Allerdings hätte Merle nicht sagen können, was genau anders war als sonst. Vielleicht, weil in keinem einzigen Fenster ein Licht brannte und alles still und verlassen war.

Plötzlich fröstelte Merle trotz der warmen, sogar schwülen Luft. Sie schaute sich um. Der nahe Waldrand hinter ihr strahlte eine düstere Beklommenheit aus. Dort, wo Sonnenstrahlen den Boden erreichten, bewegte sich etwas. Vielleicht Insekten oder kleine Nagetiere? Am Ende waren es nur Staubkörner, die durch die Luft flirrten. Doch der Rest, der im Schatten lag, wirkte kalt und grau, so tot wie das alte Laub des Vorjahres, das den Waldboden bedeckte.

Merle räusperte sich laut, um die Stille zu durchbrechen. Das war doch alles albern. Sie wandte sich in Richtung Hauseingang, als die Tür wie von allein aufschwang und einladend offen stehen blieb. Erst erwartete Merle Björn oder eine der Katzen, die sie aufgestoßen haben mochten. Aber es ließ sich niemand blicken.

»Der Wind, der Wind, das himmlische Kind«, murmelte sie lächelnd bei sich. So schnell, wie ihr Unbehagen gekommen war, war es wieder verschwunden. Nur das Ergebnis der Ereignisse der letzten Tage, mehr nicht. Das hier war immer ihr Zuhause gewesen, ganz gleich, wie häufig sie hierherkam. Trotzdem konnte Merle auf einmal viel besser verstehen, wie Märchendichter und Horrorschreiber auf ihre düsteren Gedanken kamen.

Als sie den Flur betrat, sah sie, dass entgegen ihrem ersten Eindruck doch ein schwacher Lichtschein aus der offenen Tür zur Stube drang. Er war nicht sehr hell und daher vermutlich nicht nach draußen gedrungen. Sie stellte ihre Tasche vor der Treppe nach oben ab und schaute kurz in den erleuchteten Raum. Direkt hinter der Tür gab es eine kleine Küchenzeile mit Spülbecken, Gasherd und einer Anrichte. Das alles war zusammen mit einem uraltem Holztisch und zwei Bänken durch eine halboffene Wand vom Rest der Stube abgeteilt. Dahinter entdeckte Merle eine Öllampe, die auf dem Rand der Esse stand.

Offensichtlich war kurz zuvor jemand hier gewesen. Ganz sicher Björn.

Merle holte tief Luft und sah sich um. Sie liebte diese Stube und ihre ganz eigentümliche Atmosphäre. Hier kam es ihr immer ein bisschen so vor, als wäre die Zeit stehengeblieben. Rasch stellte sie die Lebensmittel auf der Anrichte ab und ging zur Esse. Sie drehte die Flamme der Lampe etwas höher, griff nach einer zweiten Lampe auf dem Sims des großen Kamins und entzündete diese ebenfalls, um sie später in den Flur zu stellen. Dann ging sie zu dem mächtigen Stützbalken neben der Esse in der Mitte des Raumes. Andächtig betrachtete sie die eingeritzte Jahreszahl: 1467. Das Haus selbst war jünger, da es irgendwann einmal nahezu abgebrannt und nur ein Teil der Grundkonstruktion stehen geblieben war. Das war ein oder zwei Generationen nachdem Hans verstorben war, geschehen. Die wiederaufgebauten Teile mochten also immer noch an die dreihundert Jahre alt sein. Nachdenklich fuhr Merle die Jahreszahlen mit dem Finger nach. So viele Generationen hatten dieses Haus schon bewohnt. Es mochte seine Geheimnisse haben. Aber was für eine Bedrohung sollte von ihm ausgehen? Das war einfach lächerlich.

Sie wandte sich ab, verließ den Raum und stieg die Treppe hinauf, die alt und vertraut unter ihren Schritten knarzte. Merle lächelte. Als Kind hatte sie genau gewusst, wo sie hintreten musste, damit die Stufen keinen Mucks von sich gaben. Jetzt gab es niemanden mehr, der ihr verbot, des Nachts in die Stube zu schleichen und in den Märchenbüchern zu lesen oder Kekse oder Lebkuchen zu stibitzen.

Merle betrat ihr kleines Zimmer und zog wiederum verdutzt die Stirn in Falten. Sie versuchte, ihre Eindrücke mit ihrer Erinnerung übereinzubringen. Das Zimmer sah ganz anders aus. Seltsamerweise wusste sie überhaupt nicht mehr, wie es ausgesehen hatte, aber auf jeden Fall nicht so wie jetzt. Die schlichte Einrichtung bestand aus dunklem Holz, und die Wände waren in einem sorgsam darauf abgestimmten Creme-Ton gehalten. Nicht nur, dass ihr Geschmack als Jugendliche zu knalligeren Farben tendiert hatte. Das Zimmer mutete eher zeitgemäß an. Hatte Omi noch einmal renovieren lassen? Aber wozu? Das Zimmer hatte außer Merle niemand mehr benutzt. Mago hatte seit dem Auszug ihres Vaters allein hier gelebt.

Merle wandte sich dem Bett zu und griff nach dem bunten Patchwork-Überwurf. Eine Staubwolke wirbelte auf und ließ kleine Punkte durch die Luft tanzen. Hier hatte jedenfalls lange niemand mehr sauber gemacht.

Sie legte gerade ihre Tasche auf das Bett, als sie jemanden ihren Namen rufen hörte. Mit wenigen Sätzen lief sie die Treppe hinunter und stand kurz darauf Björn gegenüber, der eine orangefarbene Warnweste trug und eine Taschenlampe in der Hand hielt. Merle erschrak. Erst Björns aschfahles Gesicht mit den tiefen Falten um die Augen ließen sie endgültig realisieren, was mit Ronja passiert war. Wortlos umarmte sie ihn, und er klammerte sich einen Moment an sie, ehe er sich abwandte und sich in der Stube an den Esstisch setzte.

Merle folgte ihm. Ohne zu fragen, stellte sie ihm ein Glas Wasser vor die Nase und begann, das mitgebrachte Essen – Brot, Käse, Schinken und Tomaten – auszupacken und anzurichten. Sie erwartete nicht, dass Björn etwas davon anrührte, doch sie selbst hatte seit dem Aufbruch in Hamburg nur ein Sandwich zu sich genommen. Also aß sie schweigend, während er lustlos an einem Kanten Brot herumkaute und erzählte.

»Ronja ist nach dem Abendessen noch mal raus. Das erlauben wir ihr sonst nicht, aber Amelie wollte ihr irgendetwas zeigen, da haben wir eine Ausnahme gemacht. Amelies Bruder Luke, also Lukas, war schon seit dem frühen Nachmittag verschwunden. Seine Eltern haben sich aber erst Gedanken gemacht, als er um sechs Uhr nicht zu Hause war. Sie sind ins Dorf gegangen, um die Nachbarn zu fragen, während die Mädchen hierher wollten, weil sie hier viel mit Luke gespielt haben. Ich glaube, davon hat Ronja dir auf der Beerdigung erzählt, oder?

Das Ehepaar Armbruster – das ist der Förster, seine Frau ist Grundschullehrerin – hat Ronja und Amelie auf ihrem Abendspaziergang noch am Steinbruch getroffen. Die Mädchen haben nach Luke gefragt, aber die Armbrusters konnten ihnen nichts sagen. Jedenfalls sind Amelie und Ronja seitdem ebenfalls wie vom Erdboden verschluckt.« Björns Stimme klang leise und sachlich, doch Merle konnte sich kaum erinnern, ihn zuvor je ohne seinen humorvollen Unterton sprechen gehört zu haben. Auch seine fahrigen Bewegungen verrieten seine Besorgnis. Er wippte mit dem Fuß, als müsse er jeden Moment aufspringen, und stürzte das Wasser in einem Zug hinunter.

»Um zehn Uhr haben wir die Polizei verständigt. Die haben natürlich sofort reagiert. Ich hatte trotzdem das Gefühl, dass sie die Angelegenheit noch nicht ganz ernst genommen haben. Sie meinten, dass die Kinder sicher wegen irgendwas die Zeit vergessen hätten und sich jetzt nicht nach Hause trauen würden, weil sie Strafen befürchteten. Kannst du dir das vorstellen, dass ich meine Kinder bestrafe? Auch über Lukes und Amelies Eltern kann man sagen, was man will – das würden sie nie tun. Nicole war immer ein bisschen überbesorgt. Luke war als Kind schon mal verschwunden, war auf einer Baustelle in einen Keller gerutscht und nicht wieder herausgekommen. Die Bauarbeiter haben ihn am nächsten Morgen entdeckt.« Er seufzte. »Ich gebe das nicht gern zu, aber seit heute verstehe ich sie irgendwie besser. Ich denke trotzdem, dass es genau so etwas ist:

Sie sind sicher irgendwo im Wald und hängen fest oder kommen aus einer Erdspalte nicht mehr heraus oder so etwas. Es wird sie kaum die Wilde Frau geholt haben.« Er lachte, und es klang etwas wahnsinnig.

Merle fand, dass das Brot plötzlich trocken schmeckte. Sie würgte den letzten Bissen hinunter und schwieg, weil sie einfach nicht wusste, was sie sagen sollte.

Björn rieb sich mit dem Daumen über den Nasenrücken, ehe er fortfuhr: »Seit heute Morgen hat man die Suche dann etwas ernster genommen. Gestern Mittag hatte es geregnet, so dass man hier am Haus die Spuren der beiden Mädchen ganz gut verfolgen konnte. Außerdem haben die Leute von der Polizei angebissenen Lebkuchen gefunden. Ich war dabei. Ein paar Stücke waren mit Zuckerguss verziert und sahen aus wie die Männlein, die deine Oma immer gebacken hat. Ich hatte den Eindruck, dass jemand eine Spur legen wollte. Wie bei *Hänsel und Gretel*, weißt du?«

»Meinst du, jemand hat eine Spur gelegt, um die Mädchen irgendwohin zu locken? Oder die Mädchen haben die Spur gestreut, als sie entführt wurden?«

Unerwartet fuhr Björn auf. »Spielt das irgendeine Rolle?«

»Vielleicht nicht. Aber wenn jemand die Mädchen weglocken wollte, müssten sie der Spur nicht gefolgt sein. Im zweiten Fall hat die Spur unmittelbar mit dem Weg zu tun, den sie gegangen sind.«

»Entschuldige, du hast natürlich recht. Ich werde das der Polizei morgen sagen. Tut mir leid.«

Er zog eine zerknirschte Miene, doch Merle winkte ab. Es war ihr völlig klar, dass er seine ruppige Reaktion nicht so gemeint hatte. Sie kam dennoch nicht ganz umhin, sich schuldig zu fühlen. Lebkuchenspuren! Warum passierte das alles jetzt, ausgerechnet nach dem Tod ihrer Großmutter?

»Kannst du dir vorstellen, dass der Verbotene Garten etwas damit zu tun hat?«, murmelte sie.

Björn starrte sie verblüfft an. »Der Garten? Was sollte der denn damit zu tun haben?«

»Ich weiß es wirklich nicht. Aber mein Vater war sehr besorgt, weil Haus und Garten seit zehn Tagen unbeaufsichtigt sind. Ich weiß, dass Ronja und Luke dort gespielt haben. Sie hat sich verplappert. Ich habe ihr gesagt, dass ich das gar nicht so schlimm finde, wir beide haben das schließlich auch gemacht, du und ich.«

Björn griff unkonzentriert nach dem leeren Glas, stand dann auf und ging in Richtung Tür. »Was haben wir gemacht?«

»Na, ein paarmal im Verbotenen Garten gespielt. Du hast mir das Gesicht in dem Baum gezeigt, und wir haben ein paarmal nachgesehen, ob es sich verändert.«

»Ich war ganz sicher nie jenseits des Zaunes, Merle.« Björn lehnte sich mit verschränkten Armen an die Anrichte. »Ich habe im letzten Jahr mit deinem Vater den Zaun repariert. Wir haben uns noch darüber unterhalten, was Mago so wichtig daran findet, um ein paar Quadratmeter Unkraut und eine alte Eiche einen Zaun zu ziehen. Theodor hat gemeint, dass er den Baum viel weiter weg vom Zaun in Erinnerung gehabt hat, und wir haben Scherze darüber gemacht ob der Baum näher ans Haus gewandert ist. Aber natürlich trügt ihn seine Erinnerung.«

»Und woran erinnerst du dich? Wir sind mindestens drei oder vier Mal am Baum gewesen. Einmal war Omi in Freiburg, und wir waren den ganzen Tag allein. Das war das erste Mal.«

Ungehalten verzog Björn die Mundwinkel und schüttelte den Kopf. »Niemals. Ich hatte viel zu viel Respekt vor Mago und Muffensausen vor dem Garten. Was sie uns darüber alles erzählt hat, wie gefährlich der wäre. Sie hätte in Timbuktu sein können, und ich hätte als Kind keinen Fuß in den Garten gesetzt. Als wir älter wurden, hat es mich dann nicht mehr interessiert. Du irrst dich!«

Da er offensichtlich die Geduld verlor, bestand Merle nicht länger darauf, obwohl sie ganz genau wusste, dass es stimmte. Es war kurz nach ihrem zehnten Geburtstag gewesen. Mit wem wäre sie sonst dieses Wagnis eingegangen? Sie hatte doch selbst Angst gehabt, ganz klar. Eine kurze unangenehme Stille entstand, bis Björn sich von der Anrichte abdrückte und sich verabschiedete. Merle war froh, dass er ihren Gedanken, ob der Garten etwas mit dem Verschwinden der Kinder zu tun haben könnte, nicht noch einmal aufgegriffen hatte.

Als Björn ins Freie trat, schoss ein kleiner schwarzer Blitz durch die Tür in den Flur. Für einen Herzschlag huschte ein winziges Lächeln über die Züge des Mannes. »Dann bist du also nicht ganz allein.«

Mit diesen Worten verschwand er.

Merle ging in die Hocke, während Luzi ihr mit hochaufgestelltem Schwanz um die Beine strich, sich an ihren Knien rieb und leise schnurrte. Sie streichelte über das struppige Fell und erschrak, wie dünn die Katzendame geworden war. Sie konnte jede einzelne Rippe fühlen, und Luzis Bewegungen wirkten hölzern. Um die Nase herum war das Fell schneeweiß. Nicht nur dünn war sie geworden, auch alt.

Mit voller Wucht traf Merle die Erkenntnis, dass sich vermutlich niemand um die Katze oder Katzen kümmerte, weil Omi tot war. Auf einmal fühlte sie sich schwach, ließ sich auf den Boden plumpsen und lehnte sich mit dem Rücken an die Wand. Ganz gleich, was Björn soeben gesagt hatte, das Gegenteil war der Fall. Sie *war* allein. Fürchterlich allein. Sie hoffte sehr, dass ihrem Vater der Weg hierher nicht zu beschwerlich wurde. Oder sollte sie doch in seiner Wohnung auf ihn warten?

Sie bemerkte die Tränen, die ihr über die Wangen liefen, erst, als die erste auf den Boden tropfte. Luzi kletterte umständlich auf ihren Schoß und rollte sich dort ein. Merle ließ den Kopf hängen und weinte still vor sich hin, während das kleine Tier ein wenig Wärme spendete.

Ein klägliches Maunzen ließ sie aufsehen. Vor ihr hatte sich eine zweite Katze materialisiert, und nach Luzis entspannter Reaktion auf den Neuankömmling zu urteilen, gehörte sie ebenfalls zum Haushalt. Damit musste es eine Katze sein, denn Mago hatte immer nur Weibchen behalten, um weiteren Nachwuchs zu vermeiden. Da es im näheren Umfeld keine Kater gab, war das meistens kein Problem, und falls sich doch einer zum Haus verirrte, behielt Mago meistens die weiblichen Tiere eines Wurfes. Die Männchen verschenkte sie an einen Bauern oder den Förster. Wo Heu und Holz lagerte, waren Mäuse nicht weit. Die Katzen kamen hier immer noch ihrer ursprünglichen Bestimmung als Jäger nach und hielten den Bestand der Nager in Grenzen.

Dieses Tier war noch jung, vielleicht nicht einmal ausgewachsen. Es hatte weißes, sehr langes Fell mit graugetigerten Flecken.

Vorsichtig setzte Merle Luzi neben sich ab und beugte sich vor. Die Neue reckte die Nase und schnüffelte argwöhnisch an ihren Fingerspitzen. Die langen Schnurrbarthaare zitterten.

Mit einer beinahe trotzigen Handbewegung wischte Merle sich die Tränen von den Wangen und erhob sich. Es war den Lebenden gegenüber nicht fair, wenn sie sich hier ihrem Weltschmerz hingab, selbst wenn es nur Katzen waren, die sie vernachlässigte.

»Gehen wir in die Küche und schauen nach, was ihr so mögt. Den Schinken werdet ihr schon nicht verschmähen.«

Wie auf Kommando folgten ihr die beiden. Merle durchwühlte den Vorratsschrank und fand tatsächlich noch eine angebrochene Packung Trockenfutter. Selbst Omis Katzen mussten sich nicht mehr wie früher vollständig allein um ihr Fressen kümmern. So änderten sich die Zeiten.

Befriedigt beobachtete sie die beiden Katzen, die einträchtig aus einem Suppenteller fraßen. Ein Napf war nicht zu finden gewesen.

Nach ihrer Mahlzeit ließ sich das junge Fellknäuel streicheln und sogar auf den Arm nehmen. Luzi hingegen beachtete Merle nicht länger, hüpfte auf den Schaukelstuhl und begann, sich ausgiebig zu putzen.

Merle schlenderte zu der Couch gegenüber der Esse ganz am anderen Ende des Raumes. Eine Decke lag bereit, als würde Omi im nächsten Augenblick den Raum betreten und sie benutzen. Mit einer Hand griff Merle danach, legte sich auf die Couch und setzte das Kätzchen auf ihrer Brust ab. Im Blick der Kleinen lag etwas Weises, Wissendes. Merle kraulte sie unter dem Kinn und wurde mit einem Schnurren belohnt.

»Wo du wohl herkommst? Du siehst mir nicht nach einem Kater auf der Durchreise aus. Wie heißt du überhaupt?« Sie lachte. Jetzt redete sie schon mit einer Katze! War das die nächste Stufe in den Wahnsinn? Entschlossen lächelte sie der Katze und sich selbst Mut zu.

Es ging ihr wieder besser. Luzi war ein Schatten aus vergangenen Tagen, ein Symbol von Vergänglichkeit. Doch die Kleine hier war jung und noch im Begriff, die Welt zu entdecken. »Es ist gut, dass du hier bist«, flüsterte sie dem schnurrenden Fellknäuel zu. »Und wie soll ich dich nennen? Was meinst du?« Einen Moment war Merle versucht, das Kätzchen zu Ehren ihrer Großmutter »Mago« zu nennen, aber das klang nach einem fürchterlichen Namen für eine Katze. Was gab es noch für Märchenmädchen? Schneeweißchen und Rosenrot? Rapunzel?

Dann fiel Merle das uralte Märchen ein, über das Jakob gesprochen hatte. Das Märchen mit dem Liebespaar, dessen Recherche er nicht weiterverfolgt hatte.

Merle lächelte das Kätzchen an. »Du wirst Jorinde heißen.«

Das kleine Tier gähnte zustimmend. Dann reckte es sich und hüpfte auf die breite Sofalehne. Merle im Blick, kugelte es sich zusammen, bis es nur noch einem flauschigen Ball glich.

Merle lehnte sich zurück und schloss die Augen.

Zehn

SCHLAG IN DIE BRESCHE

Alles in allem eineinhalb Stunden Verspätung von Vancouver bis Stuttgart. Theodor hätte zufrieden sein können. Doch er war von der langen Reise erschöpft, und nur die Tatsache, dass es in Kanada erst später Mittag wäre, hielt ihn im Moment wach.

Er zog den kleinen Reisekoffer hinter sich her und irrte eine kleine Weile über den Parkplatz, bis er die Wagen am äußersten Rand entdeckte. Ein Touran reagierte auf den Funkschlüssel, den er am Stand der Mietwagenfirma erhalten hatte. Theodor lud den Koffer ein und lächelte dankbar, als er an die Inhaberin des kleinen Hotels dachte, in dem er am Abend vor seinem Abflug eingecheckt hatte. Die Frau hatte ihm angeboten, ihm sein restliches Gepäck nachzusenden. Er hatte das Angebot nicht nur wegen der Schlepperei angenommen, sondern weil er insgeheim hoffte, in ein paar Tagen wieder zurückfliegen zu können. Das Wohnmobil hatte er auch noch nicht gekündigt, aus demselben Grund. Zum Zeitpunkt von Merles Anruf war erst knapp die Hälfte seines geplanten Aufenthalts verstrichen gewesen, und er hatte sich so sehr auf diese Reise gefreut. Jetzt wollte er erst einmal in Steinberg nach dem Rechten sehen und sich selbst ein Bild machen. Vielleicht war alles nicht so schlimm, wie es zurzeit aussah. Womöglich waren die Kinder inzwischen sogar wieder wohlbehalten bei ihren Eltern, und die ganze Aufregung hatte sich gelegt. Merle hatte ihm gesagt, sie selbst hätte drei Wochen Urlaub. Wenn er es schaffte, sie zu überreden, noch einmal die gleiche Zeit dranzuhängen, würde er doch noch ein paar dicke Lachse aus den kanadischen Flüssen fangen können. Er war sich sicher, dass seine Tochter ihm diese Bitte nicht abschlagen würde, wenn es sich mit ihrem Beruf vereinbaren ließe.

Theodor setzte sich in den Wagen und stellte Sitz und Rückspiegel richtig ein. Wenigstens gehörte Merles Beziehung mit diesem widerlichen Michael endlich der Vergangenheit an. Das wenige, was sie über ihre neue Bekanntschaft erzählt hatte, klang so freundlich. Wenn dieser Wolff nur halb so nett war, wie es den Anschein machte, würde seine Tochter vielleicht doch noch ihren Frieden finden. Er lächelte still in sich hinein, während er den Wagen startete. Woran lag es, dass Merle bisher immer an die Falschen geraten war? Na ja, es ging ihn nichts an. Heimlich wünschte er sich natürlich schon, noch Großvater zu werden, obwohl es inzwischen nicht mehr danach aussah. Aber über eine Enkelin wie Ronja würde er sich freuen. Sehr sogar. Ronja … Die Kleine würde wieder auftauchen. Es konnte, es durfte nicht anders sein.

Einem Impuls folgend, schaltete er das Radio ein und stellte fest, dass er die Zwanziguhrnachrichten gerade verpasst hatte. Mit Bedauern verwarf er seinen Plan, heute noch einzukaufen und nach seiner Ankunft zu Merle zu gehen. Bis er zu Hause war, war es mindestens elf Uhr. Da er seine Tochter ohnehin nicht persönlich erreichen konnte, würde er gleich eine kurze Nachricht aufs Band sprechen. Sie konnten sich morgen immer noch sehen. Damit, dass sie in seiner Wohnung auf ihn wartete, rechnete er nicht. Schließlich wusste er, wie schwer es einem fallen konnte, das Häuschen zu verlassen, sobald man einmal dort war.

Die Fahrt verlief ereignislos. Von den verschwundenen Kindern war in den Nachrichten nicht mehr die Rede, was alles und nichts bedeuten konnte. Doch Theodor bekam trotz aller widrigen Umstände gute Laune. Er liebte seine Heimat und war selbst erstaunt, wie sehr es ihn berührte, die Höhenzüge des Schwarzwaldes wiederzusehen. Sein Gedanke, für immer nach Kanada auszuwandern und dort seinen Lebensabend zu genießen, löste sich in nichts auf.

Einem spontanen Einfall folgend, bog er ungefähr acht Kilometer vor Steinberg von der Bundesstraße ab, um über das Kleine Wiesental zu fahren. Es war nur ein kurzer Umweg, doch die Nacht war so schön, dass er hoffte, ein paar weitere Eindrücke von der Landschaft zu erhaschen. Der Vollmond schien ungewöhnlich hell für diese Jahreszeit. Er musste lediglich auf möglichen Wildwechsel aufpassen, aber das sollte kein Problem sein. Leise pfiff er die Melodie eines Instrumentalstückes im Radio mit, dessen Name ihm partout nicht einfiel. Es war eine uralte Sequenz aus den Tagen, als Merle noch ein kleines Kind gewesen war. War es nicht sogar eine Filmmelodie?

Er war so in Gedanken versunken, dass er um ein Haar das Reh übersehen hätte, das nur wenige Meter vor seiner Kühlerhaube die Straße überquerte. Mit einem leisen Fluch trat Theodor auf die Bremse. Der Wagen schlingerte ruckelnd über den Asphalt und brach dann trotz ABS zur Seite aus. Reflexartig riss Theodor das Lenkrad herum. Er drehte sich einmal um sich selbst, bevor er ein letztes Mal in den Sitz gedrückt wurde und zum Stehen kam. Wie hieß es doch? Übermut tut selten gut. Er atmete mehrmals tief durch und lockerte den blockierten Gurt. Dann legte er einen Gang ein und wollte gerade weiterfahren, als er das Mädchen sah.

Theodor blinzelte.

Das Kind wirkte völlig fehl am Platze. Es war ungefähr acht oder neun Jahre alt. War das etwa Amelie? Theodor kannte sie nicht so gut wie Ronja und hatte sie länger nicht gesehen. Seltsam war jedenfalls die Kleidung des Kindes: ein weißes, fast durchscheinendes Kleid. Es sah mehr wie ein Nachthemd aus.

Bisher hatte die Kleine ihn entweder nicht bemerkt, oder sie ignorierte ihn. Mit einem seligen Lächeln ließ sie Sand von der linken Hand in die rechte rieseln und dann umgekehrt – wieder und wieder. Dabei schritt sie mit zierlichen Schritten am Rande der Böschung entlang.

Theodor schossen tausend Fragen durch den Kopf: wie sie in diesem Aufzug an diesen Ort gekommen sein mochte und warum sie sich so merkwürdig benahm. Aber letzten Endes war das völlig unerheblich. Es war bestimmt Amelie. Er musste sie davon überzeugen mitzukommen, der Rest war Sache der Polizei. Wer weiß, was ihr hier an dieser einsamen Landstraße sonst noch alles zustoßen konnte.

Er stellte den Motor ab, und das Lied im Radio erstarb. Das Mädchen reagierte immer noch nicht. Leise, um es nicht zu erschrecken, öffnete Theodor die Tür und stieg aus.

»Hallo, Kleines. Bist du Amelie? Hallo!«

Keine Reaktion. Stattdessen vernahm er ein Summen. Die Kleine sang vor sich hin, während der Sand rieselte, präzise von einer Hand in die andere, als wäre er im Glas einer Sanduhr gefangen. Kein Körnchen fiel daneben.

Er näherte sich behutsam, darauf bedacht, dass sie möglichst schnell sein Gesicht erkennen konnte. Er war bis auf zwei Schritte herangetreten, als sie ruckartig den Kopf hob.

Theodor hielt inne. Ihre Augen glühten rot.

Dann glitt sie in einer einzigen fließenden Bewegung auf ihn zu. Er wich zurück. Das Mädchen ging ihm gerade mal bis knapp unter die Brust, trotzdem wurde ihm unbehaglich. Das war niemals Amelie.

Er stolperte und fing sich im letzten Moment wieder. Wieder kam das Mädchen mit übermenschlicher Geschwindigkeit auf ihn zu, und er rettete sich mit einem kleinen Sprung zur Seite. Ein Stein kullerte die Böschung hinunter. Plötzlich sah Theodor den Abgrund neben sich. Ihm wurde heiß. Sein Herz klopfte schneller. Er wollte zurücktreten, doch das Mädchen war plötzlich hinter ihm. Dann gab der sandige Untergrund unter ihm nach. Er keuchte und ruderte hilflos mit den Armen. Da kam er völlig aus dem Gleichgewicht. Der nächste Schritt trat ins Leere, und noch bevor er vollständig realisieren konnte, was geschah, stürzte er in die Tiefe.

Für einen Lidschlag kam aus einem grotesk verdrehten Winkel erneut das Mädchen in sein Blickfeld. Es hatte sich über die Böschung gelehnt und beobachtete interessiert seinen Fall.

Dann war sie fort.

Theodor stieß an einen Stein an. Instinktiv versuchte er, sich festzuhalten, doch er fiel weiter. Kurz bevor er aufschlug, kam ihm ein absurder Gedanke: Das Lied! Es war von Mike Oldfield gewesen. Die Sequenz aus Tubular Bells in *Der Exorzist.*

Elf
FAMILIENBANDE

Goldene Augen beobachteten sie. Sie blickten friedlich, neugierig und gleichzeitig unangenehm wissend. Merle fühlte sich ertappt.

Mit einem Schlag war sie hellwach.

Sie riss die Augen auf und sah gerade noch den Schwanz von Jorinde, die von der Couch hüpfte. Mit wenigen Sätzen war das Tier an der Tür der kleinen Stube und verschwand.

Verwundert stellte Merle fest, dass sie bis jetzt tief und traumlos geschlafen hatte, obwohl sie keine Schlaftablette genommen hatte.

Sie reckte sich und fühlte sich so erholt wie schon lange nicht mehr. Vielleicht hatten die Katzen über ihren Schlaf gewacht.

Luzi lag immer noch auf dem Kissen des Schaukelstuhls und beobachtete sie gelangweilt. Immerhin verstand Merle jetzt, warum der Schaukelstuhl, den kein Mensch benutzte, nach wie vor in der Stube stand: Er war ein Katzenthron.

Die Flamme der Öllampe wirkte kleiner, als ob sie jemand heruntergedreht hatte. Vermutlich musste sie bald nachgefüllt werden. Merle entschied sich, eine der beiden Taschenlampen aus ihrer Reisetasche zu holen. Sie war kein großer Fan von diesen altmodischen Lampen und hatte zudem keinen Schimmer, wo sie das Lampenöl finden konnte.

Auf dem Weg zur Tür fiel ihr Blick zu einem der Fenster. Der Mond war inzwischen aufgegangen, und die Lichtung breitete sich still und unberührt vor dem Haus aus. Von hier aus konnte Merle nur die Schemen der Apfelbäume erahnen, hinter denen der Verbotene Garten lag. Alles sah aus wie immer.

Mit einem Blick auf ihre Armbanduhr stellte Merle fest, dass es kurz vor Mitternacht war. Ihr Vater kam nicht mehr. Sicher hatte der Flug Verspätung gehabt. Sie überlegte, ob sie mit dem Handy in Richtung Hauptweg gehen sollte, bis sie ein Netz bekam. Aber ihr Vater wusste, dass man hier keine Verbindung hatte, also würde er nicht anrufen. Auf den einen Tag kam es auch nicht mehr an.

Sie wandte sich wieder dem Raum zu, und jäh stürmten Bilder aus der Vergangenheit auf sie ein: ihre Omi am Bücherregal mit einem Märchenbuch in Händen. Björn mit einer Tonpfeife, Omis Lesebrille und einem ledergebundenen Buch im Schaukelstuhl. Merle selbst am Tisch mit einem Spritzbeutel beim Verzieren der Lebkuchenmännlein. Das letzte Weihnachten mit ihrer Mutter, als noch niemand etwas von ihrer Krankheit geahnt hatte. Eine gerade eingeschulte Merle, die stolz ein Gedicht vorträgt, während hinter ihr in der Esse das Feuer prasselt, das zur Feier des Abends angezündet worden ist.

Argwöhnisch schnüffelte Merle. Sie glaubte plötzlich den Geruch des verbrennenden Holzes in der Nase zu haben. Feuer in einem Holzhaus war so ungefähr das Letzte, was sie jetzt noch erleben wollte. Hastig sah sie sich um. Die Öllampe stand unschuldig glimmend vor ihr. Nirgendwo erhob sich ein verräterisches Knistern oder war ein rötlicher Feuerschein auszumachen.

Merle lief in den Flur. Die Lampe dort war ausgegangen.

Im Dunkeln hastete sie die Treppe hinauf, riss alle Türen auf. Nichts. Hier oben roch sie nichts.

Sie machte einen kurzen Umweg zu ihrer Reisetasche, griff nach einer der Taschenlampen, lief die Treppe wieder hinunter und hinaus zum hinteren Teil des Hauses. Draußen roch es ganz unschuldig nach feuchtem Boden, modrigem Holz und gemähtem Gras. So wie es sich für den Herbst gehörte.

Merle verlangsamte ihre Schritte. Die Kontrolle der Scheune war nur noch Formsache. Sie hatte sich das alles eingebildet. Wieder einmal. Wie oft durfte man eigentlich solche Wahrnehmungsstörungen und Verfolgungsideen haben, bevor man sicher sein konnte, dass man komplett durchdrehte?

Im Inneren der Scheune war ebenfalls alles, wie es sein sollte. Das Licht der Taschenlampe huschte über mehrere mit Latten abgeteilte Boxen, in denen bis zur Decke Brennholz zum Trocknen lagerte. Soweit Merle wusste, schlugen einige Familien aus dem Dorf ihr Holz auf den Parzellen der Hänsslers und lagerten es hier ein.

Dann fiel Merle das Versteck für die Lebkuchenmännlein ein. Ob Omi immer noch welche dort hineinlegte? Früher hatte sie gesagt, dass es für ihre Ahnen wäre, aber mit der Zeit hatte Merle herausgefunden, dass ein paar Kinder – einschließlich ihr selbst – die Erlaubnis besaßen, sich aus dem Versteck zu bedienen. Natürlich wurden alle zu absolutem Stillschweigen verdonnert, und so reduzierte sich der Vorrat immer wieder auf geheimnisvolle Weise, so dass manche tatsächlich an Geister glaubten. Zumindest Merle hatte das für eine Weile getan.

Sie ging zu der versteckten Nische, hockte sich hin, griff, nachdem sie einmal hineingeleuchtet hatte, hinein und zog eine runde Metalldose hervor. Sie war leer, doch ein paar frische Krümel klebten am Boden. Die Tradition hatte also noch eine kleine Weile fortbestanden.

Merle verbot sich alle wehmütigen Gedanken, stellte die Dose zurück und erhob sich. Ihr war eingefallen, dass ihr Vater einen Dachboden in der Scheune erwähnt hatte, und jetzt fiel ihr die Klappleiter auf, die in der gegenüberliegenden Ecke unter einer Luke aufgestellt war. Merle konnte sich nicht erinnern, jemals dort oben gewesen zu sein. Wenn sie genauer nachdachte, war sie nicht einmal sicher, ob sie von dem Dachboden gewusst hatte. Als Kind hätte sie sonst sicherlich liebend gern dort herumgestöbert. Sonderbar. Ein Dachboden, und sie hatte ihn nie gefunden? Neugierig griff sie nach den Sprossen, stieg Schritt für Schritt die Leiter empor und versuchte vergebens, die Luke zu öffnen. Schließlich stemmte sie sich mehrmals mit der Schulter dagegen, bis das Holz knirschend nachgab. Mit einer letzten Anstrengung drückte sie die Luke nach oben, die mit einem dumpfen Knall aufschlug. Staubflocken und kleine braune Brocken rieselten auf sie herab.

»Igitt, was ist das denn?«, rief Merle und wischte sich den Schmutz von Schultern und Haaren. Vermutlich Mäusedreck. Sie kletterte die letzten Sprossen hinauf. Der Strahl ihrer Taschenlampe huschte durch den Raum, als sie an der Luke stehen blieb, um sich zu orientieren.

»Ich frage mich, wann hier das letzte Mal jemand oben war«, murmelte sie bei sich.

Sie beugte sich zu einem Stapel Papier hinab und wischte den Staub beiseite. Es waren alte Versandhauskataloge. Ein Teil war angefressen und offensichtlich von eifrigen Nagern für den Nestbau verwendet worden, doch die meisten waren noch unversehrt. Sie nahm einen von ihnen und blätterte darin: »Frühjahr/Sommer 1982«. Da sie hier direkt an der Luke lagen, nahm sie an, dass sie das Letzte gewesen waren, was hier heraufgeschafft worden war.

Merle drehte sich um. Ihre Lampe erfasste einen Haufen Holzstreben und Schnüre. »Was ist das?«

Dann erkannte sie es. Ein Hauswebstuhl. Omi hatte ihn nach dem Krieg noch benutzt, um ein paar Tücher und Ähnliches herzustellen, für den Eigenbedarf oder um sie zu verkaufen. Ihr Vater hatte als Junge manche Stunde daran sitzen müssen. Merle ließ weitere Staubwolken aufwirbeln, indem sie versonnen an den Schnüren zupfte. Sie konnte sich kaum vorstellen, dass jemand dieses Chaos jemals wieder zu einem funktionierenden Gerät zusammensetzen konnte.

Langsam ging sie tiefer in den Raum hinein, während der Schein ihrer Taschenlampe über Kisten und Hausrat glitt. Wie aufregend es gewesen wäre, als Kind hier zu spielen und in den alten Sachen zu wühlen …

Der Dachboden folgte dem Grundriss des Hauses, einem langgestreckten Rechteck. Merle war an der rückwärtigen Wand angelangt. Sie müsste nun über ihrem Zimmer oder der danebenliegenden Abstellkammer stehen.

Dann entdeckte sie hinter einer Kiste mit alten Schulsachen einen Koffer. Es war ein abgeschabtes braunes Ding aus Pappe oder Plastik mit Metallbeschlägen an den Ecken, wie er in den Fünfzigern üblich gewesen war. Auf einem welligen Aufkleber an der Seite war nur noch eine Nummer erkennbar. Merle kniete sich davor und wischte den Staub von den angerosteten Schlössern. Sie klemmten ein wenig, als sie die Scharniere bewegte, aber dann klickten sie auf.

»Du meine Güte, was ist das denn alles?« Papierbündel rutschten aus der Öffnung, sobald Merle den Deckel anhob – wie kleine Tiere, die froh waren, endlich ihrem zu engen Käfig entkommen zu sein. Ganz offensichtlich hatte jemand den Inhalt ziemlich gequetscht.

Merle begann, in den Blättern zu wühlen. Erst nach einer Weile begriff sie, dass sie nach dem Lebkuchenrezept suchte.

Der Inhalt des Koffers musste Mago einmal sehr wichtig gewesen sein, selbst wenn er hier am Ende des Dachbodens lagerte. Manche Unterlagen steckten in alten Klarsichthüllen, die inzwischen gelb und bröckelig geworden waren. Andere waren mit zum Teil angerosteten Büroklammern zusammengeheftet. Die meisten Texte hatte Omi mit der Hand geschrieben. Merle entdeckte auch fremde Handschriften und Bögen, die mit Schreibmaschine getippt worden waren. Außerdem alte Schulhefte, die die Titel verschiedener Märchen trugen: *Rotkäppchen, Der Wolf und die sieben Geißlein, Die Goldmarie,* aber vor allem und immer wieder *Hänsel und Gretel.*

Dann hielt Merle Magos Arier-Nachweis in der Hand. Das Dokument, mit dem sie im Zweiten Weltkrieg nachweisen musste, dass sie nicht jüdischer Abstammung war. Es folgten weitere zum Teil offizielle Urkunden, beglaubigte Abschriften aus Taufregistern und ein altes Familienstammbuch aus dem Jahr 1894. Zum Schluss fand sie eine lange Liste mit Namen, Geburts- und Sterbedaten von unzähligen Hänsslers seit dem siebzehnten Jahrhundert. Die Namen derjenigen, die in Steinberg verstorben waren, waren markiert. Am Anfang waren alle ihrer Familie hier gestorben; später, vor allem ab dem zwanzigsten Jahrhundert, wurden es weniger.

Merle schüttelte ungläubig den Kopf. Der Koffer enthielt Magos gesamte Leidenschaft, ihre Familie und ihre Geschichte sowie – gleichwertig daneben – die Märchen inklusive einiger Unterlagen zu ethnologischen oder literaturwissenschaftlichen Betrachtungen der Märchenthemen. Jakob musste sich den Inhalt unbedingt ansehen. Der Umschlag mit der Professor-Rübezahl-Analyse, den sie ihm gezeigt hatte, war nur die Spitze eines Eisbergs gewesen.

Der Gedanke an Jakob versetzte Merle einen Stich. In den letzten Stunden hatte sie kaum an ihn gedacht, ganz im Gegensatz zu den letzten zwei Tagen, nachdem sie sich voneinander verabschiedet hatten. Sie wollte ihm vertrauen. Er hatte ihr nichts getan!

Unwirsch stopfte Merle die Unterlagen zurück in den Koffer und versuchte gar nicht erst, den Deckel zu schließen. Darum würde sie sich später kümmern. Sie wollte das Rezept, ihren Vater und Jakob. Eigentlich auch Omi, aber das war unmöglich. Jakob würde ihrem Vater gefallen. Sie wusste, dass die beiden sich gut verstehen würden. Die Sache beim Besuch bei Volker war einfach unglücklich verlaufen. Der Rest war ihre eigene Paranoia.

Entschlossen stand sie auf, kletterte ohne Schwierigkeiten wieder auf die Leiter, schloss die Luke und verließ die Scheune. Auf der Lichtung hielt sie inne und ließ den Strahl ihrer Taschenlampe bis zum Waldrand wandern. Die Nacht war vollkommen friedlich. Eine rot-weiß gescheckte Katze strich durch das Gras. Vermutlich tierische Mitbewohnerin Nummer drei. Dann und wann schüttelte sie die nassen Pfoten, und einzelne Wassertropfen spritzten wie winzige Leuchtkugeln davon.

Dann stellten sich Merle unvermittelt die Nackenhaare auf. Die Katze war stehen geblieben, und ihr Kopf wanderte von den nahen Bäumen zu Merle und wieder zurück.

Merle leuchtete zum Waldrand. Bewegte sich dort unter den Bäumen etwas? Egal, sie würde den Teufel tun und mitten in der Nacht nachsehen! Sie wollte sich gerade umdrehen, als sie ein Kreischen hörte. Es klang wie das Kratzen eines Fingernagels über eine Glasscheibe. Merle überlief eine Gänsehaut – und gleichzeitig fauchte die Katze auf. Ihr Fell stand zu allen Seiten, und ihr gesträubter Schwanz peitschte aggressiv hin und her. Im nächsten Moment sprang sie mit einem Riesensatz durch das Gras, kam auf dem Steinweg vor dem Haus kurz ins Schlittern und rannte um die Hausecke davon.

Wieder glitt der Lichtstrahl der Taschenlampe über die Bäume. Nichts rührte sich. Kein Laut mehr, keine Bewegung. Alles friedlich.

Kopfschüttelnd fragte Merle sich, was mit ihr los war. Es erleichterte sie, dass auch die Katze etwas bemerkt hatte. Mehrmals atmete sie tief durch, versuchte sich zu beruhigen und nahm sich vor, sich zurück in Hamburg nach einem Entspannungstraining oder etwas in der Art umzusehen. Gleichzeitig stieg Wut in ihr auf. Das Gekreische war vermutlich der Schrei eines Nachtvogels gewesen. Es konnte doch nicht sein, dass so ein Kleinkram sie ständig dazu brachte, die Nerven verlieren!

Sie ging ins Haus und knallte die Tür mit mehr Wucht als nötig hinter sich zu. »Wenn ich Gespenster sehe, dann für Katzen sichtbare. Immerhin!«, stieß sie zwischen zusammengebissenen Zähnen hervor.

In der Stube ließ sie sich auf die Couch sinken und starrte auf den Schaukelstuhl und die Esse dahinter. Fast sah sie Björn lächelnd dasitzen. Nachdem sie sich mit den Fingerspitzen durch die Augen gerieben hatte, verschwand das Trugbild. Morgen würde sie weiter nach dem Rezept suchen. Omi hatte sicher vorgesorgt. Und wenn sie es vorwärts und rückwärts auswendig gekannt hatte – ganz sicher hatte sie es trotzdem aufgeschrieben.

Haus im Wald – Steinberg, Herbst 1615

»Johann! Komm her! Rosalia braucht ihr Holz heute noch!«

»Ich komme, Mutter!«

Hans richtete sich auf, legte das Beil ab, mit dem er die dickeren Äste von den kleineren befreit hatte, und wandte sich um. Agnes stand in der Tür des Hauses und winkte Johann heran, der wie ein hastiges Rehkitz über die Wiese sprang. Voller Stolz beobachtete Hans seinen Sohn, wie er sich von seiner Stiefmutter die mit getrocknetem Brennholz gefüllte Kiepe auf den Rücken schnallen ließ, um dann mit vorgereckter Brust und weiten Armbewegungen in Richtung Dorf zu marschieren.

Seit Jahren schon hatte Hans seine Schulden bei der alten Hebamme abgetragen. Doch er hatte nie damit aufgehört, Rosalia regelmäßig umsonst mit Brennholz zu beliefern. Nach einigem Protest hatte sie es stillschweigend hingenommen und revanchierte sich ab und zu mit selbstgemachtem Hustensirup oder Kräutertee. Und sie freute sich, wenn Hans seinen Sohn schickte. Denn so konnte sie sich mit eigenen Augen überzeugen, was aus dem winzigen blutverschmierten Häufchen mit der Nabelschnur geworden war. Hans lächelte. Ja, Johann hatte es allen gezeigt. Allen Unkenrufen zum Trotz hatte er überlebt und sich prächtig entwickelt. Das hatte er ein Stück weit Agnes zu verdanken, die ihn vom ersten Tag an geliebt und umsorgt hatte, als wäre er ihr eigener Sohn.

Weitere sechs Jahre hatten seit Johanns Geburt vergehen müssen, bis Hans endlich sein Versprechen einlösen und Agnes hatte heiraten können. Er hatte geschuftet wie ein Ochse, um seine Steuerschulden abzutragen, und es war ihm gelungen. Denn dieses Mal hatte er gewusst, dass er es für sich und die Zukunft seiner Familie tat und nicht, um den Teufel gnädig zu stimmen.

Den Teufel …

Je mehr Jahre vergingen, umso unwirklicher wurden ihm die Ereignisse jener Tage mit Greta. Sie war seit ihrem Verschwinden in jener Nacht nie wieder aufgetaucht, und Hans hatte bis heute weder Gerüchte aufgeschnappt noch bei seiner Arbeit im Wald irgendeine Spur entdeckt, die ihm einen Hinweis auf ihren Verbleib hätte geben können.

Inzwischen glaubte er selbst nicht mehr recht an das, was er von jener Nacht, in der Johann auf die Welt kam, erinnerte. Natürlich; er hatte nie ganz aufgehört, wachsam zu sein. Wann immer er in seiner Wachsamkeit nachließ, gemahnte ihn sein Körper daran; entweder durch pochenden Schmerz in seinem Handgelenk oder durch unziemliches Verlangen seiner Lenden. Letzteres duldete er nicht. Aber das war seine Sache, niemandes sonst. Hauptsache, Johann war sicher und glücklich und Agnes zufrieden. Und beides war der Fall.

Hans nahm das Beil zur Hand und wandte sich wieder seiner Arbeit zu, als er leichte Schritte hinter sich hörte. Agnes legte ihm eine Hand auf den Rücken. Da er sich unwillkürlich verkrampfte, zog sie sie hastig zurück. Er hatte sie gelehrt, dass er keine unnötige Berührung wünschte. Es zeigte ihm seine Schwächen auf, machte ihn weich und empfänglich für die Reize seiner Frau. Sie respektierte das, auch wenn es ihr manchmal schwerzufallen schien.

An einem der ersten Tage nach ihrem Einzug hatte Agnes erklärt, dass sie ihm, sogar bevor sie verheiratet waren, ein gehorsames Weib sein werde. Als er sie gefragt hatte, was sie damit meinte, hatte sie ihm erklärt, dass er sich in der Nacht zu ihr legen könnte. Er hatte nur genickt, jedoch nie Anstalten gemacht, in ihr Zimmer zu kommen. Nach vielen Monaten hatte sie ihm dafür aufrichtig gedankt. Hans hatte nicht verstanden, warum, es jedoch dabei belassen. Erst im Laufe der vielen Jahre ihres Zusammenlebens hatte sich herausgestellt, dass es für Agnes stets eine Qual bedeutet hatte. Sie hatte selten und noch nie freiwillig mit einem Mann gelegen und war froh über Hans' Enthaltsamkeit. Er hatte seine Sexualität dagegen unentwirrbar mit Greta und den Ereignissen um sie verknüpft, empfand tiefe Abscheu vor seinen körperlichen Reaktionen und Hass auf sich, weil er seine Triebe nie ganz unter Kontrolle bekam. Selbst als er Jahre später einsehen musste, dass er damals doch noch kein richtiger Mann, sondern ein halber Bursche gewesen war, änderte das nichts mehr an seiner Angst. Und so biss er sich stumm auf die Lippen, weil Agnes' Nähe sein Blut in Wallung brachte. Vielleicht war das alles wirklich so natürlich, wie alle sagten. Aber nicht bei ihm. Wenn er bei einer Frau lag, fuhr der Teufel in sie hinein.

»Hans, geht es dir gut?«, fragte Agnes vorsichtig.

»Ich arbeite. Was gibt es?«

»Ich wollte nur wissen, wann du wieder Pfefferkuchen gebacken hast.«

»Letzte Nacht.«

»Ich glaube, der Junge braucht ihn nicht mehr. Er ist ein glückliches Kind und hat viele Freunde im Dorf.« Ihre Stimme klang warm und voller Stolz, so dass Hans nicht länger dagegen ankam, als aufzublicken und sie anzulächeln. Agnes war aufrichtig und freundlich. Er liebte sie, und er brauchte sie für seinen inneren Frieden beinahe genauso sehr wie seinen Sohn. »Meinst du wirklich?«

»Aber ja. Wobei er ganz sicher auch Freunde gefunden hätte, wenn du ihm keinen Kuchen mitgegeben hättest.«

»So war es sicherer. Er braucht Freunde. Kinder sind leicht zu bestechen. Wenn sie ihn nun in ihre Reihen aufnehmen, ohne dass er ein Pfand mitbringt, umso besser.«

»Johann ist beliebt. Ich sage das nicht, weil ich blind vor Mutterglück bin. Er verbreitet Freude, wo er nur hinkommt, unter den Jungen wie den Alten. Er hat eine gute Art. Vielleicht solltest du dich zum nächsten Markttag einmal persönlich überzeugen.«

Hans ließ die Arme hängen und wich ihrem Blick wieder aus. »Ich weiß nicht recht. Lieber nicht.«

Er hörte Agnes seufzen. »Du musst doch mal unter Menschen, Hans. Du warst seit Jahren nicht im Dorf.«

»Weil es nicht gut ist, wenn die Leute reden. Ich kann es nicht verhindern, aber ich muss nicht in der Nähe sein, wenn sie es tun.«

»Nach all den Jahren haben die Leute sich anderen Gerüchten zugewandt. Selbst mir bringen sie inzwischen wieder den Respekt entgegen, der einer verheirateten Frau zusteht.«

Hans verzog verdrießlich den Mund und fragte sich im Stillen, wie sehr Agnes sich etwas vormachte. Oder machte sie ihm etwas vor? Sicherlich brachten die Leute im Dorf ihr Respekt entgegen. So viel wie nötig, um den Holzhacker bei Laune zu halten. Der Bedarf an Brennholz stieg beständig. Ebenso brachten die Leute Hans ausreichend Respekt entgegen, damit er seine Abgaben zahlte und sich bei Entscheidungen der jeweiligen Mehrheit anschloss. Ansonsten ließ man ihn in Ruhe, was ihm ganz recht war.

Es gab nur einen heimlichen Wunsch, den er hegte, und der hatte nichts mit der Dorfgemeinschaft zu tun. Johann war inzwischen knapp elf Jahre alt. So alt war er gewesen, als Greta ihn aus seinem Heimatdorf weggelockt hatte. Hans müsste dagegen jetzt ungefähr so alt sein wie sein Vater, als er selbst zur

Welt gekommen war. Vielleicht ein oder zwei Jahre jünger. Seit er dies nachgerechnet hatte, hatte Hans heimlich wieder begonnen, nach seinem Heimatdorf zu suchen. Er wollte seinen Vater ein letztes Mal wiedersehen, ihm sagen, was für einen prachtvollen Enkel er hatte. Ihm sagen, dass er sich um seinen Erstgeborenen nicht sorgen musste. Ihm sagen, wie sehr er ihn und Mutter geliebt hatte und dass er nicht freiwillig weggelaufen war. Dies alles und noch so vieles mehr, für das er eigentlich keine Worte hatte. Er ließ die Schultern sinken. Was immer an Teufelei mit Greta verschwunden war, sein Bannkreis war geblieben. Wohin er auch ging, am nächsten Morgen stand er wieder an der Lichtung.

Eines Tages würde er einen Weg finden und fortgehen. Es schmerzte ihn schon jetzt, Agnes und Johann zurückzulassen. Aber er würde es Johann erklären. Sein Sohn würde es verstehen.

Am Abend saßen sie gemeinsam in der Stube, als Hans gedankenverloren aus dem Fenster starrte und am Waldrand eine Gestalt zu sehen glaubte. Das Messer fiel ihm aus der Hand. Er erstarrte. Unwillkürlich griff Agnes über den Tisch nach seiner Hand. »Mann, was ist mir dir?«

Hans schüttelte sich, wie um das Trugbild abstreifen, und schaute erneut aus dem Fenster. Dort am Waldrand stand Greta und beobachtete das Haus.

Mit hölzernen Bewegungen und ohne auf die drängenden Fragen seiner Frau einzugehen, erhob sich Hans, griff nach dem Schürhaken neben der Esse und ging aus der Stube in den Flur. Da stand plötzlich Johann vor ihm und schaute ihn aus großen Augen an. »Wer ist das?«

»Wer soll wer sein?« Agnes erschien hinter ihnen an der Stubentür.

Hans' Blick wanderte von einem zum andern.

»Sie ist der Teufel«, erwiderte er tonlos. Die Furcht hatte sich wie eine eiskalte Zange um sein Herz gelegt, als wollte sie es herausreißen. Er musste etwas tun, dieses Wesen töten, um Johann vor ihm zu schützen, und wenn es das Letzte wäre, zu dem er fähig war.

Agnes schnaubte verwirrt. »Ihr seht Gespenster.«

Johann schüttelte hartnäckig den Kopf. »Da steht doch ein Mädchen.«

»Wo?«

»Am Waldrand. Warum kommt es nicht näher?«

»Ich glaube, es kann nicht«, erklärte Hans und packte den Schürhaken fester, während er mit zitternder Hand die Haustür öffnete. Dann trat er auf die Wiese hinaus und wandte sich noch einmal um. »Ihr geht zurück in die Stube, ganz gleich, was geschieht.«

Ausnahmsweise gehorchten weder Agnes noch Johann, aber sie traten auch nicht über die Schwelle. Agnes legte Johann einen Arm über die Brust. Hans konnte ihr ansehen, dass sie nicht verstand, was vor sich ging.

Doch Johann konnte Greta sehen.

Kein Wunder.

Greta stand dort und schwieg. Ein Mädchen, für das Auge jung und verletzlich. Ein teuflisches Trugbild, das dem Verstand Unschuld vorgaukelte.

Hans überlegte, ob sie eigentlich jemals älter ausgesehen hatte. Sie war doch gewachsen, hatte sich über die Jahre verändert, als sie hier zusammengelebt hatten, oder? Ihm wurde übel.

Eine Stimme erhob sich, tonlos, körperlos.

Komm zu mir …

»Verschwinde! Lass mich in Frieden! Du hast genug Unheil angerichtet.«

»Vater, wer ist das? Sie ruft nach mir!« Plötzlich war Johann neben ihm und wollte auf den Waldrand zulaufen. Hans riss ihn am Arm zurück.

»Zurück ins Haus!«

»Ich will wissen, wer sie ist!«

»Zurück ins Haus, sag ich!«

Der Junge war wie von Sinnen. Er zerrte nach vorne und versuchte, sich loszureißen. Hans packte so fest zu, dass Johann aufschrie, doch er drängte weiterhin nach vorne.

Komm zu mir …

»Johann, bleib bei mir, nimm Vernunft an!« Hans blinzelte und merkte, dass ihm der Schweiß von der Stirn tropfte. Er wischte sich mit dem Ärmel über die Augenbrauen. Gleichzeitig versuchte er, seinen zappelnden Sohn besser in den Griff zu bekommen.

»Hans, was ist denn los mir dir? Kommt zurück, beide!« Agnes hielt es nicht länger im Haus. Mit vorsichtigen Schritten kam sie heran, darauf bedacht, außer Reichweite zu bleiben. Hans konnte es ihr nicht verdenken.

Greta stand dort, beobachtete sie. Schwieg laut und lockte unhörbar. Hans spürte seine Seele vibrieren. Mühsam umklammerte er den Arm seines Sohnes. Der zog mit der gesamten Kraft eines störrischen Zehnjährigen. Er hatte keine Chance gegen seinen kräftigen Vater, der seit Jahrzehnten seinen Unterhalt damit verdiente, Holz zu schlagen und aus dem Wald zu schleppen.

Komm zu deiner Mutter.

Johann und Hans erstarrten beide. Sprachlos sah Johann seinen Vater an, und in dem Moment erkannte Hans, dass er begriff, wer Greta war. Warum er sie sehen und hören konnte. Warum die Leute im Dorf manchmal komische Dinge sagten.

Greta lächelte liebreizend. Johann erwiderte das Lächeln schüchtern. Hans erstarrte am ganzen Körper und glaubte, dass nur noch zähflüssiges Blei in seinen Adern floss.

»Ich muss zu ihr!« Johann zog.

»Du bleibst hier!« Hans bewegte sich träge, hatte Mühe, seinen festen Griff zu halten. Der Schürhaken wog plötzlich mehr als ein ganzer Baumstamm.

Mit einem Ruck befreite sich Johann. Hans stürzte nach vorne, hob den Schürhaken und schlug zu. Eine Welt aus Flammen und Sternen umtoste ihn, als er seinen Sohn aufschreien hörte. Der Schürhaken fiel mit einem dumpfen Aufprall zu Boden.

Johann verstummte, dafür kreischte Agnes in hohen Tönen auf und stürmte an ihm vorbei auf den Jungen zu, der regungslos im Gras lag.

»Was ist in dich gefahren, bist du völlig von Sinnen?«

Greta war fort. Hans glotzte wie blöd auf die Bäume und wischte sich den Schweiß von den Brauen. Er glaubte, noch nebelhafte Umrisse zu sehen, wo ein unschuldiges kleines Mädchen gestanden und versucht hatte, seinen Sohn zu locken.

Dann endlich wagte er einen Blick nach unten zu seinen Füßen. Agnes hielt den leblosen Jungen in den Armen. Der Hieb hatte Johann am Hinterkopf getroffen. Überall war Blut. Wie in der Nacht seiner Geburt.

Agnes schluchzte, während sie Johann wiegte und an ihre Brust drückte. »Unternimm etwas! Er stirbt!«

Hans nickte mechanisch, kniete sich nieder und nahm ihr den Jungen vorsichtig aus den Armen, um ihn ins Haus zu tragen. Er vermied den Blick auf die verklebten feuchten Haare. Es war sicher nur eine Platzwunde. So fest hatte er gar nicht zugeschlagen. Wunden am Kopf bluteten immer, als ob man ein Schwein abgestochen hätte, aber sie waren meist gar nicht so schlimm.

So schnell er konnte, trug er den Jungen ins Haus und bettete ihn vorsichtig in der Stube vor der Esse auf den Boden. Johann atmete flach und leise, aber regelmäßig.

»Agnes, geh und hol Wasser und saubere Tücher, damit wir sie auf die Wunde pressen können«, rief er über die Schulter. Er drehte seinen Sohn auf den Bauch, holte Luft und schob vorsichtig seine Haare auseinander. Nur ein Riss. Ein langer Riss, aber nicht tief.

Als Agnes mit den Tüchern und einer Mullbinde kam, drückte Hans den Riss zusammen und legte dann einen strammen Verband um Johanns Stirn und Hinterkopf. Die ganze Zeit verwehrte er sich jegliche Gedanken, was genau geschehen war oder warum. Er wies Agnes an, vor der Esse ein Lager zu errichten, und schürte die Glut, damit es wärmer wurde. Dann setzte Hans sich neben seinen reglosen Sohn und wartete darauf, dass dieser die Augen wieder aufschlug. Seine Finger spielten mit dem Metallkreuz unter seinem Hemd, während seine Augen unruhig vom Feuerschein in der Esse über die alten rußgeschwärzten Balken zu den kleinen Fenstern wanderten. Er konnte seinen Verstand immer noch nicht auf die Lösung seines dringlichsten Problems zwingen: Was, wenn sie wiederkam? Was, wenn sie dem Jungen auflauerte und er nicht in der Nähe war? Sie konnte nicht ins Haus, wie damals, als die Alte hier lebte. Die Alte, deren Gesicht er manchmal im Schein der Flammen wiederzusehen glaubte und an deren Tod er eine Schuld trug, die er immer noch nicht abgetragen hatte.

Er hätte nicht hinausgehen dürfen, und Johann schon gar nicht. Hier im Haus waren sie sicher.

Was nur, was konnte er tun, um Greta von hier fernzuhalten?

Hans spürte die Müdigkeit des Tages über sich hereinbrechen, doch er zwang sich, wach zu bleiben. Agnes streifte eine

Weile unruhig flüsternd um ihn herum, wagte jedoch nicht, sich ihnen zu nähern. Obwohl sie sich mindestens genauso große Sorgen um Johann machte, war es für Hans offensichtlich, dass ihre Furcht vor ihm größer war. Er hatte sie nie geschlagen, weder sie noch seinen Sohn. Er war kein Mensch, der die Hand gegen Schwächere erhob, nicht einmal im Zorn oder aus gutem Grund. Wenn er wütend auf Agnes war, floh er in den Wald und ließ seinen Gefühlen bei seiner Arbeit freien Lauf. Und Johann hatte ihnen beiden noch nie einen Anlass gegeben, ihn zu züchtigen. Natürlich war er manchmal ein Lausbub und heckte kleine Streiche aus, doch er schlug niemals über die Stränge, und er handelte nie arglistig.

Johann lag still, doch seine Haut blieb kühl und ohne Fieber. Hans wachte neben ihm und betete wider jede Vernunft, denn er war sicher, dass Gott ihn längst verlassen hatte. Doch es ging nicht um ihn, versuchte er seinem Schöpfer wortlos klarzumachen, sondern um ein unschuldiges Kind. Er würde sein Leben für diesen Jungen geben. Wenn das der Preis war, er zahlte ihn gern.

Die Zeit verrann zäh wie Zuckersirup. Hans erhob sich nur, um die Glut in der Esse wieder zum Glühen zu bringen. Er nutzte einen Stock, der irgendwo im Raum herumgelegen hatte. Der Schürhaken war draußen im Gras zurückgeblieben. Während Hans herumstocherte, starrte er auf die Holzvertäfelung neben der Esse. Das Bild mit dem Baum hatte ihn vom ersten Moment an fasziniert. Je nachdem, wie das Licht auf das Holz fiel und manche Linien in den Schatten legte, trug das Gesicht im Stamm des Baumes einen anderen Ausdruck. Manchmal glaubte Hans, dass es eine Botschaft der Frau wäre, die hier einst gelebt hatte. Dass sie ihm etwas mitteilen wollte. Doch falls dem so war, verstand er ihre Nachricht nicht.

Der Morgen brach herein und folgte einer lautlosen Nacht.

Hans hatte sich nicht von der Stelle gerührt. Ein paarmal war er eingedöst, nur um wieder voller Sorge aufzuschrecken. Johann hatte die ganze Zeit ruhig geschlafen, lediglich seine Augenlider flatterten hin und wieder.

»Hans.« Plötzlich stand Agnes hinter ihm. »Was ist geschehen?«

Er schüttelte nur stumm den Kopf. Sie würde es nicht verstehen. Als er sich umsah und erkannte, dass sie es wieder nicht wagte, sich ihm zu nähern, erhob er sich und bedeutete ihr mit einer stummen Geste, dass sie nach ihrem Sohn schauen sollte. Sie warf ihm einen misstrauischen Blick zu, kniete sich dann nieder, fühlte Johanns Wangen und drückte seine kleine Hand. Der Junge schlief friedlich.

Der Anblick seines schlafenden Sohnes unter dem Bild des Baumes mit dem Gesicht brachte Hans endlich auf eine Idee. »Agnes, kannst du über ihn wachen? Ich muss zu Rosalia.«

»Für den Jungen?«

»Auch.«

»Hans.« Agnes sah auf. Hans konnte Tränen in ihren Augen glitzern sehen. »Ich werde dich verlassen.«

Manchmal sagte jemand Worte, auf die es keine richtige Antwort gab. Hans nickte stumm. Es schmerzte ihn, doch er hatte es gewusst. Er war weder taub noch blind. Agnes hatte die ganzen Jahre mit dem Gerede gelebt, zu ihnen gestanden, sein wunderliches Gehabe und sein Schweigen ertragen. Nun mitzuerleben, wie der Wahnsinn des Vaters auf den Sohn übergegangen war, war mehr, als sie aushalten konnte.

»Bitte warte noch, bis er erwacht. Sonst glaubt er, dass er die Schuld daran trägt.« Selbst wenn es so wäre, würde Agnes das nicht wollen, hoffte er.

Zu seiner Erleichterung stimmte sie mit einem traurigen Lächeln zu.

Hans wandte sich ab. Er wünschte sich nichts sehnlicher, als dass Johann schnell wieder seine rehbraunen Augen öffnete, auch wenn dies hieß, Agnes ziehen zu lassen. Sie hatte sein Leben bereichert. Er wollte das ihrige nicht zerstören.

»Lebe wohl«, flüsterte Hans leise. Agnes hatte sich ein letztes Mal umgedreht und Johann zugewunken, der neben seinem Vater stand und versuchte, sich stark zu geben. Die Wunde an seinem Kopf heilte gut. Doch er war nicht mehr derselbe unbeschwerte Junge wie zuvor.

Wie der Vater, so der Sohn, hieß es nicht so? Hans legte ihm tröstend den Arm auf die Schulter und drückte ihn an sich. Johann schluchzte verstohlen.

Vielleicht konnte er seine Stiefmutter eines Tages besuchen. Sie wollte bei Rosalia eine Nachricht hinterlassen, wenn sie eine Anstellung gefunden hatte, um ihren Lebensunterhalt zu bestreiten.

Hans hatte ihr das halbe Vermögen mitgegeben, ohne ihr Wissen sogar noch etwas mehr. Doch es würde nicht lange reichen. Er hoffte, dass sie dennoch ein einigermaßen gutes Leben würde führen können. Er hatte ihr gesagt, dass er sie jederzeit wieder willkommen heißen würde, falls sie zurückkommen wollte. Tief in seinem Herzen wusste er, dass dieser Tag niemals kommen würde.

»Komm ins Haus, Johann. Gleich wollen wir die Äpfel ernten.« Sie liebten diese Aufgabe beide, seitdem sie ein Spiel daraus gemacht hatten. Hans hob seinen Sohn in den Baum, und der warf ihm die Äpfel zu. Hans musste alle fangen, so wie in dem Märchen *Der Eisenhans.*

Doch dieses Mal, fürchtete Hans, würde es keine rechte Freude machen. Es fehlte die Königin Agnes, deren Gunst es mit besonderem Geschick zu erobern galt.

Er schob den Jungen sanft durch die Haustür, und er gehorchte ohne Widerstand. Doch kaum war er in der Stube, da setzte er sich kerzengerade, wie er vermutlich in der Dorfschule saß, an den Esstisch und faltete die Hände ordentlich vor seiner Brust. Mit ernstem Blick richtete er sich an seinen Vater, der verwundert in der Tür stehen geblieben war.

»Ich möchte wissen, wer sie ist.« Seine helle Stimme war leise, aber fest.

Bedächtig setzte sich Hans ihm gegenüber an den Tisch. »Als ich so alt war wie du, da hat sie mich von meinen Eltern fortgelockt. Ich habe bis heute nicht zurückkehren können«, erklärte er zögernd. Vielleicht war es wirklich besser, wenn Johann alles erfuhr, also begann er zu erzählen. Er hatte seinen Sohn zu Ehrlichkeit erzogen, daher musste er sich ebenso die Wahrheit abverlangen, und wenn es ihm noch so schwerfiel. »Sie hat dich auf die Welt gebracht«, schloss er. Das Wort »Mutter« wollte ihm bei diesem Wesen nicht über die Lippen kommen. Was er vor ein paar Tagen am Waldrand gesehen hatte, war keine Frau und kein Mädchen gewesen. Es war ein Dämon in Menschengestalt.

Johann nickte nachdenklich. »Sie hat an mir gezogen, so wie Ihr, Vater. Nur dass ich es nicht sehen konnte, wie sie gezogen hat. Ich habe es gespürt. Hier.« Er tippte sich mit dem Finger gegen die Brust. Hans wusste genau, wovon er sprach. Die Miene des Jungen veränderte sich schlagartig. »Mutter hat es nicht verstanden, nicht wahr? Deshalb ist sie gegangen. Ein Junge kann keine zwei Mütter haben.«

Hans neigte fragend den Kopf.

»Agnes ist meine Mutter, und sie wird es immer bleiben. Nicht das Mädchen am Wald. Aber wer ist sie? Was will sie von uns?«

»Mein lieber Sohn, ich kenne die Antwort auf deine Frage nicht.« Hans wiegte langsam den Kopf. Er hätte die Stunden nicht zählen können, die er wach gelegen und darüber nachgegrübelt hatte. Vermutlich war es nur Zufall, dass er in die Fänge dieses Wesens geraten war. Weil er damals freundlich hatte sein wollen, als sie einander zum ersten Mal begegnet waren. Warum sie jedoch hinter Johann her war, war für ihn offensichtlich. Er war ihr Blut, genau wie das seinige. Sicher erhoffte sie sich Johanns Unterstützung, seinen Beistand, vielleicht sogar seine Zuneigung. Wenn Hans daran dachte, wie Greta ihm ihre Zuneigung gezeigt hatte, wurde ihm schlecht. Er musste seinen Sohn unbedingt vor ihr beschützen. Hans sah auf seine Hände und bemerkte, dass sie zu Fäusten verkrampft waren.

Johann wartete ab, geduldig und zurückhaltend, wie er es von seinem Sohn gewohnt war.

»Johann, bürde dir nicht die Sorgen deines Vaters auf«, sagte Hans. »Das Haus schützt uns, und in ihm der Geist der alten Frau.«

Johann senkte den Kopf und starrte auf seine Finger, die er immer wieder ineinanderknotete. »Ich habe Angst, Vater. Sie will, dass ich zu ihr komme. Ich wollte das Gleiche. Wenn Ihr nicht … Ich wäre zu ihr gegangen. Mein Herz wollte es. Ihr müsst sie töten, Vater.«

Hans lachte bitter auf. Was hätte er nicht lieber gemacht, all die Jahre, die er hier nun lebte und darauf wartete, dass der Fluch sich löste. »Ich kann sie nicht töten. Ich denke darüber nach, sie zu fangen.«

»Ich helfe Euch!« Johann straffte sich und richtete den ernsten Blick seiner dunklen Augen auf Hans. Als der ihn ungläubig anschaute, nickte sein Sohn zur Bestätigung.

»Gut«, sagte Hans. »Ich habe tatsächlich einen Plan.«

Sie kam am dritten Abend wie am ersten, als sie Johann fortlocken wollte, und am zweiten, als er noch in Ohnmacht an der Esse lag. Wie ein unschuldiges kleines schwarzhaariges Mädchen, das Ebenbild von Johann in weiblich, stand sie da und lockte ihn. Johann hatte eben noch seinem Vater tapfer zugenickt. Jetzt beobachtete Hans vom Fenster der Stube aus, wie sein Sohn wie von einem unsichtbaren Faden gezogen auf den Waldrand zutapste, sein Geschenk in der ausgestreckten Hand.

Hans legte die Stirn gegen die kühle Scheibe. Seine Hände umklammerten das Holz des Fensterrahmens so fest, dass seine Fingerknöchel weiß wurden. Die Angst schnürte ihm die Kehle zusammen, und er konnte kaum atmen.

Hans hatte den Jungen nur so weit wie möglich eingeweiht. Johann wusste nicht, was geschehen würde, sobald Greta das Geschenk annahm. Es konnte sein, dass sein Junge doch Verrat beging, sobald er unter Gretas Bann geriet. So war es sicherer für ihn.

Jetzt hatte Johann den Waldrand erreicht. Greta bewegte sich langsam, wie ein tanzendes Blatt im Wind, und streckte ihm lockend die Hände entgegen. Hans konnte ihr Gesicht nicht erkennen, doch er ahnte ihr vielversprechendes süßes Lächeln.

Johann streckte die Hand aus. Etwas Rotes leuchtete auf. Hans schloss die Augen, um sie sofort wieder aufzureißen.

Greta nahm ihr Geschenk, biss in den Apfel – und fiel um. Aus den Augenwinkeln sah Hans noch, dass Johann neben ihr auf die Knie fiel, doch er kümmerte sich nicht weiter darum, was am Waldrand geschah, sondern stürmte nach draußen.

Schon von weitem hörte er Johann bitterlich weinen.

»Sie ist tot!«, rief er.

Das wäre zu schön, aber zu einfach, dachte Hans bei sich.

Greta lag dort zwischen Farnwedeln im Gras und rührte sich nicht, während Johann ihre zarten Hände knetete. Hans zog den Jungen hoch, und glücklicherweise ließ dieser es mit sich geschehen und umklammerte stattdessen die Hüfte seines Vaters.

Das Mädchen sah wirklich bemitleidenswert aus, wie es so dalag. Hans betrachtete sie mit einer Mischung aus Neugierde, Abscheu und Entsetzen. Sie war in ein schneeweißes Gewand gehüllt. Hatte sie nicht einst ein zu kleines braunes Leinenkleid getragen? Der Körper mutete zerbrechlich an. War es wirklich dieses kleine Mädchen gewesen, das ihn über Jahre hinweg tyrannisiert hatte? Wer hatte sie zu dieser Bestie gemacht? War die alte Frau, der das Haus gehört hatte, vielleicht doch nicht ganz unschuldig daran gewesen? Märchen hatten immer ein gutes Ende. Was wäre, wenn er Greta ins Haus mitnehmen und gesund pflegen würde?

Hans strich Johann beruhigend über den Kopf und schob ihn ein wenig von sich, damit er sich bücken und Gretas zarten Körper aufheben konnte. Mühelos trug er sie auf die Lichtung.

Johann folgte ihm.

Als er fast an der Haustür angelangt war, fegte ein Windstoß über das Gras und knallte die Tür mit solch einer Wucht zu, dass der Rahmen erzitterte.

Hans blinzelte.

Dann kam er wieder zur Besinnung. Er blickte auf das Wesen in seinen Armen und erkannte, was sie war.

Er musste sich beeilen. Das Gift, das er von Rosalia erhalten und in den Apfel gespritzt hatte, konnte ein Pferd töten, doch bei ihr würde es nicht ewig anhalten.

»Vater, was tut Ihr da?«, schrie Johann auf.

»Ich werde sie in Sicherheit bringen.«

»Wird sie wieder gesund? Bitte!«

»Ja, Johann, sie wird wieder gesund.« Leider. Bis dahin musste er dafür sorgen, dass sie kein Unheil mehr anrichten konnte. Solange er lebte, solange Johann lebte oder irgendein anderer seiner Familie.

Sieben Tage und sieben Nächte waren vergangen, seit Hans Greta gefangen hatte. Er hatte sie in ihr Gefängnis gebracht. Es war eine alte Eiche, eine Seltenheit in dem von Nadelbäumen dominierten Wald. Doch Hans hatte über Jahre gelernt, den Wald und seine Bedürfnisse zu begreifen. Es gab Bäume, die man fällen konnte, und andere, die man stehen lassen musste. Alles richtete sich nach dem sich stetig wiederholenden Kreislauf des Lebens. Sogar ein Waldbrand gehörte ab und an dazu. Hans hatte gesehen, wie sich Flächen, die eine Zeitlang verbrannt und schwarz brachgelegen hatten, wieder erholten.

Ein Teil dieser Bäume war sein Handwerk, doch einige besondere Exemplare gehörten dem Wald allein. So wie die alte Eiche mit dem breiten Riss im Stamm. Dem Riss, der so breit war, dass man eine zarte Mädchengestalt hineinbetten konnte. Der Riss, der am nächsten Tag schon so weit geschrumpft war, dass die Gestalt nicht mehr hindurchpasste. Der Riss in dem Baum, der aussah wie der Baum auf dem Bild in seinem Haus.

Flehend und schimpfend hatte Greta ihre Hände hinausgestreckt, doch Hans blieb hart. Jeden Tag hatte er sie besucht. Tag um Tag wuchs der Spalt zusammen. Am dritten Tage hatte er gehofft, dass es so weit war, doch da war alles noch unverändert gewesen. Jetzt endlich, am siebten Tag hatte das Gefängnis Greta sicher eingeschlossen. Nur die Umrisse von Gretas Gesicht, die Züge wunderschön und tragisch erstarrt, waren noch zu erkennen. Wenn der Wind durch die Äste der Eiche fuhr, klang es wie das hohe Klagen eines Mädchens.

Eines fernen Tages würde sie wieder jemand oder etwas befreien. So wie sein Vater sie vermutlich vor vielen Jahren befreit hatte. Doch bis dahin hatte vielleicht jemand eine Möglichkeit gefunden, dieses Geschöpf in die Hölle zurückzuschicken, in die es gehörte.

Hans warf einen letzten langen Blick auf das Gesicht des Baumes, bevor er sich abwandte, um zu seinem Sohn zurückzukehren. Während er seine Schritte nach Hause lenkte, fragte er sich, ob dieses Wesen einzigartig war oder ob es noch mehr von ihnen gab. Wo es herstammte und warum Gott es in seiner Schöpfung duldete. Es war ein Fremdkörper und gehörte nicht in diese Welt. Aber Hans hatte genug davon. Soweit es möglich war, wollte er Frieden finden und Johann ein guter Vater sein.

Den Wunsch, seine eigene Heimat wiederzusehen, gab er nie ganz auf. So manche Nacht noch suchte ihn Greta in seinen Träumen heim, versuchte, sich an seiner Seele oder seinem Verstand oder beidem zu bereichern. Vielleicht würde er eines Tages Frieden finden.

Zwölf

SÜẞE GRÜẞE

Merle erwachte von dumpfem Poltern, dem der empörte Aufschrei einer Katze folgte. Mit lautem Gähnen reckte sie sich. Sie hatte tief und offenbar traumlos geschlafen. Und sie lag noch immer auf der Couch, Omis Decke um sich geschlungen und vermutlich die ganze Nacht bewacht von Luzis grünäugigem Blick. Die schwarze Katze hatte es sich erneut auf dem Schaukelstuhl bequem gemacht und täuschte Trägheit vor. Aber Merle kannte sie besser: Die Sinne der alten Dame waren hellwach, und sie war jederzeit bereit, auf die kleinste Gefahr in ihrer Umgebung zu reagieren.

Merle ließ sich auf das Sofa zurücksinken und genoss das Gefühl von Klarheit und innerer Ruhe, das der Schlaf ihr geschenkt hatte. Die Ereignisse der letzten Tage hatten sie mehr mitgenommen, als sie sich bislang hatte eingestehen wollen. Vielleicht war Papa doch damit einverstanden, wenn sie Omis Knusperhäuschen zu einem Ferienhaus für die Familie umbauten? Oder spielte er am Ende ernsthaft mit der Idee, hier einzuziehen? Merle gestand es sich ungern ein, aber sie wurde bei dem Gedanken eifersüchtig. Klar, Papa erbte das Haus. Aber was war mit ihr? Sie liebte das Haus doch ebenso wie er! Natürlich liebte sie ihren Vater auch, aber über mehrere Wochen auf engem Raum mit ihm zu leben und das als Ferien zu bezeichnen? Undenkbar. Aus dem gleichen Grund lebte er unten im Dorf in seiner eigenen Wohnung und war nicht bei seiner Mutter eingezogen.

Sie erhob sich und ging in die Küchenecke. Im Vorbeigehen streichelte sie Luzi über den Kopf und wurde mit einem Schnurren belohnt. Kaum stand sie vor der Anrichte und klapperte mit der Schranktür, da saßen schon die anderen beiden Katzen vor ihr. Lachend zog Merle die Futterpackung hervor und schüttete eine großzügige Portion auf den Teller.

»Für dich brauche ich auch noch einen neuen Namen«, erklärte sie der rot-weiß gescheckten Katze.

Die sah sie fragend an. »Mau?«

»Na, ich bin weder mit Minka noch mit Muschi einverstanden. Vielleicht Rote Zora?«

»Mau!«, gab die Katze zurück und wandte sich erfreut dem Essen zu.

Auch Luzi war vom Schaukelstuhl gesprungen, reckte ihre Pfoten erst nach vorne, dann nach hinten, kam mit der katzeneigenen arroganten Eleganz herangeschlendert und nahm ihren Platz am Futternapf zwischen den beiden anderen Fellnasen ein. Merle hingegen beschloss, hinunter ins Dorf zu gehen, um ihren Vater zu begrüßen und nach Neuigkeiten wegen der Kinder zu fragen. Doch zuvor wollte sie nachsehen, was da vorhin so gepoltert und sie geweckt hatte.

Sie trat aus der Tür und freute sich über die Sonne, die vom wolkenlosen Himmel schien. Es war ein wunderschöner Frühherbsttag.

Die Ursache für die Geräusche war schnell gefunden: Neben der Haustür stand eine Bank. Darauf hatte jemand einen Sack mit Äpfeln abgestellt. Vermutlich war eine der Katzen daraufgesprungen, um das winzige Fenster darüber zu erreichen. Entweder hatte das Tier zu viel Schwung gehabt oder war abgerutscht, jedenfalls war der Sack heruntergekippt, und einige Äpfel waren auf den Steinboden gekullert.

Merle bückte sich und sammelte die Äpfel wieder ein. Wie immer die Katze das angestellt hatte, sie musste einen gehörigen Schwung gehabt haben. Zwei Äpfel lagen sogar jenseits des Weges im Gras.

Einen nach dem anderen hob Merle die Äpfel auf, bis sie sich aufrichtete und sich verdutzt umsah. Sie war bereits drei, vier Schritte von der Haustür entfernt. So weit konnten die Äpfel doch niemals gerollt sein? Und hier lag noch einer. Und ein weiterer. Und dahinter wieder einer.

Kopfschüttelnd trug Merle einen Arm voller Äpfel zurück zum Sack, bevor sie sich daranmachte, der seltsamen Spur zu folgen. Eine Spur aus Äpfeln. War das ein schlechter Scherz? Dann fiel ihr ein, was Björn über die Lebkuchenspur erzählt hatte.

Mit einem Schlag waren Merles Sinne hellwach und ganz auf ihre Umgebung gerichtet. War hier jemand? Oder besser gesagt, war derjenige, der die Spur gelegt hatte, noch da? Doch so gründlich sie sich umsah und auf Ungewöhnliches abseits der fernen Windgeräusche lauschte – sie entdeckte nichts und niemanden. Einen Moment lang glaubte sie, beobachtet zu werden. Es war nicht das Gefühl, als lauere irgendwo im Unterholz ein heimlicher Spanner; eher erschien es ihr wie die beruhigende Anwesenheit eines Lehrers oder Mentors, der ihr über die Schulter schaute, während sie eine schwierige Aufgabe bewältigte. Doch auch dieses Gefühl ging vorüber.

Merle starrte nachdenklich auf die Apfelspur und spielte dabei an ihrem Ohrring. Das war doch nicht normal. Andererseits hatte wer-auch-immer diese Apfelspur aus einem guten Grund gelegt. Wenn sie vorsichtig war, sprach nichts dagegen, der Spur erst einmal bis zum Ende zu folgen. Was konnte schon am Ende einer Apfelspur lauern? Eine Kinder entführende Vogelscheuche vielleicht? Oder Aschenputtels Stiefmutter? Sie lachte unsicher. Dann gab sie sich einen Ruck und marschierte los.

Die Äpfel waren manchmal in dem hohen Gras schwer auszumachen, führten jedoch eindeutig bis in den Obstgarten. Merle grinste und fragte sich, ob es wandernde Äpfel waren, die zu ihren Bäumen zurückwollten. Als sie die Apfelbäume passiert hatte, blieb sie stehen und schaute sich um. Welcher Depp verwechselte hier eigentlich die ganzen Märchen? Äpfel waren doch eindeutig ein Thema aus *Schneewittchen*. Bei *Frau Holle* gab es einen Apfelbaum. In *Der Teufel mit den drei goldenen Haaren* kam außerdem ein Baum mit goldenen Äpfeln vor. Sie wusste das, weil es bis heute eines ihrer Lieblingsmärchen war. Früher hatte sie sich manchmal vorgestellt, dass ihr Vater sie gefunden und aufgezogen hatte und ihr eines Tages mitteilen würde, sie dürfe einen Prinzen heiraten. Prompt war der Gedanke an Jakob wieder da. Sie schob ihn energisch beiseite und ging weiter. Das hier waren schließlich keine goldenen Äpfel, sondern ganz normale rote und gelbe.

Noch bevor sie sich dessen bewusst wurde, stand sie vor dem Tor des Verbotenen Gartens. Wie Björn gesagt hatte, war der Zaun tadellos in Schuss. Dahinter ging die Apfelspur weiter, vermutlich zu dem Baum oder zu etwas, das darunter lag. Ohne große Hoffnung drückte Merle die Klinke hinunter. Solange sie denken konnte, hatte der Weg in den Verbotenen Garten immer über den Zaun geführt.

Erstaunlicherweise hakte das Tor nur kurz an einem wuchernden Grasbüschel und schwang dann leicht auf. Sie hielt kurz inne, doch eigentlich erstaunte es sie nicht. Schließlich hatte jemand gewollt, dass sie der Spur folgte. Da war es nur logisch, dass das Tor nicht verschlossen war.

Merle ging weiter, lauschte aufmerksam in alle Richtungen und sah sich um. Die Apfelspur endete am Baum. Vor dem zerfurchten Stamm waren vier Äpfel zu einer kleinen Pyramide aufgehäuft. Sonst entdeckte sie nichts. Merle wurde nervös. Was sollte das Ganze? Sie nahm die Äpfel auf. Nichts geschah. Sie umrundete den Baum. Ronja hatte recht gehabt, da war kein Gesicht mehr in der Rinde zu erkennen. Insgesamt machte der Baum einen ungewöhnlichen Eindruck, irgendwie krank.

Zum wievielten Mal sie sich gründlich umschaute, wusste sie nicht, doch jetzt langte es ihr. Brüsk wandte sie sich ab und wollte gerade in Richtung Tor davonstapfen, als sich ihr eine knochige Hand auf die Schulter legte.

Sie kreischte auf und fuhr herum. Die Äpfel fielen aus ihren Händen. Panik kroch ihr durch die Brust und schnürte ihr den Hals zu. Das war schlimmer als in ihren Alpträumen.

Dabei war es nur ein Ast, der sie gestreift hatte. Sie hatte nicht bemerkt, wie tief er hing.

Merle blinzelte und versuchte, ihren Atem wieder zu beruhigen. Da war nichts, alles gut. Sie zwang sich, ganz normal durch das Tor zu gehen und es nicht allzu hastig wieder hinter sich zu schließen. Dann blieb sie noch einmal stehen und betrachtete von jenseits des Zaunes den Baum. Prompt fuhr ihr der nächste Schreck durch die Glieder. Stand da jemand und winkte?

»Hallo? Ist da jemand?«, rief sie. Im gleichen Augenblick kam sie sich lächerlich vor. Es war nur ein Lichtreflex, ein Schattenspiel. Der Wind war recht kräftig und bewegte die immer noch dichte, grünbelaubte Blätterkrone der alten Eiche. Manchmal heulte er auf, und es klang wie das Stöhnen oder Wehklagen eines Kindes.

Merle hielt sich am Tor fest, bis sie sich in der Lage fühlte, zurück zum Haus zu gehen, ohne wie ein aufgeschrecktes

Huhn zu rennen. Ihre Nerven waren offensichtlich immer noch stark angegriffen. Sie sollte duschen, sich umziehen, einen bis zehn Kaffees trinken und dann endlich zusehen, dass sie ins Dorf unter Menschen kam. Dort waren Kinder verschwunden, und die Suchenden brauchten vielleicht ihre Unterstützung, während sie sich ihren Gespensterfantasien hingab. Sie zwang sich, sich ganz langsam umzudrehen und zurückzugehen. An der Tür saß Luzi und sah sie an. Merle konnte nicht anders: Sie fand, dass der Blick der alten Katzendame eindeutig vorwurfsvoll war.

Am Vormittag lief sie endlich in Richtung Dorf, und zwar zu Fuß. Einfach, weil sie sich beweisen musste, dass sie keine Angst hatte, eine knappe halbe Stunde durch den Wald zu laufen. Dabei hatte sogar ihr Verstand zugestimmt, dass es nicht ganz ungefährlich wäre. Schließlich wusste niemand, wer oder was hinter dem Verschwinden der Kinder steckte. Trotzdem war sie froh, dass sie sich für den Marsch entschieden hatte. Die Bewegung tat ihr gut, und es ging ihr mit jedem Schritt besser.

Sobald sie wieder in Reichweite eines Handynetzes war, hörte sie die Mailbox ab. Eine Nachricht von Jakob freute und ärgerte sie zugleich. Er hatte ganz geschäftlich geklungen und nur gesagt, er bräuchte weitere Angaben zur jüngeren Familiengeschichte. Einerseits war der Anruf also nicht zu beanstanden. Andererseits hatte sie doch ausdrücklich gesagt, dass sie keinen Kontakt seinerseits wünschte. Warum konnte kein Kerl auf dieser Welt so einen Wunsch respektieren? Am Ende waren diese Fragen zur Familie nur vorgeschoben, und ein Gespräch endete darin, dass er verlangte, sie solle zu ihm nach Freiburg kommen. Nein, nicht er zu ihr, sie zu ihm. Schließlich war sie es, die Urlaub hatte.

Merle war klar, dass sie ungerecht war und Dinge unterstellte, die nicht wahr sein mussten. Aber das war ihr gerade herzlich egal. Sie würde nicht zurückrufen, um eine Information zu geben, die seit Jahrzehnten niemand genutzt hatte und deren Übermittlung gut und gerne noch eine Woche länger warten konnte.

Was aber, wenn es wirklich wichtig war? Sie hatte ihm den Auftrag gegeben zu recherchieren. Wie sollte er vernünftig arbeiten, wenn sie ihm Wissen vorenthielt?

Immer wieder war sie versucht anzurufen, doch sie beherrschte sich, bis sie an der Wohnung ihres Vaters ankam und klingelte. Zu ihrer großen Verblüffung öffnete niemand. Merle sah sich suchend um, konnte jedoch kein fremdes Auto entdecken. Ob der Anschlussflug aus London doch noch Verspätung gehabt und Papa sich ein Hotelzimmer genommen hatte? Aber dann hätte er doch wenigstens anrufen können! Merle schnaubte ärgerlich. Womöglich hatte er sein Handy dieses Mal in der Flughafentoilette versenkt.

Sie warf einen letzten Blick auf die Fenster der Wohnung. Die Rollläden waren wie bei ihrem letzten Besuch aufgezogen, jedoch verhinderten die Vorhänge einen Blick ins Innere. Das half ihr nicht weiter. Dann fiel ihr ein, dass in Kanada jetzt tiefste Nacht wäre. Papa hatte sicher einen Jetlag und hörte das Klingeln vielleicht nicht, weil er tief und fest schlief. Merle entschied, ihm erst einmal Ruhe zu gönnen. Sie konnte ihn später immer noch herausklingeln.

Sie wandte sich ab und lief in Richtung Marktplatz. Wie sie erwartet hatte, waren die meisten Dorfbewohner im Gemeindesaal versammelt. Auf dem Parkplatz bis vor den Eingang standen mehrere Polizeiwagen und ein Krankenwagen, ein

Wagen des Roten Kreuzes mit einer Rettungshundestaffel sowie ein roter Pkw der Feuerwehr und unzählige weitere Autos. Im Inneren des Gebäudes herrschte geschäftiges Treiben. Auf mehreren zusammengeschobenen Tischen lagen Karten mit Markierungen, überall standen Laptops und Taschen. Menschen standen oder saßen in kleinen Grüppchen und debattierten über weitere Maßnahmen. Im Vorbeigehen schnappte Merle eine Diskussion über den Einsatz eines Hubschraubers auf. Innerlich stimmte sie dem Mann zu, der meinte, eine Suche aus der Luft hätte in diesem dicht bewaldeten Gebiet kaum Aussicht auf Erfolg.

Wenigstens fiel sie in Outdoor-Jacke und Jeans nicht mehr so sehr auf wie mit der Bürokleidung bei der Beerdigung.

Endlich entdeckte sie Björn zusammen mit dem Pfarrer und dieser Nicole. Siedend heiß fiel Merle ein, dass sie die Mutter der beiden anderen Kinder war. Obwohl sie einander bei ihrem letzten Treffen nicht besonders sympathisch gewesen waren, bedauerte sie die Frau aufrichtig. Noch während sie überlegte, was sie sagen könnte oder ob sie überhaupt zu der Gruppe gehen sollte, winkte Björn sie zu sich.

»Guten Morgen, Merle, hast du irgendwelche Neuigkeiten?«, begrüßte Björn sie.

Merle gab allen die Hand, bevor sie bedauernd die Schultern hob. »Nichts. Heute Nacht war um das Haus herum alles ruhig und friedlich.« Sie überlegte keine Sekunde, ob sie die Sache mit den Äpfeln erzählen sollte. Am Ende waren es sogar die Kinder vor ihrem Verschwinden gewesen, die die Spur gelegt hatten. Denn inzwischen fragte sich Merle, warum sie eigentlich davon ausgegangen war, dass die Äpfel in der Nacht gelegt worden waren. Nur weil am Morgen der Sack umgefallen war? Sie hatte am Vorabend einfach nicht darauf geachtet.

»Friedlich? Schön für dich«, keifte Nicole, bevor jemand anderes etwas sagen konnte. »Du hast keine Ahnung, wie es ist, eine Nacht durchzuwachen, weil die eigenen Kinder verschwunden sind. Hast du Kinder?«

Pfarrer Kupferschmidt und Björn hoben gleichzeitig beschwichtigend die Hände, doch Merle zuckte nicht zurück.

»Nein, habe ich nicht«, erklärte sie ruhig. »Aber ich möchte helfen. Gibt es etwas zu tun?« Sie kannte solche Reaktionen. Vor Gericht wurde sie immer wieder angefeindet – vom Staatsanwalt, von gegnerischen Rechtsanwälten, von Gegenklägern. Dann schaltete sie ihr Herz aus. Wie hätte sie es Nicole persönlich nehmen können? Sie kannten einander überhaupt nicht, und die Frau stand deutlich sichtbar unter Schock.

Doch Nicole sah das offensichtlich anders. »Helfen? Nach allem, was ihr angerichtet habt?«

»Nicole, bitte! Merle ist gestern erst angekommen. Was soll das?«, fuhr Björn dazwischen.

»Sie selbst hat das vielleicht nicht angerichtet, aber …« Ein Zeigefinger fuhr auf Merle los und bohrte sich in ihre Brust. »… deine Großmutter sehr wohl! Oder willst du bestreiten, dass sie die Kinder ständig mit Lebkuchen in den Wald gelockt hat?«

»Bitte was?«, fragte Merle völlig verdattert. Ein weiteres »Nicole!« von Björn fegte die Angesprochene mit einem Zornesschnauben beiseite: »Natürlich hat sie das! Kein Mensch lässt heutzutage seine Kinder allein im Wald herumlaufen. Aber mein Mann meinte, wir sollten uns unbedingt anpassen. Dabei weiß er genau, wie es war, als Luke das erste Mal verschwunden war. Und jetzt? Aber nein, ich musste mir ja ständig diese Leier anhören: ›In Steinberg passiert nichts, hier ist die Welt noch in Ordnung.‹ Ein Scheiß ist die Welt! Hier hausen gottverdammte Hexen in baufälligen Waldhütten und verführen kleine Kinder!«

»Meine Großmutter war weder eine Hexe, noch …«

»Wir wollen doch keinem mittelalterlichen Aberglauben aufsitzen, Frau Rötgen«, unterbrach der Pfarrer Merle mit einem entschuldigenden Lächeln und versuchte, Nicole am Arm zu packen und wegzuführen.

»Ach nein?« Nicole riss ihren Arm weg und trat zwei Schritte zurück. »Soll ich stattdessen zu einem antiken Gott beten? Ich sag Ihnen was: Wenn es Ihren Vater im Himmel gibt, warum lässt er so etwas zu? Wenn ich an Gott glauben soll, warum nicht an Hexen? Erklären Sie mir das mal!«

»Nicole, nimm Vernunft an. Niemand …«

»Wir wollen doch jetzt keine theologische Debatte …«

»Meine Oma ist tot! Hexe oder nicht, sie wird ganz sicher nichts mehr ausrichten, klar?«, stieß Merle zwischen zusammengebissenen Zähnen hervor. Nicoles Angst ging ihr wider Willen an die Nieren und ließ sie den eigenen frischen Verlust stärker spüren als je zuvor. Sie war hier unter Fremden und damit angreifbar.

»Frau Rötgen, gleich kommen die Leute von der Hundestaffel zurück. Vielleicht haben die Neuigkeiten.« Endlich gelang es Pfarrer Kupferschmidt, Nicole am Arm zu packen und mit sich zu ziehen.

»Diese Großstadttusse soll sich einfach raushalten. Sorgen Sie dafür, dass sie verschwindet. Sie und diese gottverdammte Familie!«, hörte Merle Nicole hasserfüllt schimpfen, ehe sie dem Pfarrer notgedrungen folgte.

Merle und Björn standen einander verlegen gegenüber. Sein müder Blick und die hängenden Arme sprachen Bände. Jetzt erst bemerkte Merle, dass auch andere im Raum ihr verstohlene Blicke zuwarfen. Die meisten verhalten oder betont neutral, doch einige offen feindselig. Es waren genug Fremde im Raum, die sie nicht beachteten, weshalb es ihr nicht sofort aufgefallen war. Doch viele der Gesichter, die sie von der Beerdigung wiedererkannte, trugen nun unfreundliche Mienen.

Sie ließ sich auf einen Stuhl plumpsen und vergrub das Gesicht in den Händen. Da legte sich ein Arm um sie.

»Danke, Björn. So schnell werden Freunde zu Feinden.«

Er setzte sich neben sie.

»Nimm es nicht persönlich. Sie mischt schon den ganzen Morgen alle hier auf. Die Stimmung ist explosiv.«

»Wo ist deine Frau? Solltest du nicht bei ihr sein?«

»Ich habe sie gezwungen, nach Hinterzarten zu fahren und sich dort ein Zimmer zu nehmen. Unsere zweite Tochter geht dort auf ein Internat. Wir waren uns beide einig, dass wir Annika nicht hierher in diesen Tumult holen wollten. Ich glaube, für Sarah ist es besser so. Sie hat sich erst geweigert. Aber dann hat sie eingesehen, dass auch Annika jemanden braucht, der für sie da ist.«

Merle wunderte sich kurz darüber, dass Björn seine Tochter auf ein Internat schickte, da fuhr er schon fort: »Annika spielt sehr gut Klavier. Sie hat an einem Wettbewerb teilgenommen und ein Stipendium gewonnen. Wir konnten es ihr unmöglich abschlagen. Auch wenn es mir schwergefallen ist, mein großes Mädchen fortzulassen.« Ihm versagte die Stimme.

Merle hätte ihn gerne umarmt, war jedoch unsicher, ob das nicht noch mehr Gerede nach sich ziehen würde. So ergriff sie einfach seine Hand und drückte sie. Dabei sah sie in seine rotgeränderten Augen und schwieg hilflos.

Sie hätte nicht sagen können, wie lange sie so dasaßen. Der überhitzte Raum und die gleichmäßige Geräuschkulisse lullten sie ein. Beinahe wäre Merle weggedöst.

Auf einmal wurde das Stimmengemurmel lauter. Sie wandte sich dem Eingang zu und sah vier Hundeführer mit ihren

Hunden hineinkommen. Die Tiere wurden in einer Ecke, die Merle zuvor gar nicht aufgefallen war, in speziellen Boxen untergebracht. Doch es war den Männern und Frauen an den Gesichtern abzulesen, dass sie keine guten Neuigkeiten brachten. Im Gegenteil.

»Es ist ein weiteres Kind verschwunden. Wie suchen nun auch nach der vierjährigen Marie Lehmann.«

Dreizehn

KLOSTERMAUERN

»Guten Morgen, Doktor Wolff.« Sehr zu Jakobs Überraschung trug der Mann ihm gegenüber einen dunklen Anzug statt eines Habits.

»Bruder Pirmin? Vielen Dank, dass Sie sich so kurzfristig Zeit für mich nehmen konnten.«

Sie gaben einander die Hand, und der Mönch bedeutete ihm mit einer kurzen Geste, ihm zu folgen.

Jakob war froh, dass der Mann fließend Deutsch sprach. Das war im Elsass häufig, aber nicht selbstverständlich. Mit seinem mittelmäßigen Französisch allein hätte sich die Verständigung erheblich mühseliger gestaltet.

»Ich nehme an, Ihr Blick galt meiner Kleidung?«, wandte sich Bruder Pirmin an Jakob, während er ihn in ein kleines Büro führte und aufforderte, an einem Tisch mit zwei Stühlen Platz zu nehmen. Er setzte sich ihm gegenüber und goss ihnen beiden Wasser ein.

»Der Habit ist heutzutage nicht mehr grundsätzlich üblich«, erklärte er dann. »Und ich finde einen Anzug offen gestanden bequemer. Nun, was genau führt Sie hierher?«

Jakob zog die Kopie des Klosterberichtes aus einer Ledermappe und erklärte kurz, worum es sich handelte. »Die Nachfahrin des benannten Hans vom Wald aus einem Dorf bei Lörrach hat mich gebeten, Nachforschungen anzustellen. Da er die letzten beiden Jahre vor seinem Tod hier gelebt hat, dachte ich, Sie hätten vielleicht weitere Unterlagen über ihn oder sein Tun.«

Mit einem überraschten Stirnrunzeln zog Bruder Pirmin die Papiere an sich und überflog die lateinischen Worte. Dann warf er einen kurzen Blick auf den Beginn der Übersetzung, bevor er entschieden den Kopf schüttelte. »Das Dokument ist ganz sicher nicht hier entstanden.«

»Was? Woran erkennen Sie das mit einem Blick?«

Der Mönch sah ihn fest an. »Da stimmt einfach nichts. Das Latein ist grauenhaft falsch. Gut, das allein heißt nichts, das kam früher sehr häufig vor. Aber die Struktur, der Verweis auf den Exorzismus? Sehr seltsam in meinen Augen. Haben Sie schon einmal davon gehört, dass ein ›Geständnis eines Dämons‹ niedergeschrieben wurde? Nehmen wir an, dieser Hans vom Wald war hier und wurde exorziert – das allein empfinde ich im Übrigen schon als zweifelhaft –, dann ist das, was er gesagt hat, eher im Sinne einer Beichte zu verstehen, oder? Die wurde ganz sicher nicht aufgeschrieben. Ausgeschlossen.«

»In dem Dokument ist sowohl davon die Rede, dass Hans einem Mädchen begegnet, das besessen gewesen sein soll, als auch, dass er selbst glaubt, besessen zu sein. Auf dieses Mädchen, mit dem er ein Kind zeugt, wird intensiv eingegangen. Warum Hans sich für besessen hält, ist daraus jedoch nicht zu entnehmen. Allerdings glaubt er, die Schuld am Tod einer alten Frau zu tragen.«

»War er sehr gläubig?«

Jakob nickte. »Das ist zu vermuten.«

»Dann wäre das bereits eine erste Erklärung. Aufgrund seiner Schuldgefühle hat er das, was er mit dieser Frau und dem Mädchen erlebt hat, auf sich projiziert. Ich nehme daher an, dass er nicht besessen war. Abgesehen von der Tatsache, dass ein intensiver Glaube daran, besessen zu sein, als Besessenheit gedeutet werden kann. Aber ich bin Klosterverwalter und kein Fachmann in diesen Dingen.« Er hob entschuldigend die Hände und lächelte Jakob offen an. Da dieser keine Diskussion über den aktuellen Standpunkt der Kirche zum Thema Besessenheit vom Zaun brechen wollte, deutete er schnell auf eine andere Stelle des Textes und sah Bruder Pirmin fragend an. »Sie glauben also, dass jener Hans vom Wald diese Dinge tatsächlich erlebt hat?«

»Nein, diesbezüglich kann ich keine Aussage machen. Dazu müsste ich mir dieses Dokument erst einmal in Ruhe durchlesen. Da es gefälscht oder der Inhalt erfunden ist, ist erst einmal alles möglich. Haben Sie keine Hinweise darauf, wer das Schriftstück angefertigt hat?«

»Leider nicht. Ich bin bisher davon ausgegangen, dass es ein hier lebender Mönch namens Bartholomäus gewesen ist. Jetzt muss ich meine Recherche anders angehen.«

Jakob überlegte. Das war einfach zu blöd. Natürlich hatte er den Inhalt kritisch betrachtet. Doch eine Fälschung hatte er überhaupt nicht in Betracht gezogen. Wann und von wem hätte das Dokument auch gefälscht worden sein sollen? Dann fiel ihm noch eine Möglichkeit ein.

»Am Ende des Dokumentes ist davon die Rede, dass Hans nach seiner Pilgerreise hier als Laienbruder gelebt hat und auch hier verstorben ist. Könnte darüber etwas in den Klosterchroniken vermerkt sein? Vielleicht wurde ihm das Schreiben beigebracht, und er hat das Dokument selbst angefertigt?«

»Wann, sagten Sie, soll das gewesen sein?«

»Er soll 1647 hergekommen und 1649 verstorben sein.«

Bruder Pirmin dachte einen Moment über das Gehörte nach. »Es ist möglich, aber wenig wahrscheinlich. Das war gegen Ende des Dreißigjährigen Krieges. Das Kloster wurde 1642 vollkommen zerstört. In den Folgejahren hat man sich vor allem mit dem Wiederaufbau beschäftigt. Soweit ich weiß, wurde zu der Zeit kaum gepilgert. Die Menschen hatten genug damit zu tun, um ihr Überleben zu kämpfen. Ganze Landesteile waren komplett entvölkert.« Bruder Pirmin rieb sich nachdenklich das Kinn. »Es ist vorstellbar, dass Hans herkam und die Mönche unterstützt hat. Das bezweifle ich in Anbetracht der politischen Lage jedoch sehr. Denn das hieße, er wäre freiwillig aus dem verhältnismäßig sicheren und gut versorgten Schwarzwald in einen Landstrich gekommen, in dem Hunger und Plünderung an der Tagesordnung waren.«

»Da haben Sie natürlich recht. Dafür spricht einzig die Aussage meiner Auftraggeberin, dass die Familie dem Kloster sehr zugetan war und seit Jahrhunderten Spenden überbringt. Sie erklärte mir, dass ihre Großmutter als Kind noch einmal im Jahr hierher pilgern musste und dieser Brauch von der Familie erst im Zweiten Weltkrieg eingestellt wurde.«

Der Mönch hörte ihm zwar höflich zu, doch Jakob konnte ihm ansehen, dass ihn die ganze Angelegenheit nicht besonders interessierte. Diese ganze Nachforschung führte ins Nichts. Jakob trank sein Wasser aus und wollte sich gerade erheben, doch Bruder Pirmin bedeutete ihm mit einer Handbewegung, sitzen zu bleiben.

»Ich werde mal einen unserer Novizen darauf ansetzen und im Archiv suchen lassen. Wenn es diese Spenden gegeben hat, werden sie als Einnahmen für das Kloster verbucht sein. Des Weiteren können wir in den Pilgerbüchern nachsehen, ob sich die Familie eingetragen hat. Können Sie den ungefähren Zeitraum benennen, wann sie damit begonnen hat?«

Jakob verneinte, das musste er Merle fragen. Das konnte er tun, sobald sie sich auf die Nachricht meldete, die er auf ihrer

Mailbox hinterlassen hatte, um sie zu fragen, ob ihre Großmutter auch nach dieser Wilden Frau geforscht hatte. Er bedankte und verabschiedete sich. Das Angebot des Mönches, noch einen kurzen Gang durch die Kirche zu machen, lehnte er bedauernd ab. Es hätte ihn wirklich interessiert, denn Thierenbach besaß eine beeindruckende Sammlung von Votivbildern. Aber noch lieber wollte er sich mit Merles beziehungsweise Hans' Geschichte beschäftigen, die immer seltsamer wurde und deshalb umso attraktiver. Er fragte sich schon jetzt, was er am Ende alles daraus würde machen können.

Zurück in seinem Büro nahm Jakob einen Filzstift und stellte sich vor das Whiteboard. Was hatte er bisher?

Er schrieb »Knusperhäuschen« in Druckbuchstaben an die Tafel. Das Haus war wirklich seltsam. In seiner Erinnerung kam es ihm vor, als hätte er mit der Annäherung an die Hütte im Wald eine andere Welt, oder zumindest eine andere zeitliche Epoche betreten. Bis Ronja und Björn aufgetaucht waren, hatte sich sein Verstand nicht so richtig zur Mitarbeit überzeugen lassen wollen. Als hätten dort im tiefsten Schwarzwald andere Sinne die Kontrolle über sein Denken und Handeln übernommen. Sinne, von denen Jakob zwar wusste, dass er sie besaß, die er jedoch nie so recht hatte wahrhaben wollen. Vielleicht hatte dieser Hans vom Wald etwas ganz Ähnliches erlebt?

Jakob trat an das Board heran und schrieb »Hans« unter »Knusperhäuschen« und verband beide Worte mit einem Pfeil, der auf den Namen zeigte. Direkt daneben schrieb er »Greta« und zog einen Pfeil mit zwei Spitzen zwischen sie und »Hans«. Grübelnd betrachtete er das kleine Schaubild. Dann ergänzte er »Hexe« in Anführungszeichen und verband sie mit Hans und Knusperhäuschen. Unter Hans schrieb er als Stichpunkt »Dokument«.

Eine Vorbesitzerin des Hauses hatte es wirklich gegeben. Jakob hatte auf den Internetseiten des Baden-Württembergischen Landesarchivs entsprechende Vermerke aus alten Katastern gefunden. Der umtriebige Geschichtsverein Steinbergs hatte sogar schon alte Besitzstandsurkunden digitalisiert und veröffentlicht. Der Name der Vorbesitzerin war allerdings nicht zu entziffern gewesen. Das Haus war 1610 von der Gemeinde Steinberg in den Besitz der Hänsslers übergegangen und wurde seitdem von der Familie bewohnt, die mit Hans' Sohn Johann diesen Familiennamen bekamen. So weit die Fakten.

Der Rest ergab überhaupt keinen Sinn. Jakob schrieb »gefälscht« unter »Dokument« und setzte zwei Ausrufezeichen dahinter. Es ärgerte ihn maßlos. Nicht nur die Tatsache an sich, sondern auch, dass er diese Möglichkeit nicht in Betracht gezogen hatte. Er hatte die gesamte Autofahrt ins Büro darüber nachgedacht und war am Ende überzeugt, dass Bruder Pirmin richtiglag. Nicht nur, weil Jakob ihn als Experten anerkannte, sondern auch, weil es ihm plausibel erschien. Die geschichtlichen Fakten konnte er kaum bestreiten: Das Kloster war weitgehend zerstört gewesen, und es hatten Hunger und Chaos geherrscht. Da hätte niemand Zeit und Muße gehabt, eine derart umfassende Schrift zu verfassen. Selbst wenn zwar das Dokument, nicht aber dessen Inhalt gefälscht wäre – und diesen Punkt konnte er derzeit nicht einschätzen –, würde er erst einmal herausfinden müssen, wer das Dokument wann und zu welchem Zweck angefertigt hatte. Nur so würde er eine weitere inhaltliche Analyse vornehmen können.

Wenn das Original vorläge, könnte man Papier und Tinte untersuchen und wenigstens ungefähr den Entstehungszeitpunkt eingrenzen. Aber so? Am Ende gab es kein Original, sondern nur diese Kopien aus den siebziger Jahren, und Merles Großmutter war die Urheberin. Jakob pfefferte den Filzstift auf den Boden und raufte sich zornig die Haare. So viel Aufwand für nichts. Er hätte es gleich ahnen können. Bei dem derangierten Eindruck, den Merle während ihres ersten Treffens gemacht hatte. Aber er hatte bisher noch immer alle Ziele erreicht, die er sich gesetzt hatte. An Merle würde er nicht scheitern!

Er bückte sich leise schimpfend und hob den Stift wieder auf, um ein Fragezeichen an »Dokument« zu malen. Dann unterstrich er »Greta« mehrmals. Sie war der Schlüssel zu allem. Was aber trieb sie? Wer war sie? Nach einigem Zögern schrieb er »Wilde Frau« neben Greta und zog eine gestrichelte Verbindungslinie. Es war ganz gut gewesen, dass dieser nervige Pfarrer die Sage noch einmal erwähnt hatte. Jakob hätte nie selbst daran gedacht, dabei war sie um Steinberg herum sehr prominent. Wie das bei solchen lokalen Geschichten so üblich war, gab es ein Hotel und ein Restaurant, das nach der Wilden Frau benannt war, sowie mindestens zwei Skulpturen, von denen er wusste. Eine davon stand direkt vor der Kirche Steinbergs auf dem Marktplatz. Nüchtern betrachtet, war es die einzige nennenswerte Touristenattraktion des Dorfes, und das musste natürlich ausgeschlachtet werden.

Jakob strich sich die Haare aus der Stirn. Er konnte kaum bestreiten, dass es neben der Parallele zu *Hänsel und Gretel* ebenso eine Parallele zu dieser Sage gab. Schließlich hatte Greta Hans ebenso in den Wald gelockt, wie die Wilde Frau es mit ihren Opfern tat.

Wenn man annahm, dass Greta wirklich ein übernatürliches teuflisches Wesen war, war die Erklärung ganz einfach: Das Dokument erzählte die Wahrheit, und die Hänsslers hatten sich mit einem Dämon herumgeschlagen. Die Hexe, oder was immer sie gewesen war, wollte ihn bannen und besaß ebenfalls die notwendigen magischen Fähigkeiten dazu. Vielleicht war das Feuer, das sie entfacht hatte, nicht ganz natürlich, so dass es sie vollständig verzehren konnte und keine Brandleiche übrig blieb. Ja, das wäre völlig logisch.

Hans war ihr nur beim Bannen dazwischengekommen. Später hatte er selbst dieses Greta-Wesen in einem Baum festgesetzt, damit es keinen Schaden anrichten konnte.

Und, um den alten Hamlet zu bemühen, es gab ja so vieles, was unsere Schulweisheit sich nicht träumen ließ.

Jakob schmunzelte grimmig, während er einen großen Kreis um sein Schaubild zog. Klar, alles total einleuchtend. Und die Erde war eine Scheibe, und er verwandelte sich nachts in einen Wolf, der kleine Mädchen mit roten Mützen fraß. Oder, falls es keine bemützten Mädchen gab, dann eben Geißlein, Ziegen oder Schweine. In Bezug auf die Erde war er relativ sicher. Sich selbst kannte er natürlich auch gut genug. Den Rest fand er schon noch heraus. Eines aber wusste er schon jetzt, und das hatte er jedem voraus: Ganz sicher war es kein Zufall, dass Ronja und ihre Freundin ausgerechnet jetzt verschwunden waren.

Vierzehn
ALLES MUSS VERSTECKT SEIN …

Ruckartig stand Merle auf. »Ich gehe wohl besser.«

»Nein, bleib. Es hat nichts mit dir zu tun.« Björn versuchte, sie am Handgelenk zu fassen. Wortlos schüttelte sie den Kopf, denn sie war sich überhaupt nicht sicher, ob die Anschuldigungen dieser Nicole nicht doch einen Funken Wahrheit in sich trugen. Da war diese Apfelspur. Der merkwürdige Baum. Jetzt war noch ein kleines Mädchen verschwunden. Sie musste raus hier, nachdenken, Antworten finden, und das ging kaum in diesem stickigen überfüllten Raum mit zu vielen aufgeregten Menschen.

So unauffällig wie möglich glitt sie durch die Menge und stahl sich davon. Erst als sie auf dem Weg zurück zum Haus die wiederum offen stehende Schranke passiert hatte, griff sie nach ihrem Telefon und wählte die Nummer ihres Vaters. Sie hörte ein Freizeichen, er hatte es also nach dem Flug wieder angeschaltet. Aber er ging nicht ran. Konnte man denn so fest schlafen? Oder saß ihr Vater doch ganz gemütlich in einem Stuttgarter Hotel? Das sähe ihm nicht ähnlich. Merle knurrte ungehalten. Warum hatte sie im Gemeindesaal nicht einfach gefragt, ob jemand ihren Vater gesehen hatte? Dann wüsste sie jetzt vielleicht, ob er in Steinberg war oder nicht. Warum machte Papa es ihr auch immer so schwer? Er beschwerte sich, wenn sie zu lange nichts von sich hören ließ, doch dass seine eigene Erreichbarkeit deutlich zu wünschen übrig ließ, stand natürlich auf einem anderen Blatt.

Trotzdem musste sie jetzt mit jemandem reden.

Auf einmal fiel ihr die Entscheidung, Jakobs Nummer zu wählen, sehr leicht. Sie war froh, dass sie ihm nicht persönlich gegenübertreten musste, denn das Misstrauen nagte wieder in ihr. Andererseits hätte sie beim Klang seiner Stimme ihre Seele verpfändet, um sich jetzt in seine Arme flüchten zu können.

»Merle, lieb, dass du anrufst. Ich habe ein paar Fragen zu diesen Pilgerreisen deiner Familie.«

»Das muss warten. Hier ist das totale Chaos ausgebrochen. Hast du davon gehört, dass hier Kinder entführt worden sind?«

»Was? Nein! Ich habe die Nachrichten in den letzten beiden Tagen nur ganz am Rande verfolgt. Ich war mit anderen Dingen beschäftigt.«

Merle überlegte kurz, ob sie wissen wollte, was das für andere Dinge waren. Ging sie das etwas an?

»Das ist ja schrecklich!«, fuhr Jakob fort. »Was wird denn unternommen? Könnte man helfen?«

»Ich glaube, im Moment nicht. Es sollen neue Suchtrupps organsiert werden, die das Waldgebiet um Steinberg systematisch durchkämmen. Aber erst ab heute Nachmittag. Im Moment ist die Polizei wieder dabei, die Eltern und Nachbarn zu befragen. Jakob, hier gehen merkwürdige Dinge vor. Ich glaube, es hat etwas mit mir zu tun!«

»Mit dir? Warum sollte es?« Sein Tonfall wurde deutlich vorsichtiger. Klar, er wusste von den Alpträumen, vermutlich hielt er sie für paranoid! Sie musste sich an die Fakten halten.

»Im Umfeld von Omis Häuschen ist eine Lebkuchenspur gefunden worden. Omi hatte immer eine geheime Nische, aus der sich ein paar eingeweihte Kinder mit Lebkuchen bedienen durften. Ich habe nachgesehen, die Nische ist leer. Aber es könnte nach ihrem Tod noch Lebkuchen darin gewesen sein, den nun jemand verstreut hat. Heute Morgen habe ich dann eine Spur aus Äpfeln gefunden, die zu diesem Verbotenen Garten führte, von dem ich dir erzählt hatte. Irgendwer treibt sich um das Haus herum, und ich glaube, dass es etwas mit den Kindern zu tun hat.«

Jakob schwieg so lange, dass Merle schon überprüfen wollte, ob die Verbindung nicht abgebrochen war. »Meinst du nicht«, meinte er endlich, »dass du dich da ein wenig in diese Märchenthematik hineinsteigerst?«

»Märchenthematik? Das sind Fakten! Was haben diese Spuren mit Märchen zu tun?«

»Och, nein, nichts«, stimmte Jakob zu. »Was sollten Lebkuchen und Äpfel und im Wald ausgelegte Spuren schon mit Märchen zu tun haben?«

Merle hörte sehr wohl den sarkastischen Unterton. »Verdammt, Jakob, dann ist es eben der Kindesentführer, der sich auf diese Thematik verstiegen hat! Was weiß denn ich?«

Merle kam außer Atem und musste langsamer gehen, da der Weg weiter bergan führte. Der Wald umgab sie mit einem friedlichen und sonnenbeschienenen Spätvormittag.

»Hast du jemandem von dieser neuen Spur mit den Äpfeln erzählt?«

»Bisher nicht. Ich sagte doch, ich *glaube,* dass es was mit den Kindern zu tun hat, bin mir aber natürlich nicht sicher.«

»Gut. Ich an deiner Stelle würde zunächst nichts sagen. Vielleicht hat es wirklich nichts damit zu tun.«

Merle brummte ihre Zustimmung, insgeheim war sie nicht überzeugt, sondern froh und enttäuscht zugleich über diese abwehrende Reaktion. Froh, weil Jakob die nach logischen Gesichtspunkten einzig sinnvolle Erklärung in Worte fasste –

und enttäuscht, weil sie ihm gern von dem kränklichen Zustand des Baumes erzählt hätte, und von der winkenden Gestalt, die sie kurz in dessen Schatten zu sehen geglaubt hatte. Mit irgendwem musste sie darüber reden, sonst drehte sie noch völlig durch.

»Und was machst du jetzt?«, wollte Jakob wissen.

»Ich bin auf dem Weg zurück nach Hause. Eine der Mütter hat mich beschimpft und meine Großmutter als Hexe bezeichnet. Ich sollte das nicht an mich heranlassen, aber es geht mir nahe.«

»Das heißt, du ziehst dich in deinen Zufluchtsort zurück.«

Merle stutzte. »Ein bisschen stimmt das.«

»Ich bin wirklich gespannt, deinem Häuschen irgendwann mal die Klinke zu schütteln. Es muss ein toller Ort sein.« Es hörte sich aufrichtig an, doch Merle konnte sich des Eindrucks nicht erwehren, dass Jakob ein wenig eifersüchtig war. Sie rief sich innerlich zur Ordnung. Ihr neuer Freund sollte neidisch sein auf ein Haus im Wald? Wie albern wäre das, bitte schön?

»Es ist ein sehr charmantes Haus, Jakob. Ihr werdet einander gut verstehen«, erklärte sie daher mit Nachdruck.

»Aber sicher. Wir haben den gleichen Geschmack, dein Häuschen und ich. Es soll dich gut behandeln. Ach, und bei der Gelegenheit müsten wir darüber sprechen, ob deine Oma sich auch mit der Sage um die Wilde Frau befasst hat. Aber das hat Zeit. Pass auf dich auf, und wenn du ein bisschen Zeit hast, freue ich mich darauf, wenn du dich bald wieder meldest.«

Okay, Merle erkannte die Steilvorlage. Mit einem Mal wurde der Wunsch nach einem Verbündeten übermächtig. Jakob wäre hier fremd, wie sie. Er könnte nachvollziehen, wie sie sich fühlte, und sie unterstützen, falls es zu weiteren Angriffen kam. Wenn sie ihn bat, wieder zu verschwinden, würde er das respektieren. Zumindest hoffte sie das.

»Jakob, kannst du herkommen? Ich brauche hier einfach jemanden, mit dem ich reden kann.«

»Klar.«

»Wirklich?«

»Nein, das meinte ich ganz ernst: Klar komme ich. Ich bin um ungefähr vier Uhr da. Aber bist du dir sicher, dass es dir ernst ist?«

»Natürlich. Sonst würde ich dich nicht bitten.« Merle hoffte, dass es überzeugter klang, als sie war. Wenn ihr Vater erst mal da war – und irgendwann musste er auftauchen –, hätte sie zwei Menschen um sich, die sie unterstützten. Zwei Männer für eine Frau wie sie, die immer großen Wert darauf gelegt hatte, alles allein zu schaffen. Aber man musste sich eben eingestehen können, wenn man an seinen Grenzen angelangt war.

»Also bis gleich. Ich freue mich auf dich und dein Häuschen. Es soll mir ein Bier kaltstellen.« Jakob lachte leise, dann legte er auf.

Erleichtert steckte Merle das Smartphone in die Tasche und bog auf den Pfad zur Lichtung ab. Noch eine ganze Weile lächelte sie über Jakobs Worte. Als ob das Haus ein Lebewesen wäre.

Manchmal war es ihr in Kindertagen tatsächlich so vorgekommen. Es hatte immer wieder Situationen gegeben, die merkwürdig waren, allerdings nie unheimlich. Das betraf besonders Björn und ihr gemeinsames Versteckspiel. Er war ein Meister darin gewesen, *nicht* an dem Ort zu sein, an dem sie ihn vermutet hatte. Wenn sie zum Beispiel geglaubt hatte, aus den Augenwinkeln eine Bewegung in der Stube hinter der Esse ausgemacht zu haben, lief sie rasch dorthin, nur um festzustellen, dass Björn unter dem Esstisch hervorgeflitzt und zum Abschlagpunkt gelaufen war und das Spiel gewonnen hatte.

Im Nachhinein war sich Merle natürlich sicher, dass Björn

nie hinter der Esse gehockt hatte. Trotzdem war es ihr ab und zu so vorgekommen, als hätte sich das Haus mit Björn gegen sie verschworen. Doch beide waren ihr nie bösartig erschienen. Vermutlich war es ihre kindliche Erklärung gewesen, warum sie gegen ihren Freund immer verloren hatte. Für diese Deutung sprach auch, dass ihr diesbezüglicher Eindruck nachgelassen hatte, als Björn und sie elf oder zwölf Jahre alt geworden waren. Sie schüttelte den Kopf. Genug mit den Grübeleien über die Vergangenheit. Es war die Gegenwart, in der sie bestehen musste.

Endlich war Merle an der Haustür angekommen. Hier hatte sich nichts verändert. Ganz wie sie vermutet hatte, sonnte sich Zora auf dem Sims des Fensters über dem Apfelsack und blinzelte ihr entgegen. Kaum hatte sie den Flur betreten, krachte die Haustür so laut zu, dass Merle zusammenzuckte und hastig in die Stube flüchtete.

Trotz aller guten Vorsätze ließ sie der Gedanke an Björn und sein Talent beim Versteckspiel nicht ganz los. Er passte zu etwas, das ihr seit Tagen durch den Kopf ging, ohne dass sie es greifen konnte: Jakob hatte ganz richtig gesagt, dass Hans selbst in seiner Lebensgeschichte keine Vergleiche mit Märchen zog. Es könnte tatsächlich sein, dass ein Leser aus heutiger Sicht nur die Ähnlichkeit mit *Hänsel und Gretel* sah, ohne dass diese damals bestanden hatte.

Doch in Merles Verstand regte sich ein riesengroßes »Trotzdem!« Irgendwie wusste sie ganz sicher, dass ihr jemand *erzählt* hatte, was es mit den Märchen auf sich hatte. Omi war es nicht gewesen. Im Geiste sah sie die ganze Zeit Björn vor sich, wie er in Kleiner-Junge-Manier eindringlich dozierte, was Merle über das Häuschen ihrer Omi wissen müsste. Er hatte seine umfangreiche Erklärung mit den Worten beendet: »Die Hexe war gar nicht die Böse! Das musst du dir merken!«

Merle stutzte. Warum hätte Björn so etwas sagen sollen? Da waren ihr Erinnerungen verrutscht, so viel war mal sicher. Björn Dreher hatte mit dem Haus und ihrer Familie doch gar nichts zu tun, sondern war einfach ein Spielkamerad aus Kindertagen.

Dann kam es, das »Trotzdem«: Björn war derjenige, der sie beständig zum Märchenspiel angehalten hatte. Omi hatte das tatkräftig unterstützt, aber sie war nicht die Initiatorin dieser Spiele gewesen. Außerdem hatte Björn häufiger Fantasiegeschichten erzählt, und in einigen davon war er die Hauptfigur gewesen. Wie passte das jetzt alles zusammen?

Der Schaukelstuhl wippte. Doch von Luzi oder ihren Gefährtinnen war nichts zu sehen.

Merle setzte sich auf die Couch. Sie betrachtete die hin und her wiegenden Kufen des Stuhls. Wie alt mochte das Möbelstück sein? Als alter Mann hatte Hans gern in einem Schaukelstuhl gesessen. War es der gleiche Stuhl, der jetzt vor ihr stand?

Vor – zurück. Der Stuhl war immer noch in Bewegung. Warum eigentlich? Vor – zurück – vor – zurück. Der Anblick übte eine hypnotische Wirkung aus. Merle konnte sich nur schwer losreißen. Sie musste willentlich den Kopf heben und sah vor ihrem geistigen Auge wieder den Jungen, der den Märchenonkel mimte.

Dann erstarrte sie.

Das war gar nicht Björn.

Das war Hans! Da saß er, im Schaukelstuhl, in diesem Augenblick! Er klappte das Buch zu, legte die Tonpfeife und die Brille darauf und stand auf. Mit zwei Schritten war er an der Wand rechts neben der Esse angelangt und verschwand.

Merle keuchte auf und biss sich in die Faust, um nicht laut aufzukreischen. Entweder hatte sie nun völlig den Verstand verloren, oder sie sah wirklich Gespenster.

Ein Schürhaken fiel von der Esse und klapperte an der Stelle, wo die Erscheinung verschwunden war, zu Boden.

Dann hörte sie die Schritte. Schwere Absätze knallten über den Weg vor dem Haus. Ihr Blick flog zum Fenster und erhaschte einen Schatten, der an der Scheibe vorbeizog. Wieder einmal fauchte eine Katze, und dann schepperte ein Fensterladen irgendwo im Obergeschoss. Merle schloss die Augen und zwang sich, ganz langsam durchzuatmen und bis zehn zu zählen. Sie musste sich auf die Fakten konzentrieren, die auf solch grausame Weise einen Sinn ergaben. Hier im Haus spukte die kindliche Version von Hans durch die Räume, und draußen irrte das Wesen umher, das ihn verfolgt hatte: Greta. War sie vielleicht eine Manifestation der Wilden Frau? Hatte Jakob die Sage deshalb eben in ihrem Telefonat erwähnt? Merle hatte gar nicht mehr richtig zugehört. Aber das würde erklären, warum Omi stets höchst ungehalten reagiert hatte, wenn sie jemanden einem Kind mit der Wilden Frau drohen hörte, weil es nicht artig war. Mit so etwas sollte man nicht spaßen, hatte sie stets gesagt.

Merle schüttelte den Kopf. Das konnte doch alles nicht wahr sein! Was hatte ihre Großmutter eigentlich alles gewusst? Hatte das am Ende wirklich etwas mit den verschwundenen Kindern zu tun?

Merle wurde eiskalt. Falls das so war, trug sie tatsächlich eine Mitschuld. In den Händen ihrer Familie lag die Verantwortung, dass dieses Wesen keinen Schaden anrichtete.

Sie sprang auf und begann, in der Stube auf und ab zu laufen. Dabei spähte sie immer wieder aus allen Fenstern, doch draußen regte sich nichts mehr. Sie drehte sich wieder in den Raum und betrachtete die vertraute Umgebung mit neuen Augen. Obwohl sie das alles immer noch nicht glauben wollte, sortierte sie längst kalt und analytisch ihre Erinnerungen. Sie war nicht verrückt – und falls doch, so war auch ihre Omi wahnsinnig gewesen. Hans war ihr Spielkamerad gewesen, vor allem in der Zeit, in der sie hier gelebt hatte. Er hatte sie beschützt, sie getröstet und ihr erklärt, dass es ihrer Mutter jetzt besser ginge. Die kleine Merle hatte ihm das geglaubt. Sie hatten miteinander gespielt, und er hatte erzählt. Er hatte so viel erzählt.

Merle massierte sich mit den Fingerspitzen die Schläfen, um sich besser konzentrieren zu können. Sie hatte die Jungenstimme ganz genau im Ohr, so hell und sanft und manchmal ein bisschen besserwisserisch. Was genau hatte er alles erzählt? An dem Punkt ließ sie ihre Erinnerung im Stich. Nur an eines erinnerte sie sich, denn das hatte sie niemals tun dürfen: Hans berühren. Dabei hatte er manchmal so traurig ausgesehen, so einsam und verloren. In solchen Momenten hatte er nicht wie ein Kind gewirkt. Es hatte Merle tief berührt. Dann hatte sie sich in Omis Arme geflüchtet. Omi hatte sie verstanden, hatte aber scheinbar auch nichts für Hans tun können.

Als sie älter wurde, war Hans irgendwann verschwunden. Oder, nein, er war vermutlich die ganze Zeit hier gewesen, aber sie hatte den Kontakt zu ihm verloren. Wann war das geschehen? Als Björn, ihr echter Spielkamerad, in ihr Leben trat? Oder wäre sie so oder so irgendwann zu alt und abgeklärt gewesen, um Hans wahrnehmen zu können?

Sie seufzte. Und was nützte ihr nun diese große Erkenntnis? Oder den verschwundenen Kindern? Niemand würde ihr auch nur ein Wort dieser wirren Geschichte glauben. Und selbst wenn ihr jemand glauben würde, würde sie sich mit solchen Vermutungen in der Öffentlichkeit nur direkt in die Schusslinie stellen.

Merle schüttelte ungehalten den Kopf und begann, auf und ab zu laufen. Sie würde sich ohne zu zögern mitten auf den Marktplatz stellen und sich schuldig bekennen, wenn sie damit etwas bewirken könnte. Das Leben von vier Kindern, insbesondere Ronjas, wog so unendlich viel mehr als aller Schimpf und alle Schande, die das Dorf über ihr würde ausgießen können. Sie würde mit den Vorwürfen leben können, das Dorf kurz darauf verlassen und nie mehr wiederkommen.

Grübelnd trat sie ans Fenster. Ein großer Schatten, womöglich derselbe wie vorhin, huschte um die Hausecke in Richtung Scheune. Merle war es für den Moment egal. Hier im Haus war sie sicher. Sie war sicher, korrigierte sie sich, aber die Kinder nicht. Die waren irgendwo da draußen und dem Wesen hilflos ausgesetzt! Himmel, was sollte sie nur tun? Sie musste unbedingt ihren Vater erreichen! Aber das allein brachte die Kinder nicht zurück. Außerdem gab es da noch ein weit schwerwiegenderes Problem: Vielleicht hatte sie jetzt erkannt, mit wem sie es zu tun hatte. Was man gegen das Wesen ausrichten konnte, wusste sie dagegen nicht. Hans hatte Greta einen vergifteten Apfel angeboten. Das würde nie wieder funktionieren. Wie war sie überhaupt aus dem Baum entkommen?

Jakob könnte ihr helfen. Wenn er ihr glaubte, könnte er seinen Fundus an Märchen durchkämmen, um einen Weg zu finden, wie man die bösen Gestalten in Märchen üblicherweise bannte. Irgendeinen Weg, den Greta noch nicht kannte.

Falls er ihr glaubte …

Merle hielt inne. Was war das? Sie schnupperte. Da lag ein unerwarteter und doch vertrauter Geruch in der Luft, nach Zimt und Anis, mit einer Zitrusnote.

Sie ging wieder ans Fenster. Die Lichtung breitete sich in unschuldigem Sonnenlicht vor ihr aus. Es war vollkommen windstill. Nicht einmal am Waldrand bewegte sich etwas. Vielleicht war ihre Gegnerin dort draußen. Es wurde Zeit, dass ihr etwas einfiel, denn sie wollte nicht ausprobieren, was geschah, sobald sie einen Fuß vor die Tür setzte.

Sie wandte sich zurück in die Stube. Nichts, kein Hans, keine Katze. Sie ging hinter die Esse, um den heruntergefallenen Schürhaken aufzuheben. Als sie noch in der Hocke saß, erinnerte sie sich daran, wie Hans über seinen Sohn gewacht hatte, nachdem er ihn mit dem Schürhaken geschlagen hatte. Hier ungefähr an dieser Stelle musste es gewesen sein.

Merle musterte die Holzvertäfelung mit zusammengezogenen Augenbrauen. Klar, da war das Bild mit dem Baum, der ein Gesicht hatte. Sie stellte sich davor und legte drei Finger auf das hölzerne Antlitz. Es gab nach. Sie drückte fester, und ein Quadrat mit etwa fünfundzwanzig Zentimeter langen Seiten schwang ein wenig vor. Nachdem sie die Fingerkuppen an den vorspringenden Rand gelegt hatte, konnte sie die Platte vollständig entfernen. Dahinter erspähte sie einen Hohlraum.

»Das wolltest du mir zeigen!«, murmelte sie. Wenn man es wusste, war es lächerlich einfach.

Merle griff in den Hohlraum und zog einige Seiten Pergament hervor. Das Papier war zwar brüchig, aber gut erhalten. Fassungslos starrte sie auf die Worte. Sie hatte sofort erkannt, um was es sich handelte: das lateinische Original von Hans' Biographie und das Rezept. Das Lebkuchenrezept! Ob Omi davon gewusst hatte? Sofort lachte Merle über sich selbst. Natürlich hatte sie davon gewusst. Das Rezept lag nicht schon seit Hans' Lebzeiten unberührt hier. Neben den alten Maßen Pfund und Schoppen waren die zeitgenössischen Werte in Gramm und Liter notiert. Es könnte Omis Schrift sein. Oder die eines anderen ihrer Vorfahren.

Vorsichtig legte Merle das Dokument zurück und ließ sich mit dem Rezept in der Hand auf dem Boden nieder. Hans hatte dem Lebkuchen immer große Bedeutung beigemessen. Ob das Rezept am Ende etwas mit Greta zu tun hatte? Aber was konnte das sein? Warum hatte Omi den Kuchen immer so großzügig unter den Kindern verteilt? Noch ein Rätsel, das sie nicht lösen konnte, solange sie hier sitzen blieb und das alte Papier anstarrte. Vielleicht könnte sie etwas herausfinden, wenn sie es schaffte, sich die Zutaten zu besorgen und das Rezept nachzubacken.

Es brauchte ein wenig Fingerspitzengefühl, doch dann hatte Merle die Platte wieder eingesetzt. Sie fragte sich kurz, warum das Original des Dokumentes hier lag, wo es doch in den Archiven des Klosters liegen müsste, wo es verfasst worden war, aber das interessierte sie im Moment nicht. Vielmehr wollte sie die Vorräte überprüfen und sehen, was an Gewürzen und Zutaten vorhanden war.

Ein kurzer Vergleich ergab, was sie schon erwartet hatte: Omi hatte bis ins hohe Alter gebacken, und entsprechend waren alle Zutaten bis auf Milch und Eier im Haus. Und beides hatte Merle selbst mitgebracht.

Ein Poltern und Rumpeln, gefolgt von einem Scharren, ließ sie zusammenfahren. Es kam aus Richtung Scheune. Sie lauschte auf weitere Geräusche, doch es blieb still.

Merle bemerkte, dass ihre Angst kalter Wut gewichen war. Ihr treues Häuschen schützte sie, und dort draußen randalierte irgendwas fröhlich herum. Es reichte. Kurz entschlossen griff sie den Schürhaken und lief in den Flur. Kaum stand sie dort, verließ sie der Mut wieder. Sollte sie wirklich da raus? Was konnte sie schon gegen ein unnatürliches Wesen ausrichten?

Es klopfte an der Tür.

Merle keuchte unwillkürlich auf, während ihr Puls zu rasen begann. Sie umklammerte den Schürhaken ganz fest mit beiden Händen. »Wer ist da?«

»Polizeikommissar Sturm. Ich suche jemanden von der Familie Hänssler.«

Schlagartig ebbte ihre Panik ab. So sanft wie möglich, damit der Schürhaken nicht auf den Fliesen klapperte, legte sie ihn ab und öffnete die Haustür. Vor ihr stand ein junger Mann, der verlegen seine Mütze in den Händen drehte. In seinen blonden Haaren und auf der Stirn klebten Dreck und Spinnweben, die blaue Uniformjacke auf den breiten Schultern war schmutzig.

»Ich bin Merle Hänssler. Was haben Sie denn angestellt?« Komische Frage an einen Polizisten, wie ihr zu spät auffiel.

»Ja, ach das.« Er lächelte und wischte mit einer Hand über die Schulter, was nur zur Folge hatte, dass er den Schmutz noch mehr verteilte. Es waren braungraue harzige Holzkrümel, wie Merle jetzt erkannte. »Es tut mir sehr leid, aber kleine Sünden straft der liebe Gott bekanntlich sofort. Ich war in Ihrer Scheune.«

»Möchten Sie nicht reinkommen und sich sauber machen?« Sein Eintreten war ihr nicht recht, aber die Frage ein Gebot der Höflichkeit.

Der junge Mann zögerte, nickte und trat dann einen Schritt vor, um sich prompt am Türsturz zu stoßen und wieder zurückzuspringen. Er fluchte unterdrückt. »Besser doch nicht«, erklärte er zähneknirschend und rieb sich die Stirn, womit er sich weitere dunkle Drecksstriemen auf die Haut schmierte. »Ich habe heute die Pest am Hals. Wer weiß, was ich Ihnen alles kaputt mache. Aber können Sie kurz mit in die Scheune kommen? Ich muss Ihnen zeigen, was ich angerichtet habe.«

Eigentlich wollte Merle nicht. Aber ein flüchtiger Blick auf die Lichtung und den Polizisten zeigte ihr, dass keine unmittelbare Gefahr drohte. Die Katzen waren entspannt. Jorinde hüpfte durch das Gras und jagte Insekten, während Zora sich auf den sonnenbeschienen Steinen räkelte. Sie wies ihren Begleiter mit einer Handbewegung an, vorzugehen, und folgte ihm zur Scheune.

»Wissen Sie, ich wollte mich hier noch einmal umsehen. Die Sache lässt mir natürlich keine Ruhe. Ich dachte, das Haus stünde leer, daher habe ich mir keine Gedanken gemacht, ob jemand hier ist. Erst als ich das Holz geräumt habe, fiel mir ein, dass ich das besser vorher überprüfen sollte. Polizist zu sein gibt mir nicht das Recht, hier herumzuschnüffeln. Nicht sehr professionell, schon klar.«

»Was meinen Sie mit: Sie haben das Holz geräumt?«

»Sehen Sie!« Sie blieben an der Scheunentür stehen, und er deutete auf einen der Holzstapel, der umgekippt und als wilder Haufen auf dem gesamten Boden verteilt war. »Ich habe keine Ahnung, wie ich das angestellt habe. Beinahe hätte es mich sogar erwischt, dann könnten Sie mich jetzt unter den Scheiten heraussortieren.«

Merle kicherte wider Willen, größtenteils vor Erleichterung. Da malte sie sich die schrecklichsten Horrorgeschichten von wandelnden Kinderfressern aus, und dabei streunte nur ein übermotivierter Jungbulle über das Gelände. »Schon gut, nicht schlimm. Wir werden die Ursache nicht mehr herausfinden. Es kann falsch gestapelt gewesen sein. Hauptsache, Ihnen ist nichts passiert.«

Der junge Polizist verzog unsicher die Mundwinkel. Es sollte wohl ein Lächeln sein, das seine Augen nicht erreichte. Merle sah ihn scharf an. »Ist wirklich alles in Ordnung mit Ihnen? Haben Sie sich verletzt?«

»Nein, alles bestens. Es ist nur ... ich hatte gehofft, dieser Sache mit dem Lebkuchen nachgehen zu können.« Er zögerte und holte dann Luft. Dabei wich er Merles Blick aus. »Ich bin hier aus dem Dorf, arbeite aber eigentlich nördlich von Lörrach. Ich kannte Ihre Großmutter. Ich habe sie als kleiner Junge sehr verehrt. Und Sie auch, Merle. Weil Sie doch hier leben durften. Sie können sich wahrscheinlich nicht mehr an mich erinnern. Ich gehörte zu den Kindern, die Ihnen und Björn Dreher häufig hinterhergelaufen sind – und Sie vermutlich gehörig genervt haben.«

Einige Sekunden musterte Merle die Züge des Mannes, dann erkannte sie ihn. »Felix! Du bist der kleine Bruder von Susanne, ja sicher.« Sie lächelte und wechselte ins Du. Uniform oder nicht, sie teilten die gleiche Herkunft.

Felix erhob keinen Protest, sondern wirkte eher erleichtert.

Merle lächelte breit. »Viel weiß ich nicht, aber ich zeige dir das Versteck, in dem meine Großmutter den Lebkuchen aufbewahrt hat. Es gab immer ein paar Kinder, die davon wussten. Ich vermute, das ist heute noch so. Wie ich meine Omi kenne, wird sie Ronja eingeweiht haben.«

Gemeinsam stiegen sie über die verstreuten Holzscheite. Merle zeigte ihm die Nische und erklärte, was es mit dem Brauch auf sich hatte. Felix blieb unaufdringlich, stellte ein paar Fragen, hielt sich aber ansonsten zurück. Er schien selbst nicht daran zu glauben, hier eine Spur zu finden, die ihn weiterbrachte.

Als sie wieder vor der Scheune standen, lud Merle ihn erneut ein, ins Haus zu kommen, doch er lehnte ab. »Ich wollte jetzt noch einmal in Richtung Steinbruch laufen und dann zurück ins Dorf. In knapp vier Stunden starten wir eine weitere Suchaktion und durchkämmen das Gebiet systematisch. Bis dahin möchte ich mich umziehen und etwas essen. Aber vielen Dank.«

»Eine Suchaktion?«, wiederholte Merle. »Dann komme ich mit. Wann genau geht es los?«

Felix blieb stehen. »Hältst du das für eine gute Idee?«

»Wieso nicht? Ich will helfen. Ich muss einfach etwas tun!« Kurz erwog sie, Felix davon zu erzählen, dass sie Hans gesehen hatte. Ihn danach zu fragen, ob er einen Zusammenhang zwischen den ganzen Ereignissen sah. Aber dann besann sie sich.

Das Haus war ihm gegenüber misstrauisch, also sollte sie selbst es ebenfalls sein.

»Ich habe eben im Gemeindesaal mitbekommen, was Nicole Rötgen gesagt hat. Nimm dir das nicht zu Herzen. Die meisten denken nicht so. Oma Mago war eine großartige Frau.«

Merle gab sich gelassen. »Sie sucht Schuldige, das ist ganz normal.«

Felix presste die Lippen aufeinander und sah Merle aufrichtig an. »Marie Lehmann ist meine Cousine. Meine Tante, also ihre Mutter, denkt auch nicht so.«

»Das … das tut mir leid, Felix«, erwiderte Merle bestürzt. »Jeder Mensch bewältigt Krisen anders. Es gibt kein Patentrezept, wie man am besten mit ihnen umgeht.«

»Das stimmt. Du bist echt mutig. Das habe ich früher schon an dir bewundert.« Er setzte seine Mütze auf. »Soll ich dich abholen?«

»Das wäre toll!« Dann musste sie den Gemeindesaal wenigstens nicht allein betreten.

»In Ordnung. Dann bis gleich.«

Sie verabschiedeten sich voneinander, und bald verschwand die blaue Uniform zwischen den Bäumen, die den Pfad säumten. Merle umschlang ihren Oberkörper mit beiden Armen, während sie zurück ins Haus ging und dabei immer ein wachsames Auge auf Jorinde warf, die ihre Jagd aufgegeben hatte und sich faul in der Sonne räkelte. Merle spürte, wie die Anspannung in ihrem Inneren schmolz und ein Kribbeln hinterließ, als die Muskeln sich entspannten. Wäre sie doch nur halb so mutig, wie es nach außen wirkte. Dann wäre vielleicht einiges einfacher.

Sie entschied sich, den Lebkuchen zu backen, bis Felix sie abholte. Es dauerte eine kleine Weile, bis sie herausgefunden hatte, wie sie den Herd in Gang bekam. Jemand hatte die Propangasflasche abgestellt, vermutlich Björn.

Und dann ging alles schief.

Eigentlich war Merle keine schlechte Köchin, sie kam nur zu selten dazu, da sie in Hamburg meistens auswärts gegessen hatte. Doch sie war immer noch nervöser, als sie sich eingestehen wollte. Zweimal versuchte sie, ein Ei zu trennen, doch jedes Mal ging das Eigelb kaputt. Der Honig musste erhitzt werden und setzte an. Sie verwechselte Zutaten, und dann, als sie endlich alles glücklich in der Rührschüssel hatte, fehlte ihr die Kraft, es von Hand durchzumengen. Wütend knallte sie die Schüssel auf die Anrichte. Was war das für eine kranke Idee, jetzt Lebkuchen backen zu wollen!

Sie stützte die Hände auf, atmete zitternd aus. Sie konnte ja doch nichts tun. Heute Nachmittag würde sie sich an der Suche beteiligen. Eine innere Stimme sagte ihr, dass man die Kinder auf diese Weise niemals finden würde, aber es gab ihr wenigstens das Gefühl, sich nützlich zu machen.

Sie griff nach dem Löffel und der Schüssel. Es ging viel leichter als vorhin. Eine Weile gab Merle sich der mühevollen Bewegung hin. Dann deckte sie die Schüssel mit einem Handtuch ab und wollte den Teig zum Ruhen in den Keller bringen. Im Flur hielt sie inne. Das Haus hatte doch einen Keller, oder? Wo war die Treppe?

Unfähig, einen sinnvollen Gedanken zu fassen, stellte sie die Schüssel in einer Ecke, die ihr kühl vorkam, an die Wand. Dann taumelte sie zurück in die Stube und legte sich unter die Wolldecke auf das Sofa. Sie war plötzlich todmüde. Irgendwie war ihr das alles zu wirr.

Haus im Wald – Steinberg, Sommer 1647

»Großvater, ein Mann will Euch sprechen.«

Hans reckte den Kopf aus der Tür zur Stube, um zu sehen, wen Christoph soeben an der Haustür begrüßt hatte. Dort stand ein bärtiger Mann mit einer Tonsur in einem schlichten grauschwarzen Gewand und mit Sandalen an den bloßen Füßen. Verwundert trat Hans auf den Flur und stellte sich neben seinen Enkel, der den Mann ungeniert von oben bis unten musterte.

»Was kann ich für Euch tun, Bruder?«

Der Besucher verbeugte sich leicht. »Ich bin nur ein demütiger Mann Gottes, der um ein Quartier für die Nacht in Eurem Heuschober ersucht. Am Morgen werde ich weitergezogen sein, noch bevor Ihr bemerkt, dass ich hier war.«

»Mutige Worte für jemanden, der den Habit eines Minoriten trägt. Ihr wisst, dass dieser gesamte Landstrich dem lutheranischen Glauben folgt?«

Die Miene des Mönches verschloss sich, während er vorsichtig einen Schritt zurückwich. »Der Herr hält seine Hand schützend über mich.«

Sofort lächelte Hans beruhigend. »Habt keine Furcht. Hier ist jeder willkommen, der durch diese Türe schreiten kann. Kommt herein und lasst Euch ein Mahl bereiten.«

Der Fremde nickte dankbar und trat in den Flur an Hans und seinem Enkel vorbei. Er trug nur ein leichtes Bündel, dessen Tuch ihm vermutlich Schutz vor Regen gewährte. Im ersten Moment hatte Hans ihn auf sein Alter geschätzt, jetzt jedoch vermutete er, dass der Wanderer um einiges jünger sein musste.

Er hatte Augen, die schon viel gesehen hatten, das erkannte Hans gleich. Vermutlich hatte der Fremde umso mehr gesehen, seit in der Welt ein Krieg ausgebrochen war, von dem sie zum Glück hier in ihrer Abgeschiedenheit nichts mitbekamen.

»Euer Haus erschien so freundlich und einladend. Mir war, als hätte es mich gerufen.«

Hans lachte gutmütig, während er Christoph mit einer Handbewegung hinter dem Gast her in die Stube scheuchte und ihm stumm Anweisung gab, etwas von der Suppe aufzuschöpfen und einen Kanten Brot zu holen.

»Ist alles in Ordnung mit Euch, Bruder?«

»Nennt mich Bartholomäus.«

»Ihr seht sehr erschöpft aus. Habt Ihr Fieber?«

Der Mönch betastete seine Stirn. »Ich hoffe nicht, doch Ihr habt recht. Ich bin sehr müde. Mehr, als ich nach dieser Etappe sein sollte.«

»Dann sollt Ihr in Christophs Bett schlafen. Der Junge kann sich für eine Nacht auf dem Boden ein Lager einrichten.« Hans warf seinem Enkel einen auffordernden Blick zu und erhielt zur Antwort ein eifriges Nicken.

Bartholomäus hob an, um zu widersprechen, doch Hans brachte ihn mit einer erhobenen Hand zum Schweigen und wechselte stattdessen das Thema. »Wohin des Weges?«

»Ich bin auf einer Pilgerreise nach dem Kloster Unserer Lieben Frau zu Thierenbach. Ich bete für das Ende des Krieges und des Hungers. Das Kloster war einst ein berühmter Ort der Wallfahrt. Jetzt versucht der Benediktinerorden, diesen Wallfahrtsort wieder aufzubauen. Ich möchte meine Hilfe anbieten, einige Zeit verweilen und dann nach Santiago de Compostela weiterziehen.«

Christophs Augen begannen sofort zu glänzen, als er all die fremden Namen hörte.

Hans lächelte. Insgeheim beneidete er den Mönch ebenfalls. Er selbst war nach wie vor ein Gefangener dieses Ortes, den er zwar über die Jahre lieben gelernt hatte, der jedoch nie seine freie Wahl gewesen war.

Vielleicht ergab sich für Christoph ja sogar die Möglichkeit, den Mönch zu begleiten? So erfuhr wenigstens einer seiner Enkel den wahren christlichen Glauben, der einst seine eigene Kindheit begleitet hatte.

In der Nacht stieg Bartholomäus' Fieber an, und er fiel in eine tiefe Ohnmacht. Johanns Frau Maria und Hans versorgten den Kranken, während Johann mit seinen beiden Söhnen Christoph und Matthias seinem Tagewerk nachging. Am Abend des dritten Tages nach der Ankunft des Mönches ging Hans sehr früh ins Bett. Die Versorgung des Kranken war anstrengend und hatte ihn über Gebühr ausgelaugt.

Eigentlich bestand seine Aufgabe im Haushalt nur noch darin, im Schaukelstuhl zu sitzen, den Jüngeren Märchen und Geschichten zu erzählen und einmal in der Woche Pfefferkuchen zu backen. Als Christoph ihm einmal dabei geholfen hatte, war er auf die Idee gekommen, kleine Männlein aus dem Teig zu formen, und so machten sie es von da an jedes Mal.

Am nächsten Morgen erwachte Hans von aufgeregtem Stimmengemurmel.

»Siehst du hier, Maria? Genau die gleichen roten Pusteln wie bei Christoph und dem Mönch.«

Maria schluchzte. »Dieser Mensch hat Leid über uns gebracht! Er sei verflucht!«

»Beruhige dich. Er wusste es sicherlich nicht, sonst hätte er nicht um Einlass gebeten, sondern sich ferngehalten. Falls er doch Schuld trägt, wird er das mit dem Herrgott ausfechten.« Johanns Stimme brach, und er verstummte.

Hans schlug die Augen auf. Etwas stimmte nicht. Er stand bereits neben seinem Bett und schaute auf die Rücken seines Sohnes und dessen Frau, die sich über sein Bett beugten. Dabei war seine Sicht wie durch einen silbernen Vorhang verschleiert. Alle Konturen waren weich und flossen zum Teil sanft ineinander. Hans schüttelte den Kopf, um den Blick zu klären, doch Letzteres gelang ihm nicht.

Johann streckte den Rücken, legte seiner Frau einen Arm um die Schultern und zog sie kurz an sich. Hans hatte es immer gemocht, jene Zärtlichkeit zwischen den beiden Liebenden zu sehen, die ihm an der Seite einer Frau zeit seines Lebens verwehrt geblieben war.

»Bereite sie vor, wie es sich gehört. Ich gehe ins Dorf und spreche mit dem Pfarrer.«

Verwirrt drehte Hans sich um und folgte seinem Sohn die Treppe hinunter. Kaum hatte er den Flur betreten, da sah er Christoph und Bartholomäus an der Tür warten, bereit zum Aufbruch.

Der Mönch wies mit dem Kinn auf den Jungen: »Wir müssen gehen. Christoph kennt den Weg.«

Hans nickte und ergriff seinen Wanderstock, der ihm in den letzten Jahren gute Dienste geleistet hatte.

Draußen war es noch stockfinster. Dichter Nebel hing zwischen den Bäumen, trieb in Schwaden durch die nassen Blätter und über den feuchten Boden.

»Wie ungewöhnlich um diese Jahreszeit«, murmelte Hans und folgte den beiden über Trampelpfade und Moos. Obwohl sie bereits mehrere Stunden wanderten, wurde er nicht müde. Es wurde auch nicht hell.

Endlich traten sie aus dem Wald. Sie befanden sich oberhalb eines kleinen Dorfes, das sich wie ein Tier in eine kleine Mulde kauerte. Hans stützte sich auf den Stock, mehr aus Gewohnheit, als dass es notwendig gewesen wäre. Da erkannte er die Häuser vor sich und erstarrte.

»Ich habe keinen Schimmer, wo wir sind«, murmelte Bartholomäus. »Wir müssen weit vom Wege abgekommen sein.«

»Großvater, was ist mit Euch?« Christoph zupfte ihn am Ärmel, weil Hans sich immer noch nicht rührte, während der Mönch sich vergeblich nach Orientierungsmöglichkeiten umblickte.

Hans fand keine Worte.

»Großvater?«

»Heilige Mutter Gottes«, schimpfte Bartholomäus plötzlich leise und bekreuzigte sich. »Christoph, hilf deinem alten Großvater, damit wir hier wegkommen, das ist kein Ort Gottes.«

»Nein!« Hans streckte die Hand aus und ließ den Mönch innehalten. »Ich weiß nicht, ob das ein Ort Gottes ist, aber das ist mein Zuhause. Ich habe nach Hause zurückgefunden, nach all den Jahren.«

»Aber …« Er ließ weder Christoph noch Bartholomäus eine Gelegenheit zu protestieren, sondern stürmte mit langen Schritten auf das Dorf zu. Den beiden anderen blieb nichts anderes übrig, als ihm zu folgen.

Hans bemerkte, dass die Häuser nicht mehr so aussahen wie vor mehr als fünfzig Jahren. Viele Gebäude waren verlassen und lotterten, von verwahrlosten Gärten umgeben, vor sich hin. Der kleinen Dorfkirche war der Turm weggerissen worden. Vielleicht waren es Kriegsschäden, vielleicht hatte auch nur der Blitz eingeschlagen, es war einerlei.

Hans lief die einstmals vertrauten, niemals vergessenen Wege bis zu seinem Elternhaus. Er hätte nicht sagen können, was er dort erwartet hatte. Ein schmaler Lichtschein, der einzige weit und breit, fiel aus einem der Fenster. Dort hatten seine Eltern ihr Schlafzimmer gehabt.

Hans öffnete die unverschlossene Haustür und trat ein. »Vater?« Er stürzte in den Schlafraum, gefolgt von Christoph. Der Mönch blieb in der Tür stehen und spähte wachsam umher.

Auf dem schmalen Bett lag ein alter Mann mit geschlossenen Augen und auf der Brust gefalteten Händen. Hans näherte sich, ließ sich auf die Knie nieder und ergriff eine der beiden Hände. Sie waren warm und voller Leben. Er selbst empfand seltsamerweise überhaupt nichts.

Der Alte öffnete die Augen und sah sich verwirrt um. »Hans?« Dann erblickte er den Mann neben sich und den Jungen, der sich vorsichtig genähert hatte. Als er ihn sah, leuchtete sein Gesicht vor Verstehen. »Du bist zurückgekehrt!«

Hans lachte. »Ja, Vater, ich bin zurück. Aber das ist mein Enkel Christoph.« Es dauerte, bis der Alte den Sinn der Worte verstanden hatte. Dann hob er die zweite Hand und fuhr mit den Fingerspitzen über Hans' Mund, Wangen und Augen. »So viel Zeit ist vergangen.« Er röchelte, dann hustete er schwach.

Hans drückte die Hand fester. Er war sicher, er müsste Freude empfinden, doch er konnte nicht. Er hatte nur eine undeutliche Erinnerung daran, was Freude war. »Wo sind alle hin, Vater?«

»Das ist ein gottverlassener Ort. Sie sind alle gegangen. Deine liebe Mutter ist schon seit vielen Jahren tot, genau wie deine Geschwister. Hans!« Er griff nach dessen Arm. »Ich musste doch auf dich warten. Du bist der letzte Sohn, den ich noch hatte. Ich wusste, dass du eines Tages heimkehren würdest!«

»Ja, Vater.« Hans fand keine Worte mehr. Er legte den Kopf auf die Brust des Alten und hörte dessen schwaches Herz mit letzter Mühe sein Werk verrichten.

»Ein Urenkel. Er sieht genau aus wie du damals, als dich das Balg weggelockt hat. Deine Mutter hat doch recht gehabt. Sie war ein kleiner Dämon.«

»Das war sie, Vater.« Hans winkte Christoph heran. Als der sich ohne Scheu neben seinem Großvater niederließ, nahm er die Hand des Jungen und legte sie in die Handfläche des Alten. Christoph streichelte sanft mit dem Daumen über die Schwielen und runzeligen Lebenslinien.

»Dann kann ich nun gehen. Danke, mein Sohn. Danke, dass du mir in diesem letzten Augenblick diese Freude gebracht hast.«

Hans richtete sich auf und wunderte sich kurz. Weder seine Knie schmerzten wie sonst, noch rebellierte sein Kreuz gegen die krumme Haltung. Er winkte Bartholomäus heran, der inzwischen näher getreten war, nachdem er begriffen hatte, wer der alte Mann war. Mit sanften Schritten näherte er sich dem Totenbett, nahm sein Brevier und spendete dem Alten das Sterbesakrament. Die ganze Zeit über hielten Hans und Christoph die Hände des Mannes. Als er friedlich die Augen schloss, falteten sie sie über der Brust, die sich mit einem letzten Atemzug hob und dann für immer absenkte.

Hans wandte sich wieder dem Dorfrand zu, von wo aus eine Straße wegführte. Wohin sie führte, daran erinnerte er sich nicht. Als er die Kuppe des Hügels überschritt und das Dorf hinter sich ließ, lachte er auf. Laut und befreit wehte sein Lachen in die Nacht. Er hatte es endlich geschafft. Er war fort von allen Dämonen, fort von zu Hause und frei, zu gehen, wohin es ihm beliebte.

Sicherlich, er hatte noch eine Schuld abzutragen. Doch zunächst einmal wollte er reisen. Thierenbach, Sankt Gallen, Santiago, vielleicht bis über das Meer. Solange Johann über Greta wachte, musste er sich keine Sorgen machen. Er wollte lernen und Wissen anhäufen. Und eines Tages würde er zurückkehren und Greta endgültig besiegen.

Fünfzehn
KUCHENDUFT

Merle träumte von frisch gebackenem Lebkuchen. Dann erwachte sie ruckartig und setzte sich auf. Der Duft hing unverkennbar im ganzen Raum. Verwirrt sah sie sich um. Wie spät war es? War ihr Vater vielleicht eingetroffen und hatte den Teig im Flur entdeckt? Warum hatte er sie nicht geweckt? Sie lauschte. Nichts deutete auf die Anwesenheit eines anderen Menschen hin.

Sie sprang auf. In der Küche herrschte immer noch das gleiche Chaos, das sie angerichtet hatte, doch der Backofen war warm. Wo war der Lebkuchen?

Omi hatte den Lebkuchen immer auf die Bank neben der Haustür gelegt. Merle trat ans Fenster und reckte den Hals. Die Bank war von hier aus gerade noch zu sehen und darauf mehrere Dutzend Lebkuchenmännlein. Fassungslos schüttelte sie den Kopf. Obwohl sie Hans' Existenz und Anwesenheit akzeptiert hatte, fiel es ihr schwer, sich vorzustellen, zu was er und das Haus noch imstande waren. Lebkuchen für sie zu backen war sicherlich lange nicht alles.

»Danke, Hans!«

Ihr war, als ob ein Windhauch um ihre Hüften strich, doch sie sah weder etwas, noch hörte sie einen Laut.

Doch dann drang der verzweifelte Schrei einer Katze von

draußen herein. Merle stutzte und beugte sich ein wenig weiter nach vorne, um besser sehen zu können. An der Bank stand ein kleiner Junge, der sich begierig über die Lebkuchen beugte. Zora stand hinter ihm, fauchte ungehalten und stupste ihm immer wieder mit der Nase gegen die Beine, ohne dass das Kind die Katze beachtete. Wo war der Junge so plötzlich hergekommen? War das Luke? Hans war es jedenfalls nicht. Zumindest hatte Merle ihn nicht mit Jeans und einem Star-Wars-Sweatshirt bekleidet in Erinnerung.

Merle öffnete das Fenster. »Hey du, Luke? Lukas Rötgen?«

»Ja?« Der Junge hob den Kopf. Sein Mund stand halb offen, und in den Mundwinkeln klebten Lebkuchenkrümel. Seine Augen glänzten fiebrig.

Merles Freude darüber, dass eines der verschwundenen Kinder unversehrt vor ihrem Haus stand, schwand. Was stimmte mit dem Jungen nicht? Er bewegte sich hölzern und schaute zwar in Merles Richtung, aber eher durch sie hindurch. Dann griff er mit beiden Händen mehrere Lebkuchen und wandte sich ab, um sich in Richtung Waldrand in Bewegung zu setzen.

Merle überlegte nicht länger. Hastig schloss sie das Fenster und lief in den Flur zur Haustür. In ihrem Inneren läuteten sämtliche Alarmglocken Sturm. Aber was sollte sie denn tun? Sie konnte Luke doch nicht einfach da draußen, oder schlimmer noch, einfach wieder in den Wald spazieren lassen!

Sie riss an der Haustür. Ausgerechnet jetzt klemmte das blöde Teil! »Lass mich raus«, stieß Merle zwischen zusammengebissenen Zähnen hervor.

Die Tür flog auf und krachte so hart gegen die Wand, dass sich kleine Brocken Putz lösten.

»Luke! Warte! Komm her zu mir, ich bringe dich zu deiner Mutter!«, rief sie der kleinen Gestalt hinterher, die sich mit eckigen Schritten langsam auf die Bäume zubewegte. Zora lief ihm zwischen die Beine, schlug ihre Krallen in seine Hose, doch er beachtete das Tier nicht, sondern stolperte unbeirrt weiter.

Plötzlich kreischte die Katze panisch auf und jagte wie ein weiß-roter Blitz Richtung Scheune. Luke erreichte die ersten Bäume, blieb unter dem dunkelgrünen Dach wie angewachsen stehen. Ein Reh erschien am Waldrand. Noch unter den Bäumen blieb es stehen und witterte mit steil in die Luft gereckter Schnauze in den Wind. Seine Ohren zuckten nervös hin und her. Dann wandte es den Kopf und sah zum Haus.

Nein, es sah nicht zum Haus. Es sah Merle direkt an. Sein Blick bohrte sich mitten in ihr Herz. Merle blieb der Mund offen stehen. Gleichzeitig hatte sie das Gefühl, als würde ein eiskalter Finger ihre Wirbelsäule entlanggleiten. Sie erkannte ihre Gegnerin.

Sechzehn
VERRAT

Merle hätte nicht sagen können, wie lange sie und das Reh einander wie hypnotisiert gegenübergestanden hatten. Mit jedem Atemzug schwand ihr eigener Wille ein Stück weit mehr. Sie wollte zu dem Reh. So musste es Johann ergangen sein, als er Greta das erste Mal begegnet war. Wie hatte Hans diesem Lockruf widerstehen können?

Das Reh stand immer noch regungslos.

Einen Lidschlag später stand Merle vor dem Reh. Sie konnte sich nicht daran erinnern, zum Waldrand gegangen zu sein, aber jetzt war sie da. Nein, das war kein Tier. Sie stand vor einem kleinen Mädchen. Seine Haut war weiß wie Schnee und hob sich kaum von dem weißen Kleid ab, das es trug.

Ihr Haar war schwarz wie Ebenholz.

Blut, dachte Merle. *Wo ist das Blut? Es fehlt Blut.*

Merle, geh nicht in den Wald!

Wer rief da? Warum sollte sie nicht mit dem netten Mädchen mitgehen? Es wollte doch nur ihr … Blut? Richtig, das war es. Es wollte sein eigen Fleisch und Blut. Keinen dummen Lebkuchen.

Merle machte einen Schritt. Sie fragte sich, wer der kleine Junge war, den das Mädchen jetzt an die Hand nahm. Es ärgerte sie. Warum nahm das Mädchen den Jungen an die Hand und nicht sie? Hatte es den Jungen etwa lieber als sie?

Geh nicht in den Wald!

Von irgendwoher klang ein leises bedrohliches Grollen. Aus den Augenwinkeln bemerkte Merle eine Bewegung. Wieder kreischte eine Katze. Lästige Viecher, stifteten nichts als Unheil, Merle langte nach der Hand des Mädchens. Es lächelte freundlich und streckte ebenfalls die Hand aus.

Im nächsten Moment wurde Merle von einem gewaltigen Schlag zur Seite gestoßen. Sie taumelte, überschlug sich und schlug auf dem Waldboden auf. Ein schwerer Körper rollte über sie hinweg und sprang nach vorne zwischen sie und das Mädchen. Merle wischte sich ein paar feuchte Tannennadeln aus dem Gesicht und blinzelte orientierungslos. Ein schwarzgraues großes Etwas versperrte ihr die Sicht. Sie kroch auf allen vieren zu Seite und zog sich an einem Baumstamm wieder in die Höhe.

Dort, wo das Mädchen gewesen war, stand nun wieder ein Reh mit rot funkelnden Augen. Es hatte die Ohren wie ein angriffslustiges Raubtier flach nach hinten angelegt und bleckte die Zähne. Aus seinem Maul tropfte Blut. Luke lag zusammengesunken vor den Vorderhufen des Tieres und rührte sich nicht. Der Kragen seines Shirts hatte sich rot verfärbt.

Der schwarzgraue Schatten knurrte. Merle wimmerte. Was ging hier vor sich?

Sie wollte es nicht wissen. Panisch warf sie sich herum und rannte, so schnell sie konnte, über die Lichtung. Irgendetwas griff nach ihrem Knöchel, krallte sich in die Haut, und sie schlug der Länge nach hin. Dann war sie wieder frei. Ohne sich umzudrehen, kroch sie weiter, rappelte sich auf, rannte und erreichte endlich die Türschwelle. Mit letzter Kraft lief sie in den Flur und ließ sich dort zu Boden fallen.

Aus der Stube klang ein Geräusch, als würde jemand mehrmals gegen die Fensterscheibe schlagen. Merle kroch bis zur

Tür und spähte in den Raum. Da war niemand. Nur das Fensterglas vibrierte in seinem Rahmen, als wolle es die Bewegung an die Wände weitergeben. Im selben Augenblick brach überall Tumult aus. Der Schaukelstuhl wippte nach hinten und fiel um. Irgendwo polterten weitere Möbel. Fensterläden schlugen gegen die Wände, als hätte eine Sturmbö sie erfasst. Über Merle erhob sich ein Rauschen und Rumpeln, das sie sofort wiedererkannte, aber umso weniger einordnen konnte: So hatte es im Winter geklungen, wenn sich Schneebretter auf dem Dach gelöst hatten und wie kleine Lawinen hinunterstürzten.

Merle sank zusammen und blieb einfach auf dem Steinboden liegen. Danach erinnerte sie sich an nichts mehr.

Als Merle wieder zu sich kam, vibrierte ein kleiner warmer Körper an ihrer Brust. Luzi lag neben ihr und schnurrte gleichmäßig.

Wie lange hatte sie hier gelegen? Was war passiert?

Merle richtete sich auf und wischte sich durch das Gesicht. Ein paar Tannennadeln, die sich in ihrem Haaransatz verfangen hatten, rieselten zu Boden. Behutsam schob Merle die Katze ein wenig von sich weg, stand auf und öffnete ganz vorsichtig die Tür. Luzi drängte sich durch den Spalt, lief über die Lichtung und hüpfte auf einen Baumstumpf. Dort saß sie eine kurze Weile und drehte den Kopf mit den zuckenden Ohren in alle Richtungen. Dann hob sie eine Vorderpfote und begann, sich zu putzen.

Merle hatte längst begriffen, dass das der wahre Grund sein musste, warum Omi immer darauf bestanden hatte, mindestens zwei Katzen im Haus zu haben. Sie waren Hauswächterinnen, kleine Alarmanlagen auf vier Beinen. Von wegen Mäuse.

Sie betastete ihren Knöchel, konnte jedoch keine Spuren einer Verletzung entdecken. Mühelos widerstand sie der Versuchung, zum Waldrand zu gehen, um herauszufinden, was geschehen war, bevor sie ohnmächtig im Flur zusammengesunken war.

Sie wollte nicht darüber nachdenken. Vielleicht hatte sie sich das alles nur eingebildet. Ganz sicher hatte sie sich das alles nur eingebildet. Wenn sie nämlich den Gedanken zuließ, dass sie die Konfrontation mit diesem Greta-Wesen soeben wirklich erlebt hatte, dann hieß das, dass der kleine Luke tot war und dass Merle ihn hätte retten können und elendig versagt hatte.

Stattdessen stürzte Merle sich in die Normalität. Sie wechselte das Trinkwasser für die Katzen, räumte die Küche auf, spülte ab und legte die Lebkuchenmännlein sorgsam in einen Korb, um sie mit ins Dorf zu nehmen. Dabei ließ sie Luzi nicht aus den Augen, jederzeit bereit, ins Haus zu flüchten, sobald die Katze in Alarmbereitschaft ging. Da ja überhaupt nichts passiert war, war das zwar überflüssig, wie Merle sich weiterhin krampfhaft einredete, aber ein wenig Vorsicht konnte schließlich nicht schaden.

Ein paar Männlein musste sie auf der Bank liegen lassen, weil sie noch zu heiß zum Transportieren waren. Sie fragte sich, ob es im Haus noch einen weiteren geheimen Vorrat gegeben hatte, denn all diese Männchen konnten unmöglich alle in der Zeit entstanden sein, in der sie geschlafen hatte.

Dann endlich sah sie Felix in einer sauberen Uniform auf das Haus zukommen. Merle nahm ihre Jacke und den Korb und trat vor die Haustür.

»Da bin ich. Wo hast du die denn her?«, rief Felix und schielte auf den Korb. Er musste sich offensichtlich zurückhalten, sich nicht sofort ein Männlein zu sichern.

Lächelnd gab Merle ihm eines. »Ich habe noch einen kleinen Vorrat meiner Großmutter gefunden«, log sie. Irgendwie fand sie es doch unpassend zuzugeben, dass sie ihre Zeit damit vertrödelte zu backen, während das halbe Dorf nach den Kindern suchte.

Dankend nahm Felix ein Männlein und aß es gleich auf dem Weg zum Auto auf. Merle war froh, dass er bei ihr war. Verstohlen hatte sie einen Blick zum Waldrand gewagt und mit Erleichterung dort weder ein Reh stehen noch einen kleinen Jungen liegen sehen. Der Anblick der Uniform und des Polizeiwagens waren eine Wohltat. Beides repräsentierte das einundzwanzigste Jahrhundert und machte es ihr leichter, sich weiterhin einzureden, dass sie eben keinem irren Reh begegnet war. Die Frage, was Ronja und Luke tatsächlich zugestoßen war, beherrschte jedoch ihre Gedanken. Die Fahrt verlief schweigend.

Mit klopfendem Herzen näherte Merle sich dem Gemeindesaal. Sie hatte die bösen Blicke nicht vergessen. Doch zunächst kümmerte sich niemand um ihre Ankunft. Es waren kaum Leute anwesend, da ein kleinerer Suchtrupp die Gegend um die ehemalige Dorfmühle und den Weiher durchkämmte, wie sie erfuhr.

Merle stellte den Korb mit den Lebkuchenmännlein auf einen Tisch, auf dem bereits belegte Brote und Thermoskannen mit Kaffee und Tee für die Helfer bereitstanden.

»Komm«, sagte Felix, »ich stelle dich meiner Tante vor.«

Sofort schüttelte Merle abwehrend den Kopf. »Du meinst die Mutter von Marie, nicht wahr? Ich weiß nicht, ob das eine so gute Idee ist.«

»Ach was. Beate ist nicht Nicole. Komm mit.« Sein Ton duldete keine Widerrede und imponierte ihr ungewollt. Von dem unbeholfenen jungen Mann, dem sie vor ein paar Stunden begegnet war, war nichts mehr zu merken.

Beate Lehmann war älter, als Merle erwartet hatte, vielleicht sogar älter als sie selbst, und zu ihrer Erleichterung sehr herzlich. Die Sorge um ihr kleines Mädchen stand ihr deutlich ins Gesicht geschrieben, doch es war ihr anzumerken, dass sie mögliche schreckliche Konsequenzen noch nicht an sich heranließ. Merle kannte das von sich selbst. Bloß nicht darüber nachdenken, dann wurde es vielleicht gar nicht erst wahr.

»Deine Mago war eine gute Frau. Ich vermisse sie immer noch sehr«, meinte Beate leise, nachdem Merle sich neben sie gesetzt und ihr ebenfalls einen Lebkuchen in die Hand gedrückt hatte.

Felix nickte den beiden Frauen freundlich zu und zog sich zurück.

Beate betrachtete das Männlein und fuhr mit dem Finger die Konturen entlang. »Marie hat diesen Kuchen geliebt. Deshalb wollte sie immer mit den Älteren mitkommen. Ich habe es nicht immer erlaubt, aber nicht, weil ich Sorge hatte, dass etwas passiert. Sondern weil ich nicht wollte, dass Amelie und Ronja immer auf die Kleine aufpassen müssen. Ronja tut das gern. Sie kümmert sich viel um andere. Aber genau deshalb habe ich darauf geachtet, dass Marie ihr nicht zu sehr zur Last fällt.«

Unwillkürlich überlief Merle eine Gänsehaut. Natürlich sprach Maries Mutter von der Vergangenheit, aber es klang zu sehr nach den Dingen, die man erst vor ein paar Tagen über ihre Großmutter gesagt hatte. Als ob schon alles vorbei wäre. Sie packte Beates Hand und drückte sie fest, in der Hoffnung, damit das bisschen Unterstützung zu geben, zu dem sie imstande war.

»Mago hat Marie sehr oft zu sich genommen, als sie noch ein Baby war. Es ging mir damals lange Zeit nicht gut«, fuhr Beate nach einem kurzen dankbaren Nicken fort. Es schien ihr zu helfen, einfach zu reden, und so beschränkte Merle sich aufs

Zuhören. »Es war beachtlich, wie viel Energie in dieser alten Frau steckte. Du wirst wissen, wovon ich spreche. Deine Großmutter hat mir aber vor allem beigestanden, hier im Dorf als Alleinerziehende zu bestehen. Marie hat keinen Vater. Ich hätte nie erwartet, dass das im einundzwanzigsten Jahrhundert noch ein Problem darstellen würde, aber für manche ist das immer noch eine … Schande.«

Merle nickte. Ihr Vater war mitten im Krieg Ende 1942 zur Welt gekommen. Ihr Großvater wiederum war kurze Zeit später in Russland gefallen, ohne seinen Sohn jemals kennengelernt zu haben. Für einige damalige Nachbarn in Steinberg war das ein Problem gewesen, denn Theodors Eltern waren zwar verlobt gewesen, hatten aber erst nach Kriegsende heiraten wollen. Ihr Kind war demnach unehelich geboren. »Wir leben nicht in geordneten Verhältnissen!«, hatte Omi oft in trotzig-stolzem Ton erklärt, dabei jedoch ein Gesicht gezogen, als wolle sie ausspucken. Ihre gefallene große Liebe war durch das fehlende Ehe-Dokument nie als Theodors Vater anerkannt worden. Das verwehrte seinem Sohn Theodor die dringend benötigte Halbwaisenrente, bescherte ihm dafür Spott und Stigmatisierung. Omi zufolge war das der Grund für den frühen Auszug ihres Sohnes gewesen. Damals hatte Theodor sich mit fünfzehn Jahren eine Lehre als Druckergeselle gesucht und dann mit viel persönlichem Aufwand sein Abitur nachgeholt, um zu studieren.

Manche Dinge änderten sich offensichtlich nicht so schnell.

Die beiden Frauen schauten auf, als lautes Rufen durch den Raum hallte. Leute rannten rein und raus, ein Mann versuchte, zwei aufgeregt hechelnde Spürhunde in ihre Boxen zu manövrieren. Beate drückte Merles Hand so fest, dass sie sie fast zerquetschte. »Es ist etwas passiert.«

Merle legte ihr den Arm um die Schulter und begleitete sie, als sie aufstehen und in Richtung Ausgang gehen wollte. Sie blieben seitlich der Doppeltür zum Gemeindesaal stehen und hatten von dort alles im Blick. Beate wollte nicht weitergehen. Das war auch nicht nötig, da Felix auf sie zukam. Er versuchte, eine dienstliche Miene aufzusetzen, doch sein Gesichtsausdruck wechselte zwischen Erleichterung und Schrecken.

Dann fuhr ein schwarzes Auto heran. Unwillkürlich zog Merle Beate an sich. Ein kleiner Zinksarg wurde ausgeladen.

Felix scherte sich nicht weiter um die Etikette, umarmte seine Tante und drückte sie fest an sich. »Sie haben Lukas Rötgen gefunden. Er ist … tot. Marie ist nichts passiert.« Das »Noch nicht« schwang seinen Worten allzu deutlich nach, ebenso wie allen klar war, dass er das gar nicht wissen konnte.

Beate schluchzte auf. Ein Sanitäter führte Nicole an den Krankenwagen. Sie schrie und schlug um sich. Ihre Attacken richteten sich dabei vor allem gegen einen Mann in Anzug und Krawatte, der aussah, als sei er gerade von einer Geschäftsreise zurückgekehrt. Und vielleicht war genau das der Fall. Es würde erklären, warum Merle Lukes und Amelies Vater bisher nicht begegnet war.

»Der Junge ist zerfetzt worden, wie von einem wilden Tier«, flüsterte Felix Merle so leise zu, dass Beate es nicht hören konnte. »Und dann hat sein Mörder ihn Ewigkeiten durch den Wald geschleift. Die Spurensicherung hat bisher noch nicht einmal den Tatort gefunden. Das muss wirklich ein total Wahnsinniger sein, der da herumläuft.«

Nur sehr langsam sickerte die Botschaft in Merles Bewusstsein, und sie drückte Beates Hand – mehr, um sich an irgendetwas festzuhalten und einen Menschen zu spüren. Tief im Inneren hatte sie es bereits gewusst. Sie hatte den Mord an Luke mit ansehen müssen! Der Versuch, sich einzureden, dass sie die Begegnung mit dem Jungen nur geträumt hatte, war von Beginn an zum Scheitern verurteilt gewesen. *Zusammenreißen, jetzt bloß nicht die Nerven verlieren!*, befahl sie sich lautlos. Daran, was erst los sein würde, wenn sie herausbekamen, dass der Junge in der Nähe ihres Hauses getötet worden war, wagte sie nicht zu denken. Sie suchte noch nach tröstlichen Worten, als jemand ihren Namen rief. »Merle?«

Sie erkannte seine Stimme sofort, ließ Beates Hand los und fuhr herum. Jakob war ein paar Meter entfernt unschlüssig stehen geblieben.

Merle winkte ihm, heranzukommen. »Sie haben gerade eines der Kinder gefunden«, raunte sie ihm zu.

Er legte wie selbstverständlich den Arm um sie, und Merle lehnte sich an ihn. Es war die Art und Weise, wie er sie hielt, behutsam schützend und doch nicht so, dass sie sich bedrängt oder vereinnahmt fühlte, die in ihr jegliche Verdachtsmomente verpuffen ließ. Wie hatte sie an ihm zweifeln können? Er war gekommen, weil sie ihn brauchte, und unterstützte sie genau so, wie es ihr guttat.

Lukes Mutter Nicole sollte oder wollte derweil zurück in den Gemeindesaal und wurde von dem Sanitäter begleitet. Ihr Mann blieb debattierend und gestikulierend mit einem weiteren Sanitäter und zwei Polizisten neben dem Krankenwagen zurück. Merle überlegte noch, wie sie der Frau aus dem Weg gehen konnte, fand aber auf die Schnelle keine Fluchtmöglichkeit. Sie fühlte sich elend und schuldig. Im Geiste sah sie die blutbesudelte Schnauze dieses unnatürlichen Rehs und Lukes leblose Gestalt, und ihr Magen zog sich zusammen.

Als Nicole mit Merle auf gleicher Höhe war, blieb sie stehen und gaffte sie sprachlos an. Dann schaute sie zu Jakob auf und wieder zurück. Plötzlich streckte sie den Zeigefinger aus und schrie: »Das ist der Mann!«

Alle starrten Jakob an, der verwirrt die Augenbrauen zusammenzog. Im Nu näherten sich von allen Seiten Menschen und bildeten einen Kreis. Björn, Pfarrer Kupferschmidt sowie ein weiterer Polizeibeamter, vermutlich der Einsatzleiter, waren unter ihnen.

»Wen meinen Sie, Frau Rötgen?«, fragte dieser nun.

»Der Mann hier, der Mann neben Frau Hänssler. Das ist der, der hier vorgestern durch das Dorf geschlichen ist! Er hat sogar denselben Rucksack dabei!«

Paul Kupferschmidt trat näher und musterte Jakob, der ihm freundlich zunickte, von oben bis unten. »Sie hat echt. Sie haben vorgestern hier geparkt. Mit einem Auto mit Freiburger Kennzeichen.«

Merle rückte so unauffällig wie möglich ein wenig ab, um Jakobs Gesicht besser beobachten zu können. Der nickte wieder, dieses Mal zur Bestätigung. »Das ist völlig richtig. Wir haben uns unterhalten, und ich habe Sie nach dem Weg gefragt. Von Schleichen kann allerdings keine Rede sein.«

»Was hast du mit meinem Kind gemacht?«, fuhr Nicole dazwischen und wäre auf ihn zugeschossen, wenn nicht der Sanitäter und Felix sie gleichzeitig zurückgehalten hätten. Sie versuchte, sich zu entwinden, und spuckte in Merles und Jakobs Richtung, was die beiden Männer veranlasste, fester zuzupacken.

Der Einsatzleiter trat auf Jakob zu. »Korrigieren Sie mich, wenn ich das falsch verstehe: Waren Sie am Montagabend, dem Abend, an dem die Kinder verschwunden sind, hier?«

»Aber ja. Ich bin gegen siebzehn Uhr hier eingetroffen.« Jakob schaute zu dem Pfarrer, der bestätigend nickte.

»Warum?«

»Ich bin ein Freund von Merle Hänssler und wollte mir das Haus ihrer Großmutter Margarete ansehen.«

Merle erstarrte innerlich und hoffte, dass man ihr das nicht anmerkte. Er hatte *was* getan?

Der Einsatzleiter deutete mit dem Kinn auf Merle. »Können Sie das bestätigen?«

»Nein, ich wusste davon überhaupt nichts. Ich bin selbst gestern Abend erst hier angekommen.« Sie merkte, dass Jakob sich versteifte, als hätte er auf eine andere Antwort gehofft. Aber was hätte sie denn sagen sollen? Sie war von seiner Aussage ebenso überrascht wie alle anderen.

»Was für feine Freunde, so passend zur Familie«, spie Lukes Mutter aus. Es klang kaum mehr menschlich.

»Nicole, bitte.« Ihr Mann war an sie herangetreten und versuchte, beruhigend auf sie einzureden und gleichzeitig die beiden Männer davon zu überzeugen, seine Frau freizugeben. Tatsächlich ließ der Sanitäter Nicoles Arm los. Auch Felix lockerte seinen Griff, gab aber zu verstehen, dass er jederzeit zupacken würde, falls Nicole erneut auf jemanden losginge.

Merle war ihm sehr dankbar dafür und nickte auch Nicoles Mann kurz und mitfühlend zu. Dieser wirkte zwar wesentlich besorgter, als es ihr aus der Ferne erschienen war, aber dennoch nicht wie ein trauernder Vater. Eher so, als wäre ihm die gesamte Angelegenheit lästig. Merle schauderte.

»Sie ist doch an allem schuld!«, schrie Nicole plötzlich wieder lauter und deutete mit dem Finger auf Merle. »Sie und die alte Hexe, die alle unsere Kinder verführt hat! Und wenn sie diesen Kerl da nur auf uns aufmerksam gemacht hat!« Der Finger wanderte von Merle zu Jakob. »Das Haus da oben ist nicht normal! Was habt ihr mit Luke gemacht? Ein satanisches Ritual?«

Der Einsatzleiter legte nachdenklich die Hand ans Kinn und wandte sich an Jakob, der den ganzen Zirkus äußerlich unbewegt verfolgt hatte. »Herr?«

»Doktor Jakob Wolff. Ich bin wissenschaftlicher Mitarbeiter der Universität Freiburg. In dieser Funktion habe ich Frau

Hänssler kennengelernt, und vor demselben Hintergrund habe ich mir das alte Haus ansehen wollen, das Merles Großmutter bis zu ihrem Tod bewohnt hat.«

»Aha.« Die Antwort überforderte den Einsatzleiter.

Merles Aufmerksamkeit wanderte wieder zu Nicole, die jetzt laut schluchzend in den Armen ihres Mannes lag und kraftlos gegen seine Brust schlug.

Felix stand daneben, bereit, bei Bedarf zu reagieren.

Dann trat Björn zwischen den Einsatzleiter und Nicole. »Herr Wolff hat damit nichts zu tun. Nicole, jetzt lass endlich Merle in Ruhe, du hast genug angerichtet!«

»Ich habe *was?*«, kreischte diese auf. »Wie kannst du diese Schlampe verteidigen! Aber klar, du hast noch ein Kind, wenn sie mit Amelie und deiner Ronja fertig sind!«

In der darauffolgenden Stille hätte man eine Ameise husten hören können. Björn rührte sich nicht, doch Merle sah, wie sich seine Kiefermuskeln verspannten. Einen Augenblick lang erwartete sie, dass er Nicole ohrfeigen würde, doch dann wandte er sich an den Einsatzleiter. Er streifte Jakob mit einem traurigen Lächeln, bevor er erklärte: »Herr Wolff war den ganzen Abend Gast auf meinem Hof. Er hat mit uns gegessen, hat mit mir einen Rundgang durch die Ziegenställe gemacht, und anschließend haben wir ein Weizen getrunken. Sie können Sarah anrufen und sie fragen, sie war ebenfalls dabei, genau wie zwei meiner Angestellten. In der Zeit ist Ronja verschwunden. Wenn Herr Wolff etwas damit zu tun hätte, müsste er schon übernatürliche Fähigkeiten besitzen. Er hat sich an der Suche beteiligt, bis wir in der Nacht die Polizei gerufen haben und die das in die Hand nehmen wollten. Ich habe ihn daraufhin ins Dorf gefahren, und er ist mit dem Auto los. Ich nehme an, zurück nach Freiburg.«

»Alles richtig«, stimmte Jakob mit leiser Stimme zu.

Im Hintergrund beobachtete Merle, wie Herr Rötgen es mit Hilfe des Sanitäters schaffte, seine Frau zurück zum Krankenwagen zu begleiten, wo ein Arzt auf sie wartete.

»Was wollten Sie an Frau Hänsslers Haus, Herr Wolff?«, beharrte der Einsatzleiter.

»Das ist eine private Angelegenheit von Frau Hänssler.«

»Na, ich denke, für Privatsphäre gibt es hier im Moment wenig Raum«, mischte sich Pfarrer Kupferschmidt ein.

Jakob schoss ihm einen durchdringenden Blick zu. »Ich denke darüber ganz anders. Genauso gut könnte ich Sie fragen, was Sie gemacht haben, nachdem wir uns auf dem Marktplatz begegnet sind, und was es mit Ihrer obsessiven Beschäftigung mit einer Sage um eine wilde, kinderfressende Frau auf sich hat.«

»Kirchenmänner und Kinder sind tatsächlich ein heikles Thema«, murmelte da jemand hinter Merle in der Menge. Sie musste sich beherrschen, um nicht hysterisch zu kichern. Die gesamte Situation wurde zunehmend surreal. Sie glaubte plötzlich an Geister, sah unheimliche Rehe und jetzt auch noch Jakob. Jakob, dem sie nach seiner Ankunft für gefühlte zehn Sekunden vertraut hatte, bevor sie erfuhr, dass er sich ohne ihr Wissen auf ihrem Anwesen herumgetrieben hatte. Danach war die Tür zu ihrem Herzen mit einem lauten Donnern zugefallen. Alles andere passierte um sie herum und betraf sie doch nur am Rande.

»Das führt zu nichts.« Inzwischen hatte sich der Einsatzleiter auf seine Machtposition besonnen. »Frau Lehmann, Herr Dreher, es gibt keinen – ich betone: keinen! – Grund zu der Annahme, dass Ihre Mädchen nicht noch wohlauf sind und dass wir sie finden können. Ich kann zu diesem Zeitpunkt aus ermittlungstechnischen Gründen nicht ins Detail gehen. Wir sind noch dabei, weitere Spuren am Fundort von Lukas Rötgen zu analysieren. Doch es steht jetzt schon fest, dass mit Sicherheit keins der Mädchen auch nur in der Nähe war. Wir werden in einer Stunde mit der Suchaktion fortfahren. In der Zwischenzeit werde ich die Teams neu einteilen, da wir das zu durchsuchende Gebiet ein wenig verlagern. Sturm, nehmen Sie bitte die Personalien von Doktor Wolff auf.«

Felix nickte.

»Frau Hänssler, Sie halten sich bitte ebenfalls zu meiner Verfügung.« Der Einsatzleiter senkte die Stimme. »Machen Sie sich bitte keine Sorgen. Ich habe diese Hexenjagd von Frau Rötgen schon den ganzen Tag zu hören bekommen. Ich nehme das nicht ernst, aber vielleicht haben Sie noch Informationen, die uns weiterhelfen können.«

»Selbstverständlich. Ich werde tun, was ich kann. Machen Sie sich um mich keine Gedanken. Ich nehme das nicht persönlich. Jeder bewältigt Krisen auf seine Weise.«

Der Einsatzleiter nickte. »Arme Frau«, sagte er noch, wobei offenblieb, wen er meinte. Dann wandte er sich ab und verteilte weitere Anweisungen in verschiedene Richtungen. Die Menge verstreute sich, und Felix bedeutete Jakob und Merle mit einer Geste, dass er sich etwas zu schreiben besorgen wollte.

Jakob zog Merle am Ärmel etwas weiter vom Eingang fort. Er lächelte reumütig und wollte gerade zu einer Erklärung ansetzen, doch Merle ließ ihn gar nicht erst zu Wort kommen. »Du hast das gerade so dargestellt, als ob ich damit einverstanden gewesen wäre, dass du mir hier nachspionierst. Ich habe nicht die geringste Lust, in deine dreckigen Angelegenheiten hineingezogen zu werden!«, fuhr sie ihn an.

»Ich wollte dir das erklären, sobald …«

»Was willst du von mir?«

»Von dir? Wie meinst du das?«

»Du treibst irgendein perverses Spiel mit mir. Ich habe inzwischen den Eindruck, dass du mich schon verfolgt hast, bevor wir uns das erste Mal begegnet sind. War das wirklich Zufall, dass du in Hamburg warst? Warum ist das Taxi gefahren, als du mich in der ersten Nacht nach Hause begleitet hast? Und warum willst du mir Schlaftabletten ins Wasser kippen? Ich frage noch mal: Was willst du von mir?«

Das Lächeln auf seinen Lippen war längst erloschen. Stattdessen glommen zornige Funken in seinen dunkelbraunen Augen, die so attraktiv auf Merle gewirkt hatten und die der Miene des Mannes jetzt eher beängstigende Züge verliehen. Sie bohrte sich einen Fingernagel in die Handfläche. Der Schmerz half ihr, sich auf ihre Wut zu konzentrieren.

»Wovon redest du?«, knurrte er endlich. »*Du* hast doch mit *mir* Kontakt aufgenommen, nicht umgekehrt! Du leidest unter Verfolgungswahn!«

»Dann erklär mir das alles!«

»Meine Güte, Hamburg hat über eine Million Einwohner. Warum sollte ich da niemanden kennen? Die Sache mit dem Taxi war ... klar hab ich den Fahrer bezahlt, was denkst du denn? Ich hatte gehofft ... Wenn du mich nicht eingeladen hättest, wäre ich eben zu Fuß gelaufen.«

»Und die Schlaftabletten?«

»Was für Schlaftabletten?«

»Du hattest die Packung in der Hand und wolltest mir welche ins Wasser schütten.«

Er wich ihrem Blick aus. »Ich wollte einfach eine Nacht durchschlafen. Du wolltest sie nicht freiwillig nehmen. Keine Ahnung, wie ich überhaupt auf den Gedanken gekommen bin. Ich war wohl selbst zu übermüdet, um klar zu denken. Aber wenn du das weißt, müsstest du auch wissen, dass ich es nicht getan habe!« Er schwieg und wirkte ein wenig trotzig.

Merle war sprachlos. Sie fragte sich kurz, ob es ihr lieber gewesen wäre, wenn er das alles nicht so offen zugeben würde.

Dann könnte sie sich immer noch einreden, sich das alles einzubilden. Jakob hatte auf jede Frage eine mehr oder weniger plausible Antwort.

»Und mein Haus? Was hattest du hier vorgestern zu suchen?«

»Ich habe dir gesagt, wie neugierig ich bin. Du wolltest mich mindestens bis zum Wochenende nicht sehen. Also habe ich mir nach Feierabend gesagt, dass du nichts gegen einen kleinen Waldspaziergang haben wirst. Ich hatte vor, dir das sofort zu sagen, wirklich, Merle. Vor allem, nachdem ich Björn getroffen hatte. Das hättest du doch früher oder später ohnehin erfahren. Ich hätte sogar auf dem Dreherhof übernachtet, wenn hier nicht der Alarm losgegangen wäre.«

Seine letzten Worte holten Merle schlagartig wieder in die Wirklichkeit zurück. Das konnte alles warten.

Im gleichen Moment packte Jakob sie am Arm. »Merle«, sagte er eindringlich. »Ich habe das nicht gesagt, weil ich in dieser fürchterlichen Situation nicht noch mehr Öl ins Feuer gießen wollte. Aber ich glaube, dass dein Haus oder deine Familie wirklich etwas mit den verschwundenen Kindern zu tun hat. Da stimmt was nicht. Als ich da war, war auch Ronja dort. Sie hat sich vor irgendetwas erschreckt. Du musst mir helfen herauszufinden, was das gewesen ist.«

Merle hätte ihm sagen können, dass das Mädchen vermutlich ein Reh gesehen hatte. Ein sehr seltsames Reh. *Wenn Herr Wolff etwas damit zu tun hätte, müsste er schon übernatürliche Fähigkeiten besitzen,* hatte Björn gesagt. Sie biss sich auf die Lippen, während sie vergeblich abzuwägen versuchte.

Der seltsame Satz, den Jakob in ihrer ersten Nacht zu ihr gesagt hatte: *Ich bin wie ein Vampir, wenn du mich einlässt, wirst du mich nicht mehr los.* Hatte der eine tiefere Bedeutung? War sein Name ein Hinweis? Es würde zu seiner Art von Humor passen, den Namen der Bestie in die Welt hinauszuposaunen und sich heimlich darüber zu amüsieren, dass niemand begriff, wer oder was er war. Merles Verstand weigerte sich, den Gedanken zu Ende zu denken, dass sie es womöglich mit einem weiteren Gegner zu tun hatte. Was hatte sie getan, als sie sich auf Jakob eingelassen hatte?

»Es hat ein wenig gedauert, Herr Wolff. Tut mir leid, dass Sie warten mussten.«

Bei Felix' Worten zuckte Merle zusammen, während Jakob dem jungen Polizisten ein strahlendes Lächeln schenkte. Er neigte den Kopf, überreichte eine Visitenkarte und erklärte noch einmal ausführlicher und ohne Felix' explizite Aufforderung, wie und was er an dem besagten Montagabend getan hatte. Und genau dieses Verhalten machte Merle misstrauisch: Der betont gerade Blick, mit dem er seinem Gegenüber in die Augen schaute; diese offene Auskunftsfreudigkeit. Vielleicht log er nicht. Doch sie war lange genug Rechtsanwältin, um zu erkennen, wenn jemand mehr als nötig darauf bedacht war, dass man ihm glaubte.

Das Smartphone in ihrer Jackentasche vibrierte. Erst wollte sie es ignorieren, doch dann fiel ihr ein, dass sie von ihrem Vater immer noch nichts gehört hatte. Statt seiner Nummer zeigte ihr Gerät jedoch eine fremde Festnetznummer an.

Merle überfiel eine böse Vorahnung. Am Ende ein Krankenhaus? Ob ihm etwas passiert war? Sie war üblicherweise keine Schwarzmalerin, aber in letzter Zeit meinte das Schicksal es nicht gut mit ihr.

Sie meldete sich.

»Guten Tag, hier spricht Polizeikommissar Töpfer. Frau Hänssler, ich muss Sie leider bitten, zu uns aufs Revier nach Schopfheim zu kommen.«

»Was ist passiert?«

»Das kann ich Ihnen am Telefon leider nicht sagen.«

»Ist etwas mit meinem Vater? Theodor Hänssler? Ich habe eben versucht anzurufen, Sie müssten meine Nachricht auf der Mailbox hören können.«

»Wie gesagt, ich kann Ihnen leider keine Auskunft erteilen.«

»Ist er verunglückt? Im Krankenhaus?«

Ein kurzes verräterisches Schweigen dröhnte ihr entgegen, bevor der Polizist unbeholfen vorschlug: »Ich kann Sie abholen lassen, sofern Sie nicht fahren können oder wollen.«

Merle lehnte sich gegen die Wand und schloss die Augen. Blut rauschte in ihren Ohren, während die Realität ihr den Boden unter den Füßen wegzureißen drohte. Sie hatte es längst begriffen.

»Er ist tot, nicht wahr?«, sagte sie tonlos. »Sie wollen mir sagen, dass mein Vater tot ist.«

Siebzehn
BROTKRUMENSPUR

Der Anblick schnitt Jakob ins Herz. Merle hielt sich nur noch durch puren Willen aufrecht, als dieser Polizist Sturm ihr ganz sanft das Handy aus der Hand nahm und das Gespräch übernahm.

Er hätte sie so gern unterstützt. Sie hatte in letzter Zeit zu viel mitgemacht, als dass ein Mensch allein es kaum ertragen konnte. Aber ihr Blick genügte, um ihn auf Abstand zu halten. Wie jede Frau sagte sie nicht immer, was sie wollte, und er kannte sie erst eine sehr kurze Zeit, aber er verstand dennoch jede ihrer Botschaften. So etwas hatte er noch nie erlebt. Jetzt zum Beispiel war es genau wie am Sonntagvormittag, als er den ersten Anflug von Misstrauen bei ihr entdeckt zu haben glaubte. Sie gab ihm zu verstehen, er solle Abstand halten. Oder sich am besten vollständig in Luft auflösen.

Er konnte es ihr nicht verdenken. Aus ihrer Sicht sprach alles gegen ihn. Die Sache mit den Schlaftabletten hätte er nicht zugeben sollen. Schließlich hatte er nichts getan! Es war ihm nicht einmal selbst bewusst gewesen, was er vorgehabt hatte, bis sie es ausgesprochen hatte.

Das hatte er wirklich gründlich vermasselt.

Wäre er bei seinem ersten Ausflug nach Steinberg nicht Björn begegnet und hätte dieser ihn nicht gebeten zu bleiben, wäre er ja auch unverrichteter Dinge wieder abgereist. Es stimmte schon: Streng genommen hatte er hier nichts zu suchen. Vermutlich war er nicht nur für Merle eine Persona non grata.

Er versuchte trotzdem, in Merles Nähe zu bleiben. Sie agierte mit ihrer Umwelt, als hätte man sie in Watte gepackt. Fragen beantwortete sie scheinbar rational, ließ sich von Sturm zu einem Streifenwagen bringen, stieg ein und wartete regungslos, bis der junge Polizist fertig war. Bei ihm war sie sicher in guten Händen.

Traurig sah Jakob dem Wagen hinterher, als sie losfuhren. Er hätte sie lieber begleitet, denn es war offensichtlich nur eine Frage der Zeit, bis sie zusammenbrach. Aber er sah ein, dass er im Moment wirklich nichts tun konnte.

Daher bot er Björn an, sich an der Suchaktion zu beteiligen.

Der kratzte sich nachdenklich den Bart. »Ich weiß nicht, ob das eine so gute Idee ist. Mein Wort gilt zwar in dieser Gemeinde etwas, aber Nicole hat in den letzten beiden Tagen so viel Gift gestreut, dass ich mir durchaus vorstellen kann, dass einige dir gegenüber misstrauisch sind.« Jakob nickte matt.

Björn ließ sich auf eine der Holzbänke fallen, die auf dem Marktplatz um einige Blumenrabatten herum aufgestellt waren. Er war inzwischen sichtlich mürbe geworden. Wer konnte es ihm verdenken? Jakob sah das kleine Mädchen mit dem Korb und dem roten Kapuzenpulli noch deutlich vor sich. Wie munter sie beim Abendessen dahergeplappert und tausendundeine Frage gestellt hatte, nachdem sie erst einmal ihre Scheu vor ihm überwunden hatte.

»Wir finden Ronja«, erklärte er und legte alle Überzeugung und allen Optimismus in diese Worte, zu denen er fähig war.

Björn nickte, den Blick auf die bunten Herbstblumen gerichtet. »Du kannst gern bei mir auf dem Hof bleiben. Frag einfach jemanden, der gerade da ist. Sie sollen dir eines der Gästezimmer geben.«

»Kann ich mich auf dem Hof nützlich machen?«

»Verstehst du etwas von Ziegen?«

»Nein.«

Ein verunglücktes Grinsen huschte über Björns Miene. »Dann besser nicht. Ich habe gute Leute, die den Betrieb ein paar Tage ohne mich aufrechterhalten können. Es gibt für mich nichts zu tun.«

Außer nach deinem Kind zu suchen, beendete Jakob den Satz im Stillen. Er nickte verstehend.

Björn erhob sich wieder, schwerfällig, als wäre er in den letzten Tagen um Jahre gealtert. »Warte einen Augenblick, dann fahren wir gemeinsam hinauf zum Hof. Wie gesagt, ich überlasse das dir, ob du bei der Suche helfen möchtest. Jedes Paar Augen mehr kann den entscheidenden Hinweis finden. Ich würde dir dennoch abraten.« Er stand gebeugt – unschlüssig, matt, unendlich müde. »Du entschuldigst mich. Ich möchte mit Sarah telefonieren. Sie sollte erfahren, was mit Luke passiert ist, bevor es durch die Presse geht.«

Und damit ließ er Jakob einfach stehen.

Der nahm seinen Rucksack ab und setzte sich seinerseits auf die Bank. Was würde er jetzt für eine Zigarette geben. Er hätte das Rauchen niemals freiwillig aufgegeben, wenn ihm der Arzt nicht damit gedroht hätte, dass er seinen Geruchssinn völlig verlieren würde. Der Preis war ihm zu hoch gewesen, aber in Momenten wie diesen meldete sich die vertraute Sucht.

Er mochte Björn und Sarah, die Merle viel ähnlicher war, als vermutlich irgendeiner der drei zugegeben hätte. Merle hätte gut zu Björn gepasst. Sie hatte ihm erzählt, dass sie nach Hamburg gegangen war, weil ihre Mutter von dort stammte. Trotzdem konnte er nur schwer nachvollziehen, dass sie das hier alles aufgegeben hatte.

Er erlaubte sich ein kleines Lächeln. Umso besser für ihn, sonst hätte er sie vermutlich nicht kennengelernt.

Kurz darauf brachte Björn ihn zum Hof, brach selbst unverzüglich erneut zur Sammelstelle auf, und Jakob folgte einer älteren Frau, die man einst wohl als Magd bezeichnet hätte, in eines der Gästezimmer. Auch einige der Hundeführer, die aus ganz Deutschland angereist waren, übernachteten hier, waren jedoch derzeit alle unterwegs.

Jakob war allein.

Nachdem er sein Bett bezogen und dem dringenden Bedürfnis, Merle anzurufen, widerstanden hatte, wanderte er ziellos über den Hof. Die gesamte Anlage war eine wunderschöne Ansammlung instandgesetzter alter Gebäude und behutsam ergänzter Neubauten. An drei Seiten zogen sich umzäunte Weiden über die sanften Hügel bis hinab ins Dorf, von dem von hier oben aus nur der Kirchturm zu erkennen war.

Jakob wandte sich dem Wald zu, dessen alte Tannen unmittelbar hinter dem Hof aufragten und bis zur Kuppe des Steinbergs reichten. Dort unter den Zweigen war der Weg zu Merles Häuschen, und ohne dass er sich bewusst geworden war, überhaupt losgegangen zu sein, fand er sich kurz darauf dort wieder. Sein Blick wanderte die hohen Baumstämme entlang. Alles lag friedlich. Nach kurzem Zögern entschied er sich, noch einmal auf eigene Faust in den Wald zu gehen. Dass er dabei gesehen werden und sich noch verdächtiger machen konnte, als es ohnedies schon der Fall war, kümmerte ihn nicht. Aber er würde einen Bogen um Merles Häuschen machen. Die Gegend war ausreichend oft abgesucht worden, und er glaubte auch, dort alles gesehen zu haben, was er wissen musste. So folgte er einem Wildpfad oberhalb der Hütte.

Die Spuren der Menschen und Hunde, die das Gelände durchkämmt hatten, waren deutlich zu sehen. Überall entdeckte er zertrampelten Farn, durchwühltes Unterholz oder abgeknickte tiefhängende Zweige. Je weiter er lief, umso mehr fiel ihm die Stille auf. Nur ab und zu geckerte eine Elster durch die Tannenwipfel. Jakob schaute sich um. Es wäre unmöglich, sich hier zu verirren, schon gar nicht für Ronja, die hier aufgewachsen war. Was hatte sie fortgelockt? Wonach sollte er Ausschau halten?

Er musste den Blickwinkel ändern. Er sollte nicht offen jagen, sondern pirschen, lauern, lauschen. Jakob blieb stehen, fand einen umgekippten Baum, breitete seine Jacke darauf aus, setzte sich und verschmolz mit dem Wald um sich herum. Keine Bewegung, kein Laut. Allein der modrige Geruch nach Blättern und feuchtem Holz beherrschte seine Sinne. Hier unter den Bäumen wurde es schnell dunkler und kühler. Jakob drängte seine gesamten Empfindungen zurück. Die letzten Strahlen der Sonne wanderten über den Waldboden.

Wieder schrie ein Rabenvogel, und dann rauschte ein ganzer Schwarm als eine einzige dunkle Wolke durch die Bäume. Er flog hangabwärts, grob in Richtung von Merles Häuschen, soweit Jakob das ausmachen konnte.

Er blieb noch eine Weile unbewegt sitzen. Als sich nichts mehr rührte, folgte er der Richtung, die die Vögel eingeschlagen hatten. So lautlos wie möglich huschte er von Baum zu Baum, achtete auf herumliegende Zweige, nutzte Schatten. Nur seinen angespannten Sinnen war es zu verdanken, dass er nicht mitten in den Schwarm hineinlief. Im letzten Augenblick blieb er hinter einem Baum stehen und spähte auf unzählige Tiere, die sich wie ein schwarzer Teppich auf dem Waldboden ausgebreitet hatten und nach etwas pickten. Jakob erkannte Dohlen und Saatkrähen. Die Elster, die zuvor so vorwitzig gerufen hatte, hüpfte, immer auf Abstand vor den größeren Krähen bedacht, am Rand des Schwarms herum.

Insgesamt fand Jakob den Anblick recht normal, doch ihm fiel auf, dass sich die Vögel nicht, wie eigentlich üblich, um ihre Beute balgten, sondern einen desorientierten Eindruck machten. Sobald sie nach etwas auf dem Waldboden gepickt hatten, schauten sie auf und musterten ihre Artgenossen und die Umgebung mit ihrem schwarzen Blick. Dann pickten sie wieder, flatterten erbost und wiederholten ihr Gehabe ein paar Schritte weiter. Auf diese Weise bewegte sich der gesamte Schwarm einen kaum sichtbaren Wildpfad entlang.

Nachdem Jakob das Spiel eine Weile beobachtet hatte, ohne einen Grund für das Verhalten der Tiere zu erkennen, kniete er sich hinab, um den Boden genauer in Augenschein zu nehmen.

Da entdeckte er Brotstückchen. Irgendjemand hatte ein Weißbrot zerkrümelt und auf den Weg gestreut. Er griff nach einem größeren Krümel. Seine Finger stießen ins Leere und hoben eine Tannennadel auf. Verblüfft schnippte Jakob sie fort und streckte abermals Daumen und Zeigefinger aus. Er sah ganz genau, wie der hellweiße Krümel sich auf dem dunklen Waldboden zwischen den grauen Nadeln abzeichnete. Und spürte doch nur seine eigene Haut, als die Finger aufeinandertrafen.

Er erhob sich. Seine Bewegung veranlasste die Nachzügler des Schwarms, empört krächzend zu den anderen aufzuschließen. Jakob fuhr mit dem Fuß über den Boden. Er schob Tannennadeln und Dreck zusammen, doch die Brotstückchen blieben an Ort und Stelle.

Sie waren nur eine Halluzination, sichtbar für ihn und die Vögel, die weiterhin vergeblich nach den Krümeln pickten.

Jakob hätte schreien können. Kein Wunder, dass keiner der Helfer eine brauchbare Spur fand. Vermutlich hätte er sie bis vor kurzem selbst nicht gefunden. Kinder, ja, Kinder glaubten noch an Wunder und an die Welt jenseits der Realität. Sie würden einer märchenhaften Brotkrumenspur in den Wald folgen.

Und er? Offenbar war er inzwischen bereit, sich weit genug auf diese Art von Realität einzulassen, um die Spur zu sehen. Aber jetzt konnte er schlecht zur Polizei zurückgehen, ihr von einer imaginären Krümelspur erzählen und ihr nahelegen, ab jetzt nach einer uralten Sagengestalt zu suchen. Er, Jakob Wolff, ein Auswärtiger, der sich ganz schnell verdächtig gemacht hatte, bis der angesehene Björn Dreher ihm ein Alibi gegeben hatte.

Wieder sah Jakob Ronjas fröhliches Gesicht vor sich, mit dem Gänseblümchenkranz auf dem braunen Haar, als sie einander zum ersten Mal begegnet waren. Kurz danach hatte sie sich erschreckt. Wovor? Was hatte das Mädchen gesehen?

Da es um seine Glaubwürdigkeit hier schlecht bestellt war, blieb Jakob nur eine Möglichkeit: Wenn ihm an Merle und dem Leben der Kinder etwas lag, musste er Beweise heranschaffen. Er musste dieser Spur folgen, was immer ihn an deren Ende erwartete.

Das war so ziemlich das Allerletzte, was er tun wollte.

Mit einem zornigen Knurren setzte er sich in Bewegung, stapfte mitten durch die Vögel, die mit lautem Kreischen aufflatterten, und ließ in seiner Wut für einen Moment jegliche Vorsicht fahren. Und was sollte ihm schon geschehen? Der Pfarrer hatte ihm erzählt, Wilde Frauen hätten es auf Junggesellen abgesehen. Er hatte zwar nie geheiratet, war aber sicher, dass es Sagenwesen eher um sexuelle Erfahrung als um weltlichen Papierkram ging. Nein, Dryaden bescherten ihren Opfern den Sex ihres Lebens und saugten ihnen danach das Leben aus. Er hatte den Sex seines Lebens schon gehabt, mehrfach sogar, und zudem schien diese Dryade eher auf Kinder zu stehen. Falls es sie gab. Falls er sich nicht irrte. Hoffentlich.

Er lief schneller. Die Dämmerung brach an.

Dann erkannte er zwischen den Ästen ein Stück Himmel. Er näherte sich einer Lichtung. Durch das Marschieren hatte sich seine Wut verzogen und der Vorsicht wieder ihren Platz in seinem Verstand eingeräumt. Lauschend und mit leisen Schritten näherte er sich dem Ende des Pfades und spähte auf die offene Fläche.

Mitten auf der Lichtung stand ein Baum. Eine alte Eiche, ganz ähnlich der, die er in Merles Verbotenem Garten gesehen hatte. Doch diese war so groß, dass vermutlich drei Erwachsene nötig wären, um den Stamm zu umschließen. Ein weiterer Blick in die Blätterkrone machte Jakob dann unmissverständlich klar, dass er am Ziel angekommen war.

Er bekam Angst.

Achtzehn

BÖSER WOLF?

Merle war jenseits aller Gefühle. Sie funktionierte. Felix hatte sie zum Polizeirevier nach Schopfheim gefahren und war die gesamte Zeit bei ihr geblieben. Sie waren von einem weiteren Polizeibeamten zu einem Beerdigungsinstitut begleitet worden.

Ja, das war Theodor Hänssler. Nein, sie hatte nicht die geringste Ahnung, warum er diese Route gefahren und nicht auf der Landstraße geblieben war. Ja, er war eigentlich ein vorsichtiger Fahrer. Nein, sie konnte sich nicht im mindesten erklären, warum er nicht angeschnallt gewesen war. Ja, natürlich könne der Herr Bestatter sich um alles kümmern.

Erst als dieser Merle mit angemessener Zurückhaltung gebeten hatte, Karten, Sarg und Grabstein auszuwählen, hatte sie abgeblockt. Er solle einfach tun, was er für richtig halte, Feuerbestattung und die Urne auf einem anonymen Begräbnisfeld beisetzen, Rechnung an sie, Ende der Durchsage.

»Verscharren« hätte sie beinahe gesagt und sich in letzter Sekunde zusammenreißen können. Sie hasste diesen Totenkult so sehr. Seit sie als Kind hatte miterleben müssen, was für ein Brimborium um den Tod ihrer Mutter gemacht worden war. Als ob man sie damit wieder lebendig hätte machen können. Dass man darüber das Kind – sie – vergessen hatte, war niemandem außer Omi aufgefallen. Ihr Vater war damals selbst zu sehr in seinem Schmerz gefangen gewesen.

Merle wusste, dass man ihre äußere Kühle falsch auslegte, doch sie scherte sich nicht darum. Es war die einzige Möglichkeit, die sie kannte, um nicht in Trauer zu versinken oder sich heulend in eine Ecke zu verkriechen. Vorerst. Abblocken, Mauer um das Herz errichten. Sie machte das nicht zum ersten Mal. Noch nie war es ihr schwerer gefallen.

Natürlich wusste sie ganz genau, warum ihr Vater diese Strecke gewählt hatte. Er war aus Kanada zurückgekommen und hatte ein Stück seiner geliebten Heimat in sich aufnehmen wollen. Irgendwo dort oben, in den Hügeln, wo man ihn gefunden hatte, hatten er und ihre Mutter einander kennengelernt. Den Picknickplatz, auf dem es zwischen beiden gefunkt hatte, gab es nicht mehr. Doch Merle und ihr Vater waren viele Jahre in dem Gebiet spazieren gegangen. Dort hatten sie ihrer Mutter gedacht, niemals auf dem Friedhof. So würde es auch mit ihrem Vater sein. Sie brauchte kein Grab. Sie würde sich in den Höhenzügen des Schwarzwaldes an ihn erinnern.

Aber wer verstand das schon?

Die Aussage der Polizisten, dass ihrem Vater vermutlich ein Wildtier vor den Kühlergrill gesprungen war, fand sie lachhaft. Ihr Vater war stets überbesorgt gewesen. Eher hätte er sein Auto geschoben, als dass er zu schnell auf einer Landstraße mit Wildwechselgefahr fuhr. Es musste etwas anders geschehen sein. Sie hätte allerdings darauf gewettet, dass doch ein Reh beteiligt gewesen war. Ein ganz besonderes Reh. Ihr Verstand umkreiste diesen Gedanken immer und immer wieder. Dieses Greta-Wesen besaß zweifelsohne umfangreiches Wissen über ihre Familie. Vielleicht hatte es Papa in eine Falle gelockt. Aber wie sollte sie das der Polizei begreiflich machen? Es gab, wie diese nüchtern erklärten, keine Hinweise auf Fremdeinwirkung.

Erst zurück auf dem Revier realisierte Merle plötzlich, warum Greta so viel über ihre Familie wusste. Schließlich war nicht nur Hans ihr Stammvater, sondern dieses Etwas …

Sie würgte und rannte auf die Toilette, wo sie sich übergab und so lange einschloss, bis eine Polizeibeamtin sich besorgt nach ihr erkundigte.

»Der Schock, nur der Schock«, murmelte Merle mit wässrigen Augen und wehrte jegliche Fürsorge resolut ab. Sie hatte ihren inneren Reset-Knopf gefunden. Jetzt funktionierte sie wieder. Alles andere ging niemanden etwas an.

Sie dankte Felix, erklärte ihm, dass sie ein wenig Zeit für sich haben müsse, und schickte ihn nach Hause. Anschließend verließ sie das Gebäude und setzte sich in das nächstgelegene Café. Den Blicken der anderen Gäste nach zu urteilen, hielt man sie für eine Drogenabhängige, aber das war ihr egal. Hier kannte sie wenigstens niemand.

Sie bestellte sich zwei Stücke Kuchen, ein Kännchen Kaffee und eine Flasche Wasser und starrte blicklos vor sich hin. Was jetzt? Sie hatte endgültig alles und alle verloren.

Unschlüssig zog sie ihr Smartphone aus der Tasche und überlegte, ob sie Volker anrufen sollte. Er war der allerletzte Verbündete, der ihr noch geblieben war. Merle wählte, doch der Anruf wurde weggedrückt. Einige Sekunden später erhielt sie eine SMS: *In Besprechung für neues Mandat Frohn. Rufe zurück. LG Volker*

Merle starrte auf die Zeilen, bis sie begriff, dass es um diese Erbschaftssache gehen musste, die Frohn ihr nach dem Prozess angeboten hatte. Hamburg und die Arbeit in der Kanzlei schienen Lichtjahre entfernt zu sein. Es war unvorstellbar, in dieses Leben zurückzukehren. Was auch immer kommen mochte, dieses Kapitel war abgeschlossen.

Nicht nötig, tippte sie zur Antwort. *Ich kündige, werde vorläufig hierbleiben. Melde mich später wieder!*

Der Akku ihres Telefons war ohnehin beinahe leer. Bis Volker zurückrufen würde, war es vermutlich bereits ausgegangen.

Seine Antwort war knapp, aber herzlich: *Ahnte so was. OK! Alles Gute, aber meld dich bald!*

Merle atmete tief durch und empfand trotz aller Betäubung Erleichterung. Sie hatte genug Erspartes und war niemandem verpflichtet. Sie konnte sich eine Auszeit gönnen und in Ruhe darüber nachdenken, wie es beruflich weitergehen sollte. Dieser Teil ihres Lebens war einfach zu bewältigen. Und der Rest? Ungewollt kamen die Erinnerungen, und vor ihrem geistigen Auge blitzte ein Bild auf: ihre geliebte Märchenomi, die munter singend durch die Küche wippte und kochte oder buk. Dabei trug sie ein geblümtes einteiliges Kleid, eine graue Strickjacke und ein Kopftuch. Omi hatte so viel mitgemacht und sich nie dieser Melancholie des Vergangenen hingegeben. Sie musste sich an ihr ein Beispiel nehmen.

Das Andenken an ihren Vater wollte sie so wie bei ihrem letzten Gespräch vor ein paar Tagen bewahren. Wie er in der kanadischen Hütte gesessen hatte, mit vor Freude blitzenden Augen, dem jungenhaften Grinsen, diesem schrecklichen Holzfällerhemd und der noch idiotischeren Baseballkappe, die er zum Abschied geschwenkt und aufgesetzt hatte. Er hatte unmöglich ausgesehen! Und glücklich.

Merle lächelte traurig und pickte in ihrem Kuchen, ohne davon zu essen.

Was war mit Jakob? Hatte er sich nun als böser Wolf entpuppt? Merle war klar, dass er keine Gelegenheit gehabt hatte, sich zu erklären. Sie rechnete ihm hoch an, dass er sie in dem Moment, als die Polizei angerufen hatte, in Frieden gelassen hatte. Sie hätte seine Annäherung, und sei es nur, um sie trösten zu wollen, nicht ertragen. Er respektierte sie, und das sprach sehr für ihn. Aber was trieb ihn an? Was wusste er? Merle nippte an ihrem Kaffee und aß etwas Kuchen, ohne dass sie hätte sagen können, wonach er schmeckte.

Ihr erster Gedanke, dass Jakob mit dem Greta-Wesen unter einer Decke stecken könnte, kam ihr inzwischen lächerlich vor. Das war wirklich zu weit hergeholt. Jakob hatte schon recht: *Sie* hatte mit *ihm* Kontakt aufgenommen. Ja, er hatte von Anfang an großes Interesse an dem Haus gezeigt. Aber wenn er im Vorfeld von ihr und Omis Häuschen gewusst hätte, wäre er sicherlich früher auf die Familie zugekommen. Er hätte kaum abgewartet, bis sie, Omi oder Papa ihn angesprochen hätte. Der gesamte Gedankengang war absurd.

Aber konnte sie ihm deshalb trauen?

Merle dachte an seinen weichen Blick, an die tröstenden Umarmungen nach ihren Alpträumen. Sie hatte damals von einem Wolf geträumt. Auch da war ihr Unterbewusstsein schon weiter gewesen, als ihre Ratio es zulassen wollte. In ihrem Inneren hatte sie schließlich seit Kindertagen gewusst, dass das Übernatürliche existierte.

Aber war an Jakob Wolff etwas Übernatürliches?

Er besaß ein manchmal etwas raubtierhaftes Auftreten. Zum Beispiel in jener Situation, als er ihr im *El Gaucho* diesen Gnom vom Hals gehalten hatte, oder bei seiner Begegnung mit Volker. Seine Ausstrahlung war beeindruckend gewesen, das hatte auch der Widerling in der Bar einsehen müssen. Aber übernatürlich?

Eher nicht. Und was den Wolf in ihrem Traum anbelangte: Dieser Wolf hatte sie beschützt, hatte über sie gewacht. Oder nicht?

Merle seufzte. Nein, sie traute Jakob nicht. Aber sie wollte ihm eine Chance einräumen, ein letztes Mal mit ihm sprechen, bevor sie eine endgültige Entscheidung fällte. Das klang so einfach. Merle spürte feine Stiche in der Brust, als sie darüber nachdachte, einen Schlussstrich zu ziehen. Was würde sie dafür geben, dass er genau die Worte aussprach, die sie hören wollte und die sie beruhigten? Sie schob die Kuchenkrümel zu Mustern zusammen. Viel, war die Antwort. Viel, aber nicht alles. Jakob war ihr wie ein Märchenprinz erschienen, und so viele Märchenprinzen gab es nicht auf der Welt. Aber selbst für die vermeintliche und vielzitierte wahre Liebe würde sie nicht ihre Seele verpfänden. Aus dieser persönlichen Perspektive betrachtet, waren einige Figuren in Märchen unglaublich dämlich und hatten sich auf verdammt schlechte Handel eingelassen, wie sie fand.

Sie ließ die zerstocherten Kuchenstücke stehen, trank den Kaffee aus und zahlte. An der Hauptstraße fand sie ein Taxi und ließ sich nach Steinberg bringen. Kurz überlegte sie, Jakob anzurufen, doch ihr Smartphone hatte ihr die Entscheidung bereits abgenommen: Der Akku war endgültig leer. Wie immer, wenn man dieses Gerät wirklich einmal brauchte.

Zurück in Steinberg, lag der Marktplatz verlassen da, und die Türen des Gemeindehauses waren geschlossen. Die Helfer waren sicher noch unterwegs oder hatten sich auf dem Dreherhof getroffen. Im Pfarramt brannte Licht, doch im Grunde hatte Merle keine Lust auf Gesellschaft. Sie wollte nur noch zu Omis Häuschen, sich die Decke über den Kopf ziehen und sich geborgen fühlen. Das Haus war der letzte Familienangehörige, der ihr noch geblieben war. Es hatte schon immer mit seinen Bewohnern gelebt, geatmet, auf sie achtgegeben. Es hatte sie und jeden ihrer Familie geprägt – und ein Teil eines jeden von ihnen würde für immer in dem Haus weiterleben. Nirgends würde sie den Menschen näher sein, die sie in diesem Augenblick am schmerzlichsten vermisste.

Sie bat den Taxifahrer, sie den Hügel hinaufzufahren. Doch der weigerte sich, als er den matschigen Waldweg sah, und setzte sie am Dorfrand ab. Unschlüssig schaute Merle sich um. Sollte sie in der Nacht allein durch den Wald laufen? Kurz erwog sie, in der Wohnung ihres Vaters zu übernachten. Aber allein die Vorstellung, sich den Erinnerungen an ihren Vater mutterseelenallein zu stellen, schnürte ihr die Kehle zu. Abgesehen davon hatte Björn den Schlüssel, und sie wusste nicht, wo er sich aufhielt.

Langsam trottete sie in Richtung Schranke. Einer ihrer letzten Alpträume fiel ihr ein und diese Stimme, die sagte: *Geh nicht in den Wald …*

Trotzig ballte sie die Fäuste in den Jackentaschen und reckte das Kinn vor. Was hatte sie noch groß zu verlieren? Sie war zeit ihres Lebens durch diesen Wald gegangen. Dieses vermaledeite Reh würde sie nicht davon abhalten. Sie würde auf dem Weg bleiben. Noch so etwas Verrücktes, was man doch im echten Leben niemals tat: vom Weg abgehen, wenn man damit rechnete, dass das Böse irgendwo lauerte.

Merle holte ein letztes Mal tief Luft und lief los.

Es kam ihr dunkler vor als sonst.

Das war sicherlich Einbildung. Sie war hier schon im Winter bei Regen gelaufen, da musste es düsterer gewesen sein.

Sie summte ein Lied, das sie im Taxi im Radio gehört hatte. Ihre Stimme verlor sich kläglich zwischen den hohen Baumwipfeln, und sie verstummte wieder.

Nur noch zehn Minuten.

Sie schritt etwas beherzter aus und erklärte sich immer und immer wieder, dass nichts passieren würde. Sie war kein Kind, sondern eine erwachsene Frau. Greta wollte Kinder. Sie hatte

Luke getötet und nicht sie, Merle. Gleichzeitig wurde sie den Gedanken nicht los, dass ihr Vater ein erwachsener Mann gewesen war. Aber vielleicht war ihre Vermutung mit ihrem Vater und dem Reh nur ein Hirngespinst, und er war einfach vom Heimflug übermüdet die Böschung hinabgefahren.

Auf einmal glaubte sie, Schatten unter den Bäumen huschen zu sehen. Sie lief etwas schneller. Sie konnte bereits die Holzbox als dunklen rechteckigen Schatten abseits des Weges erkennen. Der Parkplatz war bis auf ihr eigenes Auto leer.

Merle erreichte die Kiste und wollte auf den Pfad abbiegen. Er kam ihr zugewachsener vor als üblich.

Dann sah sie den Wolf. Er stand oberhalb von ihr auf dem Weg. Sie schluchzte laut auf. Es klang fremd in ihren Ohren.

Bernsteinaugen glommen in der Dunkelheit. Das Tier bewegte sich mit langsamen und geschmeidigen Bewegungen auf sie zu. Die Muskeln unter dem grauen Fell spannten sich. Wie in ihrem Traum …

»Jakob?«, rief sie zaghaft. Der Wolf schüttelte den Kopf. Schaum spritzte von seinen Lefzen. Immerhin kein Blut.

Merle überlegte nicht länger. Dass ein Wolf normalerweise nicht durch den Hochschwarzwald lief, war ihr vollkommen egal. Dass es ein sehr großer und sehr beeindruckender Wolf war, kümmerte sie ebenfalls nicht. Sie rannte los, stürzte sich in den Seitenpfad. Zweige peitschten ihr ins Gesicht und streckten sich wie Finger nach ihr aus. Ihr Knöchel schrammte an einer Wurzel vorbei. Sie preschte weiter. Nur nicht umdrehen.

Sie sah kaum etwas und verließ sich darauf, dass ihr Instinkt den vertrauten Weg finden würde. Hinter sich glaubte sie, das Tier durch das Unterholz brechen zu hören. Aber bei dem Lärm, den sie selbst veranstaltete, war sie nicht sicher. Äste splitterten unter ihren Tritten, und im Vorbeilaufen riss sie

Blätter von den Büschen. Vor allem hörte sie ihre keuchenden Atemzüge. Ihr Herzschlag dröhnte in ihren Ohren. Eigentlich war sie schon außer Atem gewesen, bevor sie die Kreuzung erreicht hatte. *Lauf, Merle, lauf. Denk nicht nach. Lauf!*, feuerte sie sich stumm an.

Der Pfad war tückisch. Sie duckte sich unter dickeren Ästen, sprang über spitze Wurzeln, drohte immer wieder zu stürzen und hielt sich doch irgendwie auf den Beinen. Die Panik im Nacken trieb sie unbarmherzig voran.

Es dauerte eine Ewigkeit, bis sie auf die Lichtung stolperte. Wenn der Wolf ebenfalls den Waldrand erreicht hatte, war sie jetzt verloren. Auf dem freien Gelände war er ihr haushoch überlegen.

Der Gedanke verlieh ihr Flügel. Sie raste über das Gras auf die Haustür zu. Sie war verschlossen! Hatte sich jetzt auch ihr Haus gegen sie verschworen?

»Bitte! Du kannst mich jetzt nicht im Stich lassen! Lass mich rein!« Verzweifelt rüttelte sie an der Klinke. Prompt schwang die Tür auf. Sie war nur angelehnt gewesen.

Hinter ihr raschelte es.

Merle schlüpfte in den Flur, drückte die Haustür zu und lehnte sich dagegen. Einige Sekunden konzentrierte sie sich ausschließlich darauf, ihren rasselnden Atem zu beruhigen. Ihr Brustkorb schmerzte, und sie hatte Bauchkrämpfe. In ihrer Jacke steckten abgerissene Dornen. Sie schüttelte ihr Haar aus, und Blätter und Zweige rieselten zu Boden. Der Kratzer am Knöchel brannte. Dieses Mal hatte sie sich wirklich verletzt.

Wenigstens war sie in Sicherheit. Immerhin hatte sie sich von der Stelle bewegen können und ihr Ziel erreicht. Es war nicht so gewesen wie in ihren Träumen, in denen sie nicht von der Stelle gekommen war. Trotzdem war es schlimmer als jeder Alptraum.

Mit schweren Schritten betrat sie die Stube, stellte sich an das Fenster.

Sie traute ihren Augen nicht. Da stand Hans und winkte. Ihr Freund aus Kindertagen, ein geisterhafter Junge. Keine Spur von dem Wolf.

Merle lief zurück zur Haustür und lugte vorsichtig hinaus. Zora und Jorinde kamen aus Richtung der Scheune. Ganz entspannt trabten sie an der Hauswand entlang und verschwanden in einer Nische, um sich ihren Katzenangelegenheiten zu widmen.

Merle nahm das als gutes Zeichen. Sie öffnete die Tür ein Stück weiter. Hans rührte sich nicht von der Stelle.

Sie nahm allen Mut zusammen und rief: »Hans! Verstehst du mich?«

Der kleine Junge nickte eifrig und bewegte den Mund.

»Ich kann dich nicht hören!«

Er sagte wieder etwas, doch um Merle herum ertönten nur die üblichen Nachtgeräusche. Sie stöhnte leise. Wie viel einfacher die Welt als Kind gewesen war! Früher hatten sie miteinander gesprochen, daran erinnerte sie sich ganz genau. Jetzt überstieg es trotz allem ihren Verstand, mit einem Geist zu sprechen …

Sie war einen Moment unaufmerksam. Als sie aufschaute, blieb ihr das Herz stehen. Hans war verschwunden. Stattdessen stand der Wolf dort. Er drehte sich aufgeregt im Kreis, eher wie ein Hund, sprang unter die Bäume und kam sofort zurück.

Geh nicht in den Wald …

Unsinn! Merle ballte die Fäuste. Ihre Träume hatten nichts damit zu tun! Es waren Erinnerungen gewesen, hervorgerufen durch beruflichen Stress und vielleicht durch die Begegnung mit Jakob und seinem sprechenden Namen. Sie durfte sich davon jetzt nicht beeindrucken lassen. Hans wollte ihr etwas mitteilen. Wenn sie ihm nicht vertraute, wem dann?

»Warte!«, rief sie ihm zu, lief zurück ins Haus und schnappte sich die Taschenlampe von der Anrichte.

Die Haustür ließ sie offen stehen. »Wehe, du lässt mich gleich nicht sofort rein«, drohte sie dem Haus mit erhobenem Zeigefinger. Dann folgte sie Hans, dem Wolf, in den Wald.

Neunzehn
DREI

Jakob stand immer noch am Rande der Lichtung. Als sich lange Zeit nichts rührte und niemand zu sehen war, wich seine Panik latenter Beunruhigung. Endlich gelang es ihm, seine Lähmung abzuschütteln. Er musste Hilfe holen. Ihm war völlig klar, dass er sich damit wieder verdächtig machte. Er, der Fremde, hatte ganz *zufällig* die vermissten Mädchen entdeckt und führte die Helfer nun an diesen Ort, ja sicher …

Es war ihm egal.

Er tastete nach seinem Handy, bis ihm einfiel, dass er es in seinem Zimmer auf dem Nachttisch zum Laden angeschlossen und liegen gelassen hatte. So wie er auch sonst nichts Nützliches eingesteckt hatte. Schließlich hatte er sich nur kurz umsehen und nicht stundenlang durch den Wald laufen wollen. Wirklich schlau.

Rasch schaute er sich um und staunte, dass es inzwischen stockfinster geworden war. Nur aus der Krone des Baumes auf der Lichtung leuchtete ein vager goldener Schein. Ganz so, als wolle sein Erschaffer die Aufmerksamkeit auf ihn lenken. Jakob schnaubte leise. Ein gewisser Drang nach Selbstdarstellung schien allen Bösewichten anzuhaften, ob sie nun in Märchen, amerikanischen Filmen oder der Realität auftauchten.

»Realität?«, murmelte er ungläubig. War er tatsächlich bereit zu akzeptieren, dass er das alles wirklich erlebte? Er kniff sich in den Unterarm. Der Schmerz fühlte sich unangenehm echt an und brachte ihn wieder zu der Frage zurück, was er tun sollte.

Vielleicht gelang es ihm wenigstens, die Mädchen zu befreien? Seit er hier stand, hatte er nichts von einer Anwesenheit des Entführers bemerkt. Dieses Wesen, das eine weibliche Gestalt angenommen hatte und aus irgendwelchen Untiefen vergangener Zeiten heraufbeschworen worden war. So musste es doch gewesen sein, oder?

Er würde sich das genauer ansehen, sobald er wieder in seinem Büro in Freiburg war. Jetzt gab es Wichtigeres. Schritt für Schritt betrat er die Lichtung, die unnatürlich rund war und wie künstlich angelegt wirkte. Es waren nur etwas mehr als zehn Meter bis zu dem Baum. Doch als Jakob ohne Zwischenfälle an seinem Stamm angelangt war, merkte er sofort, dass er ohne fremde Hilfe nicht weiterkam.

Die drei Mädchen klebten an der Rinde direkt unter der Baumkrone. Mit unendlicher Erleichterung bestätigte er sich, was er schon vom Waldrand aus zu erkennen gehofft hatte: Sie schliefen oder waren ohnmächtig, aber sie bewegten sich manchmal – und damit lebten sie.

Er unterdrückte den Drang, laut zu kichern, und versuchte sich zu konzentrieren. Er musste das rein analytisch betrachten – und wenn es noch so irre war, was er hier gerade erlebte. Themenstränge und Motive herausarbeiten und daraus Handlungsmuster ableiten. Es ging um Märchen. Wenn *er* das nicht schaffte, wer dann? Er konnte das, er musste!

Die Kinder waren der Größe nach geordnet. In der Mitte erkannte er Ronja. Das Mädchen hielt eine Stoffkatze in den Armen. Das Kind rechts von ihr musste Amelie sein. Sie hatte sich zur Seite gelehnt und die Knie leicht angezogen. Marie, die Kleinste, hing links, einen Daumen im Mund und die andere Hand ans Ohr gelegt.

Jakob konnte nicht erkennen, wie genau die Mädchen befestigt waren. Er erreichte gerade ihre Taille, wenn er die Arme ausstreckte.

Was konnte er tun? Er wagte nicht, sie zu wecken. Was, wenn sie losschrien und so seine Widersacherin heranlockten? Wo war sie überhaupt, diese Greta? Er hoffte, dass die vielen Suchtrupps im Wald sie davon abhielten, sich ungehindert zu bewegen.

Er umkreiste den Baum, musterte ihn von allen Seiten. Er war dem Exemplar im Verbotenen Garten extrem ähnlich. Diesen Teil des Dokumentes akzeptierte er damit als wahr: Hans' Vater, der Holzhacker aus einem unbekannten Dorf, hatte ein Wesen befreit, als er sich bei seiner Arbeit verletzt hatte. Das Wesen namens Greta. Hans, sein Sohn, hatte es geschafft, seine falsche Ziehschwester wieder in den Baum zu bannen. Und irgendein Ereignis in den letzten Tagen hatte dieses Wesen erneut befreit.

Jakob kratzte sich am Kopf und grinste wider Willen. Er fragte sich, ob er im Begriff war durchzudrehen. In Märchen denken, beschwor er sich. Mit Märchenlogik kam er weiter: Das hier war ein verwunschener oder magischer Baum.

Es waren drei Kinder. Nein, drei Mädchen. Das mochte der Grund sein, warum der arme Junge hatte sterben müssen. Die Zahl Drei war in Märchen immer wichtig. Der Held oder die Heldin versagte bei den ersten beiden Prüfungen, bestand jedoch die dritte. Jakob schaute zu den Mädchen auf, während ihn eine Gänsehaut überlief. Zweimal zu versagen war definitiv keine Option. Da er sich ohnehin nicht zum Helden berufen fühlte, musste er vom üblichen Verfahren abweichen.

Was noch? Was konnte man mit magischen Bäumen anstellen? Er umrundete den Stamm ein zweites und dann ein drittes Mal. Richtig: Bäume in Märchen ließen sich oft öffnen oder bargen ein Versteck. Man konnte mit ihnen sprechen.

Vorsichtig klopfte er an die Rinde. »Hallo Baum? Kannst du mich verstehen?«

Keine Reaktion, nicht einmal ein Blättchen zuckte.

Jakob kam sich lächerlich vor. Doch der erneute Blick auf die Mädchen machte ihm klar, dass er zu den lächerlichsten Aktionen bereit war, wenn er es damit schaffte, sie herunterzuholen. Also sprach er den Baum wieder an und legte gleichzeitig das Ohr an den Stamm.

Nichts.

Immer wieder überprüfte er, ob sich irgendwo am Waldrand etwas rührte. Alles blieb still. Trotzdem musste er sich beeilen. Früher oder später würde Greta wiederkommen.

Er klopfte weiter am Stamm, tastete nach Vertiefungen, kratzte mit dem Fingernagel an der Rinde, die sich, magisch oder nicht, völlig normal anfühlte. Abgesehen von dem Leuchten in der Krone und den drei dort hängenden Mädchen, handelte es sich um einen sehr gewöhnlichen Baum.

Das brachte ihn ebenfalls nicht weiter. Was als Nächstes? Tier-Symbolik. Die Rabenvögel in Mago Hänsslers Text waren auch dem Pfarrer aufgefallen, und dieser hatte sie mit der Wilden Frau in Verbindung gebracht. Inzwischen war Jakob ohnehin überzeugt, dass es sich um dasselbe Wesen handelte. Aber hier waren keine Raben, Krähen oder sonstigen schwarzen Vögel.

Er spähte lange in die Baumkrone, suchte vergeblich nach Bewegungen oder Schatten. Dann kam ihm die Idee, dass die Tiere als Symbole in den Stamm geritzt sein könnten. Das wäre nicht einmal sehr übernatürlich. Er drehte die nächste – wievielte? – Runde um den Baum. Mit Augen und Fingern forschte er nach Konturen von Vögeln, Ziegen, Mäusen, Fröschen und natürlich einem Wolf. Dann ließ er den Kopf frustriert gegen die Rinde sinken. So kam er nicht weiter. Auch wenn es ihm unsagbar schwerfiel, die Mädchen zurückzulassen, er musste zurück. Die Feuerwehr konnte die Kinder mit Leichtigkeit befreien. Zumindest hoffte er das.

Entschlossen entfernte er sich ein paar Schritte von dem Baum. Nur, wo war der Weg, den er gekommen war? Außerhalb des Lichtscheines, der von dem Baum ausging, konnte er kaum etwas erkennen. Dann gewöhnten sich seine Augen an das Dunkel, und er entdeckte seine eigene Spur, die er durch das knöchelhohe, feuchte Gras gezogen hatte. Er folgte ihr bis zum Waldrand.

Da war kein Pfad.

Nur ein abgeknickter Farnstengel verriet ihm, dass es die richtige Stelle war. Jakob kniete nieder und suchte nach der Brotkrumenspur. Aber entweder war die Magie erloschen, oder er konnte sie schlicht und einfach nicht mehr sehen.

Er erhob sich. So oder so, er saß fest. Im Dunkeln ohne Gefühl für die Richtung durch einen völlig unbekannten Wald zu laufen war Irrsinn. Er könnte sich fünf Meter neben einer Schnellstraße bewegen und es nicht einmal merken, solange dort kein Auto fuhr. Erneut gelang es ihm nur mit Mühe, ein schrilles Kichern zu unterdrücken, als seine logische Analyse der Fakten ihn zu dem einzig logischen Schluss führte: Er würde hierbleiben und sich auf eine Konfrontation mit dieser Greta vorbereiten. Jakob sah sich nach einem dicken Ast um, der als Waffe taugte, fand einen solchen und kehrte zum Baum zurück.

Die Mädchen hatten sich ein wenig im Schlaf bewegt, ansonsten rührten sie sich nicht. Sie sahen friedlich aus und schienen weder Schmerzen noch Kummer zu leiden.

Knapp über den Köpfen der Mädchen hing jeweils eine goldene Kugel, von denen das Leuchten ausging. Ob sie eine Bedeutung hatten? Jakob fand, es war einen letzten Versuch wert.

Er hob seinen Stock und konnte die Kugel über Ronja gerade noch erreichen. Er stupste dagegen.

»Nicht! Was machst du da?«

Vor Schreck hätte Jakob fast den Ast fallen gelassen. Er sprang zwei Schritte zurück und starrte in Ronjas weit aufgerissene Augen. Das Mädchen presste die Stoffkatze an sich. Ihre Stimme klang ängstlich, trotz allem vollkommen normal und wirkte somit in der Gesamtszenerie komplett surreal. »Sie hat uns verboten, den Apfel zu pflücken! Dann passiert was ganz Schlimmes!«

Apfel? Jakob verstand überhaupt nichts. Er trat auf Ronja zu, tätschelte ihr das Knie und rang sich eine beschwichtigende Miene ab.

Ronjas vorsichtigem Lächeln nach zu urteilen, gelang es ihm.

»Du bist der böse Wolf«, stellte das Mädchen sachlich fest.

»Ich bin nicht der Böse, ich bin der Gute. Wie geht es dir?«

»Gut. Es ist unbequem, aber das merke ich nicht, wenn ich schlafe. Ich habe ganz viel geschlafen. Nur nicht, wenn er uns etwas zu essen gegeben hat.«

»Er? Wer?« Hielt Ronja Greta für ein männliches Wesen? Bisher hatte sie doch immer nur weibliche Gestalten angenommen. Nicht, dass das Geschlecht dieses ... Dings wirklich eine Rolle spielen würde.

»Der Junge. Er heißt Hans, und er sieht aus wie aus einem alten Märchenfilm.«

»Ach so«, erwiderte Jakob nur. Hans, der Bruder von Greta? Noch so ein Wesen? Oder war das ein Verwandter von

Merle? Am Ende ihr Vorfahr, jener Hans vom Wald, der hier herumspukte? Auf so eine Idee wäre er noch vor ein paar Stunden nicht gekommen, aber jetzt erschien sie denkbar.

»… uns aus dieser ekligen Höhle rausgeholt und erklärt, dass wir hier warten müssen. Hier sind wir sicher. Luke hat gedacht, da wäre ein Schatz, also in der Höhle, meine ich. Da war aber gar nichts«, plapperte Ronja weiter.

Jakob nickte. Diese ganze Geschichte konnte warten. »Ich will dich da herunterholen.«

»Das kannst du nicht. Wir sind festgewachsen. Nur Merle kann das. Sie soll kommen.«

»Festgewachsen?«

»Ja. Aber es tut nicht weh. Es fühlt sich ein bisschen an, wie wenn man hinfällt und danach eine Kruste auf dem Knie hat. Kennst du das? Es ziept und juckt am Rand, aber es tut nicht weh.«

Jakob atmete tief durch. Ronja begriff gerade gar nicht, was sie da gesagt hatte. Er würde die Kinder keinesfalls anrühren, wenn er damit Gefahr lief, ihnen die Haut vom Rücken zu reißen.

»Kannst du Merle holen? Du hast gesagt, du bist ihr Freund.«

»Ich weiß leider nicht, wo sie ist.« Aber sie zu finden wäre das geringere Problem. »Was müsste sie denn tun?«

»Die Äpfel fangen.«

»Von welchen Äpfeln redest du?«

»Die da.« Ronja zeigte mit dem Finger auf die goldene Kugel über ihrem Kopf.

»Merle muss die Kugeln … also die Äpfel fangen, und dann kommt ihr frei?«

»Ja. Wie im Märchen.«

Endlich verstand Jakob. »Merle muss drei goldene Äpfel fangen. Wie in dem Märchen *Der Eisenhans.*«

»Sag ich doch.«

Jakob überlegte, sicherte nach allen Seiten, sah und hörte keine Greta und legte den Stock zur Seite. »Pass auf, Ronja. Ich werde das für Merle machen. Was meinst du, darf ich das?«

Ronja zog die Stirn kraus und dachte kurz nach. »Er hat nicht gesagt, dass das nur Merle machen darf.«

»Das ist doch prima! Wenn er das nicht verboten hat, dann ist es erlaubt!« Jakob strahlte Ronja mit aller Fröhlichkeit an, die er aufbringen konnte. Innerlich verkrampften sich seine Eingeweide, und er betete, dass diese Logik bestehen würde. Wenn er jetzt einen Fehler machte, konnte das die Mädchen das Leben kosten.

»Stimmt, dann ist es erlaubt«, sagte Ronja und sah ihn erwartungsvoll an.

»Gut. Dann pflück den Apfel, und wirf ihn mir zu.«

»Das darf ich nicht. Ich darf den Apfel nicht pflücken.«

»Was passiert denn dann?«

»Was Schlimmes.« Ronja presste die Stoffkatze gegen ihre Brust.

So kamen sie nicht weiter.

»Wie soll Merle denn die Äpfel da herunterbekommen?«, fragte er.

Ronja zog die Schultern samt Stoffkatze hoch.

Jakob griff wieder nach dem Stock und stupste den Apfel, der eher die Größe einer Honigmelone hatte, an. Er schaukelte ein wenig, blieb jedoch hängen. Auch nachdrücklicheres Stupsen half nicht. Selbst als Jakob sprang und das Stockende mit aller Kraft gegen die unglückselige Kugel donnerte, blieb sie an Ort und Stelle. Verärgert warf er den Stock zur Seite.

Ratlos blickte er zu Ronja empor, die ihn gespannt beobachtet hatte. »In *Der Eisenhans* werden die Äpfel von der Prinzessin geworfen. Du darfst den Apfel nicht werfen. Also muss es ein anderes Märchen sein, das uns des Rätsels Lösung näherbringt. Denk an ein Märchen mit Äpfeln und Bäumen. Welches fällt dir ein?«

»Aschenputtel!«, jauchzte Ronja sofort, offenbar begeistert, mir ihrem Märchenwissen glänzen zu können. »Aschenputtel muss das Bäumchen schütteln. Nein, falsch! Schneewittchen isst den vergifteten Apfel von der bösen Stiefmutter!«

Jakob zog die Augenbrauen hoch und betrachtete das »Bäumchen« vor sich. Trotzdem, das Mädchen hatte recht. In *Aschenputtel* war es ein Nussbaum, der geschüttelt wurde, und auch in *Frau Holle* wurden Bäume geschüttelt. Einen Versuch war es wert.

Vorsichtig rüttelte er am Stamm. Der Baum rührte sich nicht, was bei seinem Umfang nicht weiter verwunderlich war. Aber er vibrierte kaum merklich. Ein Knacken ließ Jakob aufblicken.

Das war der falsche Apfel!

Er warf sich nach links und stürzte. Sein Handrücken streifte das Gras. Er fing den Apfel, der über Marie gehangen hatte, gerade rechtzeitig.

Jakob konnte sich gerade noch aufrappeln, bevor Marie mit einem erschreckten Quieken erwachte und am Baum hinabrutschte. Jakob streckte sich mit einem leisen Fluch. Wenigstens fiel sie nicht nach vorne und somit direkt auf ihn. Vielmehr sank sie wie ein tanzendes Blatt, das der Wind abgepflückt hatte, in seine ausgestreckten Arme.

»Toll!« Ronja hielt ihre Katze am Schwanz und klatschte begeistert in die Hände. »Jetzt ich!«

»Langsam, junge Dame«, keuchte Jakob erleichtert und setzte Marie auf dem Boden ab. Er ließ sie sich einmal um die eigene Achse drehen. Auf den ersten Blick fehlte ihr nichts. Wo oder wie sie mit dem Baum verwachsen gewesen war, konnte er nicht erkennen. Aber da konnte er sich später drum kümmern, oder noch besser: ihre Mutter oder ihr Kinderarzt. Sie lebte und war wohlauf. Ähnlich wie bei Ronja schienen sich die seelischen Schäden in Grenzen zu halten. Marie blickte eher verwirrt, vielleicht sogar mehr neugierig als verängstigt zu ihm empor.

»Du bist Marie, richtig?«, fragte er sanft.

Die Kleine nickte.

Jakob beugte sich zu ihr hinab und hielt ihr den Apfel hin. Die seltsame Frucht war während des Fallens geschrumpft. Oder die vermeintliche Größe im Baum war eine weitere optische Täuschung gewesen, er wusste es nicht. Jetzt jedenfalls hielt er einen ganz normal großen Apfel in der Hand, der weder leuchtete noch golden war. »Kannst du den bitte halten? Aber nicht essen, versprochen? Nur festhalten. Nicht fallen lassen!«

Marie nickte eifrig, nahm den Apfel mit beiden Händen und presste ihn an ihre Brust.

Jakob lächelte ihr aufmunternd zu und stellte sich wieder an den Baum. Das war also das erste Mädchen. Es war ein Erfolg und, wenn man es mit entsprechender Märchenlogik betrachtete, gar nicht einmal schwer gewesen. Doch genau das ließ seine Anspannung eher anwachsen. Drei Prüfungen musste ein Held bestehen. Er hatte bei der ersten nicht versagt, glaubte er zumindest. Das hieß aber, dass die zweite und die dritte Prüfung schwieriger wurden. Vielleicht wurde der Apfel weggeschleudert, so dass er laufen musste.

Er rechnete mit allem, als er wiederum den Baumstamm schüttelte. Nur nicht damit, dass sich beide noch verbliebenen Äpfel gleichzeitig lösten.

Zwanzig
DUNKLER WALD

Merle rannte in halsbrecherischem Tempo hinter dem Wolf her. Die Taschenlampe in den schweißnassen Händen leistete ihr gute Dienste, denn Hans folgte keinem Pfad, sondern preschte auf direktem Weg mitten durch den Wald. Wohin auch immer.

Längst hatte sie jegliche Orientierung verloren. Hoffentlich brachte ihr Anführer sie später auch wieder zurück nach Hause.

Sie schnaufte und wollte Hans gerade zurufen, dass sie endgültig eine Pause benötigte, als der Wolf langsamer wurde und schließlich anhielt. Er streckte witternd die Nase in die Luft. Hinter ihm schien es heller zu sein. Vielleicht eine Lichtung?

Der Wolf tänzelte auf der Stelle, als sie näher kam. Tatsächlich, jetzt konnte Merle deutlich eine freie Grasfläche zwischen den Bäumen erkennen. Ein unirdisches Leuchten und ganz leise Geräusche kamen ebenfalls aus dieser Richtung. Sie konnte beides nicht einordnen. Ob sie nun Greta gegenübertreten musste?

Zögernd knipste Merle die Lampe aus und ging an dem Wolf vorbei. Der war ein wenig zur Seite getrabt, weil er sie, wie schon die ganze Zeit, seit sie sich begegnet waren, nicht näher als zwei, drei Schritte an sich heranließ. Merle respektierte das.

Sie stellte sich hinter einen Baumstamm und spähte auf die Lichtung. Der Anblick jagte ihr einen eiskalten Schauer über den Rücken. Da waren ein Baum und die drei Mädchen. Zwei hingen an dem Baumstamm. Das dritte löste sich gerade und fiel Jakob in die Arme, der irgendetwas auf dem Boden gesucht hatte und sich gerade noch aufrappeln konnte, bevor das Mädchen auf ihn fiel.

»Was macht der?«, wandte sie sich an Hans.

Doch der Wolf drehte nun ebenfalls komplett durch. Er hatte einen Apfel im Maul und warf ihn Merle vor die Füße. Wie ein Hund, der sie dazu auffordern wollte, sein Bällchen zu werfen.

»Bist du verrückt? Wir müssen die Kinder retten!« Aus den Augenwinkeln beobachtete sie, dass Jakob sich zu dem befreiten Mädchen beugte und etwas zu ihr sagte.

Der Wolf nahm den Apfel wieder ins Maul. Dann stellte er sich auf die Hinterpfoten und bewegte ruckartig den Kopf. Der Apfel flog ihm aus dem Maul. Er jagte hinterher und fing den Apfel ganz knapp noch im Flug, bevor er den Waldboden berührte.

Jakob stellte sich an den Baum, als wolle er ihn umarmen. Es sah grotesk aus, denn er konnte den dicken Stamm nicht einmal zur Hälfte umfassen. Der Wolf schleuderte den Apfel erneut. Dieses Mal landete er vor Merles Füßen und zerplatzte zu Mus.

Noch bevor die Botschaft in Merles Bewusstsein angekommen war, war sie losgelaufen. Jakob schüttelte den Baum ohne sichtliches Ergebnis. Jetzt erst erblickte Merle die goldenen Kugeln oberhalb der Köpfe der Mädchen. Sie begannen zu zittern, erst ganz schwach, dann immer stärker. Jakob hatte den Blick auf die Kugel direkt über sich gerichtet. Er merkte nicht, dass die andere sich auch gelöst hatte!

Merle ließ die Taschenlampe fallen. Wie in Zeitlupe sah sie Jakob nach der ersten Kugel greifen und sie sicher aus der Luft fischen. Er streckte sich nach der zweiten, doch er konnte sie unmöglich fangen. Merle stieß einen verzweifelten Laut aus und sprang. Mit ausgestreckten Armen langte sie in die Luft und fühlte die Kugel an ihren Fingerspitzen. Sie gab dem Ding einen unfreiwilligen Stoß, und der Drall wirbelte es noch einmal empor. Es flog Merle entgegen und landete auf ihren Oberarmen, während sie ins Gras plumpste. Sie zog die Arme an und umarmte ihre Beute.

Dann stürzte ein schwerer Männerkörper auf sie und drückte sie zu Boden, dass ihr die Luft wegblieb. Sie ächzte.

Im gleichen Moment war Jakob schon wieder auf den Beinen. »Die Mädchen!«, schrie er.

Merle winkelte die Beine an, bohrte Ellbogen und Fersen in die Erde und stemmte sich hoch. Sie stand gerade aufrecht, als Amelie auf sie stürzte und mit ihr ins Gras zurückpurzelte. Keuchend blieb sie liegen, während Amelie sich zitternd an sie schmiegte. Ein weicher Apfel lag zwischen ihren Körpern eingeklemmt.

»Wo kommst du her? Was machst du hier?«, stieß Jakob an Merle gewandt hervor, während er Ronja, die er offensichtlich aufgefangen hatte, behutsam auf dem Boden absetzte. Er überreichte dem Mädchen die ehemalige Kugel, die nun ebenfalls ein Apfel war. Anschließend beugte er sich vor und stützte sich immer noch schwer atmend auf seinen Knien ab.

»Das Gleiche könnte ich dich fragen«, entgegnete Merle verdattert. »Wie hast du hierhergefunden?«

Jakob runzelte die Stirn und starrte sie an. Dann griff er Amelie unter die Arme. Er stellte sie auf die Füße und reichte anschließend Merle die Hand, um sie hochzuziehen.

Merle klopfte sich den Dreck von den Hosenbeinen. Jetzt

erst bemerkte sie, dass es heller geworden war. Das Licht, das bisher von den Kugeln ausgegangen war, war auf das Blätterdach des Baumes übergesprungen. Jedes einzelne Blättchen erstrahlte in blendendem Glanz und zerstob plötzlich zu tausend Funken. Lautlos trieben sie auf, um dann sanft zu Boden zu gleiten.

Die Mädchen begleiteten das kurze Schauspiel mit staunenden Ausrufen und streckten ehrfurchtsvoll die Finger nach den Glitzerfunken aus. Sobald eine ihre Handfläche berührte, zerplatzten sie wie Seifenblasen.

Merle war unwillkürlich an Jakob herangetreten und hatte zaghaft nach seinem Arm gegriffen. Er legte den Arm um ihre Hüften. Die Berührung und seine Nähe beruhigten sie, obwohl sie seine Anspannung spüren konnte. Er hatte genauso viel Angst wie sie, und sie beide vermutlich mehr als die Kinder. Unwissenheit konnte eine Gnade sein.

Um sie herum regnete es winzige Lichter. Die meisten erstarben, noch bevor sie die Erde erreichten.

Auf einmal grinste Jakob. Das Glitzern fing sich in seinen Augen. »Wie ich hierhergefunden habe? Ich bin einer magischen Weißbrotspur gefolgt. Du weißt schon, wie bei *Hänsel und Gretel.* Nur dass die Krümel bei mir nicht echt waren. Es war eine imaginäre Spur. Sie ist inzwischen verschwunden, ich kann sie dir leider nicht mehr zeigen.« Er grinste breiter. »Und du?«

Merle lächelte und schüttelte ungläubig den Kopf. »Ich bin einem Wolf gefolgt. Der Wolf ist aber nur eine alternative Gestalt unseres Hausgeistes. Mein Vorfahr Hans spukt seit ein paar Jahrhunderten durch das Haus meines alten Großmütterchens.«

Sie grinsten einander wortlos an. Somit waren sie beide auf dem gleichen Level des Wahnsinns angekommen. Wie beruhigend.

Als der Goldregen nachließ, war der Baum verschwunden. Sie standen im Dunkeln auf einer stinknormalen Lichtung. Fahles Mondlicht verwandelte die Nacht in ein Schattenspiel von Grau und Schwarz.

»Ich möchte nach Hause!«, jammerte Amelie sofort. Sie war die Stillste von allen, hatte sich wie schutzsuchend genau in die Mitte zwischen Jakob und Merle auf der einen, Ronja und Marie auf der anderen Seite gestellt.

»Ich auch«, murmelte Merle kaum hörbar.

Sie ahnte Jakobs beipflichtendes Nicken mehr, als sie es sah, während er laut erklärte: »Da gehört ihr auch hin, Amelie. Du wirst sehen, nur noch ein kleiner Spaziergang, und schon liegst du in deinem Bett.« Seine Stimmte dröhnte in Merles Ohren voller falscher Zuversicht, doch Amelie beruhigte es.

»Dann gehen wir jetzt los«, forderte sie. »Wo ist Luke?«

Merle versetzte die Frage einen Stich, und Jakob reagierte, indem er sie unwillkürlich etwas an sich zog. Noch bevor einer von ihnen etwas sagen konnte, riss Ronja ihre Stoffkatze an den Mund und zeigte auf einen Punkt am Waldrand. »Die Reh-Frau!«

Eine Frau konnte Merle nicht erkennen, doch das Reh, das unvermittelt am Waldrand aufgetaucht war, war nicht zu übersehen.

»Oh nein! Bitte nicht!«, quiekte Amelie.

Marie stand wie angewurzelt mit weit aufgerissenen Augen und Mund.

Merle schluckte unsicher.

Auf den ersten Blick war es wieder ein ganz normales Reh. Nur die Konturen wollten dieses Mal nicht so ganz stimmen. Das Fell sträubte sich zu allen Seiten und zitterte an den Rändern. Das Tier passte, obwohl ein Reh in einem Wald etwas völlig Normales sein sollte, nicht dorthin.

Merle war klar, dass niemand außer ihr den lockenden Ruf vernahm. Greta wollte, dass Merle zu ihr kam. Sie hatte doch sonst niemanden. Hans hatte ihr damals Johann weggenommen und jetzt die drei Mädchen. Hans war wirklich gemein, und er …

»Ich glaube, wir sollten gehen«, raunte Jakob ganz dicht an Merles Ohr. Sie schrak sichtlich zusammen, und sein Griff um ihre Hüften wurde fester. Dann spürte sie, wie sich eine Kinderhand in ihre Rechte schob, und Gretas Bann brach endgültig. Im letzten Moment unterdrückte Merle einen erleichterten Schluchzer und nickte stattdessen Jakob zu. Gemeinsam scheuchten sie die Kinder vor sich her in die entgegengesetzte Richtung. Dabei bemühten sie sich, den Eindruck zu erwecken, dass alles in Ordnung wäre. Merle fand vor allem ihr eigenes Auftreten wenig überzeugend, doch die Tatsache, dass nun Erwachsene da waren, die sich um alles kümmerten, reichte den Mädchen. Erwachsene konnten das Monster unter dem Bett verscheuchen und es mit einer Reh-Frau nachts im Wald aufnehmen.

Merle wünschte sich sehnlichst, sie könne diesen kindlichen Glauben teilen. Sie musste sich zu jedem Schritt zwingen, so weich waren ihre Knie, und die Panik saß ihr wie ein kleines Tier im Nacken, jederzeit bereit, ihr seine spitzen Zähne unter die Haut zu jagen.

Jakob wirkte äußerlich ruhig, doch sein eckiger Gang und die fahrigen Bewegungen, mit denen er sich immer wieder umsah, verrieten seine Nervosität.

Sie waren fast unter den Bäumen angekommen, als Marie und Amelie gleichzeitig einen infernalischen Schrei ausstießen. Ihr Kreischen hallte über die Lichtung, während Jakob sich duckte und gleichzeitig beide Mädchen schützend an sich zog. Ronja keuchte nur leise und drängte sich gegen Merles Beine.

Merle selbst brauchte mehrere Sekunden, bis sie realisierte, warum sie als Einzige keine Angst empfand. »Keine Panik, es ist alles gut!«, rief sie in den Lärm.

Die Mädchen verstummten.

»Ist das der echte böse Wolf? Frisst der uns jetzt?«, wagte Ronja schüchtern an Jakob gewandt zu fragen.

»Nein, das ist unser Beschützer«, fuhr Merle resolut dazwischen. »Er kennt den Weg nach Hause und wird uns jetzt hoffentlich dorthin führen. Zu deinen Eltern zum Dreherhof. Lauft ihm nach!«

Die Mädchen gehorchten und stolperten hinter dem Wolf her. Jakob und Merle bildeten die Nachhut.

»Ist das Hans?«, flüsterte Jakob ihr zu.

»Ja.«

»Meinst du, er kann es mit diesem … Monster aufnehmen?«

»Man sollte meinem, dass ein Wolf einem Reh überlegen wäre. Aber nein, ich glaube, er kann nicht allein gegen Greta bestehen. Sonst hätte er diesen Kampf längst aufgenommen. Es bestimmt sein Dasein.«

Jakob brummte ungehalten. »Ich glaube das alles immer noch nicht.«

Merle zog die Schultern hoch. »Wir sollten uns jetzt erst mal überlegen, was wir den Eltern erklären.«

Nachdem offensichtlich wurde, dass sowohl Ronja als auch Merle ihre Orientierung wiedererlangt hatten, verschwand der Wolf wie ein silberner Schatten zwischen den Bäumen, als hätte es ihn nie gegeben. Greta zeigte sich nicht mehr, und Merle war sehr dankbar dafür. Spätestens auf der Lichtung hatte sie unumstößlich begriffen, was Greta wollte: sie, Merle Hänssler, die Letzte dieser Familie. Was hatte sie bei ihrer ersten Begegnung gesagt? Sie wollte ihr eigen Fleisch und Blut. Um was damit zu tun? Es sich einverleiben? Es vernichten?

Was immer es war, Merle wollte es um keinen Preis der Welt herausfinden. Denn in einem war sie sich sicher: Wenn sie in Gretas Fänge geriet, würde dieses Märchen für sie nicht gut ausgehen.

Alle fünf waren vollkommen erschöpft, als sie am Dreherhof ankamen. Jakob hatte Amelie huckepack auf den Rücken genommen und trug Marie auf den Armen. Merle ging hinter ihnen, weil Amelie darauf bestanden hatte, und schleppte sich mit Ronja ab. In der Ferne hörte sie eine Kirchturmuhr viele Male schlagen. Es war gerade mal zehn Uhr.

Trotzdem war der Hof hell erleuchtet. Menschen und Hunde wimmelten umher, wollten gerade aufbrechen, um ein weiteres Stück Wald zu durchsuchen. Ronja entdeckte ihren Vater als Erste. Ungeduldig zappelte sie, bis Merle sie zu Boden gelassen hatte. Beinahe wäre sie vor Aufregung über den Saum von Merles Sweatshirt gestolpert, das sie gegen die Kälte bekommen hatte. Es reichte ihr wie ein Minikleid bis an die Knie.

Jakob blieb stehen und wischte sich den Schweiß von der Stirn. Merle half ihm, die beiden Mädchen abzusetzen. Amelie und Marie wurden durch die vielen Leute verunsichert und blieben nur zu gern in der Nähe der vertrauten Erwachsenen.

»Merle? Jakob? Hier seid ihr.« Björn wurde von seiner Tochter durch die Menschen gezogen. Der Einsatzleiter, den Merle mittags am Gemeindesaal getroffen hatte, folgte ihm.

»Frag sie! Der echte böse Wolf hat uns nach Hause gebracht. Aber er war ganz lieb. Und hübsch.«

»Ronja, nun warte doch mit deiner Geschichte.« Björn wischte sich verstohlen eine Träne weg und nahm seine Tochter auf die Arme, um sie an sich zu drücken. Gleichzeitig kam er auf Merle zu, umarmte sie, flüsterte ihr ein heiseres »Danke!« ins Ohr und gab Jakob anschließend die Hand.

Der Einsatzleiter strahlte über das ganze Gesicht, als wären es seine eigenen Kinder, die sie gerade gefunden hatten. Er ließ sich von Björn bestätigen, dass alle Vermissten wohlbehalten aufgetaucht waren, und wandte sich dann ab, um die anderen Eltern zu informieren und die Suchaktion zu beenden.

Merle dankte ihm im Stillen, dass es ihm sehr rasch gelang, die umstehenden Neugierigen zu zerstreuen.

»Mit dem bösen Wolf meint sie mich.« Jakob grinste und zwinkerte Björn zu. »Die Beschreibung passt doch perfekt, meinst du nicht?«

»Nein! Ich meine …«, setzte Ronja empört an, doch Merle unterbrach sie. »Bitte sei uns nicht böse, aber wir sind todmüde und wollen erst mal unsere Ruhe. Komm einfach morgen mit Sarah zu uns, und dann werden wir dir alles erzählen.«

»Ich werde Sarah sofort anrufen. Wo waren die Mädchen denn jetzt?«

»Es war so, wie die Polizei vermutet hat«, erklärte Jakob in ruhigem Ton. Er versuchte vergeblich, Amelie von sich zu schieben, die ihn gar nicht loslassen wollte. »Sie waren auf einen Baum geklettert und hingen dort oben fest wie kleine Kätzchen. Merle war auf den Hof gekommen, um sich mit mir zu versöhnen, und wir haben einen Spaziergang gemacht, um ungestört zu reden. Natürlich haben wir immer ein Auge auf die Umgebung gehabt, und da haben wir sie entdeckt. Es war absoluter Zufall. Sie haben nämlich alle drei recht friedlich geschlafen.«

»So war das doch gar nicht!«, rief Ronja.

»Ihr habt zwei Tage auf einem Baum gehockt, weil ihr nicht mehr hinunterkonntet?«, fragte Björn sie erstaunt.

»Nein, doch, das stimmt, aber …«

»Besonders Ronja hat den anderen beiden in der Zeit alle Märchen erzählt, die sie kannte«, fuhr Merle fort. »Es kann sein, dass sie dadurch etwas verwirrt ist und dir Dinge über goldene Äpfel, Goldregen und verwunschene Gestalten erzählen wird, aber das gibt sich sicher schnell wieder. Dabei hat sie das toll gemacht und die anderen beiden von dieser doofen Situation abgelenkt. Wirklich klasse, Ronja!«, sagte sie an das Mädchen gewandt. In dessen Miene spiegelte sich erst Unsicherheit und dann Stolz. »Wirklich?«

»Na klar!«, stimmte Jakob zu.

Björn strubbelte seiner Tochter glücklich durch die Haare. Dann wurde er ernst. »Und Luke? Was ist mit ihm passiert? Habt ihr dafür auch eine Erklärung?«

»Ja, wo ist Luke?«, wollte Amelie wissen.

Merle warf Björn einen warnenden Blick zu und schüttelte kaum merklich den Kopf.

»Ist das hier Tollwutgebiet?« Jakobs Ton wurde beiläufig, als wolle er nun über das Wetter sprechen.

Björn runzelte verwirrt die Stirn. »Eigentlich nicht.«

»Vielleicht streifen hier ein paar Füchse herum«, ergänzte Merle. »Die sollen sehr zutraulich werden, wenn sie Tollwut haben. Nach allem, was die Mädchen erzählt haben, glauben wir jedenfalls nicht daran, dass sie irgendeinem Menschen begegnet sind.«

Björn setzte Ronja ab und fuhr sich nachdenklich mit der Hand über den Bart. »Das wäre schon möglich. Luke mochte Tiere immer sehr gern.«

»Luke will immer alle Tiere streicheln«, begann Amelie schüchtern, »deshalb wollte er das Reh fangen. Wir sind viel zu weit weggelaufen. Ich habe es ihm gesagt und Ronja auch. Aber er wollte nicht auf uns hören, obwohl wir älter sind.«

Eine bessere Erklärung hätte kaum jemand liefern können.

Endlich nickte Björn verstehend, und Merle fiel ein Stein vom Herzen.

Ronja gelang es, Amelie von Jakob fortzuziehen, und die Mädchen wandten sich in Richtung Wohnhaus.

»Danke noch mal«, sagte Björn. »Ich weiß gar nicht, was ich sagen soll. Habt ihr Hunger? Wollt ihr hier übernachten?«

»Ich möchte nach Hause. Willst du mitkommen?«, antwortete Merle an Jakob gewandt.

Dessen Miene zeigte echte Überraschung. »Darf ich?«

Björn winkte ihnen lächelnd und folgte den Kindern.

»Wir beide müssten noch mal miteinander reden«, erklärte Merle streng. »Die Sache mit der Versöhnung war nicht abgesprochen.«

»Schade. Ich dachte, so kürzen wir das etwas ab.« Jakob steckte die Hände in die Hosentaschen und starrte befangen auf seine Füße.

Merle senkte die Stimme. »Ich möchte nicht allein zum Häuschen gehen. Greta treibt sich immer noch hier herum. Du bist der Einzige außer mir, der weiß, mit wem wir es zu tun haben.«

»Ach, so ist das?«

»Nein!«, widersprach Merle hastig. »Komm mit, bitte. Ich möchte, dass du heute Nacht bei mir bleibst.«

»Dann warte, ich gehe kurz meine Sachen holen.« Jakob blieb ernst, lächelte nicht, was Merle einen beschämten Stich versetzte.

Während sie schweigend den vertrauten Pfad entlangwanderten, ging ihr auf, dass sie noch viel klären mussten, und zwar auf beiden Seiten.

Sie blieben wachsam, doch alles war ruhig. Ohne Zwischenfälle erreichten sie das Häuschen, dessen Tür einladend offen stand.

Merle führte Jakob in die Stube. Als er den Raum betrat, wusste sie, dass sie ihm bedingungslos vertrauen konnte.

Das Haus hieß Jakob willkommen.

Während er seine Tasche nach oben brachte, stellte Merle zwei Gläser, Wein, Brot, Butter und Käse auf den Tisch. Es war bizarr, sich mit diesen normalen Dingen zu beschäftigen, während da draußen immer noch ein wahrgewordener Alptraum durch die Gegend streifte. Es machte diese absurde Situation wirklicher, als sie sein dürfte. Wie um sich beweisen zu müssen, was sie eben erlebt hatte, ging sie zu ihrer Jacke und zog die drei Äpfel aus der Tasche, betrachtete sie kurz, ohne etwas Besonderes zu entdecken, und legte sie danach ebenfalls auf den Tisch, jedoch weit weg von ihrem Essen.

Kurz darauf kehrte Jakob zurück, und sie setzten sich einander gegenüber. Keiner von beiden hatte richtigen Hunger. Trotzdem aßen sie kleine Happen und tranken hauptsächlich den Wein.

»Warum hast du heute Mittag vor dem Gemeindesaal gelogen?«, platzte Merle irgendwann heraus. Sie war zu erschöpft für Feingefühl und taktische Spielchen.

Jakob schüttelte energisch den Kopf. »Wieso habe ich gelogen?«

»Du hast nicht die Wahrheit gesagt, was du hier oben am Haus meiner Großmutter zu suchen gehabt hast.«

»Nein, nicht direkt, das stimmt schon.« Jakob hielt mit dem Weinglas in der Hand inne und trank erst einen tiefen Schluck. »Ich habe von Anfang an nach etwas Übernatürlichem gesucht, hatte aber gleichzeitig Angst, tatsächlich etwas zu entdecken. So etwas wie das Dokument deines Ahnen Hans vom Wald hatte ich nie zuvor gelesen. Diese Abweichung war derartig gravierend, dass ich nicht anders konnte, als zu glauben, was darin beschrieben war, obwohl sich alles in mir dagegen sträubte!

Natürlich wollte ich, dass die Leute meine Geschichte glaubten. Merle, ich wollte sie selbst glauben! Ich konnte mir nicht eingestehen, dass ich längst angefangen hatte, eine übernatürliche Erklärung zu akzeptieren. Ich bin Wissenschaftler! Die Tatsache, dass da draußen das ultimativ Böse herumläuft, macht mich irre! Ich bekomme allein von dem Gedanken Kopfschmerzen. Aber wenn es nur das wäre! Es verfolgt ausgerechnet die Frau, in die ich mich Hals über Kopf verliebt habe!« Fahrig sprang er auf, um sich sofort wieder auf die gleiche Stelle fallen zu lassen.

Merle wusste diesem Gefühlsausbruch nichts entgegenzusetzen. Sie hatte eine viel zu gute Vorstellung davon, was er meinte.

Jakob sah ihr sehr ernst ins Gesicht. »Ich möchte dir helfen«, sagte er schlicht.

Im nächsten Moment stürzte die Erkenntnis, was sie in den letzten Stunden alles erlebt und erfahren hatte, auf sie ein. Sie bekam Magenkrämpfe. Verstohlen presste sie die Hand gegen den Bauch, während sie den galligen Geschmack hinunterwürgte.

»Merle? Was ist mit dir?«

Sie ignorierte ihn, wünschte, sie könnte sich in Luft auflösen, damit er diese erbärmliche Vorstellung nicht mitansehen musste. Mit der letzten Kraft, die sie noch aufbieten konnte, stand sie auf, ging zum Sofa und wandte das Gesicht ab. Ihr brannten schon wieder Tränen hinter den Lidern. Sie hatte seit Jahren nicht geheult, und jetzt schien sie das alles in den letzten Tagen nachzuholen.

»Vielleicht wäre es doch besser, wenn du zurück auf Björns Hof gehst«, murmelte sie, bevor sie endgültig der Mut verließ.

»Wie bitte?«

»Du sollst gehen. Es ist besser für uns beide.«

Jakob machte zwei wütende Schritte auf sie zu und baute sich vor ihr auf. »Ich laufe ganz sicher nicht allein zurück. Das kannst du vergessen! Warum willst du mich jetzt schon wieder unbedingt loswerden?«

Merle wich seinem Blick aus. »Weil ich glaube, dass es exakt das ist, was du am liebsten tun würdest. Ich brauche kein Mitleid.«

»Mitleid? Ich habe gerade gar kein Mitleid, ich bin sauer!« Jakob drehte sich um und fuhr sich mit den Händen durch die Haare, nur um wieder auf dem Absatz kehrtzumachen und auf sie zuzuschießen. »Merle, ich tröste dich, wenn du Alpträume hast. Es muss dir nicht peinlich sein, wenn ich miterlebe, was du gerade durchmachst. Ich bin gerne bei dir, jede Minute, die ich kann. Warum ist das für dich so schwer zu akzeptieren?«

»Weil es doch gar nicht möglich ist!«, rief Merle verzweifelt. »Wir kennen uns seit zwei Wochen!«

»Na und? Es gibt Leute, die heiraten, nachdem sie sich drei Tage kennen.«

»So was hält doch nicht!«

Jakob beugte sich hinab zu ihr, so dass sie auf Augenhöhe waren. Zornige Funken sprangen aus seinen Augen. »Das war vielleicht ein Scheißbeispiel. Du weißt genau, was ich meine: Ich muss mich für meine Gefühle nicht rechtfertigen! Ich kann dir sagen, wie es ist, und ich versuche, es dir zu zeigen. Aber eins werde ich ganz sicher nicht tun: wie ein liebeskranker Gockel hinter dir herlaufen.«

Er wandte sich ab und durchquerte mit schnellen Schritten den Raum. Viel zu schnellen Schritten. Jetzt war er schon kurz vor der Tür.

Merle zögerte. Sie war sicher, dass sie ihn, wenn er jetzt ging, niemals zurückgewinnen würde. »Warte!«

Sein Gang stockte. Dann machte er kehrt. Die Schritte zurück waren langsam, abwartend, einer nach dem anderen. Mit ablehnend vor der Brust verschränkten Armen kam er zurück und setzte sich in gebührendem Abstand neben sie. Als sie schwieg, hob er fragend die Augenbrauen.

»Ich bin nicht gut in solchen Dingen. Himmel, jetzt heule ich noch wie in einem billigen Film. Es nervt mich alles!« Sie stieß eilig die nächsten Worte aus: »Dabei kann ich mir nichts Schöneres vorstellen, als dass du bei mir bist. Bitte bleib.«

Jakob hatte inzwischen einen Arm auf die Sofalehne und die andere Hand locker in den Schoß gelegt. Er war klug genug, noch auf Abstand zu bleiben, wofür Merle ihm dankbar war. Beinah trotzig begegnete sie seinem Blick, während sie sich zornig die Tränen wegwischte. Das war ja nicht zu ertragen mit ihr! Aus Angst, kein vernünftiges Wort herauszubekommen, schwieg sie und betete stumm, dass das, was sie gerade gesagt hatte, Jakob genügte. Sie hatte noch nie gut über Gefühle sprechen können. Wenn es um Gefühle ging, war sie eine totale Versagerin. Verdammt, wenn er noch länger mit seiner Antwort wartete, würde sie ihre Worte zurücknehmen und ihn vor die Tür setzen. Jetzt, sofort und endgültig! Sie hielt den Atem an.

Endlich, endlich blitzten die vielen kleinen Fältchen um seine Augen auf wie kleine Sonnenstrahlen. »Dann akzeptier es bitte einfach so, wie es ist: Du hast mich vom ersten Moment an fasziniert. Du bist rational, aber du hast trotzdem Fantasie und kannst träumen. Du bist einfach …« Er machte eine vage Handbewegung und wurde ernst. »… anders. Wir haben beide unsere Vergangenheit. Ich kann dir nur sagen, dass es sich gut anfühlt.«

Merle wagte es, wieder Luft zu holen, und lächelte zögerlich. »Na gut.«

Jakob musterte sie nachdenklich, dann blitzte der Schalk in seinen Augen auf. Doch seine Worte klangen ernst: »Versuch es. Glaub das Unglaubliche. Glaub daran, dass Märchen wahr werden können. Glaub daran, dass dich jemand sogar mit einem Monster an den Hacken liebt. Mein Herz weint um jede Minute, die ich in meinem Leben verschenkt habe, weil wir einander noch nicht begegnet sind.« Zu den letzten Worten legte er in einer übertriebenen Geste die Hand auf die Brust und brachte Merle endgültig zum Lachen. »Das war zu kitschig, wirklich!«

»Mit dir zu vögeln bringt mich um den Verstand.« Er grinste unverschämt, beugte sich vor und nahm ihre Hand in seine. »Du bist toll. Ich habe schon verstanden, dass es gerade nicht um mich geht, sondern um dich. Aber ich helfe dir nur, wenn du das willst. Das verspreche ich dir. Wenn nicht, sag es jetzt. Dann gehe ich und nehme …«, er räusperte sich, »… die Erinnerung an meine Rosenprinzessin mit.«

Merle schüttelte entschieden den Kopf. »Nein, bleib, Jakob. Vielleicht hast du recht, und Märchen können wirklich wahr werden.«

Dann ließ sie sich in seine Arme ziehen. Sie fühlte sich wie nach einer großen Schlacht, die sie gekämpft, gewonnen und gleichzeitig verloren hatte.

Er hatte unrecht. Es ging nicht um seine Liebe zu ihr, es ging um ihn. Wenn sie jetzt und hier akzeptierte, dass es jemanden gab, der sie liebte, dann gab es jemanden, den sie wieder verlieren konnte. So wie Omi. So wie ihren Vater. Vielleicht schon sehr bald.

Sie verspürte plötzlich Angst. Angst davor, bald wieder allein auf der Welt zu sein.

So ähnlich musste es Hans ergangen sein. Sie wollte nicht enden wie er: in einem Kloster und mit einem Leben, das sie sich selbst versagte.

Wenn sie Greta nicht endgültig besiegte, würden sie beide niemals Frieden finden.

Einundzwanzig

DIE HEXE MUSS BRATEN!

Nach einer Weile setzten sie sich wieder an den Tisch. Merle griff nach ihrem Weinglas und trank einen großen Schluck. »Mir wird es erst wieder richtig gutgehen, wenn Greta vernichtet ist.« Sie stockte. »Ich habe mit ansehen müssen, wie sie Luke getötet hat. Sie wollte mir zeigen, zu was sie fähig ist.«

Jakob nickte nur, als habe er so etwas erwartet. Auf seiner Miene malte sich stummes Entsetzen, und Merle war froh, dass er sie nicht aufforderte, ihm die genaueren Umstände zu schildern.

»Lass uns zusammentragen, was wir wissen, und vielleicht finden wir gemeinsam eine Lösung«, schlug er stattdessen mit leiser Stimme vor.

Merle nickte. Sie zwang ihre Gedanken auf die Fakten. Zu ihrer Erleichterung klang ihre Stimme gefasst. »Ich nehme inzwischen jedes Wort aus dem Dokument für bare Münze. Hans hat das exakt so erlebt, wie es aufgeschrieben wurde. Das, was ich darüber hinaus über sein Leben weiß, hat er mit persönlich erzählt. Als wir beide noch Kinder waren. Er war mein imaginärer Freund. Ich bin mir aber sicher, dass Omi davon gewusst hat.« Ein freudiges Lächeln huschte über Jakobs Gesicht, als Merle nach seinen Händen griff. »Ich bin froh, dass wir das alles eben gemeinsam erlebt haben. Hätte ich dir nur wenige Stunden zuvor davon erzählt, hättest du mich für verrückt gehalten.«

»Du kannst dir sicher sein, dass ich dir alles glauben werde. In mir sträubt sich zwar alles gegen die Geschehnisse der letzten Stunden, aber ich weiß, was ich erlebt habe. Du bist nicht verrückt. Oder wir und drei Mädchen aus diesem Dorf sind es gemeinsam, und unsere Wahnvorstellungen decken sich. Vielleicht hätte ich dir sogar schon vorher geglaubt. Ich war hier am Haus und habe seine – wie soll ich sagen? – Schwingungen gespürt. Es fiel mir auf einmal sehr leicht zu akzeptieren, dass an diesem Ort eine alte Magie am Werk ist. Der Eindruck verlor sich wieder, als ich mit Björn zum Hof gegangen bin, aber ich habe es nicht vergessen.

Das Haus war auf der Hut vor mir. Ronja erschreckte sich vor etwas, was auch eine der Katzen bemerkt hatte. Ich denke mir, dass dort Greta als Frau oder Reh gestanden hat und das Mädchen nicht zugeben wollte, dass sie vor einem von beiden Angst hatte.«

»Wie alt, meinst du, ist diese Magie?«

»Der Pfarrer von Steinberg hat behauptet, die Sage um die Wilde Frau wäre keltischen Ursprungs. Auch ich habe in deinem Dokument keltische Elemente gefunden. Ich glaube, dass diese Wilde Frau, zumindest in ihrer Manifestation als Kinderschreck und nicht als Dryade, und Greta dasselbe Wesen sind. Daher scheint mir das plausibel. Obwohl es mir aus wissenschaftlicher Sicht überhaupt nicht gefällt! Diese Verquickung dieser Sage mit einem Märchen, das ist irgendwie unsauber.«

»Wie bitte?« Merle sah ihn ein wenig ungehalten an. »Hast du sonst keine Sorgen?«

»Schon gut!« Jakob hob beschwichtigend die Hand. »Ich fände es nur einfacher, wenn ich wüsste, womit ich es zu tun habe. Die erzählte Überlieferung dieses Wesens ist im Laufe der Jahrhunderte oder sogar Jahrtausende widersprüchlich geworden.«

»Es nützt uns überhaupt nichts, wenn wir herausfinden, wo Greta herkommt und was sie genau ist«, widersprach Merle entschieden. »Mir ist vollkommen gleichgültig, ob es sich um eine Sagen- oder Märchengestalt handelt. Sie ist vor allem eins: gefährlich! Wir müssen wissen, wie wir sie besiegen können!«

»Das eine geht nicht ohne das andere, Merle. Irgendwer muss das Wesen erschaffen oder beschworen haben. Meine Vermutung ist, dass es sich um das fehlgeleitete Ergebnis eines keltischen Rituals handelt. Eventuell wussten die Druiden damals sogar, wie man das Ganze wieder rückgängig macht. Dann war diese Trude, also die Frau, die dieses Haus bewohnt hatte, keine Drude, sondern eine Druidin. Sie war entweder selbst ein nichtmenschliches Wesen, oder sie verfügte über außerordentlich großes Wissen. Das Feuer war mit Sicherheit kein gewöhnliches Feuer. Weißt du, was sie genau vorhatte, bevor Hans sie da hineingestoßen hat? Etwas, das über das Dokument hinausgeht?«

Merle zuckte unschlüssig mit den Schultern. »Keine Ahnung. Aber warte, ich hole eine Taschenlampe. Lass uns in den Kamin hineinschauen.«

»Hast du die Taschenlampe nicht auf der Lichtung verloren? Schleppst du immer ein ganzes Sortiment mit dir herum?«

»Wenn du hier ein paar Jahre gelebt hättest und Omis Vorliebe für Ölfunzeln kennen würdest, würdest du nicht fragen. Oder versuch mal, mit einer Kerze heimlich unter der Bettdecke zu lesen.«

Lachend schüttelte Jakob den Kopf. »Ist schon klar.«

Merle kehrte mit einer weiteren Taschenlampe zurück, und

gemeinsam reckten sie sich in die Esse und starrten in den Kamin. Sie entdeckten viele Spinnweben und ein altes Vogelnest.

Ratlos starrte Merle in das leere Becken der Esse. Jakob trat neben sie und legte ihr den Arm um die Schultern. »Erzähl mir von Hans«, sagte er leise. »Er wird vermutlich erst seine Ewige Ruhe finden, wenn Greta besiegt ist?«

»Denke ich auch. Sie in einen Baum einzusperren war auf jeden Fall nur eine Übergangslösung. Abgesehen davon, dass wir diese nicht noch einmal wählen können, weil wir keine Ahnung haben, wie wir sie in diesen Baum hineinbekommen.«

»Hast du nicht eben gesagt, Hans hätte mit dir gesprochen? Kannst du ihn nicht fragen?«

»Er versteht mich, aber ich kann seine Antworten nicht deuten. Nicht mehr.« Merle schaute verlegen zu Boden. »Ich bin zu sehr mit Realität blockiert, um mich ganz auf diese Geisterkommunikation einzulassen, vermute ich.«

»Verstehe.« Jakob ließ sie los, ging zurück an den Tisch und trank einen tiefen Schluck Wein.

Entschieden schüttelte Merle den Kopf, folgte ihm und ließ sich im Reitersitz auf die Bank nieder. Dabei trommelte sie auf das Holz zwischen ihren Knien, bis Jakob sie strafend ansah. Sie wurde ungeduldig. Die ganze Zeit glaubte sie, die Lösung vor der Nase zu haben, ohne sie greifen zu können. »Der Baum scheidet aus. Hans' Vater und Luke haben Greta daraus befreit, und das kann wieder passieren. Sie muss vernichtet werden.«

»Luke? Wieso Luke?«

»Habe ich dir das nicht erzählt? Ronja hat mir gesagt, dass er sich verletzt hat, als sie nach Omis Tod in den Verbotenen Garten eingedrungen sind. Nur eine Schramme, aber das wird gereicht haben. Hans' Vater wiederum hatte sich bei seiner Arbeit verletzt, und plötzlich hat Greta dort gelegen. Das Blut hat den Bann gebrochen und sie befreit.«

»Warum hat sie dann nicht sofort mit den Kindesentführungen begonnen?«

Merle dachte darüber kurz nach. »Ich nehme an, sie musste erst Kraft schöpfen. Sie lebte ein paar Tage in Hans' Familie. Ronja hat nach der Befreiung ein humpelndes Reh beobachtet. Ich nehme an, dass die Zeit zwischen den Entführungen von Hans damals und den Kindern heute ungefähr dieselbe ist. Das müsste sich überprüfen lassen. Findest du das wichtig?«

»Eher nicht. Wichtiger wäre eine Waffe gegen sie.«

»Sie hasst Äpfel. Vielleicht gibt es deshalb so viele Apfelbäume um den Verbotenen Garten herum.« Merle griff nach einem der drei Äpfel und hielt ihn Jakob vor die Nase. »Wieso also hängt sie die Mädchen an einen Baum mit Äpfeln?«

»Das war sie doch gar nicht! Das muss Hans gewesen sein.«

»Hans? Jetzt verstehe ich gar nichts mehr!«

»Doch! Und das ist doch völlig logisch!« Jakob sprang auf und schlug sich mit der flachen Hand vor die Stirn. Er umrundete den Tisch und schnappte den Apfel aus Merles Hand. »Diese drei Äpfel sind unsere Waffe. Hans hat die Mädchen befreit – das hat Ronja kurz erwähnt – und sie dann an einen Ort gebracht, den Greta fürchtet: einen der Bäume, in dem sie eingesperrt war. Dort waren sie sicher, bis er dich holen konnte.«

Merle blieb skeptisch. »Warum hat er die Mädchen nicht zum Dreherhof oder ins Dorf gebracht? Oder hierher?«

Jakob beugte sich hinab. Merle sah die dunklen Funken in seinen Augen tanzen, bevor er ihr einen kleinen Kuss auf die Nasenspitze hauchte. »Hierher? Hier ans Haus? Weil er dich liebt und dich nicht gefährden wollte, indem er Greta anlockt.« Sehr zu Merles Bedauern richtete er sich auf und setzte sich wieder ihr gegenüber an den Tisch. »Ob er zum Hof oder ins Dorf könnte, weiß ich nicht. Ich hätte es an seiner Stelle nicht gewagt. Der Weg ist weit, und drei verunsicherte Mädchen zu führen wäre nicht so leicht gewesen. Die Suchtrupps haben sicher nicht nur Greta, sondern auch Hans daran gehindert, sich wie üblich in seinem Revier zu bewegen. Vielleicht hatte er auch einen völlig anderen Plan und musste schnell handeln, weil ich aufgetaucht bin und versucht habe, die Mädchen zu befreien. Es war ihm sicherlich nicht wohl dabei, dich durch den Wald zu führen, während Greta sich hier herumtreibt.«

»Mit einem Märchenexperten, der es ebenfalls mit einem verwunschenen Baum aufnehmen konnte, hat er sicherlich nicht gerechnet.«

»Tja.« Jakob grinste. »Ich hätte auch nicht erwartet, dass ich dieses trockene universitäre Wissen einmal so praktisch anwenden könnte.« Er wurde wieder ernst. »Offensichtlich war es wichtig, dass du mindestens einen der Äpfel fängst. Ich weiß ja nicht, seit wann ihr beiden am Waldrand gestanden habt, aber das war ganz schon knapp.«

Mit einem erschöpften Nicken stimmte Merle ihm zu und unterdrückte ein Gähnen. »Dann haben wir also die Waffen. Aber was machen wir damit? Vergiften scheidet aus. Wir haben kein Gift, und Greta würde den Apfel kein zweites Mal essen. So blöd ist sie nicht.«

Statt einer Antwort hielt Jakob die Frucht näher an das Licht der Öllampe auf dem Tisch. »Der Apfel ist das Planetensymbol der Erde. Ein Zeichen der Macht von Königen. Die Frucht der Erkenntnis. Märchen mit Äpfeln gibt es zur Genüge.« Er sah auf. »Fällt dir dazu etwas ein?«

»Nicht wirklich.«

»Verdammt.« Jakob sah aus, als wolle er den Apfel durch den Raum schleudern, besann sich aber eines Besseren und legte ihn wieder zu den anderen. »Hans will dir etwas sagen. Er hatte jahrhundertelang Zeit, sich eine Strategie zurechtzulegen. Zeit, die wir nicht haben, und ich habe mit meiner Recherche kaum angefangen. Im Kloster zu Thierenbach habe ich nur herausgefunden, dass das Dokument gefälscht ist. Das hat ziemlich sicher kein Mönch geschrieben. Die Spur ist kalt. Wenn man das Original hätte, könnte man …«

»Das Original ist hier im Haus.«

»Wie bitte?«

Merle nickte in Richtung des kleinen Beistelltisches neben der Couch. »Es liegt da drüben. Zusammen mit dem Original-Lebkuchen-Rezept. Hans könnte es selbst geschrieben haben. Oder sein Sohn Johann. Johann konnte schreiben. Jemand, der die Geschichte noch aus erster Hand wusste und wollte, dass sie für die Nachwelt erhalten bleibt. Ich habe beides in einem Versteck gefunden, das Hans mir gezeigt hat.«

Merle lächelte still, als sie das begierige Aufleuchten in Jakobs Augen sah. Der Jäger, der eine gute Beute witterte, stürzte an ihr vorbei und riss das Dokument an sich. »Das hat Jahrhunderte hier gelegen? Wahnsinn! Dieses Haus ist fantastisch.«

»Ich habe doch gleich gesagt, dass ihr einander mögen werdet, das Haus und du.« Merle rutschte auf der Bank ein wenig nach hinten, damit sie sich gegen die Wand lehnen konnte, doch Jakob hörte ihr ganz offensichtlich gar nicht mehr zu. Dieses Mal ließ sie ihn gewähren, damit er seinen wissenschaftlichen Ambitionen nachgeben konnte. Es war schön, ihn dabei zu beobachten, wie er ganz in seinem Forscherglück schwelgte. Für einen Moment stellte sie sich vor, wie einfach es sein würde, mit ihm über die vertrauten Wege rund um Steinberg zu wandern und ihre Erinnerungen mit ihm zu teilen.

Doch zuvor mussten sie Greta endgültig besiegen. Nur wie? Der Antwort auf diese Frage waren sie noch immer nicht näher gekommen. Sie selbst war immer noch der Meinung, dass Greta ins Haus musste.

Diese Trude-Druidin hatte sie ins Haus geholt, um sie zu verbrennen, und Hans hatte ihren Plan wider besseres Wissen vereitelt. Wenn er sich doch nur ein paar Minuten später aus seinem Verschlag befreit hätte! Dann säße sie nicht hier, weil es sie gar nicht gäbe. Müßiger Gedanke.

Merle war sicher, dass es nicht in Gretas Macht lag, das Haus zu betreten. In Gedanken ging sie Hans' Aufzeichnungen durch: Greta hatte sich nach dem Tod der Trude nicht weit vom Haus entfernen können. Das änderte sich erst mit Johanns Geburt. Vielleicht war sie danach gar nicht geflohen, sondern vertrieben worden. Sie war mit dem Tod der Trude an das Haus gebunden worden, so wie ein Dschinn an seine Wunderlampe. Da das Haus, also das Gefäß, dieses gefährliche Wesen aber auf Dauer nicht beherbergen wollte, hat es dafür gesorgt, dass ein Teil von ihm blieb. Über die Jahrhunderte und mit jeder Generation wurde die Bindung schwächer.

Ja, so musste es gewesen sein. Das war auch das, was Omi herausgefunden haben musste, mit dieser Liste und dem ganzen Ahnenzeug in dem Koffer da oben auf dem Speicher. Das war das, was sie Merle und ihrem Vater hatte mitteilen wollen.

Leider lieferten diese ganzen Erkenntnisse immer noch keine Antwort darauf, wie man den Bann brach und Greta ins Haus schaffte oder außerhalb des Hauses besiegte.

Merle ließ ihren Kopf mit einem Seufzen auf die Tischplatte sinken, dann richtete sie sich wieder auf und gähnte laut. Inzwischen war es weit nach Mitternacht. Sie war zu müde. So kamen sie nicht weiter.

Jakob schaute endlich von seinen Papierschätzen auf und nickte bedauernd. »Willst du schlafen?«

Gemeinsam gingen sie die Treppe hinauf und legten sich in Merles Zimmer ins Bett. Friedliche Stille erfüllte den Raum, als sie sich eng aneinanderkuschelten. Merle spürte, wie nahe ihr

Jakob war, mit ihr verbunden war, und das auf eine magische Art und Weise, die weit über das Körperliche hinausging. Er hatte das Häuschen gefunden, ohne dass ihn jemand aus der Familie zu ihm geführt hatte. Es mochte auf der Hut gewesen sein, aber es hatte erkannt, dass Gutes in ihm steckte.

So hüllte es sie nun beide mit seiner freundlichen Dunkelheit ein und bewahrte sie für diese Nacht vor allem Bösen.

Mitten in der Nacht wachte Merle auf. Sie hatte nicht geträumt, und da Jakob ruhig weiterschlief, hatte sie offenbar auch nicht geschrien. Aber die Unruhe nach dem Aufwachen war die gleiche wie in den Nächten ihrer Alpträume. Sie legte eine Hand auf die Brust, als ließe sich so ihr schnell klopfendes Herz beruhigen, und wischte sich mit der anderen den dünnen Schweißfilm vom Gesicht.

Irgendetwas hatte sich im Haus verändert.

Ganz leise, um Jakob nicht zu wecken, stand sie auf, angelte nach ihren Schuhen, zog sich einen Pulli über den Schlafanzug und schlich die Treppe hinunter. Einen Moment lang fiel es ihr schwer, sich zu orientieren. Alles lag still und düster, doch sie sah genug und erkannte, dass die Möbel alle anders standen. Einen Meter vor der Haustür ging nicht nur links eine Tür in die Stube, sondern auch eine nach rechts in die Scheune. So wie zu Hans' Lebzeiten, als dort noch ein Stall war.

Merle betrat die Stube. Die Küche war verschwunden, ebenso die Couch. Sie erkannte den Schaukelstuhl und den Tisch, auf dem immer noch die drei Äpfel lagen. Darum standen die beiden Bänke und weiter hinten das Bücherregal, in dem sich jedoch keine Bücher, sondern Geschirr, Kerzen und andere Dinge befanden, die sie in der Dunkelheit nicht genauer erkennen konnte. Omis alte Aussteuertruhe stand links von der Esse, ein Spinnrad gebrauchsbereit in einer Ecke. Es sah ganz so aus, wie sie es aus dem Freilichtmuseum kannte. Eine typische Bauernstube im siebzehnten Jahrhundert.

In der Esse glomm etwas Glut. Merle betrachtete den kleinen Haufen Holz, der daneben aufgestapelt war. Sollten sie es tatsächlich schaffen, Greta in die Esse zu verfrachten, war das viel zu wenig. Sie musste mehr Holz heranschaffen. Eilig lief sie durch den Flur und rüttelte an der Tür zur Scheune. Sie ließ sich ohne Widerstand öffnen. Dahinter sah alles noch genauso aus wie tags zuvor. Überall war das Holz verstreut, das auf Felix Sturm hinabgeregnet war. Merle musste es nur in die Stube schleppen.

Immer drei bis fünf Scheite auf einmal tragend, lief sie rasch hin und her, stapelte ihre Last ordentlich in die Esse und anschließend darum herum. Nach dem siebten Gang fand Merle, dass es genug war. Sie war erschöpft und hatte das gute Gefühl, etwas getan zu haben. Trotzdem war ihr nicht nach Schlaf. Gedankenverloren ging sie ans Fenster und starrte auf die Lichtung.

Da trat Greta aus dem Wald, ganz als ob sie darauf gewartet hätte, dass Merle ihr zusah. Genau wie bei dem Reh waren die Konturen ihrer Gestalt verschwommen, als wären sie soeben im Begriff, sich aufzulösen. Ihre Erscheinung wechselte im Takt von Merles Herzschlag. Mal war Greta ein kleines Mädchen in altertümlicher Kleidung, dann wieder erschien sie als Reh. Dazwischen war sie Nebel und Grauen. Merle rieb nervös die Finger aneinander und hatte Mühe, aufrecht stehen zubleiben, so weich wurden ihre Knie. Sie klammerte sich an den Fensterrahmen und lehnte den Kopf gegen das alte Holz. Sie glaubte eine brüchige Stimme zu hören, die ihr Mut zusprach. Das Haus bot ihr Schutz. Es spielte keine Rolle, ob die Türen und Fenster verschlossen waren. Es war das Haus selbst. Seine gute Seele schützte sie vor dem dämonischen Wesen.

Merle starrte aus dem Fenster. Mit fasziniertem Entsetzen beobachtete sie, wie das Wesen über die Wiese kroch. Es war gleichzeitig wabernder Nebel und kriechendes Mädchen. Dann brach es an einer Stelle zusammen. Der Nebel verschwand, und nur ein Haufen alter Knochen lag dort vor dem Haus im Gras.

Merle wusste nicht, wie lange sie noch dastand und auf den Knochenhaufen glotzte.

Luzi huschte in die Stube und gesellte sich zu ihr auf das Fensterbrett. Die Katze bewegte ihren Kopf unablässig hin und her, während sie aufmerksam nach draußen starrte und dabei leise gurrte und schmatzte. Ihr leicht gesträubter Schwanz pendelte im gleichen Rhythmus. Sie jagte in Gedanken. Aber was jagte Luzi gerade jetzt? Was halfen die Katzen?

Merle wartete. Normalerweise müsste doch jetzt der Held kommen und die Prinzessin vor dem bösen Monster retten. Aber bitte auf einem großen Schimmel und in Ritterrüstung. Das Problem war gerade nur, dass ihr Held in derselben Falle steckte wie sie.

Sie streichelte der Katze beiläufig das samtschwarze Fell. Das Tier war so angespannt, dass Merle beinahe Funken erwartete, die aus dem Fell schlagen würden. Der Knochenhaufen lag unverändert. Merle schnaubte wütend. Was erwartete Greta? Dass sie so dämlich war, hinauszugehen und zu sehen, was es mit dem Knochenhaufen auf sich hatte? Das würde sie natürlich nicht tun! Figuren im Film waren manchmal so blöd. Vor allem die Frauen. Damit der Held sie noch heldiger und in noch letzterer Sekunde retten konnte. Aber in der Wirklichkeit gab es keine Helden. Nur Monster, die von einem keltischen Aberglauben in diese Zeit hinübergerettet worden waren. Greta konnte da draußen verrotten! Sie, Merle, jedenfalls würde sich nicht auf dieses alberne Spiel einlassen!

Luzi rieb den Kopf an ihrer Brust und schnurrte beruhigend.

Merle wandte sich in den Raum und erschrak nur mäßig, als sie Hans im Schaukelstuhl sitzen sah. In ihrer Erinnerung war er ein Junge, doch sie erkannte den jungen Mann mit den breiten Schultern sofort. So mochte er ausgesehen haben, als Greta ihn nach so vielen Jahren wieder heimgesucht hatte, um Johann zu holen. Seine Miene war trotz all dem, was er erlebt hatte, offen und freundlich, doch der Blick seiner sanften Augen hatten jegliche Unbefangenheit verloren, die Merle an ihrem einstigen Spielkameraden so geliebt hatte.

»Du. Endlich«, sprach sie ihn leise an. »Hast du unsere Greta von den Kindern weggelockt und auf den rechten Weg zurückgebracht?« Hans schaukelte leicht. Seine Kopfbewegung konnte ein Nicken sein. Merle zwinkerte und rieb sich die Augen, doch ihr Blick klärte sich nicht. Sie konnte Hans dort sitzen sehen, und auch wieder nicht. Sobald sie genauer hinsah, war dort ein leerer Schaukelstuhl, der sich leicht hin und her wiegte. Dabei hätte sie seine Unterstützung so dringend nötig! Sie lehnte sich neben das Fenster gegen die Wand und fühlte den rauhen Putz an ihrer erhitzten Wange. Und völlig unerwartet gesellte sich zu der Hilflosigkeit ein Gefühl der Schuld. Welches Recht hatte sie, von Hans Unterstützung zu verlangen?

»Ich habe dich im Stich gelassen«, murmelte sie beschämt. »Dich und Omi. Irgendwann habe ich nicht mehr zugehört.«

Haus im Wald – Steinberg, Sommer 1981

Hans hatte gewusst, dass es so kommen würde. Es war bisher immer so gekommen. Er hockte sich auf die Bank neben der Haustür und zog die Knie bis an die Nase. Mago warf ihm einen verstohlenen Blick zu, schuldbewusst und entschuldigend zugleich. Hans sorgte dafür, dass sie ihn als kleinen Jungen sah, der ihr aufmunternd zulächelte. Sie sollte sich keine Vorwürfe machen, weil sie einen Menschenfreund für Merle ins Haus gelassen hatte. Sie waren sich darüber einig, dass es besser so war: Merle sollte sich den Lebenden, der Zukunft zuwenden und nicht in Vergangenem verharren. Björn hatte ein gutes Herz, alles andere hätte das Haus niemals zugelassen.

Und doch … irgendetwas war dieses Mal anders. Es fiel Hans viel schwerer als sonst, die nächste Generation ziehen zu lassen. Er konnte sich selbst nicht erklären, warum er Merle besonders liebgewonnen hatte. Vielleicht, weil Theodor sich früher als üblich von ihm abgewendet hatte, dem Haus und seinem Leben regelrecht entflohen war. Vielleicht, weil Merles Mutter, obwohl sie nicht blutsverwandt war, dafür eine umso engere Bindung zu ihm aufgebaut hatte, Kraft aus seiner Anwesenheit geschöpft hatte, um das Los ihrer Krankheit zu ertragen.

Ganz sicher lag es an Merle selbst. Sie war frecher und ungebärdiger, wie die Mädchen in dieser Familie es meistens waren. Doch sie hatte ein großes Herz. Und sie liebte dieses Häuschen mehr als jeder ihrer Vorfahren.

Hans ließ seinen Blick über das Gebäude schweifen und wandte sich wieder den beiden Kindern zu, dem Jungen und dem Mädchen, die mit selbstgebastelten Bögen durch das Gras huschten, auf imaginäre Feinde schossen und sich dabei wild und mächtig vorkamen. Dabei dachte er daran, wie Merle es einmal geschafft hatte, ihn auszutricksen. Wie er im Spiel die Augen geschlossen hatte und sie ihm diesen kurzen schnellen Kuss auf die Lippen gedrückt hatte. Er hätte so etwas erwarten müssen, doch er hatte geglaubt, sie wäre noch viel zu jung für solch ein Täuschungsmanöver.

Es war die einzige Berührung, die er in den Hunderten von Jahren zugelassen hatte, wenn auch unfreiwillig.

So etwas verband.

Trotzdem – oder gerade deshalb – musste er sie gehen lassen. Weil sie ein Menschenkind war, voller Leben, voller Zukunft. Und er? War er auf ewig an diese Existenz gebunden, die ihm keinen Seelenfrieden gewährte? Vor vielen Jahrhunderten hatte er geglaubt, er wäre frei, wenn sein irdisches Dasein endete. Zugleich hatte er schon damals geahnt, dass sein Schicksal auf ewig mit dem Gretas verbunden bleiben würde. Erst wenn sie vernichtet sein würde, konnte er jenen Weg beschreiten, der ihn zu seiner Familie führen würde, nach der er sich so sehr sehnte.

In ganz schwachen Momenten hatte er darüber nachgedacht, Greta zu befreien. Doch selbst wenn ihm das gelingen könnte, war die Sorge um das Wohlergehen seiner Nachfahren stets größer gewesen und hatte ihn von solch einer Dummheit abgehalten. Auf ein paar Jahrhunderte mehr oder weniger kam es nicht mehr an.

Ein Holzpfeil landete vor ihm im Gras. Er schaute auf. Merle kam auf ihn zugerannt, bückte sich nach dem Pfeil und stutzte, als sie sich wieder aufrichtete. Sie drehte sich stirnrunzelnd um, schaute auf Björn, der unter den Apfelbäumen auf sie wartete, und wandte sich dann wieder der Bank zu. Verwirrt kratzte sie sich den Kopf.

Hans wusste, dass dies das letzte Mal gewesen war, dass sie ihn gesehen hatte.

»Lebe wohl«, flüsterte er in den Wind.

Für einen Moment legte das Mädchen den Kopf in den Nacken und starrte in den wolkenlosen Himmel. Ihre Lippen formten ein paar fast lautlose Worte. Vielleicht glaubte es, dass es zu seiner Mutter sprach, doch Hans hoffte, dass dieses Versprechen wahr werden würde: »Ich werde dich nie vergessen.«

Zweiundzwanzig

DAS KNUSPER-HÄUSCHEN

Hans, es tut mir leid. Ich wollte dich nie vergessen. Glaubst du mir das? Du bist wie ein Bruder für mich gewesen. Ich danke dir!« Merles Stimme zitterte leicht. Sie spürte Hans' ermutigendes Lächeln mehr, als sie es sehen konnte. In dem Augenblick wusste sie, dass er ihr verziehen hatte. Sie strich mit der flachen Hand über die kühle Wand. Hans war ein Teil des Hauses. Er würde verstehen, dass diese Berührung ihm galt.

»Was soll ich nur tun?« Sie versuchte, sein Gesicht zu erkennen, doch sein Geist blieb undeutlich.

Dann war ihr, also ob ein feiner Windhauch durch den Raum huschte, sie liebkoste und ein hauchzarter Kuss ihre Wange streifte. Die Wand erwärmte sich und fühlte sich plötzlich weicher an. Noch einmal strich Merle darüber. Ihr war zum Weinen zumute, denn sie spürte, dass sie den nächsten Verlust erleiden sollte. Doch gleichzeitig erfüllten sie die Tatkraft und der unerschütterliche Optimismus, die Hans sein gesamtes Leben lang begleitet hatten.

»Irgendwie werden wir das schon schaffen. Wie beide gemeinsam«, versprach sie in die Stille.

Der Schaukelstuhl wippte in gleichmäßigem, beruhigendem Takt. Er war leer. Stattdessen lagen dort ein altes Märchenbuch und die drei Äpfel. Mit zögernden Schritten näherte Merle sich, nahm das Buch und die Äpfel und setzte sich in den Stuhl. Sie schlug *Hänsel und Gretel* auf und las es zweimal aufmerksam, obwohl sie es auswendig kannte: Gretel überlistet die Hexe, indem sie behauptet, sie passe nicht in den Ofen. Die Hexe will ihr beweisen, dass sie, die Größere, hineinpasse, und dann gibt Gretel ihr den entscheidenden Stoß.

Hans wollte ihr sagen, dass sie etwas tun musste, was nur sie tun konnte. Aber was? Wie konnte sie das Wesen überlisten?

Merle war endgültig am Ende ihrer Kräfte angelangt. Das Lesen in diesem dämmrigen Licht war anstrengend. Sie legte das Buch neben sich ab und rieb sich die brennenden Augen. Obwohl sie Hans nicht sehen konnte, spürte sie, dass er noch bei ihr war.

»Hans, solltest du Papa begegnen: Sag ihm, dass ich ihn liebhabe und vermisse.«

Die sanfte Schaukelbewegung lullte sie in den Schlaf. Bevor sie endgültig ins Reich der Träume hinüberglitt, spürte sie, dass jemand sie zudeckte. Irgendwo maunzte eine Katze.

Jakob erwachte erst, als es bereits hell war. Noch mit geschlossenen Augen tastete er hinüber zu Merle. Ein Teil von ihm fragte sich, ob der gestrige Tag nur ein wilder Traum gewesen war. Der andere wusste, dass es Wirklichkeit gewesen war. Wie auch immer, die Frau in seinem Bett musste einfach Wirklichkeit sein. Auf Merle wollte er um keinen Preis verzichten. Seine tastende Hand fand nur das einsame Kopfkissen. Jakob riss die Augen auf und blickte auf die leere Betthälfte. Mit einem Satz war er aus dem Bett und lief zur Tür.

»Merle?«

Keine Antwort. Stattdessen glaubte er ein Poltern vor dem Haus zu vernehmen. Er lief zurück ins Zimmer, um aus dem Fenster zu schauen, und erstarrte. »Bitte sag mir jemand, dass das nicht wahr ist!«, stöhnte er leise. Auf der Lichtung lag Merle. Reglos und mit verzerrten Gliedern. Sie trug die Kleidung vom Vortag. In der einen Hand glaubte er eine Taschenlampe zu erkennen. Was hatte sie getan?

Er musste zu ihr. Ohne zu überlegen, stürmte er die Treppe hinunter. Das durfte nicht sein! Was immer sich für Gedanken aufdrängten, er ließ sie nicht zu. Seine Merle lag dort draußen im Gras und brauchte Hilfe. Er würde ihr helfen. Er hatte es versprochen. Und wenn es das Letzte war, was er im Leben tun würde.

Jemand rief ihren Namen. Merle schlug die Augen auf und brauchte einen Augenblick, um sich zu orientieren. Sie warf die Wolldecke zurück, sprang aus dem Schaukelstuhl auf und rannte zum Fenster. Hinter ihr rollten die Äpfel, die in ihrem Schoß gelegen hatten, über den Boden. Zeitgleich stürmte jemand die Treppe hinunter.

»Jakob? Was machst du?«, rief sie in Richtung der Tür, doch er hörte sie nicht. Noch immer halb schlafend hielt sie inne. Sie begriff überhaupt nicht, was da vorging.

Sie sah aus dem Fenster, und dann war sie mit einem Mal hellwach. Dort draußen war Jakob! Er lief zu den Knochen, beugte sich zu ihnen hinab. Was tat er da?

»Nein! Jakob!«, rief sie entsetzt und trommelte gegen die Scheibe.

Jakob reagierte immer noch nicht. Er hielt den Kopf gesenkt, und seine Schultern bebten. Merle verstand gar nichts mehr.

Und es kam schlimmer.

Jakob kniete sich hin und hob die Knochen vorsichtig auf. Seltsamerweise fielen sie nicht auseinander, sondern blieben wie von unsichtbaren Fäden verbunden an einem Stück. Das war für Merle Beweis genug, dass Greta noch am Leben war. Jakob taumelte mit dem Knochenbündel im Arm auf die Tür zu. Er sah aus, als ob ihn eine unsichtbare Last niederdrückte. Das Torffeuer in seinen Augen war erloschen.

Im Bruchteil eines Lidschlages erkannte Merle, was Jakob sehen musste und in welcher Gefahr er sich jetzt befand.

Sie wandte sich ab, sah sich nach einer Waffe um und fand keine. Egal. Hals über Kopf raste sie durch den Raum. Sie musste die Tür erreichen, bevor er das Haus betrat. Wenn er das Ding über die Türschwelle brachte …

Die Haustür schlug zu. Sie war zu langsam gewesen.

Es war vorbei.

Sie standen einander im Flur gegenüber.

»Merle! Aber was …? Ich …« Jakob starrte auf das Skelett in seinen Armen.

»Du hast es ins Haus geholt! Bist du wahnsinnig?« Merles Stimme überschlug sich. Sie stürmte auf Jakob zu.

Er trat einen Schritt zurück, aber die Haustür hinter ihm war verschlossen. »Das bist nicht du!«, stammelte er überflüssigerweise.

»Lass das fallen! Weg hier!« Sie drückte die Stubentür auf und riss Jakob an der Schulter mit sich. Knochen polterten, und Staub wirbelte auf, als Greta zu Boden fiel. Einer der Oberschenkelknochen richtete sich wie von allein auf und stach in Merles Richtung. Sie trat darauf, und der Knochen brach mit einem morschen Krachen entzwei. Ein unirdisches Heulen erhob sich.

Merle warf die Tür zu und verriegelte sie mit dem kleinen

Haken. Unmittelbar darauf krachte von außen etwas gegen das Türblatt, so dass es erzitterte. So ein Schloss würde Greta kaum aufhalten.

Hektisch schaute Merle sich um. »Schnell, hilf mir!« Sie lief zu der Aussteuertruhe und stemmte sich dagegen. Aber erst, als Jakob ihr zu Hilfe kam, bewegte sich das schwere Möbelstück zentimeterweise, und sie schoben es vor die Stubentür. Von außen drang wütendes Kratzen und Schaben zu ihnen herein, doch die Tür blieb verschlossen. Nach einer kleinen Weile ließen die Geräusche nach, und es wurde still.

»Meinst du, das reicht?«, fragte Merle unsicher.

Jakob zuckte mit den Schultern und klopfe sich den Staub von seiner Schlafanzugjacke, bevor er sie auszog und angeekelt fallen ließ. »Erst einmal ja. Andererseits ist es jetzt im Haus. Es wird einen Weg zu dir finden.«

Als wurde ihm mit diesen Worten erst bewusst, was er gerade getan hatte, ließ er sich auf die Holzbank vor dem Esstisch sinken und vergrub das Gesicht in beiden Händen. Merle hörte ihn leise fluchen und war froh darüber. Die Wut schien ihm Energie zu verleihen. Sie setzte sich neben ihn und legte ihm die Hand in den Nacken. »Du hast gedacht, dass ich dort draußen auf der Wiese liege, nicht wahr?«

Er nickte stumm, und sie lehnte ihren Kopf an seinen Oberarm.

»Ich habe einen Knochenhaufen gesehen. Wie ein zusammengefallenes Skelett. Wieso wählt Greta jetzt plötzlich diese Gestalt?«

»Was weiß ich!«, fuhr Jakob auf. »Ich bin kein Experte in Sachen Gestaltwahl von Gestaltwandlern, oder was immer Greta nun ist!«

Merle grinste müde. »Wer, wenn nicht du?«

»Ach, lass mich in Ruhe. Keine Ahnung. Das Ding ist nicht

dumm. Es wird sich denken können, dass ich weder auf ein kleines Mädchen noch auf ein Reh reinfalle.«

Er begann, sich wieder und wieder über die Arme zu reiben, als könne er so die Berührung mit dem Wesen ungeschehen machen. »Wenn ich darüber nachdenke, dass ich das Ding gehalten habe!« Er schüttelte sich vor Ekel.

Merle wurde von einer huschenden Bewegung abgelenkt. Luzi hatte sich während des Tumultes irgendwo in der Stube verkrochen. Jetzt war sie hervorgekommen und sprang auf die Truhe vor der Tür. Dort begann sie, wie ein ruheloser Miniaturtiger immer hin und her zu wandern. Ihr Schwanz peitschte bei jedem Schritt unruhig. Es gab Merle etwas Sicherheit. Am Verhalten der Katze konnte sie erkennen, wenn Greta einen neuen Versuch wagte, hineinzukommen. Für einen ruhigen Moment saßen sie und Jakob einfach nur nebeneinander. Immerhin war ihm nichts passiert. Noch nicht.

Völlig unvermittelt schlug er wütend mit der Faust auf den Tisch. »Ich hätte wissen müssen, dass sie ein Blendwerk benutzt, um ins Haus zu kommen.«

Ein dumpfes Rumpeln an der Tür unterbrach ihn. Luzi hatte sich hingesetzt und sah jetzt aus wie eine altägyptische Statue. Sie wandte den Kopf nicht von der Tür ab.

Plötzlich sprang sie von der Truhe und legte sich flach auf den Boden auf die Lauer. Dabei grollte sie dumpf.

»Jakob, was machen wir, wenn es reinkommt?«

»Wenn ich das wüsste!«

Merle musste wider Willen lachen. »Na, du bist mir ein schöner Prinz. Wäre es jetzt nicht deine Aufgabe, das Ungeheuer zu besiegen?«

Er zog eine finstere Grimasse. »Ich weiß nicht, wo du in solchen Situationen deinen Humor hernimmst. Mir hängt ehrlich gesagt der Arsch auf Grundeis.«

Merle blickte auf. Seine Augen hatten ihren alten Glanz wiedererlangt, doch sie erkannte ihre eigene Angst in ihnen gespiegelt. Sie beherrschten sich beide mit eisernem Willen. Es holte sie im Handumdrehen wieder in die Realität zurück. Jene Wirklichkeit, in der es Monster und Märchenfiguren gab. Und aufmerksame Katzen.

Sie ergriff Jakobs Hand und drückte sie. »Uns fällt schon noch was ein.« Es klang nicht sehr überzeugend. Sie saßen in der Falle.

Jakob lächelte sie traurig an. Er streckte eine Hand aus und strich ihr liebevoll eine Haarsträhne aus dem Gesicht. »Ich liebe dich, und ich habe dich vom ersten Moment an geliebt. Mein Märchen ist wahr geworden. Du solltest das wissen, bevor jemand das Märchenbuch zuschlägt.«

Merle wollte etwas erwidern, doch Luzi lenkte sie ab.

Es sah aus, als robbte die Katze, flach auf dem Boden liegend, Pfote um Pfote zurück. Merle blinzelte irritiert. Unterhalb der Truhe und an den Türritzen bildete sich weißer Nebel.

»Jakob. Es ist so weit. Sie kommt rein.« Sie packte ihn am Arm, und sie sprangen beide gleichzeitig von der Bank, die polternd nach hinten fiel.

»Der Kamin!«, rief er. »Sind da Schürhaken?«

Merle rannte ihm hinterher und riss an einem Ständer mit Kaminbesteck. »Feuer! Wir müssen die Esse anzünden!«

»Die ganze Esse? Wie stellst du dir das vor? Du fackelst die ganze Bude ab! Und weißt du, wie lange es dauert, so ein Feuer in Gang zu bringen?«

»Wir versuchen es.«

Merle stocherte wie wild mit dem Schürhaken in der Glut. Wie brachte man die denn eigentlich dazu, richtig zu brennen? Sie holte Luft und pustete, doch nichts tat sich.

»Was machst du? Beeil dich!«

Ein Klacken ertönte hinter ihr. Im nächsten Moment wirbelte Jakob sie herum, und sie krachten beide gegen den Schaukelstuhl. Eine Katze fauchte. Aus den Augenwinkeln sah Merle Jorinde von irgendwo hervorschießen. Als sie auf die Schnelle kein Versteck fand, kauerte sie sich nahe dem Stützbalken zu einem zitternden Bündel zusammen.

Am liebsten hätte Merle es der Katze gleichgetan. Ihr Atem stockte, als der Nebel begann, wieder Gestalt anzunehmen. Staubige Knochen türmten sich mit trockenem Knirschen übereinander. Nebelwolken lösten sich von der Erscheinung und verpufften. Es war immer noch eine annähernd menschliche Gestalt, aber sie hatte nichts Menschliches mehr an sich. Ein grotesk kleiner halsloser Kopf mit rot glimmenden Augenhöhlen wackelte zwischen breiten Schultern aus blanken Knochen hin und her.

Jakob fand als Erster sein Gleichgewicht wieder. Er stach mit dem Schürhaken auf das, was einst Greta gewesen war, ein. Es bewirkte nur, dass das Wesen teilweise in die Mädchengestalt wechselte, unnatürlich verzerrt und so groß, dass es mit dem Kopf an die Decke stieß. Es bewegte sich langsam, als müsse es erst die Orientierung wiedererlangen.

»Hör auf, Jakob, das bringt nichts!« Merle wich zwei Schritte weiter zurück. Wo waren die verfluchten Äpfel, die Hans ihnen überlassen hatte? Sie ging in die Hocke und tastete nach ihnen. Endlich schlossen sich ihre Finger um eine der Früchte.

Langsam kroch Greta auf sie zu. Die roten Augenhöhlen glommen auf.

Merle sprang auf und schleuderte ihr den Apfel mit aller Kraft entgegen. Zu ihrem Entsetzten flog er durch die Gestalt hindurch und landete in der Esse. Eine grellweiße Stichflamme schoss empor. Merle und Jakob rissen reflexartig die Arme vor das Gesicht, um nicht geblendet zu werden. Doch kurz bevor sich sie abgewandt hatte, glaubte Merle ein Gesicht im Feuer zu erkennen. Es war eine alte Frau, die den Mund zu einem stummen Entsetzensschrei aufgerissen hatte. Flammen leckten wie ausgestreckte Arme über den Rand der Esse, konnten Greta jedoch nicht erreichen.

Merle schrie vor Wut laut auf. Diese verdammten Äpfel waren also dazu da, dieses magische Feuer zu aktivieren, aber Greta stand zwischen ihr und der Esse und dachte nicht im Traum daran, sich umzudrehen.

Greta rückte näher. Nur noch zwei, drei Schritte trennten sie voneinander.

»Merle, nimm!«, hörte sie Jakobs Stimme hinter sich. Sie spürte eine Berührung, und der zweite Apfel wurde ihr in die Hand gedrückt.

Merle lächelte Greta kalt entgegen. Jetzt wusste sie, was sie tun musste.

»Jakob!«, zischte sie. Sie hielt die Hände hinter dem Rücken, in der einen den Apfel. Dann kreuzte sie die Zeige- und Mittelfinger der anderen Hand. Gleichzeitig betete sie, dass Jakob diese Geste kannte. Wenn er sich jetzt einmischte, waren sie verloren.

»Du willst mich, Greta, nicht wahr? Du willst mich braten sehen. Also gut. Ich steige in die Esse.«

Greta hielt inne. Dann trat sie einen langsamen Schritt zur Seite und machte den Weg für Merle frei.

»Merle! Tu das nicht!«, rief Jakob. Seine Stimme überschlug sich vor Panik. Merle wedelte mit der Hand mit den gekreuzten Fingern hinter ihrem Rücken.

Langsam, Greta dabei nicht aus den Augen lassend, näherte sie sich dem Feuer. Es brannte hell und weiß, doch die Flammen hatten sich etwas zurückgezogen, und es war nicht so heiß, wie Merle erwartet hatte. Leichtfüßig sprang sie auf den gemauerten Rand des Feuerbeckens und blieb dort hocken.

»Na los, Greta! Schubs mich! Hast du gedacht, ich springe freiwillig?« Merle lächelte triumphierend. Jetzt war genau die Situation eingetreten, auf die sie gehofft hatte: Greta hatte ihr die Art von Tod gewünscht, dem sie selbst vor vielen Jahrhunderten so knapp entgangen war. Doch nun musste sie ihre Furcht vor dem Feuer überwinden, um sich Merle zu nähern und ihr den letzten Stoß zu geben.

Greta schien zu der gleichen Erkenntnis gekommen sein. Ihr groteskes knöchernes Mädchengesicht verzog sich zu einer wütenden Fratze, die Merle an eine mittelalterliche Karnevalsmaske denken ließ. Sie blieb scheinbar ruhig sitzen und wartete angespannt auf den Moment, in dem sie wegspringen musste. Aus den Augenwinkeln sah sie, dass Jakob den dritten Apfel in der Hand hielt und sich hinter Greta von ihr unbemerkt näherte.

Gretas Wut, das Verlangen, an Merle heranzugelangen, wurde offensichtlich größer als ihre Angst. Sie näherte sich einen Schritt. Und noch einen weiteren.

Einen noch, entschied Merle, dann musste sie wegspringen. Sie fühlte sich plötzlich wie gelähmt. Mit einer ungeheuren Anstrengung öffnete sie die Finger, und der Apfel fiel aus ihrer Hand ins Feuer. Eine weitere Stichflamme raste empor in den Kamin und ließ Greta zurückzucken. Flammen leckten wie feurige Hände aus der Esse. Merle konnte sich nicht rühren. Sie empfand plötzlich nichts mehr. So also würde ihre Familiengeschichte enden.

Kurz glaubte sie, einen Schemen zu erkennen, ein kleiner Junge, die Arme erhoben.

Hans stieß Greta ins Feuer.

Der dritte Apfel sauste an ihr vorbei und fiel in die Esse. Die Feuerhände wuchsen, tanzten, griffen nach Greta und zogen sie tiefer. Gleichzeitig erhob sich ein ohrenbetäubendes Brausen. Ein Rumpeln setzte ein, und mit einem dumpfen Ploppen, als hätte jemand eine überdimensionale Sektflasche geöffnet, regnete eine Ladung Ziegel und Strohbündel aus dem Kamin. Ein heißer Windstoß folgte und stob durch den Raum. Grüngelbe Funken stoben zu allen Seiten, und weiße Flammen umschlangen Greta. Sie richtete einen letzten rotglühenden triumphierenden Blick auf Merle.

Die Hitze wurde unerträglich. Unendlich heiß und dennoch verlockend. Merle zögerte. Es reizte sie, sich in das Höllenfeuer zu stürzen. Doch es war, als hielte jemand sie im Nacken fest und hinderte sie daran. Vergeblich versuchte sie, sich dem Griff zu entwinden.

Vor ihr erstarrte Greta, inzwischen völlig von den tosenden Flammen umhüllt. Rotglühende Nebelwolken stoben aus dem Kamin. Es stank nach verbranntem Fleisch.

Im nächsten Moment wurde Merle weggerissen und fand sich neben Jakob wieder, der sie fest, beinahe brutal umklammerte. Er zog sie in die Mitte des Raumes und presste sie gegen das uralte Holz, während um sie herum ein Inferno aus stürzenden Möbelstücken, herumfliegendem Papier und kleinen Gegenständen ausbrach. Hinzu mischte sich das Brüllen des Windes mit Gretas Todesschrei.

»Halt dich fest!«, schrie Jakob.

Merle hielt den Atem an und kniff die Augen zusammen. Seine Finger krallten sich in ihre Oberarme. Die heiße Luft und der Staub brannten auf der Haut wie bei einem Wüstensturm.

Nur wenige Sekunden später war der Spuk vorüber. Die Stube sah wieder so aus, wie Merle sie kannte: altertümlich, aber mit den Spuren des einundzwanzigsten Jahrhunderts.

Jakob fasste sich als Erster. Seine dunkel umschatteten Augen standen in hartem Kontrast zu seiner Leichenblässe, was ihn selbst wie einen Geist erscheinen ließ. Merle ließ seinen prüfenden Blich über sich ergehen, bevor er ihre Finger behutsam öffnete und einen nach dem anderen aus der Umklammerung des Balkens löste. Dann schloss er sie wortlos in die Arme und drückte sie lange an sich. Sie lehnte sich mit einem stummen Dank an ihn.

»Du wolltest doch in die Esse steigen!«, erklärte er leise, aber sehr vorwurfsvoll.

»Nein! Niemals! Ich habe gelogen! Hast du meine gekreuzten Finger nicht gesehen?« Merle wollte sich das selbst glauben machen, doch sie wusste, dass nur Hans sie davon abgehalten hatte, bis Jakob ihm zu Hilfe gekommen war.

Jakob nickte, immer noch zweifelnd, beließ es aber zum Glück dabei. Es war nicht zu ändern.

Endlich hörten ihre Knie auf zu zittern, und ihr Verstand hatte die letzten Minuten des Geschehens nachgeholt. Sie sprach als Erste aus, was beide hofften. »Glaubst du, sie ist fort?«

»Ich glaube schon.« Grübelnd starrte Jakob in die Esse. »Ich würde ja schon gern wissen, um was für ein Wesen es sich gehandelt hat.«

»Du darfst eine Abhandlung darüber schreiben, mein Lieber«, antwortete Merle kopfschüttelnd. Da kämpften sie gegen so eine Ausgeburt der Hölle, und er hatte nichts anderes im Sinn, als zu analysieren, um was es sich genau handelte! Gleichzeitig war sie froh, dass seine nüchterne Betrachtung sie zurück in die Wirklichkeit brachte.

Es war vorbei.

Endlich verzog sich auch Jakobs Miene zu dem vertrauten frechen Grinsen, und der Glanz kehrte in seine Augen zurück. »Besiegt von einem Haus. Ein domus ex machina. Was für ein unrühmliches Ende.«

»Es ist nicht irgendein Haus. Es ist mein Knusperhäuschen. Es ist immer schon eine gute Seele gewesen. Außerdem hatte es Hilfe von einem klugen Geist.«

Hatte. Sie spürte dem Wort nach, dann erst verstand sie. Hans war fort.

Finde Frieden, Hans, wo immer du nun sein magst. Danke!

»Da hast du recht.« Jakob atmete befreit durch. »Und jetzt? Werden wir hier glücklich und zufrieden leben, bis an unser Lebensende?«

»Ja.« Merle lachte zu ihm auf. »Wir beide. Das ist zwar kein Schloss, aber es ist das beste Zuhause, das ich je hatte.«

Erfreut lächelte Jakob zurück. »So komme ich also zu meiner Prinzessin. Küsst du mich?«

»Du bist kein Prinz, und auf einem großen Schimmel hergeritten bist du auch nicht.«

»Mein Auto ist weiß. Zählt das?« Jakob streichelte mit dem Daumen über ihre Wange. Es kitzelte angenehm.

Merle streckte sich auf Zehenspitzen und schloss die Augen, als seine Lippen die ihren berührten.

EPILOG

Ausnahmsweise war Ronja froh, dass Papa und Felix sie begleiteten. Sie war zwar etwas sauer auf ihren Papa, weil er ihr und Marie und Amelie nicht geglaubt hatte, aber sie hatte ihn trotzdem noch lieb. Vielleicht glaubte Mama ihr, oder Annika. Wenn sie wieder nach Hause kamen, wären sie bestimmt schon da. Ronja freute sich sehr darauf, ihre Schwester einfach so außerhalb der Ferien wiederzusehen.

Aber jetzt waren sie und Marie auf dem Weg zum Knusperhäuschen und zu Merle und Jakob, den sie immer noch den bösen Wolf nannte, obwohl sie natürlich wusste, dass er nicht böse war. Sie hielt Marie fest an der Hand, und Papa und Felix waren nur wenige Schritte hinter ihr. Maries Mama ging es nicht so gut. Felix kümmerte sich um sie, und Ronja hatte versprochen, ihm zu helfen und auf Marie aufzupassen. Aber wenigstens war Maries Mama zu Hause. Amelie und ihre Mutter waren im Krankenhaus und ihr Vater irgendwie weg – wie immer. Das war Ronja vollkommen egal, aber für Amelie tat es ihr leid. Vor allem jetzt, da Luke nicht mehr da war. Das war auch so etwas: Die Erwachsenen wollten nicht so recht raus mit der Sprache, was aus ihrem Freund geworden war.

Selbst wenn sie der Reh-Frau nie wieder begegnen wollte, hoffte Ronja ein ganz kleines bisschen, eine Krümelspur zu entdecken. Die konnte sie Papa zeigen, und dann *musste* er ihr glauben! Vielleicht sagten Merle und Jakob Papa, dass er ihr glauben sollte. Manchmal glaubten Erwachsene nicht, was Kinder sagten, aber wenn ein anderer Erwachsener es sagte, glaubten sie es doch. Die Welt war unnötig kompliziert!

Leider hatte Merle dem Papa gestern Abend nichts mehr erklären wollen. Mal sehen, wie das heute war. Oder Jakob. Der war sicherlich der schlauste Mann der Welt, ihm musste Papa glauben. Jakob kannte alle Märchen und wusste alles. Er konnte das bestimmt so erklären, dass sogar Papa das verstand.

Ronja packte Maries Hand ein wenig fester, als sie sich dem Knusperhäuschen näherten. Am Rand der Lichtung blieben sie stehen. Ronja fand, dass das Häuschen irgendwie anders aussah. Ganz alt und sehr traurig. Vielleicht vermisste es Oma Mago. Wenn sie eine Idee hätte, wie man ein Häuschen tröstete, hätte sie das sofort gemacht. Aber ihr fiel nichts ein, außer, es Merle zu sagen. Die wusste sicher, was sie da machen musste. Merle kannte das Häuschen genauso lange, wie Papa alt war, oder noch länger.

»Papa, dürfen wir schon vorlaufen?«

»Meinetwegen. Auf der Lichtung haben wir euch im Blick. Aber nicht klopfen, bevor wir da sind.«

»Geht klar.«

Gemeinsam liefen die Mädchen los.

»Schau!«, rief Marie. Die puschelige schwarz-weiße Katze jagte auf dem Weg ein paar im Wind kreisenden Blättern hinterher. Merle hatte gestern unterwegs erzählt, dass sie sie in Jorinde umgetauft hatte. Als die Katze die beiden Mädchen bemerkte, fauchte sie entsetzt und rettete sich mit einem Sprung unter die Bank davor, umgerannt zu werden.

Schlitternd kamen die Mädchen zum Stehen, ließen einander los, und Marie langte nach der Katze. Die warf sich sofort auf den Rücken und tatzte mit ihren Vorderpfoten nach der Hand des Kindes. Marie quiekte erschreckt auf, aber Ronja wusste, dass Jorinde ihre Krallen eingefahren hatte. Ihre Aufmerksamkeit wurde von dem Holzbrett auf der Bank gefesselt. Oder vielmehr von dem, was darauf lag. Aufgeregt stieß sie Marie an.

»Guck mal, Merle hat Lebkuchenmännlein gebacken!«

Marie reckte sich und bekam große Augen. »Das sind eins, zwei ... bestimmt hunderttausend für jeden!«

Ronja rollte mit den Augen über diese kindliche Unwissenheit. »Zehn für dich und zehn für mich!« Ganz kurz hatte sie überlegt, Marie übers Ohr zu hauen und ihr weniger zuzugestehen, aber dann siegte ihr Gerechtigkeitssinn.

»Aber da, hast du das gesehen?« Ronja nahm einen Lebkuchen hoch und hielt ihn der Jüngeren vor die Nase.

Diese beäugte ihn kritisch. »Da fehlt Zuckerguss!«

»Ja, aber guck mal. Das ist ein Rock! Das ist ein Lebkuchenfräulein.«

Das war bestimmt ein Experiment, das Merle sich ausgedacht hatte. Oma Mago hatte immer nur Lebkuchenmännlein gebacken.

»Stimmt.« Marie nickte eifrig. »Meinst du, wir dürfen die essen? Ob die anders schmecken?«

»Oma Mago hat immer gesagt, dass alle Kinder, die hierherkommen, allen Lebkuchen essen dürfen, den sie finden. Was Oma Mago gesagt hat, gilt. Ich kenne sogar das Geheimversteck. Vielleicht hat Merle da schon wieder etwas reingelegt.«

»Oh, zeig's mir!«

»Gleich. Lass uns erst das Lebkuchenfräulein probieren.«

Ronja brach den Lebkuchen in zwei fast gleich große Teile und gab Marie den größeren. Das war nicht so gönnerhaft, wie es aussah. Sie wollte einfach den Kopf nicht essen. Irgendwie hatte sie ein komisches Gefühl.

Marie biss sofort hinein und kaute zufrieden.

»Und?« Ronja biss in ihre Hälfte.

»Lecker!«

»Ich finde, es schmeckt nach … Metall.«

»Ich finde es lecker. Du kannst es mir geben.«

»Hier.« Ronja hielt Marie den Lebkuchen hin und würgte ihren Bissen hinunter. Sie schaute hinauf zu den Holzschindeln, die manchmal von ferne wie Lebkuchen wirkten. Was würde aus dem Knusperhäuschen werden? Schließlich war die Hexe tot … oder?

DIE GESCHICHTE HINTER DER GESCHICHTE

Es war einmal eine Autorin, die sich auf die Suche nach einem fantastischen Thema für ihr zweites Buch machte. So begab es sich an einem Sonntagvormittag im November 2012, dass sie mit ihrer Agentin Julia Abrahams in ihrer Küche saß und über Märchen sinnierte. Ein gütiges Schicksal schickte zwei Tage später einen dichten trüben Nebel über die niederrheinischen Rübenäcker. Und als sich beim Morgenspaziergang der weiß-graue Australian Shepherd der Autorin aus ebenjenem Nebel materialisierte, nahm nicht nur der Hund, sondern auch die Idee Gestalt an. Das heißt, am Anfang war der Wolf …

Es hat sicherlich auch eine Rolle gespielt, dass ich zu der Zeit mit Begeisterung Bill Willinghams Graphik-Novel-Serie »Fables« gelesen habe, in der der einstmals böse Wolf der Sheriff der Märchenfiguren-Community ist, die nach der Flucht aus ihren Märchenwelten im New York des einundzwanzigsten Jahrhunderts lebt. Hänsel ist dagegen ein gnadenloser Hexenjäger und Inquisitor. Wer noch nicht genug von Märchen-Neufassungen hat, dem lege ich diese Serie sehr ans Herz. Mir ist sie von meinem Freund Sven empfohlen worden, dem ich dafür herzlich danke.

Damit komme ich zu denen, die ihren Teil zum Entstehen dieses Buches beigetragen haben und denen ich ebenfalls danken möchte: meiner Agentin Julia Abrahams und Martina Wielenberg von Droemer Knaur, die besonders in der Startphase intensiv mitgedacht haben. Dann Momo Evers, die mit mir für das Lektorat eifrig an diesem Werk herumgeknuspert und viele weitere große und kleine Ideen beigesteuert hat. Nicht zuletzt hat sie Thomas Wolff in Jakob Wolff umgetauft. Warum ich das so klasse finde, steht im Werkstattblog www.seitenrauschen.de.

Für das Blog hat mir Sandra Zabel von der Büchernische dieses wunderschöne Logo gezaubert. Dafür, und für ihre Begeisterung in der Lovelybooks-Leserunde zu meinem ersten Roman, ein dickes Dankeschön! Technisch wird mein Blog von meinem alten Freund Oliver betreut, dem ich vermutlich in meinem ganzen Leben niemals so viel Whisky schenken kann, wie ich ihm schuldig wäre.

Und natürlich hatte ich wieder ein kleines Rudel von Testlesern, die mich mit ihren Anmerkungen, gegensätzlichen Meinungen und Ansichten zuverlässig gequält haben. Danke an Fabienne, Fabian, Sandra, Prisca, Michaela und meine Eltern.

Zum guten Schluss danke ich allen Leserinnen und Lesern und hoffe, dass ich Sie begeistern konnte. Denn ohne Sie würde ich ganz sicher nicht hier sitzen und diese Zeilen schreiben.

Diana Menschig, im November 2013

PS: Liebe Margareta Klein, es tut mir wirklich leid, dass »meine« Greta eine »Böse« ist – aber das wussten Sie ja schon. Ich musste beim Schreiben noch sehr häufig an Sie und Ihre beiläufige Bemerkung denken, dass Ihr Bruder Johannes heißt …